Walter Kempowski

Tudo em vão

Tradução

Tito Lívio Cruz Romão

© Kempowski, Walter 2022

1ª edição

TRADUÇÃO

Tito Lívio Cruz Romão

PREPARAÇÃO

Alan Norões

REVISÃO

Clarissa Growoski

Débora Donadel

CAPA

Beatriz Dorea

Impresso no Brasil/*Printed in Brazil*

Todos os direitos reservados à DBA Editora.
Alameda Franca, 1185, cj 31
01422-001 — São Paulo — SP
www.dbaeditora.com.br

Dados Internacionais de Catalogação na Publicação (CIP)

(Câmara Brasileira do Livro, SP, Brasil)

Kempowski, Walter

Tudo em vão / Walter Kempowski; tradução Tito Lívio Cruz Romão. -- 1. ed. --
São Paulo, SP: Dba Editora, 2022.

Título original: Alles umsonst

ISBN 978-65-5826-038-7

1. Romance alemão I. Título.

CDD- 833

Índices para catálogo sistemático:

1. Romances : Literatura alemã 833

Eliete Marques da Silva - Bibliotecária - CRB-8/9380

A tradução deste livro recebeu o apoio de um
subsídio do Instituto Goethe.

A tradução citada de *Divã ocidento-oriental*, de J. W. Goethe, é de Daniel Martineschen (Estação Liberdade). Os trechos de *Fausto*, do mesmo autor, são de Jenny Klabin (Ed. 34).

Todas as notas de rodapé desta edição são do tradutor.

Para Jörg

Em ti só valem a graça e a compaixão
De com os pecados ter clemência;
Mas nosso agir se mostra vão,
Mesmo na melhor existência.
Martinho Lutero (1524)

A GEORGENHOF

Próximo a Mitkau, uma pequena cidade na Prússia Oriental, jazia a fazenda Georgenhof com seus velhos carvalhos, agora no inverno tal qual uma ilhota negra num mar branco.

A fazenda em si era pequena; as terras, salvo uma parte restante, haviam sido vendidas; e o solar era tudo, menos um castelo. Uma casa de dois andares com uma mansarda semicircular no meio, coroada por uma maltratada estrela-d'alva de folha de flandres. Por trás de um velho muro de pedras toscas, ficava a casa que outrora fora pintada de amarelo. Agora estava totalmente coberta por hera; no verão abrigava estorninhos. Neste inverno de 1945, ouvia-se o ranger das telhas. Vindo de longe, um vento glacial lançava neve de pequenos flocos sobre os campos, açoitando o solar.

"De tempos em tempos, é preciso tirar a hera, pois ela acabará arruinando todo o reboco da casa", já lhes haviam dito.

Encostadas no decadente muro de pedras toscas, havia máquinas agrícolas descartadas, carcomidas de ferrugem, e dos grandes carvalhos negros pendiam foices e ancinhos. Havia muito tempo, o portão da fazenda fora atingido por uma carroça usada na colheita; desde então estava torto, agarrado às dobradiças.

As instalações agrícolas, com os estábulos, celeiros e a edícula, ficavam um pouco mais para o lado. Os estranhos que passavam pela estrada viam apenas o solar. Quem será que mora ali?, pensavam, logo sendo tomados por um certo desejo: por que simplesmente não dávamos uma parada para desejar bom-dia? E: por que nós mesmos não morávamos numa casa assim, que com certeza era cheia de histórias? O destino é mesmo injusto, pensavam.

"Passagem proibida", dizia a placa afixada no grande celeiro: atravessar até o parque não era permitido. Na parte posterior da casa, devia reinar a paz, o pequeno parque lá situado, o bosque mais além: em algum lugar também é preciso encontrar sossego.

"Quatro quilômetros e meio", estava escrito no marco quilométrico de pedra caiada fincado na estrada que passava em frente ao solar no rumo de Mitkau e, na direção contrária, de Elbing.

Em frente à propriedade, do outro lado da estrada, fora construído um conjunto habitacional nos anos 30, com casas todas idênticas, munidas de instalações limpas, todas com estrebaria, cerca e um pequeno jardim. As pessoas que ali moravam tinham como sobrenome Schmidt, Meyer, Schröder ou Hirscheidt; eram, por assim dizer, pessoas simples.

O sobrenome dos proprietários da Georgenhof era Von Globig. Katharina e Eberhard von Globig, aristocratas do funcionalismo público desde 1905, sob o regime de Wilhelm II. Por uma boa soma de dinheiro, o velho sr. Von Globig comprara a fazenda antes da Primeira Guerra Mundial e, em tempos de prosperidade, também adquirira pastagens e um bosque. Numa fase posterior, o jovem sr. Von Globig vendera todas as terras, pastagens, campos e prados, exceto uma pequena parte, e investira o dinheiro em ações de siderúrgicas inglesas, além de ter financiado uma fábrica romena de farinha de arroz, o que, embora não proporcionasse ao casal uma vida muito luxuosa, permitia-lhe manter-se. Compraram um automóvel da marca Wanderer,[1] que nenhuma outra família daquela comarca possuía e que lhes servia de transporte nas viagens, principalmente para o sul.

No momento atual, Eberhard von Globig era *Sonderführer*[2] das Forças Armadas alemãs e o uniforme caía-lhe bem, no verão, até mesmo o jaquetão branco?, embora as ombreiras mais estreitas o identificassem como oficial administrativo, alguém que nada tinha a ver com armas.

A esposa era elogiada como uma beleza absorta em sonhos, de cabelos negros e olhos azuis. Ademais, por causa dela, amigos e vizinhos costumavam ir à Georgenhof no verão, onde ficavam sentados no jardim ao seu lado e dela não despregavam os olhos: Lothar Sarkander, o prefeito de Mitkau — com a perna dura e, no rosto, uma cicatriz, fruto de algum duelo de esgrima —; o tio Josef, com os familiares de Albertsdorf;

---

[1]. Fundada em Chemnitz (Alemanha) em 1885, a firma Wanderer-Werke especializou-se na produção de bicicletas, motocicletas, automóveis e também de aparelhos de escritório, como máquinas de escrever.

[2]. A *Deutsche Wehrmacht*, nome dado às Forças Armadas de Hitler, criou a função de *Sonderführer* ("líder especial") em 1937, destinada àqueles soldados que tinham algum conhecimento específico, mas que não haviam passado por uma academia militar.

ou ainda o dr. Wagner, professor concursado do ginásio, um solteirão convicto, com o cavanhaque e os óculos com armação de ouro. Por causa do cavanhaque, parecia ser uma pessoa conhecida por todos. Até estranhos o cumprimentavam na rua. Na escola do mosteiro de Mitkau, dava aulas de alemão e história a garotos das séries mais adiantadas, que também tinham o latim como matéria adicional.

Nas férias de verão, vez ou outra vinha de Berlim a prima Ernestine com as duas filhas, Elisabeth e Anita, que gostavam muito de cavalgar e, durante as fortes trovoadas típicas da estação, escondiam-se dentro da casa e ali comiam toda a coalhada que ficava no peitoril da janela da cozinha, com moscas voando por cima. E as carroças carregadas de feno, quando vinham trambecando daquele jeito... Sair para procurar mirtilos no bosque.

Agora, durante a guerra, vinham principalmente para preparar um bom farnel. Chegavam de bolsas vazias, partiam com sacolas cheias.

O casal Globig tinha um filho, a quem deram o nome de Peter: cabeça comprida, cabelos louros cacheados. Tinha doze anos: calado como a mãe e sério como o pai.

"Cabelos cacheados, ideias curtas", diziam as pessoas quando o viam, mas, como eram louros os cabelos, acabava tudo bem.

Alguns anos antes, a irmã pequena, Elfie, morrera de escarlatina; o quarto continuava desocupado, era mantido intacto, com a casinha de bonecas, que agora já acumulava poeira, e o teatro de marionetes. Todas as roupas dela ainda estavam penduradas no armário decorado com flores pintadas à mão.

Jago, o cachorro, e Zippus, o gato. Cavalos, vacas, porcos e um grande bando de galinhas acompanhadas de Richard, o galo.

Até um pavão havia, ele sempre se mantinha um pouco distante.

Katharina, a formosura de cabelos negros, toda vestida de preto, acariciava os cabelos do menino, e Peter gostava quando a silenciosa mãe lhe acariciava os cabelos; mas, fazia pouco tempo, contrariando esse gesto, ele tentava evitar o carinho da mãe realizando um movimento enérgico com a cabeça. Katharina nunca ficava muito tempo ao lado do menino, deixava-o usufruir de sua paz, ela própria também queria ter sossego.

A família ainda tinha mais um membro, a "Titia", uma solteirona de idade, vigorosa, com uma verruga no queixo. No verão, desfilava pela casa metida num vestido leve e sem graça, sempre ocupada com alguma coisa! Agora, devido ao frio, usava uma calça masculina por baixo da saia e dois casacos de lã. Desde que Eberhard, na qualidade de *Sonderführer*, passara a "operar no trabalho de campo", como costumavam dizer, embora a ocupação dele fosse mesmo apenas na base militar, era ela quem cuidava da ordem na Georgenhof. Sem ela as coisas não teriam progredido. "As coisas não são tão simples assim...", dizia e assim dava conta do dia.

"A porta da cozinha precisa ficar sempre fechada!", gritava casa adentro, mas era algo que já dissera mil vezes. "Todos sabem que a corrente de ar passa por todos os compartimentos!" Contra as correntes de ar, afirmava, não dava para "acender a lareira".

Reclamava do frio, por que foi mesmo que foi parar na Prússia Oriental? Por que foi que, pelo amor de Deus, não fora para Würzburg naquela época em que ainda podia escolher? Dentro da manga, guardava um lenço que sempre e sempre passava no nariz vermelho. As coisas não eram tão simples assim.

Ao eclodir a guerra, o fluxo de dinheiro estancou: ações de siderúrgicas inglesas? Fábrica de farinha de arroz na Romênia? Tinha sido bom Eberhard ter conseguido aquele posto nas Forças Armadas. Sem o salário que recebia, não teriam conseguido. Os poucos acres de terra que ainda restavam, três vacas, três porcos e galináceos eram garantia de uma renda extra, mas era preciso cuidar disso tudo! Nada cai do céu!

Wladimir, um polonês meditabundo, e duas ucranianas animadas mantinham as coisas funcionando. Vera, que era bastante corpulenta, e Sonja, uma jovem loura com uma trança em volta da cabeça à guisa de tiara. Ao redor dos carvalhos, giravam gralhas, e nas casinhas de pássaros, que agora no inverno eram abastecidas com bastante regularidade, os "pio-pios" vinham pegar a sua parte. "Pio-pios" era a expressão usada por Elfie, morta já faz dois anos.

Quando o dinheiro ainda fluía em abundância, o casal mandara construir um apartamento confortável no primeiro andar, três compartimentos, banheiro privativo e uma pequena cozinha. Uma sala de estar com vista para o parque, quentinha e confortável, onde Katharina podia escrever cartas e ler livros. E, quando Eberhard vinha, ninguém se sentia incomodado. Então era possível "fechar a porta atrás de si", como costumavam dizer. E aí não precisavam ficar eternamente sentados junto com a Titia lá no salão de baixo, ela que se intrometia em tudo e tudo sabia melhor. Que se levantava a toda hora para ir buscar algo e que ficava sentada quando era para incomodar.

Agora, em janeiro de 1945, a árvore de Natal ainda estava de pé no salão. Peter ganhara um microscópio, presente da madrinha de Berlim. Na penumbrosa sala, ficava sentado a uma mesa próxima ao pinheiro natalino que já começava a desfazer-se. Através do tubo do microscópio, conseguia examinar com exatidão tudo o que era possível. Cristais de sal e pernas de moscas, um pedaço de linha e a ponta de um alfinete. Ao lado, punha um bloco, no qual anotava as observações. "Quinta-feira, 8 de janeiro de 1945: alfinete. Serrilhado na parte da frente."

Enrolava os pés numa coberta, já que havia correntes de ar. Sempre havia corrente de ar no salão porque a lareira, com as achas de lenha a arder, sugava o ar e porque, como dizia a Titia, a porta da cozinha ficava "sempre e constantemente" aberta. Eram as ucranianas que nunca aprendiam a fechar as portas. Eberhard arranjara as duas no leste. Grande e poderoso, perguntara-lhes, na aldeia natal das moças, se queriam ir para a Alemanha. Berlim, com cinemas e metrô? E assim elas foram parar na Georgenhof.

Peter mexia no tubo do instrumento para cima e para baixo e, de vez em quando, também enfiava um *pfeffernuss*[3] na boca.

---

3. Especialidade típica do Natal, *pfeffernuss* é uma espécie de pãozinho de mel que leva diferentes especiarias em sua composição e uma cobertura de glacê.

"E então", disse a Titia ao passar rapidamente pelo salão, "está se dedicando às pesquisas?" Na verdade, era para terem tirado a neve lá na entrada... Mas, antes de pedir a alguém para fazê-lo, é melhor a própria pessoa assumir a tarefa. Além disso: o menino estava ocupado e, quem sabe, talvez a paixão que nutria por aquele aparelho fosse dar frutos mais tarde? A Universidade de Königsberg[4] não era longe? Se o menino tivesse ficado vadiando, a coisa teria sido muito diferente.

"Deixe o menino em paz", disse Katharina depois de ouvir a Titia chamá-lo de sedentário.

Quando não queria mais ficar agarrado ao microscópio, Peter punha-se à janela a observar os pássaros que voavam sem rumo, atônitos, porque mais uma vez as suas casinhas não tinham sido abastecidas, e depois pegava o binóculo do pai para olhar bem longe, o que na verdade não deveria fazer. Esse aparelho não é um brinquedo, diziam. Repetidas vezes alguém pegou nas lentes com dedos sujos de gordura, sem falar no ajuste do foco. "Alguém já voltou a mexer no meu binóculo", dizia Von Globig, quando acontecia — o que era bastante raro — de vir à Georgenhof.

Peter olhava na direção de Mitkau, ali onde, ao lado da torre da igreja, se vislumbrava a olaria. Por causa do frio, a escola estava fechada. "Férias do frio", essa expressão era nova. A criançada podia ficar em casa, mas a Juventude Hitlerista se empenhava

---

4. Em 1946, a cidade, após a ocupação russa, passou a chamar-se Kaliningrado.

para que ninguém ficasse desocupado. Num dia claro de geada, também tentaram tirar Peter de casa para remover a neve no grande cruzamento de Mitkau. Pois mais uma vez foi o resfriado que acometera Peter que o impossibilitou de participar dessa ação. "Ele está de novo com catarro", disseram.

Todavia, tosse e coriza não o impediam de pegar o trenó para descer uma pequena encosta por trás do solar, algo que costumava fazer. Na frente da casa havia sol, ali teria sido bem mais bonito, mas tinham-no proibido de fazê-lo, porque ocasionalmente passava algum automóvel em alta velocidade.

Então voltava a entreter-se com o microscópio. O cão Jago se deitava ao lado, punha o focinho sobre a pata direita, e o gato se escondia no pelo do cachorro.

Mas este quadro é digno dos deuses, disse alguém: a forma como o gato fica deitado sobre as costas do grande cão?

"Mas que filho simpático os senhores têm", diziam as visitas de Mitkau que gostavam de dar o ar da graça na Georgenhof, embora fosse uma marcha de uma hora e meia a pé: "Um menino tão bonito!". Chegavam à fazenda de bolsas vazias, mas a deixavam com sacolas cheias.

O "solteirão empedernido", o professor dr. Wagner, amiúde lhes fazia uma visita. Cuidava do menino, agora que haviam parado as aulas.

Quando a meninada passava correndo à sua frente pelo claustro do mosteiro de Mitkau, gostava de parar o "lourinho" dizendo: "E aí, meu menino! O seu pai voltou a dar alguma notícia?". E agora, nas férias do frio, o mestre "cuidava" do garoto.

Durante o belo e cálido verão, fizera caminhadas pelos mares amarelos de trigo com os seus alunos do terceiro ano do liceu, indo até o sossegado riozinho Helge, que, ladeado de salgueiros, corria por aquelas terras em grandes curvas à esquerda e à direita. Ali despiam as calças e as camisas para se jogarem na água escura. Às vezes também acontecia de essa garotada barulhenta caminhar pelo bosque e esbarrar na Georgenhof, onde lhes serviam água de framboesa e permitiam que se sentassem na grama do parque para comer sanduíches: animados passarinhos de verão!

O professor então tirava da bolsa a flauta transversal de prata e tocava canções populares, e lá do solar Katharina conseguia ouvi-lo.

Agora, no frio inverno do sexto ano de guerra, o professor dr. Wagner fazia visitas bastante frequentes à família, a pé, apesar do gelo e da neve, e costumava também chegar com uma bolsa vazia e voltar com uma sacola repleta. Pegava maçãs ou batatas. Às vezes também um nabo. Que ele, aliás, pagava, pois a Titia costumava dizer: "Isso também não brota apenas com a graça divina". Cobrava dez *pfennig* por um nabo.

Gostava de ficar sentado um pouco na companhia de Katharina, se ela desse o ar da graça. Bem que gostaria de ter pegado a mão dela, mas não havia nenhum pretexto. A Titia costumava abrir gavetas que então voltava a fechar, cheia de altivez e barulho. Isso significava que, numa casa como aquela, sempre havia o que fazer, mesmo que parecesse que ali se passava o dia no ócio.

Wagner cuidava um pouco do menino, como ele próprio dizia. Portanto, ia com ele até o quarto e ensinava-lhe coisas sobre as quais nunca haviam falado na escola.

Binóculo e microscópio? No laboratório de física da escola do mosteiro, havia um telescópio, a gente poderia levá-lo à Georgenhof para ver as estrelas com o menino? Ninguém daria por falta e depois, na verdade, seria mesmo levado de volta, quando tudo tivesse passado?

Dr. Wagner cuidava do menino por mero altruísmo. Não exigia cinquenta *pfennig* pela aula ministrada. Contentava-se com algumas batatas ou meio repolho.

O ECONOMISTA

Numa noite escura, soou a campainha da casa: era um senhor de idade que tocara a sineta, usava uma boina engraçada e apoiava-se em duas muletas.

Na escuridão, com a ajuda de uma lanterna, Wladimir já o percebera dando voltas pela fazenda, e as duas ucranianas haviam parado para observar e espiar da janela da cozinha quem era mesmo aquele que se aproximava da casa?

Jago levantara-se e latira uma ou duas vezes, e agora o estranho estava ali diante da porta, a campainha fez mais uma vez plim!, e Katharina lhe abriu a porta. Claudicando, apoiado nas duas muletas, o homem já foi passando diante dela e adentrando o salão, sacudindo as pernas para frente e para trás, acompanhado, passo a passo, por Jago. Trajava um jaquetão de camponês com bolsos laterais dispostos em diagonal e usava protetores de orelhas de cor preta. As abas da boina estavam amarradas na parte superior da cabeça com um lacinho. Trazia uma correia de couro a tiracolo, e dessa correia pendia uma pasta pesada, parecida com um acordeão.

Somente queria aquecer-se um pouco, disse, dirigindo-se a Katharina e à Titia, que acabara de trazer a sopa do jantar, será que ele podia? Nenhum ônibus, nenhum trem trafegando, trechos interrompidos e um vento glacial? Vinha de Elbing e claudicara a pé de Harkunen até aqui: em que circunstâncias! Quinze quilômetros!? Com este tempo? E a essa hora?

Queria era ir até Mitkau e calculara que havia uma pensão na beira da estrada, chamada Castelinho do Bosque, que estava marcada no seu mapa, um local para excursões e festas familiares?

Realmente passara em frente à pensão, mas estava tudo fechado a sete chaves. Gente estranha andava vagando por lá. Fragmentos desarticulados de todo tipo de língua, tcheco, romeno?...

Com as mãos nos bolsos, eles o haviam observado ir embora...

O homem se chamava Schünemann e já fazia tempo que estava viajando de trem, e o último trecho, a partir de Harkunen, havia percorrido na carroça de um fazendeiro, mas este último trajeto fora a pé! E com essa neve!

Apenas queria aquecer-se e descansar um pouco, logo em seguida daria no pé. Em algum lugar, acabaria encontrando hospedagem, disse, olhando em volta...

O que o levara a sair por tais terras durante aquela estação do ano? E logo para Mitkau?

Katharina examinava o homem com o olhar. Visita nesta hora do dia? E o homem também a observava com interesse. Puxa vida! É tanta coisa que fica escondida no interior do país... Esta mulher, por direito, só podia ser de algum outro lugar? Berlim! Munique! Viena!

Claudicou na direção dela, jogando uma perna para frente e a outra para trás, e disse que se chamava Schünemann e que a sua profissão era economista, economista *nacional*, e — não precisam ter medo! — só queria descansar um pouco...

"Ah, calor...", disse, então soltou a pasta da correia que trazia a tiracolo, colocando-a ao lado da poltrona junto à lareira. Em seguida, abriu a jaqueta e, livrando-se das muletas, postou-se junto ao fogo, deixando o calor fluir pelo corpo. Calor! O cão, por sua vez, postou-se ao lado do homem para observar o que o levava a olhar na direção do fogo e abanou rapidamente a cauda: aquele homem devia ser correto.

Agora também o gato veio se juntar a eles: o que há de novo por aqui?

O homem se sentou à lareira e acendeu o cachimbo, amaldiçoando o dia em que havia decidido se formar em "economia nacional", e acrescentou que o pai sempre insistiu.

"Devia simplesmente ter-me tornado marceneiro...", disse, voltando-se para a Titia. "Mas logo economista nacional!", exclamou, como se tivesse convocado aquelas pessoazinhas como testemunhas das tolices cometidas na vida.

Peter então perguntou o que é um "economista".

"Bem", respondeu o homem, "não é tão simples assim de explicar. Se eu tivesse me tornado marceneiro..." — Será que ele podia dar uma olhada no microscópio? Opinou que as lentes estavam ajustadas de forma totalmente errada...

Afirmou não estar gostando muito desse sossego no leste. Desde algumas semanas esse silêncio esquisito?, prosseguiu, colocando a cabeça inclinada para o lado, como se tivesse de apurar os ouvidos para verificar se não havia algo a escutar; e, como não gostava muito desse sossego, explicou que não queria mais continuar a viagem até Insterburg, como a ideia inicial, preferindo ficar alguns dias em Mitkau. E depois voltaria o mais rápido possível para Elbing e, passando por Danzig, seguiria até Hamburgo, tinha um primo que morava lá. Na casa deste encontraria guarida.

"Na noite passada, madame, a senhora viu o brilho do fogo?", perguntou a Katharina, que naquele momento pôs sobre a mesa um candeeiro a querosene — porque mais uma vez estava havendo interrupção no fornecimento de energia — e em seguida se sentou, pois já era hora do jantar.

Brilho do fogo? Não sabia nada sobre isso... Era tudo tão complicado e intrincado... Quem alguma vez dirigisse a palavra a Katharina era obrigado a entender que ela vivia nas nuvens. Nunca ouvira falar de nada, muito menos podia ter uma ideia de algo. "Não tem a mínima noção de nada", diziam, "mas é bonita... muito bonita." Em toda reunião, era a personagem principal, embora quase nada tivesse a dizer.

Mas afora isso? Escondia-se lá em cima nos seus aposentos, e o que por lá aprontava somente o amado céu sabia. Lia muito, ou melhor, dedicava-se à leitura de obras triviais, pois não se pode dizer que lia autores como Goethe e Lessing. Quando era bem jovem, chegou a trabalhar como auxiliar para uma livreira e desde então adotara o hábito de "dar uma vista de olhos" nos livros, mas sem se voltar para obras demasiadamente complexas.

Mas, em todo caso, agora era a hora do jantar. O termômetro marcava dezesseis graus negativos, e o barômetro indicava que provavelmente ainda fosse fazer mais frio.

Talvez tenham hesitado um pouco demais até convidarem o homem à mesa, a terrina de sopa já estava posta, mas, por fim, acabaram convidando-o a tomar umas colheradas, e ele esvaziou o conteúdo do cachimbo e aproximou-se rapidinho, sentou-se, esfregou as mãos e afirmou várias vezes que somente queria descansar um pouco.

Sentou-se defronte a Katharina, contemplando-a. Uma beleza mediterrânea perdida neste lugar tão ermo? Onde o vento faz a curva? — Vinha-lhe à mente Anselm von Feuerbach, cujos quadros eram bem conhecidos.

Katharina dava a impressão de querer dizer que também não podia fazer nada para mudar. Segurava uma chave que ficava girando, era a chave dos aposentos, que sempre mantinha trancados. A chave já estava gasta de tanto Katharina manuseá-la nervosamente. Ninguém tinha nada o que fazer lá em cima nos aposentos dela.

O homem afirmou ter sido um tanto imprudente ao empreender aquela viagem, a partir de amanhã as estradas seriam controladas, foi o que disseram, e por pouco ainda acabou conseguindo escapar. E havia imaginado que talvez algum carro lhe desse uma carona durante o trajeto, mas a estrada estava tão deserta — e nada de hospedaria em lugar nenhum! Já havia pensado no Castelinho do Bosque: vamos montar nosso rancho por aqui...[5]

---

5. "Senhor, bom é estarmos aqui; se queres, façamos aqui três tabernáculos, um para ti, um para Moisés, e um para Elias" (Mateus 17,4).

E no último instante acabou enxergando o solar, como fica escondido por trás do muro, sob os negros carvalhos, e aí pensou que ali poderia descansar e aquecer-se. E depois continuar os poucos quilômetros restantes até Mitkau.

Segundo ele, ainda acabaria conseguindo.

O Castelinho do Bosque? Deus do céu! Antigamente o Castelinho do Bosque era um local para excursões. Com um jardim onde havia um café, ideal para famílias e grupos escolares, o grande bosque e, por trás dele, o rio ladeado de salgueiros? Agora os amplos janelões estavam cobertos de tábuas fixadas com pregos; agora o Castelinho do Bosque servia de abrigo para trabalhadores estrangeiros: romenos, tchecos, italianos — gente que os moradores locais chamavam de "escória". Os romenos não lavavam os pés, e os italianos, já na Primeira Guerra Mundial, haviam sido até mesmo traidores do povo alemão, e agora mais uma vez. Portanto, eram pessoas em quem não se podia confiar.

De vez em quando, as duas ucranianas iam até a sala de jantar e ali ficavam mais tempo do que o recomendável.

Georgenhof: esta casa aqui traz algo de misterioso em si, sei lá o que me espera, pensou. E agora está sentado com pessoas tão amáveis, simpáticas, e o melhor é que a gente nunca tinha se visto antes e já está assim tão íntimo!

Nem passou pela cabeça que lhe ofereceriam uma "refeição", aqui provavelmente ainda corria tudo na base da velha e boa hospitalidade?

Tirou da bolsa alguns vales-refeição e estendeu-os na direção da sra. Von Globig, mas, em seguida, segurando-os, voltou-se para a Titia, ela provavelmente era responsável por essas coisas. Com os cabelos negros arrumados num coque, Katharina apertou o broche: vale-refeição?... — parecia estar pensando. Tudo era tão complicado...

"O senhor pode pô-los de volta no bolso", disse a Titia, servindo-lhe sopa. Mas então viu que eram "vales-férias", que não perdiam a validade e poderiam ser usados a qualquer hora e em qualquer lugar. Aceitou-os de bom grado.

"Sabe-se lá tudo o que ainda está por vir?"

As coisas não eram tão simples assim!

O homem agradeceu, dizendo: "Vamos ver como correrão as coisas daqui por diante, primeiro até Mitkau, talvez, quem sabe, uma esticada até Insterburg, se não até Allenstein. E depois voltar o mais rápido possível para Elbing, e a partir de lá seguir para Danzig e até Hamburgo. E depois de tudo seguir para o sul". Mas agora a primeira ação era tomar a sopa, e não cansava de repetir: "Ahhh...", esfregando as mãos e observando bem de perto aquilo que saltava da concha para dentro do prato. Era um negócio cheio de gordura, e em volta também nadavam uns pedaços de carne.

Considerou correto que naquela casa fosse comum fazer uma prece à mesa. Afinal de contas, na sua infância os pais também sempre agiram daquela maneira. Oh, ainda se lembrava bem!

A diligente Titia, o menino louro e a absorta Katharina, com olhos azuis e uns pelinhos abaixo do nariz, e, sobre a mesa, a terrina com a sopa gordurosa.

Beng!, soou o relógio de pêndulo, beng!

A sopa estava quente. O economista, que como ele mesmo contava, estudara em Göttingen e vivera durante muito tempo no maciço de Fichtel até lhe ocorrer a ideia absurda de ir bater pernas pela Prússia Oriental, agora deu um sopro na colher que fez o candeeiro sobre a mesa formar um pouco de fuligem. Avaliou, com a própria mão, o peso da colher de sopa de prata, afirmando: "Ah! Civilização!"; em seguida girou a colher, mostrando ao menino a marca, pois logo percebeu que era de prata pura. "Olhe aqui o que está escrito? Oitocentos!" E levantou também a colher de sopa que Peter estava usando: "Cada colher de prata oitocentos! E a concha usada para servir a sopa, uma peça maravilhosa... Que valor, meu jovem, você calcula que ela tem?".

E a louça! "Mas isso é — não é?..." Virar o prato, ora, não dava para fazer agora. Mas que havia uma paisagem inteira de cor azul no prato, que aos poucos ia surgindo com as colheradas, até então o garoto não havia percebido nada disso. Árvores, um lago com grous e um barco com um pescador, que naquele justo instante puxava a rede da água.

Katharina pensava em Berlim, naquele endereço da Tauentzienstrasse, lembrando que ali havia comprado essa louça na época do casamento — Georgenhof?, pensara, talvez a gente fosse precisar servir visitas com frequência? *Muitas* visitas? Em fazendas, o que se fazia era promover festas, pelo que sabia? Em salões, com velas tremeluzentes?

E por esse motivo comprara louça para vinte e quatro pessoas. "O que é que você vai fazer com tanta louça?", perguntara o marido quando, após o casamento, o enxoval chegou à Georgenhof.

Katharina era de Berlim e antes só estivera uma única vez na Prússia Oriental, em Cranz, um balneário situado no mar Báltico, fora ali que conhecera Eberhard, tomando café com bolo. "Suba alto, ó rubra águia!",[6] tocara a banda da praia. "Salve, minha terra de Brandemburgo!" Comeram biscoitos florentinos, e Eberhard fumara cigarros numa piteira de espuma do mar chamuscada, na qual se via um entalhe: homem e mulher. E à noite foram então dançar foxtrote no clube da praia.

Prata? Louça? — O economista surpreendia-se em ver que todas aquelas preciosidades ainda estavam em uso e que ainda não haviam sido, muito tempo antes, entocadas, escondidas em algum lugar ou enviadas para Berlim ou Deus sabe para onde? "Se agora vierem os russos?" E com aquela ralé ali bem perto? O nariz escorreu, e por isso tirou do bolso uma espécie de lenço; e chamou a atenção que trazia um anel de brilhante no dedo mínimo.

"O que as senhoras acham que acontecerá aqui se houver uma reviravolta?!"

Não chegou a lamber a colher, mas era possível ver em seu semblante que gostaria de ter comido mais, e então a Titia

---

6. Trecho de "Märkische Heide, märkischer Sand", canção popular dos anos 1920 e 1930, cantada durante passeios e marchas nas florestas e montanhas, posteriormente incorporada como música dos soldados no front nazista. É considerada hino informal de Brandemburgo.

levantou a terrina com as duas mãos e derramou no prato do homem o resto da sopa, que caía fazendo um barulho chacoalhante.

Katharina riu-se um pouco disso, mas não sabia ao certo se tinha o direito de fazê-lo, será que a Titia levaria a mal?

Como é que você simplesmente conseguiu rir nesse momento? Como pôde fazer isso?

"Houver uma reviravolta?" O que o homem queria dizer?

Referia-se aos russos que se encontravam na fronteira. Podiam atacar a qualquer hora, "e então coitados de nós"!

Uma tigela com maçãs foi depositada sobre a mesa, e o visitante, autorizado a servir-se, elogiava o perfume e o aroma das frutas. E tirou mais vales-férias da carteira, espalhando-os sobre a mesa.

"Louvai ao Senhor, porque ele é bom, porque a sua misericórdia dura para sempre...", disseram. Sim, ele havia de concordar, de todo o coração.

Ah!, disse o homem, como estimava isto: vida em família! "O esposo provavelmente está no front?" E, com as mãos bem cuidadas, descascou a maçã que lhe haviam oferecido. E, quando já havia devorado a maçã, ofereceram-lhe uma segunda.

Não, no front não, bem longe; o esposo estava na Itália, e de lá já enviara algumas coisas bonitas e, sempre que dava, telefonava.

"Primeiro esteve no leste e agora está na Itália."

"E esses pratos para servir frutas!", exclamou Schünemann. Cada um com a estampa de uma fruta diferente, formando uma agradável composição, bananas com uvas roxas e amêndoas, uma toranja, groselhas, figos... Mostrou ao menino com que maestria a pintura fora feita, explicou-lhe também o que é uma romã.

Repetidas vezes, o homem admirou-se da forma negligente como a família ainda usava aqueles pratos e o faqueiro de prata — era para entocar tudo imediatamente! Deus do céu! Também as facas com cabo de chifre de veado! Com aquela ralé ali do outro lado, não dava para confiar naquela gente cruzando o nosso caminho.

"Se houver uma reviravolta..."

Quem poderia mesmo saber o que ainda estava por vir? Os russos? Quem sabe? Neste momento, o front devia estar ainda no sono mais profundo, mas isso poderia mudar rapidamente, ele estava com uma sensação tão estranha... Afirmou que amanhã seguiria para Mitkau e depois Insterburg e, em seguida, o mais rápido possível, faria o caminho de volta. Talvez ainda fosse a Allenstein. O que realmente tinha a fazer em Mitkau e em Insterburg, isso ele não disse.

"Entocar tudo!", exclamou, como se ele próprio fosse perder algo se não fizessem o que dizia. A melhor maneira era empilhar umas camadas de palha dentro de uma caixa e enterrá-la. Ou enviar a prataria, peça por peça, para Berlim ou para a Baviera, ou, ainda melhor, para Hamburgo. Talvez pudesse perguntar ao primo se poderia guardar tudo isso na casa dele?

Então pôs o dedo sobre os lábios, como se estivesse contando um segredo, e sussurrou: "Prata sempre preserva o valor". Mandar para alguém as peças maiores, mas as colheres de chá, talvez fosse melhor mantê-las, poderiam ser empregadas como moedas. "Mas é claro que isso é dinheiro vivo!" Como refugiado, por exemplo, se for preciso ser transportado para a outra margem do rio, basta mostrar uma colher de chá ao balseiro! Prata! Um homem daquele tipo agarraria a colherzinha com as duas mãos? Quem ainda iria mesmo querer dinheiro nesta época?

Katharina preparou um cigarro para si, e a Titia levou a louça para a cozinha; assim com tantas minúcias, ela antes nunca havia observado os pratos... Prata? Enviar para alguém? As coisas não eram tão simples assim. A partir de hoje, seria melhor a gente mesma lavar os pratos das frutas e não os confiar às criadas, que podiam deixar cair tudo pela casa.

Na cozinha, as duas ucranianas brigavam com voz estridente — Vera e Sonja. Brigavam o dia inteiro, sabe lá Deus por que motivo. Talvez até nem estivessem brigando, talvez apenas soassem assim naquela língua complicada.

Ou o motivo seriam os romenos arranchados no Castelinho do Bosque? Entre aquela gente lá, os romenos, tchecos e italianos, havia rapazes fortes. Era possível ouvi-los cantar. Ao passar em frente ao hotel, com certeza se ouvia alguém cantando. E, quando as moças davam o ar da graça, eles punham as boinas na cabeça. O italiano até havia colocado uma pena na boina!

O sr. Schünemann examinou os quadros pendurados no salão, grandes e escuros, que retratavam pessoas ilustres de Potsdam e da Floresta de Tuchola.[7] Embora não se soubesse ao certo *quem* eram os personagens.

Pois bem, Berlim. Wilmersdorf?

Quando foi mencionado o nome Wilmersdorf, Katharina olhou para o lado. Queria ter mandado Peter para lá no Natal — quem sabe tudo o que ainda está por vir —, mas os familiares de Wilmersdorf se negaram a recebê-lo.

Os berlinenses somente mandavam notícia quando estavam precisando de algo... Batatas, hortaliças, tudo fora enviado para lá ano após ano, para as festas até mesmo um ganso, mas o menino, não quiseram receber. Talvez até melhor assim, com os ataques devastadores por lá?

No último verão, ainda tinham mandado as duas filhas para cá, Elisabeth e Anita, tiveram ótimas férias.

"O cristal ficou partido para sempre!", disse a Titia. "De uma vez por todas." E o economista retrucou: "Aha".

Após o jantar, o homem deu início a uma visita pelo recinto. Entre as muletas, como um acrobata, esquadrinhou o salão de cima a baixo, chegando inclusive a abrir a porta que dava para o compartimento contíguo: dali vinha um vento frio! Era a sala de verão, construída antes da guerra, paga à vista com o lucro da venda das terras, e nunca realmente havia sido usada para o seu devido fim. Agora estava repleta de caixas e caixotes.

---

[7]. Na Floresta de Tuchola, em 1939, aconteceu uma das primeiras grandes batalhas da Segunda Guerra Mundial, durante a invasão alemã à Polônia.

Ele deu uma volta pela gélida sala. "Mas que caixas são estas?", perguntou-se, cutucando-as com a muleta, mas acabou desistindo, fechou a porta e voltou para onde estavam os outros.

Havia mais um compartimento a descobrir: "O quê? Uma sala de bilhar!". Um bilhar comum, com tecido verde... À janela, mesas de jogo com tampos polidos e, no canto, um armário com portas ornadas de marchetaria. Dentro dele provavelmente eram guardados vinhos e charutos?

Os troféus de caça enfileirados nas paredes — galhadas, chifres, uns ao lado dos outros, e uma cabeça de porca empalhada — eram ainda remanescentes do velho Von Globig. Sob o teto, até mesmo um lustre feito com chifres trançados? O velho Globig tinha sido um grande caçador, a espingarda de canhão triplo e o caro rifle de repetição ficavam pendurados dentro de uma moderna caixa de vidro, que realmente não combinava nada com o restante.

A Titia manteve-se colada junto ao homem, sempre em cima, na verdade, a gente nem se conhecia! E ela lhe explicava que aqui, em anos de outrora, os homens sempre fumaram charutos e jogaram *whist*. "Agora acho melhor fecharmos a porta."

No outro lado, no salão, eram realizadas festas, contava... O que não era absolutamente verdade: tiveram a intenção de realizar festas lá, mas aí chegou a guerra. E agora ali estavam as caixas e os pertences dos berlinenses.

A Titia empurrou o visitante de volta ao salão, e ele deu uma volta balançando-se com as muletas e foi ver a árvore de Natal que já estava se desfazendo, e com a muleta virou um cantinho do tapete: "Autêntico?".

Por fim, também examinou as xícaras dependuradas na diagonal dentro do armário, perguntando: "Posso?". E, abrindo a porta de vidro, verificou-as uma por uma. Algumas tinham uma paisagem pintada em que apareciam garotos em primeiro plano andando de trenó. Aqui também ficava a piteira de espuma do mar de Eberhard, um pouco chamuscada, mas interessante. Diante das xícaras, viam-se, enfiadas em molduras com arabescos, fotos amarronzadas, avôs, avós. O economista perguntou acerca das pessoas ali representadas e, como não recebeu nenhuma resposta, fitou Katharina, mas ela não se levantou, "não se aproximou", estava sentada à mesa, fumando e brincando com a caixa de fósforos.

A Titia dignou-se a apontar para a foto de um oficial czarista de 1914 trajando um casaco *Litewka* com cordões trançados, um chicote na mão. Circulavam as mais diversas histórias sobre ele. Que em 1914, durante a invasão russa, tinha sido alojado na Georgenhof, um homem correto e muito culto. Francês fluente! Tiveram muito o que lhe agradecer: salvou a fazenda de um incêndio criminoso! Também jogaram bilhar com ele.

Nos anos 20, mais uma vez apareceu de surpresa, após escapar dos soviéticos pela Finlândia. "Destruído", era como aparentava, aquela elegância, coisa do passado, um chapéu de pele na cabeça. Apontava na direção do leste, sempre repetindo: "Oh! oh! oh!". Pediu dinheiro emprestado e desapareceu para sempre. O chapéu de astracã, branco, acabou deixando na casa.

Estampada na porta do armário, também se via a foto do senhorio trajando uma jaqueta branca de uniforme com a insígnia de mérito no peito, mas sem portar espada. "Trata-se de seu esposo, madame?", bradou o sr. Schünemann na direção de Katharina. Sim, era o esposo dela, de fato!

Eberhard von Globig era um dos especialistas que ajudavam a manter o abastecimento da população alemã, a exploração da área econômica do leste em favor do Terceiro Reich da Grande Alemanha. Nesta guerra, isso se dava de forma bem diferente de 1914 a 1918, quando os alemães tiveram de alimentar-se de couves-nabo. Desta vez, não se queria causar sensação ruim na população de modo desnecessário, mas sim fazer com que os cidadãos recebessem uma quantidade suficiente de alimentos: pão, manteiga, carne e vagões carregados de melões! A Ucrânia, a Bielorrússia. Ali antes havia todo tipo de coisa para se buscar. Trigo, óleo de girassol e sei lá mais o quê. Mas agora somente destroços fumegantes por lá.

Katharina lembrou-se de um par de tamancos coloridos que Eberhard a presenteara, artesanato típico, nunca os calçara.

"Ah, tá, na Ucrânia", disse o dr. Schünemann a Katharina com calculada intenção. "Que bom que o seu esposo agora está na Itália... É muito, muito bom, saiba a senhora."

Com um gesto de especialista, apalpou o interior do armário, tateou com os dedos as pequenas gavetas: um fundo falso!

Um fundo falso? Talvez contendo florins de ouro ou francos suíços? — Não, o fundo falso estava vazio.

Ao lado da foto de Eberhard, a carta dele mais recente ostentava um selo azul do Correio Aéreo Militar. Schünemann ergueu a carta e levou-a até a mesa, aproximou o candeeiro a querosene: este selo?... Será que estava equivocado? Uma falha de impressão? A asa direita do avião ali estampado deformada por uma falha? Um erro da gráfica? Não? Pois então não foi. A sombra de suas mãos se esgueirava pelas paredes enquanto segurava a carta sob a lâmpada.

Ter inspecionado a carta do Correio Aéreo Militar já era ir um pouco longe demais. Não faltou muito para tirar a carta do envelope! No final, ele próprio acabou dando-se conta disso. "Como é que se pode ser tão indiscreto", disse, "mas a paixão, o afã..." Moveu-se novamente na direção de Katharina e contou sobre pessoas que se deixavam arrebatar pela paixão de colecionar todo tipo de coisas, livros antigos, moedas, e sabia inclusive de crimes de morte cometidos por pessoas que queriam completar coleções! O mestre Tinius, que havia assassinado uma viúva abastada em Leipzig. Tudo por causa de alguns livros velhos...
    Gesticulava com a muleta, e a luz da lareira lançava sombras muito estranhas na parede.
    Os troféus de caça, aqueles troços, uns ao lado dos outros, também teriam algo a ver com coleções e crimes de morte!

Katharina pensava nos transportes de trigo que o marido despachara, ano após ano, e nos vagões com húmus que haviam sido enviados da Ucrânia para a Baviera. Em alguns trechos, a camada de húmus das férteis lavras com um metro de espessura! Coletado e enviado para a Baviera em longos vagões de carga.

Vez ou outra, Eberhard também conseguia desviar algo para fins particulares, açúcar mascavo, por exemplo, algumas dezenas de arrobas de açúcar mascavo.

E agora estava na Itália, ocupando-se de confisco e remoção de vinho e azeite de oliva.

Com as suas longas pernas, Katharina ergueu-se e, ao mesmo tempo que se levantava, ajeitou os cabelos. Jaqueta preta, calça e botas pretas! Pôs, diante do visitante, uma vasilha com amendoins que haviam sobrado da festa de Natal.

Esses não, devia estar pensando a tia, afinal de contas, esses eram os bons, mas deixou passar, pois o visitante era um homem com grau acadêmico.

"O senhor é professor universitário?", perguntou.

"Não, não sou professor universitário. Sou economista nacional." Preferia ter virado marceneiro ou gráfico...

O visitante repôs a carta no armário e pediu desculpas pela indiscrição: ao ver selos, esquecia tudo ao redor. E era também colecionador, sua paixão era a filatelia... E este selo aqui... se não estivesse de todo equivocado...

Pegou a bolsa de couro e dela tirou um álbum de selos, que estava enfiado entre cuecas e camisas. Folheou-o e disse que colecionava apenas as peças mais finas, apenas as melhores! *Antiga Alemanha*[8] seria a sua especialidade. E este álbum aqui comprou em Harkunen, ontem pela manhã. E teria pensado: mas o que é isto...

---

8. Designação usada na filatelia clássica para os estados germânicos que fizeram a história dos correios antes do Império Alemão de 1871.

Do bolso do colete, tirou uma pinça e deu explicações ao garoto sobre os selos antigos, em geral com números, mas também escudos e coroas. "Com a venda deste selo", disse, apontando com a pinça para um selo com a efígie do rei João da Saxônia , "seria possível passar um mês de bem com a vida".

Mecklemburgo, Prússia e Saxônia... Como a vida outrora era agradável na boa e velha Alemanha, e então mencionou medidas antigas como vara, pé e milha, e diligências que transportavam passageiros e correspondência, nas quais se viajava de um país para o outro sem visto, e falou também em moedas antigas como *kreuzer*, florins, xelins. E até imitou o som da corneta do postilhão.

Na verdade, em seguida, continuou, os prussianos infelizmente tinham destruído essa maravilhosa diversidade... "Sejam unidos, unidos, unidos!"[9] O "selo com a cabeça da Germânia", quase não se podia imaginar uma coisa mais sem graça. A Germânia de armadura? Com uns pratos de ferro lhe cobrindo?

Depois da guerra ainda haveria interesse pelos antigos selos do período colonial alemão, mas aí talvez se tornassem impagáveis... Nova Guiné Alemã... "Depois da guerra", disse, folheando o álbum, e suspirou.

Se imaginarmos — continuou — que os britânicos até mesmo pretendiam devolver as colônias a Hitler... Mas não.

Peter foi ao andar de cima até o quarto e buscou o seu álbum de selos da marca Schaubeck, estendeu-o ao visitante, apontando

---

9. Citação de Friedrich Schiller em *Guilherme Tell*.

para alguns selos, será que estes também têm algum valor? O homem não conteve o seu riso franco: Deus do céu, meu caro garoto!

Quantos anos ele teria? Doze? Justamente a idade certa, pensou, nunca se conseguia começar a colecionar muito cedo. Mas esses selos realmente só valiam alguns centavos.

"Na verdade, você tem muitos selos de Hitler, meu garoto." Se os russos aparecessem e vissem *estes* selos... o que diriam? Uma porção de pequenas efígies de Hitler... Disse que não sabia bem ao certo e subitamente se dirigiu a Katharina: "Poderia muito bem acontecer de tocarem fogo na casa com todos dentro, madame?".

"Vá buscar a caixa de pintura", disse a Peter. E em seguida pediu uma tigela com água, pôs diante de si os selos de Hitler e pintou um ponto preto no rosto de cada Hitler. Segundo ele, Peter somente precisava pintar de preto os selos de Hitler e depois da guerra tirar essa tinta, assim não haveria problemas. Mas deixá-los sem tratamento, bem... Se um russo abrir o álbum e vir a cara do *Führer* cem vezes com o sorrisinho irônico?

Os russos? Sim, será que ainda viriam por aqui?, perguntou a Titia enquanto voltava a arrumar as xícaras dentro do armário. Nesse momento, devia ter-se dado conta de que isso realmente poderia acontecer. Pois na guerra anterior eles também tinham aparecido na Georgenhof.

Mas a guerra mundial de 1914-18 fora um conflito bélico bem diferente. Àquela época, a humanidade ainda não estava tão amotinada. Desta vez, é possível que as coisas não ocorram de modo tão civilizado.

"Nós, alemães, na verdade também gostamos de gozar a vida...", afirmou Schünemann, arqueando as sobrancelhas, e fez alusões que ninguém naquela casa entendeu. Mas fez-se o silêncio, e o fogo estalava na lareira.

Agora o homem teve uma ideia. Calculou na mão o peso do álbum que acabara de comprar em Harkunen a preço de banana — um troço bem pesado — e pediu um envelope, depois retirou os selos do álbum, um após o outro, com cuidado, com cuidado, e enfiou-os no envelope. "A gente fica arrastando um álbum pesado como este, mas isso aqui é muito mais fácil." Embora — realmente uma pena...

Por fim, mostrou, com a ajuda da pinça, um pequeno selo marrom, pousou-o na mesa, segurou a lupa acima do selo e chamou o garoto. "E aí?" — E aí: o quê? O que era mesmo? — Pediu uma lanterna e posicionou-a sobre a borda dentada na parte inferior esquerda do selo. "E aí? Não nota nada?"

E então mostrou ao menino que as bordas dentadas haviam sido consertadas! Acrescentaram um único dente que faltava. Tinham alisado o papel, por mais fino que fosse, e colado um minúsculo dente retirado de um outro selo bem diferente. Nesse momento, até as duas mulheres se aproximaram, a Titia à esquerda e Katharina à direita, pois também queriam ver... E animaram Peter a ir buscar o microscópio, talvez desse para observar o embuste com mais clareza?

Neste momento, o homem percebeu que Katharina tinha um hálito agradável, algo que não se podia exatamente afirmar sobre a Titia.

Rindo em tom baixo, o economista falou sobre a habilidade da raça humana em falsificar dinheiro!... Tintas falsas, papel adulterado... Sabia bem como, ainda criança, havia falsificado a assinatura do pai numa "carta de advertência"; conseguiu passar sem maiores problemas, ninguém tinha percebido nada. E que ele ainda estava vivo até hoje! Ensino médio, curso superior, tudo uma maravilha. Pelo que relatava, às vezes pensava que um belo dia talvez viesse a ser privado de todos esses direitos apenas por ter falsificado a assinatura do pai quando era menino?

"Economista", um disparate idealizado pelo pai. "Era para eu ser marceneiro. Ou torneiro... ou sei lá o quê."
Agora já guardara todos os selos no envelope. E fazer o que com o álbum? Uma águia estampada na capa com asas estendidas. Pôr no fogo? Aproximou-se da lareira e contemplou as achas que liberavam calor numa melodia. Arremessou o álbum vazio sobre as achas e observou como a águia aos poucos ia pegando fogo e desfazendo-se. A boa e velha Alemanha, como ela está se desfazendo...

Feito isso, enfiou o envelope com os selos na bolsa dizendo: "Pois é isso...".

Havia muitas cédulas de dinheiro na bolsa, isso era facilmente visível.

O economista preparou-se para partir, mas foi demovido dessa ideia. Sair agora para a escuridão? Pois não era algo sequer a ser cogitado, não o expulsariam para o meio do escuro e do frio. O vento uivava em torno da casa! E em algum lugar se ouvia o ronco de um avião solitário. Claro que poderia passar a noite no canapé, sem problema. Hospitalidade. Quantas pessoas já haviam pernoitado nesta casa! Em cima, no primeiro andar, o quarto da Elfie? Mas ali agora, na verdade, fazia um frio glacial.

Peter pediu permissão ao sr. Schünemann para dar uma volta pelo salão com as muletas dele. "Tem de dizer *doutor*, garoto", disse a tia, "doutor Schünemann", e nisso o visitante já foi se acomodando no sofá. Katharina trouxe cobertas e travesseiros que o economista ajeitou sob a cabeça. A família se postou em torno dele, será que estava bem deitado ou ainda precisava de algo? Deram boa-noite e, quando finalmente ficou só, o homem se enrolou nas cobertas e observou como o fogo na lareira aos poucos se acalmava.

Será que havia uma loja de selos em Mitkau?, ainda quis saber. "Tanto quanto eu sei: sim", afirmou a Titia.

Na manhã seguinte, ele desapareceu.

Quando Katharina foi levar-lhe o café da manhã, claro que não deu por falta de nada, mas o selo da carta postada no front fora arrancado. O homem não lograra resistir. Em compensação, sobre a mesa se encontravam várias folhas de vales-férias.

"Assim são as coisas...", afirmou a Titia. "Assim são as coisas..."

A porta estava aberta. Bem que pelo menos podia tê-la fechado. Jago, é claro, mais uma vez havia desaparecido, aproveitado a oportunidade.

A VIOLINISTA

De longe, lá no horizonte, já se via aproximar-se a próxima visita, envolta num redemoinho de neve, atravessando o campo, gralhas de asas desgastadas desciam em rápido voo na direção daquela figura tremulante. Essa pessoa era uma jovem mulher. Vinha puxando um trenó com duas malas. Por sobre as glebas cobertas de neve, arrastava o trenó que sempre teimava em virar. Contra as violentas rajadas, tinha dificuldade em manter-se de pé, o casaco abria-se com as pancadas de vento, e demorou um pouco até finalmente conseguir alcançar a fazenda que jazia por detrás dos negros carvalhos como um último abrigo. Carregava nas costas uma caixa de violino, e por esse motivo as pessoas do conjunto habitacional também pararam para vê-la passar.

Bateu os sapatos para tirar o excesso de neve, com as duas mãos ajeitou o gorro de tricô, respirou fundo e abriu a porta da casa. Jago saltou com alegria na direção dela, e, como ninguém mais apareceu, bradou "Heil Hitler!" casa adentro. Será que aqui o mundo havia parado no tempo?

Esfregou o pelo do cão com um vigor um tanto exagerado, e nesse momento também já apareceu a Titia vindo da cozinha, onde mais uma vez as duas ucranianas travavam uma acalorada peleja — será que uma coisa dessas não podia ser feita num volume mais baixo?... Uma mulher desconhecida com uma caixa de violino no salão? Mas, pelo menos, como se pode ver, ela limpou os pés... Peter desceu as escadas saltando os degraus, sempre de três em três! Visita!

Agora também surgiu Katharina, toda de preto: calças pretas, pulôver preto, botas pretas e no peito um medalhão oval, de ouro, com uma lágrima de brilhante em cima. Havia acabado de deitar-se um pouco e agora estava curiosa para saber que novidade já voltava a acontecer.

Como se pôde concluir, a jovem vinha de Mitkau. Gisela Strietzel era o seu nome — "Sou a Gisela." Havia acabado de passar umas semanas prestando assistência às tropas em hospitais de campanha e agora precisava dar um jeito de chegar a Allenstein, três dias em Königsberg, três dias em Insterburg e dois dias em Mitkau: apresentações noturnas nos hospitais de campanha, durante as quais proporcionava alegria aos feridos, gratos pelo seu trabalho. Soldados vitimados: braços e pernas envoltos em ataduras brancas, alguns com a cabeça enfaixada!

Agora ainda devia cumprir uma semana em Allenstein e em seguida finalmente retornaria para casa, para Danzig, o *papschi* já a esperava. Mas a linha férrea tinha sido interrompida devido a um bombardeio, e o carro que deveria tê-la levado simplesmente a deixou na mão, falta de gasolina. E, como estava demorando muito, tinha pedido emprestado um trenó para a bagagem e começado a enfrentar a caminhada, cruzando os campos: tudo tem o seu preço! Um dia qualquer o trenó precisaria ser restituído ao hospital de campanha. Mesmo assim, ainda era um problema... Talvez vocês, pessoas tão gentis, pudessem ajudá-la?

Depois seria então necessário informar-se sobre como chegar a Allenstein. Mas talvez isso fosse muito pouco provável?

O motivo pelo qual a moça não tomou a estrada regular permaneceu um enigma. Cruzando os campos? Mas por quê? "Adoro passar dos limites", disse, e, ao que parece, os outros tiveram de aceitar.

Tirou as luvas, os sapatos e o casaco e soltou as malas do trenó. O trenó podia ficar no vestíbulo, onde era possível trancar à chave. Havia alguns dias, a estrada tornara-se movimentada, carroças com excesso de carga, isoladas, e, entre elas, pessoas montadas em bicicleta ou empurrando carrinhos de bebê. Todos do leste para o oeste. Nestes tempos, qualquer pessoa achava uso para um trenó.

Estava claro que não se podia imediatamente mandá-la de volta para a estrada, uma jovem que trabalhou semanas em hospitais de campanha? Uma pessoa que dedicava toda a alma para proporcionar alegria a homens infelizes que haviam imaginado que a vida de soldado fosse uma coisa bem diferente?

Para não ser logo convidada a seguir viagem — nesta época difícil cada um está cuidando de si mesmo —, abriu uma das duas malas e tirou um "pacotinho para combatentes do front em operação de grande porte", que lhe haviam dado ainda em Mitkau para o trajeto. Pôs o pacotinho sobre a mesa e abriu-o: chocolate, biscoitos, cigarros e tabletes de glucose. Katharina von Globig, Peter e a Titia assistiam à cena. Peter ganhou os tabletinhos de açúcar, e à Titia coube a lata com o chocolate de aviadores. Dos cigarros Katharina logo pegou um para si.

A srta. Strietzel perguntou ao garoto se ele era líder no grupo de aspirantes da Juventude Hitlerista. Não, não era, e foi difícil para a moça entender que aqui na fazenda não levavam a sério esse serviço. Do outro lado, lá no conjunto habitacional, sim, mas aqui não? Resfriado? E esconder-se atrás da lareira era um motivo? O que os nossos soldados deviam dizer disso? Na neve e no gelo?

O menino enfiou um tablete de glucose na boca, e Katharina tragou o cigarro. A srta. Strietzel foi até a janela, será que o carro talvez realmente acabe não passando, mas estava escurecendo e escurecendo cada vez mais, e por fim lhe mostraram o sofá ao lado da lareira, no qual poderia deitar-se sem cerimônias e descansar um pouco, havia tempo até o jantar, e assim o fez, deitou-se e logo adormeceu. Só acordou quando o polonês Wladimir trouxe lenha para a lareira, jogando-a no chão, quando então se deu conta da nova visita. Posicionou a machadinha ao lado da lenha.

Quando o aroma de batatas assadas entrou pelas narinas, a moça despertou por completo. Admirou-se que aqui um polonês entrasse e saísse sem mais nem menos. Esses indivíduos não ficavam atrevidos quando a gente lhes estendia o dedo mindinho, não iam logo tomando certas liberdades, com as quais, lá na estepe deles, o máximo que podiam fazer era sonhar? Não havia uma proibição? Pois se sabia muito bem que os poloneses haviam massacrado alemães étnicos[10] no Domingo Sangrento...[11]

À luz do candeeiro a querosene — mais uma vez haviam cortado o fornecimento de energia —, cada um ganhou um prato de batatas assadas, pepino e uma fatia de morcela, e então os Globig ficaram sentados à mesa observando como a moça se deliciou com a comida, ela que era uma verdadeira artista. Tinha dentes estragados, nessa hora puderam ver.

Achando esquisito que nesta casa se rezasse antes da refeição, a moça fez barulho com os pés durante a reza. Ter de lidar com o "capelão militar" e rezar? Era algo que repudiava. Tinha certeza de que havia um poder superior, destino ou providência, fosse o que fosse — na música seria possível sentir algo assim —, mas para ela a Igreja não passava de um grande negócio. Contou que em casa tinham um caderno com aforismos, do qual *papschi* às vezes recitava sabedorias, Goethe, Schiller, Dietrich Eckart... E Peter foi indagado: será que conhecia anedotas para contar à mesa? "O homem come, o cavalo devora, mas o contrário se vê agora?"

Comia com as bochechas cheias e, vez ou outra, apontava com o garfo na direção dos retratos escuros pendurados na parede.

---

10. Eram populações alemãs que viviam fora da Alemanha e da Áustria, principalmente em países do Leste e do Sudeste Europeus até 1945.

11. O Domingo Sangrento de Bromberg ocorreu nos dias 3 e 4 de setembro de 1939. Foram então mortos muitos poloneses, além de muitos alemães assentados naquela cidade, que desde 1920 pertencia à Polônia. Isso ocorreu dois dias antes da invasão alemã ao país.

Não que tenha chamado as pinturas de quadrecos, mas não disse com todas as letras que eram do tempo de Adão, aquelas grandes sumidades? E depois se informou se ainda podia pegar mais uma fatia de morcela? Estava tão esfomeada... Não lhe passava pela cabeça tirar vales-refeição da bolsa, nos hospitais de campanha também nunca lhe pediram. Nos hospitais de campanha sempre lhe davam uma porção extra.

Saboreando a compota de groselha espinhosa, contou sobre os muitos novos tanques de guerra que haviam entrado em Mitkau, ela mesma viu! — bateu com a mão na boca, será que estava autorizada a revelar —, e contou sobre fabulosas barricadas que estavam sendo construídas por lá. Os russos nunca e jamais passariam! Contou que agora Mitkau estava sendo muito bem reforçada, os técnicos trabalhavam nisso, essa cidade certamente era um osso duro de roer para os inimigos!

Entendia a tranquilidade momentânea no front como uma forma de tomar fôlego, agora todo o front estava respirando fundo, e o silêncio daí resultante poderia enganar algumas pessoas! Era como quando a gente espirra! Soltar o espirro é um barulho bem forte de vingança! Os inimigos seriam espirrados fora! Como o joio!

Será que havia armas de caça nesta casa? Se necessário, bem que também poderiam assumir a própria defesa.

Peter foi buscar a espingarda de canhão triplo e explicou à moça que era possível atirar no mesmo alvo com os outros dois canos da arma, caso já se tivesse dado o primeiro disparo e errado o alvo.

A moça achou fantástico! Será que as armas no front também tinham três canos, queria saber.

Após o jantar, o fogo da lareira voltou a ser atiçado, e a srta. Strietzel descansou as pernas pondo-as numa posição elevada. Contou sobre os feridos no hospital de campanha de Mitkau, que ela chamava de "lesionados", sobre os amputados, os paralisados e doentes. Contou que até cegos havia entre eles, um setor inteiro! Também falou nas enfermeiras simpáticas que cuidavam deles com dedicação. Era preciso até mesmo dar de comer aos pobres rapazes. E um deles era até cego e surdo! — Havia alguns dias, tinha chegado um transporte com feridos graves, que logo teve de ser encaminhado para o oeste, mas o problema é que mais uma vez a rota estava momentaneamente bloqueada.

Segundo os seus relatos, ontem tinha sido oferecida aos soldados uma *soirée* de teatro de variedades com um mágico, um malabarista e duas contadoras de piadas. E com ela própria como atração principal! Para tais fins, também levava na mala um vestido de noite, pois não ficaria bem apresentar-se de calças compridas para tocar violino...

Os feridos na enfermaria! Que visão mais tocante! Muitos, muitos leitos, um ao lado do outro, e os homens, o modo como a contemplavam quando começava a tocar, ficavam bem caladinhos, somente mais do fundo da enfermaria se ouvia o som agudo de gemidos rítmicos, mas que rapidamente a gente conseguia abafar. E então pegava o violino, dava início com o arco e tirava o primeiro tom, que ecoava no silêncio, e ali se produzia um suspiro pela enfermaria. Não dava para imaginar um público mais grato! Homens chorando!

Levaram até ela um cego, ele tinha pedido a ela permissão para pegar na sua mão. Para sempre isso lhe ficaria gravado na mente como uma cena inesquecível.

Homens chorando — ela própria, como contou, também desatava a chorar em qualquer situação, no cinema, por exemplo. Aliás, ao tocar violino, dizia, nunca chegava a chorar, é mais uma questão técnica, aí a gente deixa as emoções longe disso. Mas no cinema? *Friedemann Bach*?[12] Vendo esse filme extraordinário, tinha chorado como um bezerro desmamado.

A jovem fizera uma porção de coisas: em *sete* dias *oito* apresentações! E mostrou as mãos: calejadas pelo frio! Bem rápido trataram de buscar água quente e água fria para lavagens alternadas das mãos e um tubo de unguento para passar na pele ressecada; aplicaram-lhe uma espessa camada. Se algo não fosse feito logo, acabaria não podendo mais tocar violino! As feridas enfim se abrem, e aparecem nódulos nas juntas...

De onde, para onde... De Danzig? O pai, capitão-médico, um homem tão bondoso! "Se algo é mais poderoso que o

---

12. Longa-metragem alemão de 1941 baseado no romance biográfico homônimo de Albert Emil Brachvogel, publicado em 1858, sobre a vida do talentoso filho mais velho de Johann Sebastian Bach, que tenta escapar das sombras do sucesso do pai.

destino, então é a pessoa humana que o carrega, inabalável..."[13] Entusiasmara-se com o último alistamento militar, tanto material magnífico, mal dava para crer! De onde surgia? Agora é a vez do ano de nascimento 1928, a força de nosso povo é inesgotável. Fitou Peter, claro que ainda jovem demais, mas mais tarde, então, também um bom material. Quando fosse a hora, certamente saberia portar-se como um homem.

Dos sete colegas da turma de violino, cinco já haviam sucumbido à guerra, na África e na Iugoslávia, em Stalingrado e no Atlântico. Cinco bravos jovens. Calculando-se esse número de mortos para todos os conservatórios e escolas de música do Reich... seriam centenas de jovens homens. E dizia isso como se os inimigos estivessem caçando especialmente violinistas.

Mas não afirmava que, mais tarde, quando tudo houvesse passado, suas chances como musicista aumentariam. Mais tarde chegaria então a hora das mulheres. Elas teriam de intervir, era algo muito claro para ela.

Havia muito tempo que não recebia mais notícias do noivo. Trazia, pendurado no pescoço, um medalhão com uma foto dele. Puxou-o para mostrá-lo aos três, cada um pôde contemplá-lo. Um soldado tanqueiro com boina basca. Ó tu, bela

---

13. Walter Kempowski alude à seguinte citação do escritor alemão Emanuel Geibel (1815-1884): "Se algo é mais poderoso do que o destino, é a coragem que o carrega, inabalável".

região do Westerwald.[14] Nas Ardenas aconteceu de tudo. Agora não vem nenhuma notícia de lá. Talvez tenha virado prisioneiro, porventura? Na verdade, os ianques tratavam os prisioneiros de forma humana — só não podia cair nas garras dos russos! Esses sub-humanos.[15]

Sobre a foto incrustada no medalhão, havia os restos de um trevo de quatro folhas, os dois o haviam encontrado ao mesmo tempo durante as últimas férias do rapaz. Ao mesmo tempo se abaixaram para colhê-lo!

Foi uma coisa tão engraçada...

Segurava o medalhão diante daquele que a sra. Von Globig portava, que era maior e mais pesado. O que devia estar escondido nele? Uma pequena lágrima de brilhante na parte superior?

"Salve, minha terra de Brandemburgo!"

Após o jantar, a Titia recolheu a louça, e, ao abrir a porta que dava para o corredor, mais uma vez se fez ouvir, vindo da cozinha, a gritaria das duas moças.

"O que é isso?", indagou a srta. Gisela. Ucranianas?

E fazem essa barulheira toda aqui? Elas ousam fazer isso? Gritar assim por aqui? Se tivesse algo a dizer, seria: tratem logo de calar o bico aí.

---

14. Referência à canção "Westerwaldlied", escrita em 1932 e muito popular entre os soldados das Forças Armadas de Hitler. Na primeira estrofe, há uma menção à marcha que os soldados iniciam pela Westerwald, uma região montanhosa no oeste da Alemanha.

15. O termo *Untermensch* [sub-humano] era utilizado pela ideologia nazista para aludir a não arianos.

Para ela, era um enigma que se admitisse tal comportamento nesta casa. Um polonês e ucranianas, toda essa escória? E olhava cada um dos presentes: "Será que um de vocês pode me dizer por que eles têm permissão para ficar gritando assim?".

Oito horas. Na verdade, estava na hora de Peter ir dormir, mas acabaram deixando-o ainda ficar no salão, pois a srta. Strietzel tirou o violino da caixa. Como agradecimento pela morcela, fazia questão de proporcionar aos anfitriões algo para ouvir.

O instrumento já vivenciara algumas coisas: o espelho do violino estava ligado ao corpo por um parafuso de serralheiro! E, como a luz elétrica ainda não fora restabelecida, a Titia, além do candeeiro a querosene, acendeu duas velas, e em seguida ecoou pela sala uma serenata com *vibrati* e *sforzandi*, uma peça que entrava no coração da plateia, e que de algum modo era conhecida, e que a artista já tocara com demasiada frequência nos hospitais de campanha. Quem a ouve logo sente algo penetrar fundo na alma, e, quando isso logra abrigar-se ali, não é fácil de ser eliminado. A existência passa a contar com o prazo de uma música que não sai mais do ouvido.

As moças da cozinha também conseguiram ouvir um pouco daquele canto sagrado. Parou a gritaria, e elas se esgueiraram até o corredor e colaram os ouvidos na porta.

Wladimir ficou parado à porta do estábulo, com o P[16] meio torto no casaco, e seu olhar fitava o céu noturno cintilante.

---
16. Entre 1939 e 1945, o regime nazista obrigava trabalhadores poloneses a costurar um P de cor violeta na roupa para serem facilmente identificados.

Também ele tinha lá as suas ideias. Os estrondos no leste tinham ficado mais fortes? É bom mesmo dar uma olhada nos cavalos.

Um verdadeiro concerto em família! Peter ficou sentado com a mãe no sofá. Peter à esquerda, Jago à direita e a mãe no meio. O cão começou a ladrar algumas vezes, será que também não poderia dar asas aos seus sentimentos e à sua maneira de participar desse concerto; mas acabou mesmo desistindo. O gato procurou ficar longe, não era muito afeito a tons agudos. O *Concerto para flauta de Sanssouci*,[17] este era bem conhecido. A maneira como o Grande Rei tocava a flauta, Otto Gebühr e as damas da corte em torno dele?

Se tivessem tido alguma ideia antes dessa grande visita, aí o tio Josef poderia ter vindo lá de Albertsdorf juntamente com a tia Hanna ou, de Mitkau, até mesmo o prefeito? — No dia de são João do ano passado, naquele dia, quando cantaram juntos à sombra da faia de cobre no parque, já faz tempo!, com Eberhard, os berlinenses e o tio Josef com os seus, as belas canções antigas. "Junto à fonte em frente ao portão, ali se encontra uma tília..."?[18] O dr. Wagner ainda com as mãos nervosas. Se raspasse aquele cavanhaque, certamente ficaria com uma aparência muito mais jovem.

---

17. *Das Flötenkonzert von Sans-souci* [O concerto para flauta de Sanssouci] foi um dos primeiros filmes sonoros, tendo estreado em 19 de dezembro de 1930. Trata, numa trama de espionagem, sobre o complô entre Áustria, Rússia e França, às quais também se aliaria Saxônia, contra a Prússia. Coube ao ator Otto Gebühr o papel de Frederico II, rei da Prússia.

18. Trecho da canção "Der Lindenbaum", texto de Wilhelm Müller (1822) e música de Franz Schubert (1827).

Mas agora não era uma noite morna de são João com pirilampos, ponche e cantorias coletivas; agora era inverno, e davam dezoito graus negativos, e estrelas glaciais cintilavam no negro céu.

Katharina também pensava na noite de são João? Pensava no que haviam dito sobre ela, que ela na verdade não servia para fazer absolutamente nada? Em vez de pôr a mão na massa? Será que não enxergava o trabalho? A tia até explicou às moças da cozinha que Katharina tinha duas mãos canhotas e não estava nem aí para nada. Lothar Sarkander viera de Mitkau e ficou por trás dela naquela noite quentinha de verão, pousando a mão em seu ombro.

Katharina entrara na sala com ele, as portas haviam ficado abertas, rosas espalhando-se no gradil à esquerda e à direita. E Lothar Sarkander, prefeito de Mitkau, apontou para o pequeno grupo reunido lá fora sobre a grama e disse: "Não é uma linda cena?".

Ele tinha uma perna dura e uma cicatriz no rosto, fruto de algum duelo de esgrima.

Eberhard ficara de pé à parte, sério e calado.

Será que era melhor parar?, perguntou a srta. Strietzel largando o instrumento. Não, não, ainda dava para continuar, afirmou Katharina pegando um cigarro. A srta. Strietzel conseguia entender o estado de espírito em que se encontrava Katharina. *Immensee*,[19] aquela coisa dos nenúfares... Theodor Storm! O filme acabara de sair de cartaz no cinema de Mitkau.

---

19. Referência ao filme *Immensee*, dirigido por Veit Harlan e lançado em 1943; a película foi baseada na novela homônima de Theodor Storm.

Voltou a pegar o instrumento e retomou as sequências de tom: o que começa precisa terminar.

A Titia também tinha lá as suas ideias. Levantava-se, ia ali e acolá, por todos os lados havia coisas largadas. A música era, por Deus, bela, mas naquela ocasião também dava para aproveitar e dar uma arrumada na casa, a árvore de Natal, quando é que deviam desmontá-la? Será que era para ficar eternamente aqui? Não era, mais uma vez, uma situação desesperadora?

Se havia velas acesas, então será que não era possível apagar o candeeiro a querosene?

A srta. Strietzel tocava uma peça atrás da outra, o "Largo de Händel", a serenata de Heickens... De vez em quando, ia até a janela e olhava para fora em direção à noite escura. Afinal de contas, haviam-lhe confirmado que a buscariam para levá-la a Allenstein. Havia muito tempo que já era para estar lá. Pois estava sendo esperada!

Nenhum carro na rua, nada se mexia! Quando se faz uma promessa, deve-se cumpri-la... Claro que não podia continuar tocando aqui por toda uma eternidade...

O campo escuro como o lago da noite — não se via nenhuma luz ao longe.

Já era bastante tarde, e então ouviram bater com muita força à porta. Não era o carro — civilização pra lá, civilização pra cá: no final das contas, gasolina é cara, mas se tratava de um soldado a pé, um primeiro-cabo do hospital de campanha de Mitkau, em outras palavras, um cabo-principal. Não se havia poupado o longo caminho através da noite escura para dizer à srta. Strietzel que hoje não será mais possível o transporte até a próxima cidade. Talvez amanhã, vão ver...

Contou que a intenção era telefonar, mas não foi possível conseguir linha, e aí acabou vindo logo em carne e osso. O homem era da Baviera, chamava-se Alfons Hofer e dirigiu-se à jovem, que estava de pé diante da lareira acesa segurando o violino, à srta. Gisela, fitando-a com um olhar sincero. Jago também era capaz de olhar dessa maneira quando estava à espera da ração. Um milagre, disse, ter encontrado a fazenda naquela escuridão. Agora não congelaria mais no frio, agora poderia esperar um tempo e ver com calma o que aconteceria.

A Titia preparou vinho quente com ervas para o homem e umas fatias de pão com patê de fígado, e o soldado contou que maravilha tinha sido o teatro de variedades no hospital de campanha, informando que todos ainda falavam sobre isso e, claro, também sobre o mágico e as contadoras de anedotas — que tinham sido um tanto desavergonhadas, além de não conseguir entender por que é preciso usar saias tão curtas para contar anedotas. O malabarista girando os pratos, e na sequência, para coroar o espetáculo, naturalmente — disse olhando para os Globig —, o violino... "A apresentação dela, a apresentação da srta. Gisela." Segundo ele, o médico-chefe ainda fez questão de destacar esse fato no discurso, e todos os colegas tinham falado disso, sempre voltavam a fazê-lo: uma coisa bonita como essa nunca tinham ouvido, todos tinham sido unânimes em reconhecê-lo, todos tinham afirmado. O fato de *ele* ter tido o direito de acompanhá-la tinha sido uma coisa especial. Sentou-se ao piano e começou a tocar com bastante agilidade, embora tivessem acabado de ouvir música séria, e veio também à baila que a srta. Strietzel ainda tinha, no repertório, coisas bem diferentes de serenatas: pois ela tocou baladas de sucesso, antigas e novas, gentilmente acompanhada por Alfons; tocaram tudo o que era possível, o que lhes vinha à mente. "O senhor conhece esta aqui?" e "A senhora conhece esta outra?".

"Quando voltam a florescer os lilases"[20] e "Na despedida, diga baixinho até logo"?[21]

O rapaz a acompanhou na seleção musical, e, o que era maravilhoso, ele tocava apenas com a mão esquerda, o braço direito fora amputado.

Foi sempre tão bom estar com você,
E agora não é nada fácil adeus dizer...[22]

Essa bela balada foi tocada algumas vezes, e a Titia então teve uma ideia. Foi ao salão de bilhar e voltou com um gramofone que pôs em funcionamento. Logo soou a valsa:

---

20. A canção "Wenn der weiße Flieder wieder blüht" foi gravada pelo cantor austríaco Richard Tauber em 1929.
21. A canção "Sag' beim Abschied leise Servus" foi composta por Peter Kreuder e cantada no filme *Burgtheater* (1936) pelo vienense Willi Forst.
22. Trecho da canção "Bei dir war es immer so schön", composta em 1940 por Theo Mackeben e gravada em 1941 por Lolita Serrano, cantora chilena radicada em Berlim.

Com você dancei entrando no céu
No sétimo céu do amor.[23]

Os jovens não conseguiram mais se conter, dançavam, acompanhados pelo cão, em redor da mesa, uma volta atrás da outra, ora à esquerda, ora à direita... sempre a poucos milímetros da árvore de Natal. O primeiro-cabo assumiu o papel de cavalheiro, e a srta. Gisela pendurou-se, com arrebatamento, no braço dele — significava que também era capaz disso, de dançar, e que sabia divertir-se, sempre um rodopio atrás do outro. *Noite de baile*,[24] pois bem, esse filme era conhecido, com Zarah Leander. O fogo da lareira projetava as sombras dos dois jovens na parede, passando por sobre quadros dos antepassados, as sumidades, e a Titia servia mais e mais vinho quente, até a srta. Gisela ficar com a cara bem vermelha.

E depois foram dançando até a sala de verão, tomada por um frio glacial, totalmente decorada nas cores branca e dourada. As janelas que davam para o parque congeladas, e, encostada na parede, uma série de caixas com os pertences da prima de Berlim, que também não queria, no frigir dos ovos, perder as roupas de mesa e os vestidos. De fato, aqui havia mais espaço para rodopios à esquerda e à direita.

---

23. Trecho de "Ich tanzte mit dir in den Himmel hinein" (1939), imortalizada na voz do ator e cantor alemão Willy Fritsch.
24. *Es war eine rauschende Ballnacht*, título original do melodrama de Carl Froelich, filmado em 1939, com Zarah Leander e Marika Rökk nos papéis principais.

Perguntaram a Peter se ele alguma vez já dançou? "Venha cá!", disse a srta. Strietzel com os dentes estragados, e agarrou o garoto, e deu os comandos: esquerda, dois, três, direita, dois, três... E o menino a tocava todo sem jeito, sentindo-se apertado contra o corpo dela, que tinha um feitio de tábua, com protuberâncias, e bem diferente do corpo da mãe, que era tão quentinho e suave.

Mas a verdade é que na sala fazia muito frio, e depois, de algum modo, o vento acabou desaparecendo, e tornaram a sentar-se diante da lareira, e o gramofone foi desligado.

Será que devia pegar o microscópio? Olhar pernas de moscas?, perguntou Peter, mas não viu nenhuma reação ao gesto.

De repente, a luz do salão se acendeu, e os presentes esfregaram os olhos: onde é que a gente estava, o que a gente estava fazendo aqui?

"Bam", soou o relógio de pêndulo, "bam!", e "ding-ding-ding" fez o relógio na sala de bilhar.

Já era tempo. "Venha, Peter, está tarde", disse Katharina, pegou o menino e deu boa-noite. O garoto gostaria de saber o que tinham feito do braço amputado do soldado. Uma coisa assim era simplesmente jogada fora?

A Titia permaneceu sentada. É que se levantava a seguinte questão: daqui a pouco será meia-noite... será que não dava para o soldado ficar toda a noite aqui?

Ficar a noite toda aqui? Dois jovens sob o mesmo teto? Cheios de energia e vitalidade? — É claro que não dava certo. "A coisa ainda vai chegar a esse ponto...", disse a Titia. E começou a arrumar tudo, punha as cadeiras nos devidos lugares, esperando o que deveria acontecer.

E, embora o homem já tivesse tirado as botas e sempre voltasse a afirmar que temia o caminho de volta através da noite e da neve, afinal de contas, frio de dezoito graus abaixo de zero é bem pesado, e ele crê ter bebido um pouco demais... por fim lhe trouxeram o casaco. Portanto, era para bater em retirada em toda a linha! Num pedaço de papel, o soldado escreveu o seu número de registro no front para que a srta. Strietzel pudesse encontrá-lo a qualquer momento; nesta oportunidade também podia logo levar de volta o trenó até o hospital de campanha. Assim esse assunto também ficaria resolvido.

Um soldado puxando um trenó de criança? — Ora, mas é que estava escuro.

O soldado pôs o cachecol militar em volta do pescoço, ainda deu uma mordida no pão com patê de fígado, e a srta. Strietzel o acompanhou até a escuridão e o frio, e demorou um pouco até voltar, e ela tinha flocos de neve nos cabelos. O bávaro levou consigo uma calorosa prova de afeição, que a srta. Strietzel ainda lhe enfiara no bolso da calça.

Talvez a gente ainda fosse se rever num dia qualquer? Apoio às tropas em Munique? Por que não? Munique deve ser uma maravilha...

Ou, depois da guerra, simplesmente dar um pulo até a Baviera? Por que não? Com certeza em tempos de paz não seria um problema?

A Titia também achava que em tempos de paz com certeza seria facilmente possível. Quem sabe talvez até mesmo ir à Suíça ou à Itália?

A sua bela Silésia, talvez um dia também ainda a revisse...

A srta. Strietzel guardou o violino na caixa e deitou-se no sofá, e a Titia agasalhou-a com diversas cobertas bem grossas. Será que ela ainda está precisando de algo? Um livro talvez? Por via das dúvidas? Ernst Wiechert? Nasceu aqui bem perto... Não, pois teria de deixar as mãos sem a proteção das cobertas. Muito obrigada.

Se a srta. Strietzel não estava perfeitamente feliz, pelo menos estava contente por estar deitada aqui, num lugar quente, e olhando as chamas, e ouvindo o som sibilante, às vezes era um cicio, que vinha do fogo, como as vozes de pobres almas lá bem longe.

Quem teria imaginado uma noite tão agradável nesta casa aristocraticamente doentia! Alfons Hofer era o nome do soldado, e por que não mesmo, por que motivo não deveriam rever-se um belo dia? "Só não chorar de amor?"[25] Suspirou. Pena que não tirou da bagagem o vestido longo, poderia ter sido um ponto culminante e especial da noite. Talvez tivesse sido inesquecível.

Fez um aceno para o cachorro, e ele se deitou no chão, próximo. Para o animal, também era bom não passar a noite sozinho naquele salão escuro. Ela olhou as chamas da lareira e esfregou o tornozelo que coçava devido ao frio. Proibido dançar, pensou, é que tinha surgido uma ordem proibindo o povo alemão de

---

25. Referência à canção "Nur nicht aus Liebe weinen", letra de Hans Fritz Beckmann e melodia de Theo Mackeben, cantada pela atriz e cantora sueca Zarah Leander no filme *Noite de baile*.

dançar, será que valia também para reuniões privadas? Será que a gente se veria em apuros se viesse à tona que a gente dançou? Ficar alegre e dançar, enquanto os soldados estavam lá lutando e sangrando até a morte?

O melhor é ficar de bico calado.

Na despedida, diga baixinho "até logo",[26]
Não diga "passe bem" nem "adeus",
Essas palavras só causam dor...

Nesse ínterim, como ocorria toda noite, por esta hora berravam, na distante Mitkau, as sirenes. Aqui nos arrabaldes a gente estava longe dos tiros. Mas isso não queria dizer nada.

Na manhã seguinte, foi a vez da despedida. A tímida Katharina a abraçou, e Peter ainda ficou muito tempo a seguindo com o olhar.

---

26. Citação a partir do texto da canção "Sag' beim Abschied leise Servus", já mencionada na nota 21.

A TITIA

Um vestido sem graça era o que a Titia trajava por baixo do casaco de tricô sem graça, de cor azul-marinho com florezinhas amareladas, uma aqui, outra ali, como se derramadas de uma cornucópia. Portava um broche dourado enfiado no vestido, setas douradas apontando para todos os lados e, no centro, uma cornalina — era uma lembrança da mãe.

À noite, a Titia gostava de preparar uma compressa de água quente na cozinha: no fogão havia um esquentador funcionando, no qual a água se mantinha bem quente por muito tempo. Também neste dia não haviam esfregado a placa do fogão, mais uma vez as moças se esqueceram de fazê-lo, embora se dissesse mil vezes! E era de supor que tivessem escapulido até o quarto do cocheiro polonês. A rechonchuda Vera estava especialmente interessada em namoricar o sensato Wladimir, e ela não entendia que ele se sentia mais atraído pela esbelta Sonja. Trança em redor da cabeça, mas um nariz sempre vermelho?

Em cima do fogão não ficou uma frigideira com restos de batatas assadas? A Titia agora gostaria de abocanhar algumas, mas uma outra pessoa já se servira. Na dispensa haviam derramado açúcar — era possível ouvir um certo rangido ao pisar no chão. E mais uma vez estava faltando uma linguiça.

A Titia fechou a porta do quintal e ali pendurou panos de louça limpos. Depois pegou o jornal, colocou a compressa de água quente sob o braço, aguçou o ouvido à porta entre a cozinha e o salão — tudo silencioso, a violinista já estava em sono profundo — e subiu os degraus da escada.

Colou o ouvido à porta do quarto de Katharina. Alguma coisa ainda estava se mexendo por ali? Por que motivo ela sempre trancava tudo à chave, essa mulher esquisita que em nada combinava com o Eberhard, sempre tão calada, quando uma certa animação teria feito bem ao pobre homem. Nas últimas férias: quer ir comigo para lá? Quer vir comigo para cá? Não!, era sempre a resposta. Pelo bem da verdade, não era rabugenta, mas calada e ensimesmada, como se tivesse de carregar um destino muito pesado. Ou alguma mágoa?

E nesse contexto ela não deixava escapar nada?

Sempre trancar à chave? A Titia achava estranho. Mas era só mais uma daquelas ideias. Sempre essa mania de segredos. Era algo contra ela? A qualquer hora alguém podia visitá-la. A Titia teria ficado contente se alguém tivesse vindo e dito: "Ah, Titia, posso me sentar aqui ao seu lado?". E depois desabafar consigo? Ela que tinha compreensão em relação a tudo?

Porém também o Eberhard nem sempre mostrava o seu melhor lado. Era áspero, além de meticuloso. Eram as questões pecuniárias que causavam inquietação. As ações na Inglaterra? A fábrica de farinha de arroz na Romênia — "uma porção de vigaristas". A única coisa que mantinha tudo funcionando era o salário de oficial.

A Titia ocupava o quarto comprido e estreito da mansarda, acima do qual despontava a estrela-d'alva maltratada, o teto do quarto, acompanhando a arquitetura da casa, tinha uma forma arqueada como a de um barril.

Sob as janelas redondas da mansarda, de onde em tempos idos tremulava a bandeira, primeiro a negro-branco-vermelha[27] e mais tarde, naturalmente, também a da suástica, encontrava-se, num estilo bem antigo, um patamar que era separado do quarto por uma balaustrada de madeira. Aqui ficavam uma escrivaninha e uma poltrona velha. "Quando na salinha da vozinha se ouve o ranger da roca de fiar junto à chaminé..."[28] Uma toalhinha de crochê sobre o encosto da poltrona impedia que o tecido da cabeceira ficasse ensebado.

Dessa perspectiva, da "guarita", como ela própria dizia, enxergava o interior do conjunto habitacional, casa por casa, uma a cópia da outra; do outro lado da estrada, por onde esporadicamente carros passavam voando, se encontrava o conjunto, e às vezes era bem interessante o que ali acontecia:

---

27. Com a proclamação do Império Alemão em janeiro de 1871 por Otto von Bismarck, as cores da Prússia, branco e preto, juntaram-se à cor vermelha das cidades hanseáticas para assim dar origem a essa bandeira. No Terceiro Reich, houve a adição da suástica.
28. Referência à canção popular alemã "Das alte Spinnrad".

crianças brincando, mulheres estendendo roupa, além de bêbados cambaleando de uma casa à outra. Ano passado, o menino enfeara o grande carvalho em frente ao solar com a construção de uma casa na árvore.

"Menino, tem necessidade de fazer isso?", perguntara. Mas Eberhard opinara: "Deixe o garoto. Ele quer subir na vida...".

Se se inclinasse um pouco para a frente, podia ter uma visão panorâmica do quintal, incluindo as cavalariças e a edícula. No depósito de madeira, o polonês serrava lenha, conversava com uma frequência mais do que necessária com as moças.

Sempre que ela olhava para fora, aproveitava para contar as galinhas, que corriam soltas no quintal, e os gansos. Pela manhã o carro do leite e duas vezes por dia o ônibus, uma coisa disforme movida a gás de madeira.

Agora, no meio do frio violento, as aves eram mantidas no celeiro grande. Ali ainda havia alguns grãos de cereais, embora o celeiro já estivesse vazio há anos.

Às vezes o pavão se mostrava lá no canto, mas fazia muito tempo que não abria o seu leque de penas.

Na rua não havia muito movimento: uma bicicleta, o carro do leite duas vezes por dia e o ônibus para Mitkau. E de vez em quando um carro passava voando.

Agora por último, vez ou outra era possível ver carroças agrícolas que rumavam a caminho do oeste. Chamava a atenção da Titia que o tráfego aumentara muito nos últimos dias. Talvez a gente devesse mandar consertar o portão do quintal? Às vezes se ouvia o ronco dos carros que passavam um atrás do outro, todos com uma carga excessiva de coisas domésticas.

Também era possível ver pedestres sozinhos, figuras estranhas que vinham sei lá de onde e só Deus sabe para onde iam.

Ocasionalmente, os trabalhadores estrangeiros vinham de modo sorrateiro até o quintal para se encontrar com Vera e Sonja na cozinha. Embora fosse expressamente proibido! Talvez pensassem que a gente não os via? Era de supor que ganhavam alguma coisa para comer na cozinha. Ninguém sabia responder por que motivo não trabalhavam. "Esse povo realmente não tem com que se ocupar?", perguntava-se.

De Mitkau também vinham sujeitos com aspecto duvidoso; com as mãos nos bolsos, eles não se importavam muito com a longa caminhada. Duvidosos, mas aparentemente bem normais. Então se juntavam aos homens do Castelinho do Bosque e ali entoavam canções. Às vezes ficavam bem calados.

Eram tchecos, italianos e romenos, também civis franceses e holandeses. Em suma, estrangeiros. Todos ficavam vadiando por lá. Com frequência as duas ucranianas davam uma escapadela até eles, embora houvesse muito o que fazer na Georgenhof.

Vera e Sonja — nunca a postos quando se precisa delas: a Titia refletiu se não deveriam apertar mais o cerco, mas como fazer? Eram muito escorregadias.

"Melhor nem dar atenção", alguém disse, enquanto não degenerarem? É preciso sempre estar muito atento aos estrangeiros, essa agora era a divisa da última hora. Quem podia saber tudo o que ainda estava por vir? "Esse povo traz uma faca escondida no casaco!" Um dos tchecos, um homem com olhar "penetrante" — andava com uma boina plana de couro na cabeça —, não faz muito tempo, chegou até a entrar no quintal. "O sujeito de olhar penetrante" já fora visto certa vez até dentro do salão, subira a escada para olhar. Wladimir o havia expulsado a chicotadas, mas ele sempre voltava, e um dia Wladimir acabou levando um soco.

Embora o tio Josef, em Albertsdorf, tenha aconselhado a não se meterem com esse povo, às vezes Katharina trocava algumas palavras com eles. Entre os italianos havia rapazes engraçados, de belos olhos negros, um deles até sabia tocar bandolim! Estavam sempre congelando! Os franceses eram do tipo mais introspectivo. Em parte, homens educados, sustentados pela família; professores e clérigos, que vez ou outra também liam um livro. Em parte, também pobres coitados com olhar tristonho.

"Depois da guerra tudo isso será resolvido", afirmou o tio Josef. "Aí nós os mandamos de volta para casa."

Quando surgia a ocasião certa, Katharina se achegava aos italianos, dava-lhes cigarros e conversava animadamente com eles e na língua deles. Que, antes da guerra, ela havia viajado no Wanderer até a Itália, isso ela não contava, deixava tudo no campo das alusões.

Os italianos, esses pobres-diabos, eram os que mais recebiam maus-tratos — "eles nos traíram duas vezes!". Katharina não achava certo serem tratados mal, porque ela havia passado bons momentos na Itália, repetidas vezes, muito tempo antes da guerra, as noites de calor à beira-mar e o canto dos pescadores, por isso não achava aquilo certo.

"*Venezia, comprende?*", dizia aos italianos. E pensava no esposo, que agora, metido no uniforme branco, providenciava para a tropa, no calor da Itália, azeite de oliva e vinho em troca de notas de crédito. Provavelmente as coisas nunca funcionavam sem dificuldades? Ele havia escrito que em breve seria promovido e que, em seguida, haveria um aumento de salário. Graças a Deus.

O conjunto habitacional situado no outro lado da estrada recebera o nome de Albert Leo Schlageter,[29] foi construído em 1936, cada casa uma cópia da outra, como se fossem brinquedos retirados de uma caixa de madeira e arrumados um ao lado do outro. Lá moravam pessoas simples, com cabras no chiqueiro, porcos, galinhas e coelhos, e cada casa tinha o seu jardim. Em princípio, o conjunto deveria ter sido denominado Nova Georgenhof — ninguém perguntou ao sr. Von Globig se ele concordava que chamassem assim o novo conjunto habitacional do povo alemão?

O assunto se resolveu por si só, antes mesmo que se instalasse alguma tensão entre as partes. A autoridade pública decidiu pôr o nome do herói da independência que naquele infeliz ano de 1919 passou alguns dias de férias nesta região. Albert Leo Schlageter, esse combatente da resistência que fizera frente aos franceses e fora executado a tiros por eles. No

---

29. Foi soldado na Primeira Guerra Mundial e membro de diferentes unidades paramilitares denominadas *Freikorps*. Participou também da organização secreta ligada ao partido nazista. Por tentativa de sabotagem na região do Ruhr, que estava sob o domínio francês, foi condenado à morte e executado em 1923.

centro do conjunto, foi colocada uma pedra de granito com um busto do mártir nacional. Quando acionado um mecanismo, da pedra jorrava água que caía numa concavidade. Em noites estivais, os jovens se reuniam junto à fonte e, sob o mastro da bandeira, entoavam canções do novo tempo. Em dias de calor, também devia haver crianças chacoalhando a água. Um homem chamado Drygalski, correligionário de primeira hora, punha-os para correr. Agora no frio inverno, a fonte obviamente ficava coberta por tapumes.

Drygalski representava uma espécie de vice-prefeito do conjunto habitacional — de uma forma ou de outra, assim se portava, uma pessoa respeitada, que tratava de manter a ordem e que proferia um discurso, lido de um pedaço de papel, no dia consagrado a Albert Leo Schlageter. Esse homem era quem punha as crianças para correr da fonte, porque não era permitido ficar pulando na água de um lado para o outro. E, quando isso acabava acontecendo, Drygalski via-se obrigado a intervir imediatamente. Da janela da sua cozinha, tinha uma boa vista panorâmica. Então batia com o dedo na vidraça.

Por que era mesmo que não iam até o rio Helge, atravessando o bosque?, ali não havia água suficiente?, perguntava-lhes; mas eram as mulheres que o xingavam. Será que ele gostava de ver as crianças correndo pela estrada e se afogando no rio Helge sem ninguém que as tirasse da água?

Realizada no ano das Olimpíadas, a construção do conjunto habitacional Albert Leo Schlageter, à qual os Von Globig haviam se oposto, acabou por revelar-se uma bênção extraordinária para eles, lograram vender um último grande lote de terra, e naquela ocasião finalmente a Georgenhof recebeu encanamentos de água decentes.

Mas tinham aterrado o antigo lago!, o romântico laguinho em que os patos nadavam de um lado para o outro, e os gansos brancos! E claro que haviam cortado o salgueiro-chorão envolto em sonhos... A bem da verdade, desde sempre o lago fazia parte da Georgenhof! Aterrá-lo sequer era uma questão. Houve uma acalorada troca de correspondência com o chefe distrital, o lago tinha de desaparecer, porque ali se proliferavam pernilongos, afirmou ele; para um novo conjunto habitacional, onde morariam pessoas saudáveis, um buraco pantanoso desse tipo era inconcebível. Eberhard von Globig apresentou mapas antigos, nos quais o lago sempre era identificado. No verão, tão prático para dar banho nos cavalos! E não faltavam patos, de cabeça baixa ou grasnando, que a gente podia capturar e abater no outono.

Quando Eberhard falava do lago, que na verdade lhe pertencia, o chefe distrital elevava a voz — ele havia se encontrado com Drygalski e começado a maquinar.

Lothar Sarkander, o prefeito de Mitkau, um homem dotado de um estilo de vida rigoroso, com quem às vezes Eberhard von Globig se encontrava em caçadas, com uma perna dura e uma cicatriz no rosto, fruto de algum duelo de esgrima, certa noite viera até aqui no seu DKW e tivera uma conversa particular com Eberhard. Sentaram-se na sala de bilhar, e Sarkander falou dos novos tempos, afirmando que seria melhor Eberhard manter a boca fechada. Não era aconselhável aborrecer pessoas como Drygalski. Essas pessoas têm as costas largas.

Todos os anos, Sarkander era convidado a participar da caça de batida, isso criava uma boa atmosfera, e certa vez Katharina ficou conversando com ele na sala de verão, olhando na direção do parque, mais precisamente para o animado grupo que ali estava acantonado e brindando uns com os outros. Fazia bastante tempo, ela até já fizera uma viagem com ele ao mar. Em 1936, quando Eberhard precisou ir impreterivelmente a Berlim, para as Olimpíadas, a fim de ver os cavalos lá, deixando-a sozinha em casa? Viram os dois sentados no pavilhão da praia bebendo chocolate, ela usando um chapéu de abas largas, que como um sol circundava a cabeça, os cabelos negros jorrando por baixo do acessório, e ele trajando calça branca, a bengala entre as pernas. Já fazia muito tempo, e ninguém sabia ao certo sobre essa história. Ou sabiam?

Um dia também era preciso fazer alguma coisa juntos: esse havia sido o mote. Eberhard tinha viajado para Berlim, e então acabaram fazendo juntos uma excursão até o mar.

Se eu soubesse
quem eu beijara
à meia-noite no Lido...[30]

O nome da Titia era Helene Harnisch. Nascera na Silésia. O quarto dela na mansarda era forrado com papel de parede florido e entulhado com os móveis de mogno ainda trazidos da Silésia: um armário, cadeiras, a singela escrivaninha e uma cama, na

---

30. Referência à canção "Wenn ich wüsste, wen ich geküsst (um Mitternacht am Lido)" (1939), da autoria de Johannes Heesters.

qual certamente já morrera um poeta, como diziam em tom de pilhéria. Ao lado da escrivaninha, um retrato de Hitler na parede, desenhado a bico de pena, o *Führer* e chanceler do Reich com uma águia agarrada à suástica na gravata, e na parte inferior a sua assinatura inclinada, com um sublinhado igualmente inclinado.

Sentando-se na poltrona, a Titia puxou a cortina para o lado e olhou noite afora. Tudo jazia na mais profunda escuridão. No céu brilhavam estrelas glaciais, a lua ainda não nascera. Pela manhã, no conjunto habitacional, a Juventude Hitlerista se moveu à direita! à esquerda! apesar da neve e do tempo gélido. Drygalski marchou até aqui e conversou com ela. Que agora está começando a temporada de provação dos jovens, e ele espera poder confiar nos rapazes, se as coisas ficarem feias. Mandou-os seguir marchando até Mitkau. Lá havia para os jovens, nestes dias, muita coisa a fazer: tirar carvão do porão para pessoas idosas e remover a neve com pás nos cruzamentos. Tarde da noite, retornaram. Peter também deveria ter participado, mas preferia ocupar-se com o microscópio. Ademais, outra vez estava com um forte resfriado.

Nas gavetas com chave da antiga escrivaninha, a Titia guardava os livros contábeis da fazenda e aqui, desde que Eberhard estava no front, cuidava da correspondência oficial, pois Katharina von Globig sempre esquecia tudo, facilmente perdia o ânimo, como costumavam dizer, e sempre olhava em redor de si com uma cara de desamparada, dizendo: "Ai, meu Deus!... Acabei esquecendo por completo", de modo que, no final das contas, a Titia preferia assumir logo tudo.

Para a sua tosse, guardava um saco de balas de eucalipto na escrivaninha, às vezes dava uma de presente a Peter, e ele imediatamente a jogava fora.

O seu quarto cheirava a maçãs maduras e a ratos em estado de putrefação, mas era aconchegante, e a Titia chamava o quarto de meu Reich.

Gostava de ficar sentada à escrivaninha na poltrona, de olhar para o quintal e para a estrada e também para o conjunto habitacional do outro lado.

Um fino e velho tapete cobria o assoalho, e do teto pendia uma luminária, cuja cúpula de vidro leitosa era enfeitada com fios de pérolas verdes. Quando Eberhard von Globig subia até aqui para chorar as mágoas e contar que não era fácil lidar com Katharina, sempre batia com a cabeça na luminária, e os fios de pérolas tiniam e balançavam, voltando a silenciar somente após algum tempo.

Acima da cabeceira da cama, havia uma aquarela numa moldura branca — nela se via um pavilhão branco debruado de rosas, pintado com cores exuberantes, uma lembrança da Silésia, da fazenda do seu pai. Quando criança, sempre gostou de ficar sentada nesse pavilhão ao se ver magoada ou alegre com alguma coisa, a perna esquerda dobrada por baixo do corpo, ali havia brincado de professora das bonecas com as amigas.

Havia sonhado ser professora, mas tudo acabou acontecendo de forma bem diferente...

"Minha querida Silésia", costumava dizer. E: "As coisas não são tão simples assim".

A fazenda do pai foi leiloada àquela época, em 1922, quando tudo foi por água abaixo, casa e fazenda, bosques e campos. Um especulador de guerra e cúpido oportunista emprestara dinheiro repetidas vezes, e depois a fazenda precisou ser leiloada no momento indevido, e esse homem sem sentimentos assistiu a tudo. Apoderou-se do resto e, sem necessidade nenhuma, demoliu o pavilhão! Bem que podiam tê-lo deixado de pé! O velho jardineiro chorou ao ser obrigado a partir. Quando menina, ela subiu nos tamancos de madeira do jardineiro, e dançaram, em torno do canteiro de flores, com passos desengonçados.

Aqueles poucos móveis lhe ficaram de lembrança, além do quadro acima da cabeceira da cama.

Ao lado do quadro do pavilhão, pendia na parede um alaúde com umas fitas que recordavam a sua juventude.

Uma terra nada bonita nessa época...[31]

Também ela já se apresentara para feridos de guerra fazia quase trinta anos, em 1917, as grandes toucas brancas usadas pelas irmãs católicas e as roupas listradas dos doentes, e um cego também lhe pedira permissão para pegar na sua mão, e não foi possível negar isso àquele homem. Nunca mais ouviu falar desses homens. Mas o amor que lhe foi dedicado com certeza não jorrou em vão.

---

31. A frase original em alemão, *"Kein schöner Land in dieser Zeit"*, é o título de uma canção cujo texto foi composto em 1840 por Anton Wilhelm von Zuccalmaglio e cuja melodia remonta a uma música popular do século XVIII. Tornou-se muito conhecida sobretudo após ser compilada como parte das canções dos soldados da Prússia.

Nas últimas férias de Eberhard em agosto, haviam sentado no jardim, debaixo da faia cor de cobre. Tio Josef viera de Albertsdorf, e a querida Hanna com as crianças, e ela tocara no alaúde as velhas canções da sua juventude, e todos cantaram juntos...

Uma noite de verão regada a ponche debaixo da faia de cobre. Durante um certo momento, Katharina não se fez presente. Depois, em algum instante, foi vista saindo da sala de verão com Sarkander, o prefeito de Mitkau. E Eberhard ficou sozinho no bosque, verificando se estava tudo em ordem. Ela se espantou. Já fazia tanto tempo assim?

A Titia lia o jornal, faltava uma haste nos óculos de leitura, e o que lia não era tranquilizador. No leste, algo estava sendo gestado. Quem é mesmo que poderia sabê-lo? Talvez a gente fosse obrigada a ir embora daqui, como os velhos Globig tiveram de fazer na Primeira Guerra?

Puxou para a frente uma mala que estava sob a cama. Chegou com essa mala à Georgenhof naquele tempo, e disseram-lhe: "Você pode ocupar o quarto da mansarda, faça algo de útil!". Agora já haviam se passado mais de vinte anos. E agora ela fazia parte do inventário, como costumavam dizer em tom de pilhéria. Recebia uma mesada, não pagava a hospedagem nem a alimentação e cuidava de tudo.

Abriu o armário e pegou certas roupas, arrumando-as em camadas na mala. Algumas delas eram consertadas e remendadas, outras nunca haviam sido usadas, os lenços ainda estavam até amarrados com fitinhas cor-de-rosa.

Tirou cartas da escrivaninha e guardou-as na mala. Também juntou fotos. Em seguida fechou-a e voltou a empurrá-la para baixo da cama.

Sentou-se na poltrona. Ainda esqueceu algo? O alaúde! Tirou o instrumento da parede e posicionou-o ao lado da mala. Assim a gente agora estava equipada para tudo.

A Titia serviu um licor de menta para si mesma.

Na rua um único automóvel na direção de Mitkau passou bem rápido, depois vieram outros e por fim caminhões, também tanques de guerra, um atrás do outro, os fios de pérolas da luminária tiniram. Depois se fez silêncio.

Agora era possível ouvir sirenes vindas de Mitkau: alarme de ataque aéreo.

Os Globig nunca reagiam a esse sinal, o que é que também deveriam fazer? No verão, quando havia tempestade, a ordem era pôr água em depósitos e ir para o quintal, pois é, isso era diferente, mas aviões? O porão estava alagado, não era possível usá-lo. O que é que a gente deveria fazer? Correr para o bosque? Pois é, mas não toda noite.

Agora um avião passava zunindo sobre as casas. Aproximava-se e voltava a distanciar-se. Como uma aurora boreal, sinais de fogo tateavam o céu escuro coberto de estrelas. Um holofote também apalpava a escuridão, e lá longe a artilharia antiaérea leve lançava no breu uma teia de projéteis luminosos de cor amarela. Houve quatro detonações, uma, duas, três, quatro, e a artilharia antiaérea pesada de Mitkau começou a atirar. E depois se fez silêncio, e o avião solitário bateu em retirada, e o barulho foi diminuindo cada vez mais. As bombas foram dirigidas contra a estação ferroviária de Mitkau, agora em chamas, e mais uma vez a via férrea estava interrompida.

A Titia ainda ficou sentada algum tempo, de Mitkau sopravam longas línguas de fogo no rumo do céu. Aguçou os ouvidos para escutar a noite lá fora, até que de longe finalmente se ouvia o uivo da sirene indicando o fim do alarme.

Então bebeu licor de menta e foi para a cama. O matraquear de mais um comboio de tanques de guerra, isso ela sequer chegou a escutar.

PETER

Peter estava deitado na cama, com um colchonete de penas, um edredom e dois travesseiros. À cabeceira, uma prateleira com livros. *Pela terra dos shqiptares*.[32] Ele gostava de ver edições antigas das *Folhas volantes*,[33] que encontrara no sótão. Caricaturas de caçadores amadores, de membros de corporações universitárias em geral bêbados e de jovens tenentes que não sabiam lidar com os cavalos.

Nesta noite, lia a história de um náufrago que não havia desistido e continuou a remar mais e mais, até finalmente ver surgir uma ilha.

Imaginava estar no camarote de um navio à vela, sentia o cheiro de alcatrão e ouvia o ranger das enxárcias... *O naufrágio do Palmyra*,[34] lera esse livro, e isso ocupava a sua mente. Nunca desistir! Era a divisa.

---

32. *Durch das Land der Skipetaren*, livro de Karl May.
33. *Fliegende Blätter*, jornal satírico semanal publicado na Alemanha entre 1845 e 1944.
34. *Der Untergang der Palmyra*, romance de Gustav Thiel, publicado por volta de 1940.

*Embora o alvo sublime seja,
A juventude sempre peleja...*[35]

Peter também ouviu o alarme de ataque aéreo em Mitkau e as quatro detonações, uma, duas, três, quatro. E ouviu os tanques de guerra passando na estrada. A casa tremeu! Passou um atrás do outro! Grandes sombras negras com centelhas expelidas dos canos de escape, o matraquear das correntes, o uivar dos motores. Durante o dia não se conseguia ver essas coisas, e agora também somente se vislumbravam espectros.

Seu quarto ficava contíguo ao quarto da mansarda da tia. Desde o Natal, o ferrorama ainda estava montado no chão, um grande círculo com uma estação ferroviária de folhas de flandres. Foram acrescidos dois novos vagões, um vagão-restaurante da Mitropa[36] e um para transporte de toras de madeira. Peter colocara o trem no corredor, enfiando-o na portinha que servia de entrada para o gato, e mesmo ali no escuro a composição descrevia um círculo. Quando saía e após certo tempo voltava, o menino se apoiava nos joelhos para vê-la chegar. Às vezes ela ficava enganchada lá fora, e ele então precisava dar corda no brinquedo. Vez ou outra também ocorriam colisões com o gato, que fazia questão de espremer-se contra o trem para entrar pela portinha. Um animal peculiar. Ninguém sabia ao certo o que ele sentia.

---

35. Trecho da canção "Vorwärts, vorwärts", que servia como propaganda da Juventude Hitlerista.
36. Acrônimo de Mitteleuropäische Schlaf- und Speisewagen Aktiengesellschaft, companhia de vagões-leito e vagões-restaurante da Europa Central, fundada em 1916.

Sob o teto inclinado do quarto, pendiam maquetes de aviões de papel que Peter recortara e colara, modelos alemães e ingleses. Um da marca Vickers Wellington e um Spitfire, o caça multiúso Me 109 e aquela coisa vermelha de três asas, o triplano do barão Von Richthofen. Essa aeronave não combinava tão bem com o restante, era de uma época bem diferente! Mas Peter a mantinha ali, e não havia nenhum problema ficar pendurada junto às outras. Uma leve corrente de ar vinda da janela moveu as maquetes levemente umas contra as outras. Com uma pistola de pressão, às vezes Peter disparava na direção dos aviões, mas sempre atirava de modo que não os atingisse. E seria uma pena perder as maquetes, tanto trabalho investido nelas! Com a corrente de ar causada pelo projétil, elas balançavam um pouco.

Sobre a mesa ficava o microscópio: ver grãos de sal, cristais de açúcar, tudo bom e bonito, agora a gente sabe. Ao lado do aparelho via-se um vidro contendo uma infusão de feno, Peter queria observar a vida invisível aí presente, mas a coisa ainda não estava "madura", isso era um mundo por si só, com hora para devorar, para ser devorado, nascimento e morte, dissera o dr. Wagner.

No peitoril da janela, repousava o binóculo do pai. Aqui o microscópio, ali o binóculo. Quando as gralhas voavam de cima do carvalho, ele as contava. Também seguia com o binóculo o arco formado pelos gansos selvagens: recentemente estavam voltando a migrar para o norte. O que isso devia significar? Meados do inverno?

*Partam para o sul pelo mar,
O que aconteceu conosco?*[37]

Com o binóculo, diversas vezes por dia fiscalizava a casa na árvore, será que ela ainda está de pé? Também mantinha o conjunto habitacional sob controle. Mulheres que tiravam do varal longas ceroulas congeladas pelo frio — uma cena engraçada. As crianças dali nunca lhe despertaram interesse. Não conhecia os garotos e não queria também conhecê-los. Futebol? Não o teriam deixado jogar, mesmo que quisesse. Em geral: esporte? Às margens do rio Helge havia um barco a remo, às vezes dava uma volta no rio nessa embarcação. As vacas na outra margem vinham então correndo. Queriam ver o que estava fazendo lá.

Peter nunca descia até o conjunto habitacional, e dali também ninguém vinha ter com ele. A estrada ficava no meio. Ele também teria passado mal se tivesse ousado ir até lá. No conjunto moravam meninos muito robustos que apenas aguardavam a hora de jogar umas bolas de neve no garotinho plutocrata. Ou de lhe dar um mata-leão e não o deixar mais escapar! Num caso desses, a Titia certamente teria aberto a janela e intervindo.

Lá as crianças haviam instalado uma longa pista de trenó — teria gostado de experimentá-la uma vezinha. Drygalski

---
37. Trecho do poema "Wildgänse rauschen durch die Nacht" [Gansos selvagens fazem barulho noite adentro] (1916), da autoria de Walter Flex. Musicado por Robert Götz, fez parte do repertório da Juventude Hitlerista.

apareceu com um balde cheio de cinzas e inutilizou a pista. Isso irritou Peter, embora não lhe dissesse absolutamente nenhum respeito.

Quando queria sair para brincar nestes dias, Peter pegava o trenó e descia uma pequena encosta atrás da casa. Puxava-o de volta para cima e descia novamente. Também já fizera um boneco de neve, mas ninguém quisera ir vê-lo.
"Muito bem, meu filho, muito bem...", disse a mãe, mas mal tirou os olhos do livro que estava lendo. O boneco de neve tinha uma certa semelhança com o *Führer* e chanceler do Reich.

No verão, Peter geralmente passava horas na casa da árvore, que equipara para ser a sua cabine de avião: despertadores velhos como painel de controle, uma roda de carro como volante e uma lata como galão de gasolina, que enchia de água. Na parte da frente, havia montado peças que sobraram da aerodinâmica de um carrinho unido à lateral de uma moto. Voava sempre na direção do oeste. — Agora no inverno, a neve acumulava-se no avião.

Toda tarde, pontualmente às três horas, o professor dr. Wagner vinha à Georgenhof. Como não era casado, chamavam-no de "solteirão". Usava um cavanhaque e sob os óculos de ouro tinha bolsas palpebrais. Calções de golfe e protetores de orelhas. Agora no inverno, nestes dias frios, vestia um casaco com forro e gola de pele — que também já vira dias melhores. Wagner era professor de alemão e história, latim era a sua matéria secundária.

"São-nos contadas muitas maravilhas em relatos antigos..."[38]
 Apesar da idade, dr. Wagner ainda dr. Wagner ainda não podia se aposentar e, como afirmava, já estava farto: "Suportei setenta anos de vida e não dá mais para aguentar...". Alemão e história: ano após ano e dia após dia? E quando a gente mal acabou, ter de começar tudo novamente?
 Os muitos meninos na escola do mosteiro, a bagunça e a gritaria nos veneráveis claustros, e os colegas, todos na mesma rotina. Desde que os mais jovens foram para o front, quase não houve mais uma conversa que rendesse frutos na sala dos professores.
 A biblioteca era digna de ser vista. Haviam perguntado se não deveria ser levada para Königsberg. Era possível que os russos acabassem mesmo chegando por aqui? Mas, desde a destruição daquela cidade, disseram: Graças a Deus que não demos esse passo!

Quando Wagner pediu para ser transferido para essa escola, isso já fazia muitos, muitos anos, era verão, o sol então brilhara através das janelas ogivais, no jardim, canteiros de ervas aromáticas e flores por todos os lados, malvas, esporinha e floxes? Andorinhas chilreavam através dos claustros. O claustro inclinado e torto, o salão de reuniões com pé direito alto — maravilhoso no verão. No pátio, ainda se encontrava a fonte da Idade Média, totalmente coberta de hera. E com os colegas, jovens e recém-iniciados, houve uma boa harmonia.
 Mas agora o velho prédio — frio glacial, por mais que fosse aquecido. As salas de pé direito alto, úmidas...

---

38. Verso da *Canção dos nibelungos*.

Em vez de um distintivo do partido, dr. Wagner portava o lacinho da Cruz de Ferro[39] que ele, graças a Deus, recebera na Primeira Guerra Mundial. Com a ajuda desse lacinho e graças à sua afiliação ao NSV[40] e à Liga Colonial do Reich,[41] e devido às palestras que proferia de vez em quando sobre proteção aérea, lograra livrar-se de convites para filiar-se ao partido, que normalmente vinham do seu círculo de colegas, no início com mais frequência, depois mais raramente e agora definitivamente nunca mais. Conseguira livrar-se. Será que tinha algum pistolão?

Sabia tocar piano, e, quando alguém passava em frente à sua casa, era possível ouvi-lo tocar. E às vezes até cantava enquanto tocava. "Vivo muito recolhido", costumava dizer. Morava na Horst-Wessel-Strasse, uma rua bem ao lado da Secretaria da Fazenda.

Agora os portões da escola do mosteiro estavam fechados. Nas salas de aula abobadadas haviam colocado camas para pessoas idosas vindas de Tilsit. E dr. Wagner tornara-se supérfluo. Portanto, "cuidava" um pouco de Peter, como se dizia, o aluno predileto, a quem sempre dera uma atenção especial. "Não vou deixá-lo cair no desleixo!" A cabeça comprida, os

---

39. Condecoração instituída pela Prússia em 1813, posteriormente assumida pelo regime hitlerista.

40. NSV era a sigla de *Nationalsozialistische Volkswohlfahrt* [Bem-estar popular nacional-socialista], um programa de assistência social ativo durante o Terceiro Reich e criado em 1933.

41. Essa liga tinha como fito recuperar as colônias ultramarinas que a Alemanha perdera através do Tratado de Versalhes após o final da Primeira Guerra Mundial.

cabelos louros cacheados, os olhos sérios... E, mesmo tendo de caminhar quatro quilômetros de Mitkau até a Georgenhof, quatro de ida e quatro de volta, fazia questão de cumprir aquela marcha diária a pé, para verificar se estava tudo em ordem e para cuidar do menino, todos os dias pontualmente às três. "Não vou deixá-lo cair no desleixo!" O pai no front, a mãe tão ensimesmada, e ucranianas em casa...
"Esse menino tem muito potencial."

Agora o professor, o dr. Wagner, já estava cuidando de Peter, dia após dia, desde o Natal, não deixava de fazer a longa caminhada; era mesmo uma coisa óbvia e, além disso, costumavam servir-lhe um prato de fatias de pão com banha de porco. Não era convite a se recusar! Banha de porco frita com maçãs e cebolas, os torresmos bem crocantes? Para um homem solteiro, não estava nada fácil sobreviver nestes dias. Aqui pelo menos ficava sentado numa sala quentinha. E, na Georgenhof, a gente sabia exatamente o que ela tinha a nos oferecer.

Embora ele próprio gostasse de animais, como afirmava, o cachorro Jago não era seu amigo. Quando lhe entregavam as fatias de pão com banha de porco, o cão rosnava. E nas visitas noturnas à cozinha — pois bem, antes de ir para casa, ainda dava uma passadinha rápida na cozinha, segurando a pasta na mão, para desejar boa-noite às moças —, o animal chegava inclusive a enfrentá-lo e a arreganhar os dentes!
Numa das vezes em que quis verificar se estava tudo em ordem na cozinha, já aconteceu de as moças fecharem a porta por dentro. Mas dr. Wagner não nasceu hoje, ele sabia das coisas.

Às vezes fazia cálculos para ver se as calorias que absorvera na Georgenhof poderiam cobrir o consumo de que necessitava, quatro quilômetros de ida, quatro de volta com vento e tempo ruim? E dava a entender coisas, só que ninguém reagia às alusões.

Havia um atalho, por fim o descobrira, que encurtava o trajeto, às vezes o utilizava, mas guardava essa informação para si...

Fiel e bem-comportado, dr. Wagner apresentava-se dia após dia e sempre captava como podia fazer Peter se interessar por alguma coisa. Por exemplo, gostava de pegar a enciclopédia *Knaurs Lexikon*, inseria uma faca entre as folhas e em seguida abria o livro, que chamava de "caixinha do tesouro", e Peter podia ler em voz alta aquilo que fora escolhido por mero acaso. "Meter a faca na Bíblia" era o nome que dava a isso. E não importava o que encontrassem, sempre acabava sendo interessante. As coisas desinteressantes eram simplesmente deixadas de lado. "Lactário, cogumelo, v. Lactarius." A riqueza da natureza, quantos cogumelos existem no mundo, comestíveis e não comestíveis, e pensar que na verdade são parasitas, mas úteis e ao mesmo tempo saborosos. Cantarelos, por exemplo, refogados na manteiga, ou champignons, que eram considerados uma especialidade gastronômica e tinham um ótimo sabor se fossem preparados corretamente.

Dr. Wagner não se ocupava da Bíblia. Tinha algumas opiniões contrárias à Igreja — nos anos 20 alguém o tinha incomodado com isso. Na juventude, pertencera à doutrina da Ação Divina Livre, cujos membros gostavam de reunir-se no bosque e ali, sob as coroas de árvores antiquíssimas, dirigir-se a Deus. Àquela época, a Igreja oficial, após emitir algumas opiniões tolas sobre o assunto, se afastara dele, e então também acabou se desligando. Seja como for, dava para economizar o imposto eclesiástico.

Da corrente do relógio, pendia uma lapiseira de prata; ele a tirava da capa com muita delicadeza e em seguida a repunha.

Às vezes, cerrava o punho, às vezes deixava a mão estirada sobre a mesa e sempre o fazia com respeito. Usava um anel de sinete azul, que apresentava certa falha numa determinada parte, provavelmente tinha caído água quente ali.

Os momentos de reflexão também o faziam ficar puxando o cavanhaque para a frente. "Não sei ao certo se você tem razão?", esse devia ser o sentido. Nunca afirmava de forma direta: "Que tolice!". Gostava muito de deixar as coisas a cargo dos outros. Era o seu método, e na verdade até deixava que o pupilo lhe ensinasse coisas: por exemplo, pedia que lhe explicasse as maquetes dos aviões que pendiam do teto, a diferença entre bombardeiro e caça e que o bombardeiro Wellington tem uma torre de tiro na cauda, de onde não haverá salvação para o atirador se aquela coisa incendiar. Mas o triplano vermelho, esse o dr. Wagner conhecia, ele mesmo já havia visto certa vez Richthofen às margens do rio Somme — algo em que Peter não conseguia acreditar de jeito nenhum. E o mestre imitava o matraquear agudo das metralhadoras dos aviões, mostrando com a mão aberta como Richthofen manobrava o seu "carango voador". Infelizmente sempre voltava a pisar o ferrorama de Peter, alguns trilhos já estavam achatados, e até havia jogado futebol com a estação ferroviária. "Oh! meu querido menino", dissera. "Mas eu lamento muito. Você precisa apanhar essas coisas do chão...", e fazia menção de se ajoelhar com as juntas estalando, a fim de pôr tudo em ordem novamente. Quando criança, também possuíra um ferrorama, não tinha a menor ideia do que foi feito dele. Era maior do que o ferrorama de Peter. Pessoas de papel machê ficavam sentadas nos vagões abertos, e a locomotiva tinha uma longa chaminé.

Sobre a mesa redonda no quarto de Peter, ainda se via, desde o Natal, a toalha bordada à mão com os sinos vermelhos e os galhos verdes de pinheiro balançando. E era nessa mesa onde se realizava o *studium generale*: havia livros escolares espalhados, *O que nasce sobre a mesa e no peitoril da janela?*,[42] com representações esquematizadas de plantas, e um atlas. Podia-se ler onde extrair bauxita, num mapa específico, e quantas eclusas tem o Canal do Panamá. A vida: "A vida é interessante para onde quer que a gente olhe...".

A localidade de Mitkau era difícil de ser encontrada nos mapas, mas Königsberg aparecia grande e visível. Afinal de contas, Kant viveu em Königsberg, a gente não pode esquecer. Kant também foi solteirão, só que isso não tem nada de especial.

Sempre que surgia uma oportunidade, Wagner mandava o menino fazer cálculos: "Um ciclista vai de A até B...". Na verdade é coisa bem simples, regra de três: o que a gente precisa escrever *acima da linha da fração* e o que deve ficar *abaixo*

---

42. *Was blüht auf Tisch und Fensterbrett?*, livro sobre plantas que podem ser mantidas dentro de casa; publicado em 1937, teve diversas reedições nas décadas seguintes.

dela, e depois a gente reduz e multiplica, é tudo bem simples; mas Peter acabava sem entender, embora dr. Wagner falasse com muita ênfase e batesse suavemente com o punho sobre a mesa. Não, ele não entendia.

Inglês: "*I have washed, you have washed, he has washed*". Como é que os ingleses, esse povo tão culto, arrasaram uma cidade como Königsberg? A catedral! O massacre! Entenda quem quiser. A sua querida Königsberg! Às margens do rio Pregel, comera solhas num pequeno restaurante... E depois os apitos que se ouviam dos grandes barcos lá no porto...
    Por que não viajara pelo mundo, antes da guerra, quando ainda era possível?, perguntava-se dr. Wagner. Supunha que um dia Peter sentiria o vento soprar no nariz de uma forma bem diferente.
    Os apitos dos navios e as solhas assadas, isso não saía da memória do dr. Wagner. E batatas assadas crocantes e num tom amarelo-dourado? Na verdade, um prato bem simples?
    Obviamente, dr. Wagner também explicava ao garoto o que significava "economia nacional". E que colecionar selos era uma coisa boa, essas coisinhas eram como pequenas ações cambiais. Colecionar, sim, mas *remendar*? Remendar um único dente na borda do selo, não cogitava que uma coisa dessas fosse possível. Seria fraude pura e simples? Não, talvez estivesse perdendo o controle sobre a imaginação? O quê? A gente deveria sempre ficar do lado da verdade. Sempre ficar do lado da verdade e poder silenciar também em relação a determinados boatos que as pessoas agora andavam sussurrando. Pessoas com discernimento haviam começado a propagá-los, haviam visto algo

no leste. Coisas que eram tão equivocadas que sequer a gente podia imaginar?

Pintar um ponto preto sobre cada selo? Será que era mesmo uma boa ideia? Melhor não! Se alguém chegar a ver? Algo assim seria difícil de justificar...

Colecionar selos e colecionar moedas. Por que não? Objetos com valor estável! Se as notas de marco, como unidade monetária, há muito tempo entregaram os pontos, os selos continuam existindo, a menos que peguem fogo...

A inflação — milhões e bilhões? Difícil de entender e complicado para explicar.

No atlas, buscaram "Budapeste", porque as notícias falavam dessa cidade. Até onde os russos já haviam avançado — endireitamentos do front[43] no decorrer de movimentos de recuo — e onde os americanos realmente se encontravam. Marcar um mapa com alfinetes? O referido mapa já estava pendurado na parede, mas com a marcação contrária: até onde os alemães haviam avançado no leste, com pontas de lança e cercos, mas não era possível ver onde agora se encontravam. Sabiam onde, por sua vez, estavam os russos. A menos de cem quilômetros de distância...

Budapeste ficava na Hungria e pertencera à Áustria. Ao Império Austro-Húngaro. Muito tempo atrás. Por si só, uma cidade adorável.

A valsa do imperador, a gente tinha visto esse filme.

---

43. O termo original em alemão, *Frontbegradigung*, é entendido como um eufemismo no sentido de "bater em retirada, recuar".

De vez em quando, Katharina também se sentava à mesa, silenciosa e retraída como sempre se portava. Trazia consigo chá e ocupava o lugar ao lado do pedagogo de cavanhaque. Ainda podia aprender alguma coisa. Às vezes, até trajava um vestido apropriado para a tarde, como nos velhos tempos. E, quando os raios de sol entravam no quarto fazendo os cristais de gelo cintilarem na janela, o gato também aparecia e se deitava na cama de Peter, ajeitando as patas por baixo do corpo.

Ocasionalmente, a conversa dos dois adultos ganhava autonomia, se estendia mais e mais, e Peter se acocorava no chão ao lado do ferrorama e dava corda na locomotiva. Na curva, às vezes os vagões descarrilavam.
 "Vá devagar, meu garoto, vá devagar..."
 O fato de que pessoas com discernimento haviam visto, no leste, coisas que estavam acontecendo? A nossa boa pátria alemã? Pelo amor de Deus?

Katharina acendeu um cigarro e buscou no mapa o lago de Garda, e tentou imaginar como devia estar lá agora, e pensou em Veneza, como ela, ao lado de Eberhard, ficou sentada num hotel frio, e choveu o dia inteiro. Num passeio de gôndola, pegou frio na altura do abdômen e voltou para casa com uma inflamação nos rins, e acabou-se o que era doce.
O saque de Roma pelos vândalos. Os italianos do Castelinho do Bosque, será que eram sicilianos?
 Católicos, seja como for, eles eram. Certa vez um padre esteve com eles: um dos italianos adoeceu e morreu, no frio Reich alemão onde ainda devia haver lobos e auroques, longe

longe de nós... na inóspita Germânia. Podiam ter-lhe desejado um outro fim.

Sem levar em conta o garoto, dr. Wagner sempre voltava a falar com Katharina sobre situações, e que situações são essas, às quais a gente agora está exposto. Abafava a voz: a olaria em Mitkau, as pessoas que precisam trabalhar lá, presos metidos em casacos listrados? O que talvez ainda esteja por vir? "Quem teria pensado nisso?" Não havia nada de estranho em, de vez em quando, pousar a mão no antebraço daquela mulher calada. Quando a gente já se conhecia havia tanto tempo? Só que não precisava disso.

"A senhora também vai partir para o oeste?", perguntou, triste. E em seguida fazia alusões e formulava a pergunta com cuidado, se não poderiam levá-lo junto nessa grande viagem? No veículo certamente ainda haveria espaço?

Poderia ter viajado para o Reich de trem, mas quando exatamente deveria fazê-lo? Quando terá chegado o momento certo? E: para onde exatamente? E como justificar uma viagem assim?

A Titia também já quis participar das aulas. Aparecera com uma pasta contendo umas imagens, "ilustrações sobre a história bíblica", e falara sobre o Salvador. Mas isso não caiu em solo fértil. O fato de a antiga coroa imperial alemã ter uma cruz era irrelevante, interveio o dr. Wagner — ocidente cristão! —, e depois conversou com a Titia sobre o pastor Brahms, de Mitkau, ressaltando como ele era imprudente. Em vez de calar a boca, mencionava nos sermões, como se ouvia dizer, as coisas mais impróprias. Deus não se deixa escarnecer!, bem nesse estilo. E depois foram ditas as palavras "campo de concentração", e a voz foi abafada.

Muito boa foi a ideia que dr. Wagner teve de criar umas charadas.
"À pátria, à pátria amada, junte-se..."[44] Qual é a charada? Ou: "De ermas cavidades de janelas, o horror espreita"? Schiller em geral: seria perfeitamente adequado para isso.
Quadrados mágicos com números — da esquerda para a direita, de cima para baixo, que fazendo a soma sempre resultam no mesmo número? Singular e incompreensível. Com isso a gente deveria poder conjurar algo? Banir o infortúnio? Dürer também se dedicara a uma coisa assim. Albrecht Dürer, oriundo de Nuremberg, essa maravilhosa cidade que agora também se encontra em ruínas, assim como Königsberg e Hamburgo, Frankfurt e Colônia.

Charadas: tudo muito bacana. Mas por que propor uma charada a uma pessoa se ela já souber o que vai dar no final? Peter não concordava com isso.
Quando as coisas ficassem feias, também se poderia ganhar dinheiro com uma fábrica de charadas, disse dr. Wagner. Talvez cinco marcos por cada uma?
Quando Peter disse que simplesmente seria possível copiá-las das *Folhas volantes* e vendê-las?, mais uma vez não foi a melhor saída. Houve uma longa reprimenda, na qual os dez mandamentos também foram mencionados, além da

---

44. "*Ans Vaterland, ans teure, schließ dich an*", verso de *Guilherme Tell*, de Friedrich Schiller.

repreensão sobre contar mentiras. E que a pessoa também sempre precisa se lavar muito bem, um garoto alemão também precisa lavar direito as mãos, não é?

"E sempre ser cuidadoso, meu menino, isso também faz parte da vida."

Se seria uma boa coisa marcar os selos de Hitler com um ponto preto?, essa é que era mesmo a questão.

"Brigue, um navio com dois mastros totalmente equipados..."

Em Königsberg, contou o professor, vira alguns belos navios à vela. Por que, àquela época, quando ainda era possível, a gente simplesmente não foi embora? Pois o mundo todo não estava aberto para a gente?

Mas para onde? Para onde?, essa era a questão. Para onde a gente deveria ter ido?

Enigma: as grandes questões da humanidade. Quando tocou nesse assunto, dr. Wagner se recostou e olhou longe: De onde viemos? Onde desembocaremos? Eram perguntas que, ao longo de seus setenta anos, já se fizera diversas vezes, mas de cuja solução sequer se aproximara um milímetro. Ter de aperfeiçoar os dons naturais da pessoa, era esse o sentido da vida? Visar ao aperfeiçoamento no sentido de Goethe.

Afirma que, quando agora fica sentado muito solitário no quarto, com frequência pensa nos belos tempos, em casa, e como ele comia solhas assadas com a mãe à beira do rio Pregel. E que lamentava não ter sido mais amável com ela...

"O tempo, o tempo, não se pode fazê-lo voltar atrás, meu garoto...", e se levantou e olhou para o relógio de cuco, observando como o pêndulo balançava com tanta rapidez, da esquerda para a direita e vice-versa, e de súbito se abre a portinha, e o cuco sai lá de dentro, gritando, queiramos ou não ouvi-lo.

Para ele, algumas coisas eram enigmáticas. As diferenças entre as pessoas... independentemente das diferenças entre homem e mulher. Por exemplo, alemães e russos... Os alemães limpos, eficientes, justos... Os russos, por seu turno, preguiçosos, sujos, cruéis? Mas também ao contrário: os russos, em princípio, bondosos, e os alemães... Nos últimos tempos havia mesmo algumas coisas incompreensíveis, mas sobre as quais não queria falar aqui agora. Coisas que na verdade seriam totalmente desnecessárias?
"Enigma", uma bela palavra que não se refere às grandes questões da humanidade, mas sim, bem mais, às pequenas, que, como um todo, resultariam decerto numa grande questão: por quê?

Havia situações que dr. Wagner não dominava tão bem, que logo o deixavam confuso, em geral eram coisas bem simples. Mas isso também fazia parte do planejamento educacional do pedagogo: há mesmo coisas que até um adulto não domina tão bem, era preciso chegar a essa conclusão. Mas óbvio que não dizia a Peter. Deixava que o menino tirasse as suas conclusões, mesmo que fossem bem equivocadas.
Como germanista, o foco de dr. Wagner se voltava para a língua alemã: mandava Peter recitar poemas e, com uma lapiseira de prata, marcava pontos e linhas nos versos do livro de poesias, sílabas acentuadas e não acentuadas na métrica alemã, também é preciso perceber o que é um grande fôlego...

Von férn ein Schéin, wie ein brénnendes Dórf,
Máttdüsterer Glánz auf den Láchen im Tórf...[45]

Segundo o mestre, existem duas graças no respirar etc. etc.[46]

Atendendo ao estímulo do professor, Peter escreveu uma longa redação sobre a Georgenhof. Ficou dias ocupado com esta tarefa: "Minha terra natal". Experiências e acontecimentos que o menino ornou com ilustrações. Uma carroça de feno com um raio sobre ela e ameaçadoras nuvens de chuva, e a colheita de cerejas, ele sentado com as primas na cerejeira, e a Titia olhando pela janela. Ela dissera que era preferível preparar geleia de cerejas em vez de colhê-las e enfiá-las todas na boca.

Peter escreveu que a fazenda era apenas uma *quinta* pertencente à antiga Georgenhof, cujas ruínas ainda se encontravam no bosque; fora incendiada em 1807 pelos franceses e depois nunca mais reconstruída. Costumava perambular pelos entornos, embora fosse proibido de brincar nas ruínas, haviam visto víboras por lá, e possivelmente todos aqueles troços um dia acabariam desmoronando por completo? De qualquer modo, acabava

---

45. Versos extraídos do poema "Hunnenzug" [Cortejo dos hunos], de Börries Münchhausen (1874-1945). O acento agudo em diversas palavras dos versos do poema indica a tônica das sílabas na métrica alemã. Traduz-se: "De longe um brilho, como uma aldeia ardendo/ Fulgor embaciado sobre os pântanos na turfa".

46. Referência aos versos do poema "Talismã", de Goethe, contido na obra *Divã ocidento-oriental*: "Existem duas graças no respirar:/ sorver o ar, dele se liberar./ Um refresca, o outro oprime:/ a vida é assim, mista e sublime./ Graças a Deus, se ele te aperta;/ dá graças a Ele se te liberta".

indo de vez em quando. Também já atraíra as primas para o lugar e muito as assustou imitando uma voz cavernosa de fantasma.

A Juventude Hitlerista fizera um encontro durante a noite nas arcadas que ainda estavam de pé, empunhando archotes fumegantes e entoando canções de resistência.

Um jovem povo se ergue,
Pronto para o ataque!
Levantem alto a bandeira, camaradas![47]

Ainda tinha um epílogo. A polícia conversou com a Juventude Hitlerista, informando que assim não é possível, como é fácil uma arcada dessas desmoronar!

Abaixo da redação, quando o menino finalmente a concluiu, dr. Wagner escreveu *bom!* com tinta vermelha, e a Titia juntou as folhas, prendendo-as com uma fita azul: pois já era quase um livro! Seria dado ao pai como presente de aniversário. Estava sobre a mesa dele, e Peter ficava imaginando como o pai ficaria alegre com o livro. O aniversário seria em maio. No gracioso mês de maio.

Ao lado do quarto de Peter ainda havia um aposento. Ali estivera Elfie, a irmãzinha, que morrera já fazia dois anos.

Deixaram tudo ficar como na época em que ela era viva, a casa de bonecas, o teatro de marionetes. Sim, até a bruxa de crochê, de cuja barriga pendia um cordão com um metro de

---

47. Referência à canção de propaganda hitlerista "Ein junges Volk steht auf", composta por Werner Altendorf e publicada em 1935.

comprimento. No armário ainda estavam penduradas as roupas, e até pouco tempo costumavam mudar a roupa de cama: sobre o travesseiro havia uma foto da menina. Tinha trancinhas cacheadas, mas não louras, e sim negras como azeviche.

Quando morreu, o gato havia fugido, somente retornou três dias mais tarde.

Que pena, pensava Peter, às vezes, deitado na cama: agora eu teria batido na parede, e ela teria respondido batendo na parede do outro lado.

KATHARINA

Desde que Eberhard foi convocado, Katharina vivia no "refúgio", como ambos chamavam o pequeno apartamento. De início, a tia começou a passar lá em cima durante o café da tarde e a tentar manter conversas, contar sobre a Silésia, como havia sido quando a expulsaram da fazenda — todos os dias se apresentava para discutir longamente os sofrimentos do mundo, todos os dias das três às quatro? Quando isso ameaçava se tornar um hábito, Katharina passou a manter a porta trancada. "Preciso de tempo para mim", disse. Não simplesmente umas horas, mas dias. Semanas, sempre precisava de tempo para si. Cada pessoa leva a própria vida, e na verdade ela não era uma mulher do campo, dissera-o desde o início, teria gostado de ser livreira, nunca ouvira falar antes de cal e nitrogênio. E ordenhar vacas?, pelo amor de Deus!

Vivia aqui neste pequeno e aconchegante apartamento, e a Titia tinha o seu belo quarto — sempre sol?

Afora isso, estavam todos juntos durante as refeições, no salão do andar inferior, assim era possível conversar rapidamente sobre tudo. Podia-se fazê-lo facilmente.

O pequeno apartamento era composto de uma sala de estar, do dormitório e de um pequeno gabinete com prateleiras de livros nas paredes, cujos suportes eram de bronze dourado. Aqui havia romances, um ao lado do outro, todos já lidos, pois Katharina era, por assim dizer, um rato de biblioteca desde a infância. Queria ter-se tornado livreira, e não dona de uma fazenda, sempre o disse. E foi também numa biblioteca que Eberhard então a revira, em Berlim, onde ela e ele, às dez horas de uma certa manhã, estavam olhando para o mesmíssimo livro, e era justamente o *Livro da Vida*, como depois constou no texto do álbum de casamento.

Com regularidade, ela se reabastecia de livros comprados em Mitkau, era o luxo que se dava. Mesmo nestes tempos, o livreiro de lá sempre tinha algo escondido para ela. Konrad Muschler, Eckart von Naso e Ina Seidel. Mas também a Série Livros Azuis — volumes ilustrados que ela costumava folhear: *Terras alemãs...*

No gabinete ficava a pequena escrivaninha, em frente da qual se sentava para escrever cartas aos parentes em Berlim — informando que está tudo bem, mas o que realmente deverá acontecer? — ou ao marido na distante Itália. Antes da guerra haviam viajado à Itália no Wanderer novinho em folha, foi uma viagem especial, e agora Eberhard estava estacionado lá havia meses...

Viam-se sobre a mesa porta-retratos com fotos dos pais e uma pintura a óleo da pequena Elfriede, feita pouco antes de a menina ter sido levada pela escarlatina em 1943, quando não se acreditava mais em nenhuma doença infantil grave. Agora já estaria com quase oito anos, Katharina sempre refazia as contas.

Um candelabro ficava ao lado da escrivaninha, dispunha de cinco velas, nunca eram acesas. Ainda encontraria uma ocasião para isso. Depois da guerra, quando tudo voltar a se normalizar.

Anexo ao refúgio havia um jardim de inverno que emprestava luz ao apartamento. De lá, passando por cima do telhado plano da sala de verão e do terraço, avistavam-se o parque, o gramado cercado de rododendros e o pavilhão alviverde da Titia, que mandaram construir em 1936, na época em que tudo prometia ficar melhor. O carpinteiro da aldeia o montou em três dias para o aniversário da Titia, foi uma grande surpresa! E se usou apenas uma única vez.

Katharina gostava de ficar sentada no jardim de inverno e olhar para o bosque negro lá embaixo, que estava plantado como um muro por trás do prado do parque. Aqui costumava se sentar na companhia da amiga Felicitas, que sempre ria com tanto gosto e a toda hora tagarelava alegremente — aqui não eram incomodadas e, de certo modo, mantinham contato com a natureza.

Felicitas com a água-marinha resplandecente em torno do pescoço e Katharina com o medalhão de ouro, no jardim de inverno, atrás de cactos e gerânios.

Felicitas, loura, um pequeno e belo rosto com nariz pontudo, era sempre tão divertida e, com todas as suas histórias, fazia rir a fleumática Katharina. De todas as experiências — e tinha muitas — sabia tirar algo de engraçado e contava com riqueza de gestos a Katharina, que somente conseguia ficar admirada com a imaginação da amiga. Se alguém estivesse no terraço, ouvia cada palavra dita aqui em cima, todas essas histórias, e ali também teria havido motivo para darem algumas boas risadas.

Riam muito as duas amigas, mas às vezes uma também desanimava a outra; depois falavam de Fritz, de Frankfurt, que tivera de ir à Suíça no meio da noite e do nevoeiro, e Felicitas ainda tinha muitas outras coisas no repertório.

Também havia algumas histórias sobre as quais nunca falavam, cada uma as mantinha ferrenhamente apenas consigo mesma.

Uma desanimava a outra, as duas amigas — mas em seguida também voltavam à carga. Felicitas sabia bem como o fazer.

Agora, na estação do frio, não ficavam sentadas no jardim, agora tomavam o café na pequena e aconchegante sala de estar. Katharina comprara umas pequenas e graciosas poltronas próprias para mulheres.

Na parede, de fato, havia uma pintura do observatório astronômico de Treptow, foi uma imposição de Eberhard.

Ao lado do quadro havia todo tipo de postais com fotos, a mãe de Dürer e também a *Medeia* de Feuerbach.

No meio do apartamento, uma estatueta de porcelana, intitulada *Mulher agachada*, ficava sobre uma mesinha de plantas que já perdera a função original. Entrando-se ali, logo era possível vê-la. Eberhard a trouxera de Berlim, KPM, Manufatura Real de Porcelana.

Felicitas não aparecia mais nos últimos dias, estava grávida, o vento frio e as ruas lisas? Com que facilidade poderia cair!

Katharina ficava sentada sozinha no quarto, lendo ou confeccionando figuras com papelão preto, normalmente flores e pássaros, que colava num álbum dedicado ao ciclo das estações do ano. Quando terminava uma obra de arte dessas, acendia um cigarro e ficava contente.

Nesta guerra, Eberhard esteve viajando por lugares distantes, os belos dias na França, a orgulhosa Grécia... E depois a Ucrânia com os vastos campos de girassóis? E: trigo? Tudo sempre dera muito certo, embora na Ucrânia uma vez tivessem colocado uma mina na cama dele. E agora a Itália!
    De onde estava, enviava pacotes, e Katharina encaminhava algumas coisas para os familiares em Berlim. Será que não recebiam essas coisas? "Vivemos aqui dos nossos vales-alimentação", escreviam, e Katharina lamentava. Por isso, nos últimos anos, sempre dava um jeito de ir a Berlim para ajudá-los naquela situação difícil. E Berlim lhe oferecia aquilo que não tinha na Georgenhof: teatro, concertos e também cinema. *Rembrandt*, esse maravilhoso filme.
    E depois chegavam pacotes de livros, grandes e pequenos, na Georgenhof.

Mas agora os russos estavam na fronteira, quem teria imaginado, e Katharina se recolhera por completo. A questão era se não seria melhor irem para Berlim, mas Katharina recuava devido às ofensivas por lá. Além disso, Eberhard já havia pressentido uma coisa, que as pessoas também andavam dizendo: nestes tempos cada um deve permanecer onde está.
    Pelo contrário! Os berlinenses haviam cogitado mudar-se para a Georgenhof e "aguardar tudo na calma". Na semana antes

do Natal, haviam se visto pela última vez e choraram na hora da despedida. Elisabeth — realmente uma criatura muito simpática. Com os pés malformados, com certeza não devia ser nada fácil. Katharina não ousara perguntar a Ernestine se ela poderia levar Peter consigo? "Onde é que ele vai dormir?", teriam perguntado. E assim deixou-se de lado esse assunto.

Para a festa natalina, Katharina levou a eles um ganso cevado. Wladimir olhou se estava tudo certo?, e a Titia teve de refletir longamente como deveria fazer a anotação contábil de que haveria um ganso a menos circulando pelo quintal. E será que a gente não entraria numa fria com isso? Ora, os gansos não são contados um por um? Drygalski, esse chefe nazista, talvez acabasse percebendo algo? Afinal, tinha os olhos por todos os lados. Mas, por fim, também poderia ter sido a raposa.

Havia muito tempo que Katharina não era incomodada com questões de economia doméstica. "A sua tia está aí?", perguntavam quando ela de fato chegava a atender o telefone, depois de haver tocado mais de dez vezes, e era assim mesmo que preferia.

"Deixa, Kathi", diziam, "a Titia já se ocupa disso...", e assim também ficava acertado.

Ainda que quisesse se preocupar com alguma coisa que fosse, não a teriam deixado. "É uma sonhadora", diziam, "faz tudo errado". Alguns até achavam que ela tinha "o nariz empinado" e sentiam pena de Eberhard von Globig: viver com uma mulher dessas devia ser mesmo um destino pesado. Saía para espairecer enquanto outras pessoas, por terem de trabalhar, ficavam plantadas num só canto! Deitava-se no terraço enquanto os trabalhadores, pingando de suor, ceifavam o centeio? Sempre lia livros, inclusive já fora vista no bosque com um estojo de tintas, reproduzindo num quadro os velhos carvalhos cobertos de hera e o rio ladeado de salgueiros...

"Você nunca visita o túmulo de Elfie?", perguntou a Titia certa vez, e isso provocou entre as duas mulheres uma ruptura que nunca mais foi superada.

Quando veio pela primeira vez à Georgenhof, o sogro lhe mostrou, no bosque, as ruínas do velho castelo. Os degraus do portal e as colunas inclinadas para trás. "Apenas para esquentarem os pés, os franceses incendiaram o castelo", disse. Ele sempre gostava de chamá-la "minha filhinha" e agarrá-la pela cintura. E depois veio a apoplexia e muito tempo acamado, e apenas Katharina estava autorizada a sacudir os travesseiros do sogro. Ficava sentada ao lado do leito, e ambos suspiravam. No testamento, uma menção especial: "O chapéu de astracã, filha, é teu". O gorro que o russo deixara lá, branco, feito com a lã de um cordeiro.

Deixavam-na em paz, mas, quando as duas ucranianas queriam pedir alguma coisa, dirigiam-se apenas a ela. Tinham o direito, inclusive, de subir até os aposentos dela. Lá choravam alto, tão alto quanto gritavam uma contra a outra na cozinha. Katharina lhes dera umas calças de presente, remendadas, sim, mas que ainda podiam usar, e no último verão foi com elas até o rio Helge tomar banho! Katharina também desenterrou saias e um casaquinho que usara em Cranz, naquele dia, no café do mar Báltico, "suba alto, ó rubra águia...", naquele verão único, os barcos à vela inclinados no mar azul cintilante? Era

Sonja quem agora usava o casaquinho quando ia ao Castelinho do Bosque visitar os trabalhadores estrangeiros, com a trança loura rodeando a cabeça.

Essa história do passeio ao rio Helge teve um epílogo. Drygalski apareceu na margem, com coturnos marrons[48] de cano alto e teria chamado as mulheres para fora quando as ouviu gritando e chapinhando a água. Disse que isso implica consequências desagradáveis: sair para banhar-se com trabalhadoras do leste? Pois onde é mesmo que existe uma coisa assim? Houve momentos difíceis, mas depois nada aconteceu. Em Mitkau conseguiram cancelar o boletim de ocorrência. Sarkander dera um jeito. Afinal de contas, essas trabalhadoras do leste haviam vindo de livre e espontânea vontade para o Reich, e, segundo ele, isso precisava ser levado em consideração.

Katharina sempre trancava a porta do seu refúgio, por dentro ou por fora, segundo o caso, e nunca largava a chave. Quando alguém batia à porta, perguntava, incomodada: "Sim, o que é que *há*?...", e abria apenas uma fresta. Se normalmente também não tinha uma opinião formada sobre nada, aquiescia a tudo e não sabia ao certo o que a esperava: aqui permanecia implacável. Em qualquer lugar a pessoa tem de ter o direito de estar a sós. Afinal, a casa era bastante grande!

A única coisa que restava à tia nas horas de extrema urgência: subir até o sótão, ficar andando de um lado para o outro acima do quarto de Katharina e bater com os pés até a poeira começar

---

48. Marrom era a cor símbolo do regime nazista.

a cair, incomodando o sossego de Katharina. Mas mesmo assim raramente acontecia de Katharina ter alguma condescendência.

Em geral, Katharina ficava deitada na cama, contemplando as mais graciosas madonas em livros de arte, ou lendo, ou ainda recortando figuras de papelão preto para usar no seu ciclo das estações do ano. Aliás, costumava fazer isso sem antes desenhar as figuras! Felicitas se admirava com a destreza e saía contando a todos a façanha da amiga.

Sobre a mesa, Katharina gostava de ter sempre um daqueles pratos tão apreciados pelo economista, no qual punha maçãs. Aqui ficava o prato com as maçãs, ali a *Mulher agachada*, e na parede pendia a *Medeia* de Feuerbach.

Ocasionalmente, ouvia-se música vindo do quarto, o antigo rádio da marca Blaupunkt com o olho mágico, e a fumaça de cigarro penetrava por toda a casa. Ela já estava de novo deitada na cama, lendo?

Às vezes ficava à porta escutando se havia alguém lá fora, à espreita.

"Ninguém perdeu nada por aqui", dizia, e era ela mesma quem fazia a limpeza, embora em situações normais nunca ajudasse nesses trabalhos. Aqui em cima recebia Peter vez ou outra, quando ele havia terminado os deveres escolares, e isso era aborrecido para ela, e batia com o caderno nas orelhas do menino quando ele não escrevia direito, mas em geral era complacente. Datas históricas? Disso também não entendia patavina.

O importante era que o boletim fosse razoável. "Você pode fazer o que quiser", costumava dizer, "o importante é que o boletim seja razoável." Se assim não fosse, como é que poderia olhar na cara do pai? Mas, desde que o professor dr. Wagner assumira as tarefas educacionais, ela não mais se preocupava com isso.

"Não é uma linda cena?", Lothar Sarkander deixou escapar essas palavras quando naquele dia estava na sala de verão com ela, assistindo ao piquenique dos familiares no parque, ofuscados por borboletas brancas da couve. Agora isso já fazia tanto tempo. Lothar Sarkander, o homem com a cicatriz no rosto, fruto de algum duelo de esgrima, e com a perna dura, havia dito aquelas palavras, esse homem que cuidava em Mitkau para que não faltasse nada à família Von Globig. Tinha cabelos ondulados, levemente grisalhos nas têmporas.

Havia ficado de pé ao lado dela, apontando para a bela cena que se oferecia lá fora: a família acampada, as crianças diante do bosque escuro e silencioso, e as borboletas brancas revoluteando por cima de todos. Isso permanecera na memória dela, não conseguia esquecer.

"Não é uma linda cena?"

Uma frase dessas nunca teria saído da boca de Eberhard. Mas a *Mulher agachada*? — foi Eberhard quem lhe dera a *Mulher agachada* de presente. Ou ele havia permitido a si mesmo o prazer de ter aquela pequena escultura?

Até mesmo as ucranianas haviam se aproximado da estatueta e a haviam tocado. Felicitas sempre voltava a conjeturar sobre o alto preço que devia ter custado, da KPM, não era inclusive assinada?

Infelizmente, vez ou outra, as pessoas do conjunto habitacional usavam o parque como atalho quando iam a Mitkau, embora houvesse uma placa na qual se lia "Passagem proibida!". Especialmente Drygalski se destacava nessas ações, atravessava com passos duros, amassando a relva e cuspindo à esquerda e à direita, mirando os rododendros. Passava ao largo da cozinha e ali virava para entrar no parque, a sua imagem se refletia nas janelas da sala de verão, ele olhava para cima, na direção dos aposentos de Katharina, e saía do parque lá do outro lado. Agora, no inverno, a cobertura branca de neve ficava desfigurada por um escuro semicírculo de pisadas em redor da casa.

Às vezes era possível ouvi-lo xingando as moças à porta da cozinha, inquirindo o que estavam fazendo lá, dizendo que logo ia fazê-las trabalhar mais rápido e outras coisas mais que não lhe competiam.

"Deixe-o para lá!", dizia Katharina quando a Titia lhe contava essas coisas. "Esse homem decerto também tem lá os seus problemas."

Katharina olhava para o semicírculo de pisadas lá embaixo quando conferia o termômetro no jardim de inverno ou quando abria a janela para espalhar ração na casinha dos seus amigos de plumas. A Titia avistava lá na frente a casa na árvore de Peter, e Katharina via o semicírculo lá embaixo, que estava cheio de pegadas no meio da neve límpida.

Cristais de gelo formavam uma capa sobre a janela, e a porta ficava protegida com mantas verdes contra o vento frio. Na sala de estar, sob a água-furtada, havia um cubículo usado para guardar malas e roupa de cama. Em princípio, aquilo incomodava. Por isso Katharina também posicionara, na frente desse espaço, uma arca artesanal pintada com motivos florais, na qual estendia uma coberta.

Katharina também mantinha aquele cubículo fechado, lá eram estocados suprimentos especiais permanentemente repostos por Eberhard, sobretudo cigarros, café e chocolate em pó, além de sabão da França — num momento em que não há nada mais disponível para compra. Licor, conhaque e dezessete garrafas de vinho tinto italiano da marca Barolo Riserva.

A existência desse armazém de suprimentos também era o motivo pelo qual o quarto sempre era mantido fechado, pois poderiam farejar as mercadorias contrabandeadas: fumo? chocolate em pó? sabonete?

Quando Eberhard estivera ali pela última vez, no outono, com o coração pesaroso e pensamentos sombrios, passou por todos os cômodos, pelo salão, pela sala de bilhar e pela sala de verão — e em seguida tomou café aqui em cima com a esposa, como antigamente às vezes faziam, embora, é claro, lá embaixo houvesse espaço suficiente, e, como afirmava a Titia, daqui a pouco a gente acaba sem saber muita coisa uns dos outros... Sentaram-se um ao lado do outro e sussurraram, enquanto as bolotas, os frutos do carvalho, pipocavam em cima do telhado. As ações cambiais inglesas e a fábrica de arroz. Agora, na guerra, as ações não valiam mais nada, e os romenos? Que bom que recebia salário como *Sonderführer*, com isso dava para irem levando a vida.

"Todos uns vigaristas", dissera Eberhard. — Junto à mesinha da *Mulher agachada*, tinham comido e escutado música de fazer sonhar: a grande valsa do "Bal paré"? E: "Sei que um dia acontecerá um milagre...".[49] — Eles até haviam segurado um a mão do outro?

Eberhard abrira a porta que dava para o cubículo da água-furtada e ali se esgueirara para verificar os suprimentos. "Sempre esteja muito atenta...", disse a Katharina, enfiando um cigarro na piteira de espuma do mar chamuscada que fora do seu pai. Com um pano de linho limpou o cano das botas.

"Sempre esteja muito atenta", também dizia a ela noutra situação e sempre repetia. "Sempre esteja muito atenta, Kathi?" E ela lhe retrucava: "Sim, e você também!". Mas lá no sul, na Itália, na verdade ficava bem longe dos tiros.

A questão era se não deveria mandar a esposa e o filho para algum lugar, talvez para o lago de Constança? Eberhard se fazia essa pergunta, mas não chegava a nenhuma conclusão. Ainda teria dado...

Havia algum tempo que Katharina escutava as notícias transmitidas pela BBC, eram igualmente terríveis e encorajadoras. Então ficava deitada na cama — a mão sobre o medalhão e a boca aberta — e escutava as mensagens vindas do outro lado, apresentadas de forma calma e simpática, de modo neutro e totalmente sem malícia. Punha o volume muito baixo. Quem sabe se Drygalski não estava mais uma vez pegando o atalho lá

---

49. Referência à canção "Ich weiß, es wird einmal ein Wunder geschehen", composta por Bruno Balz e Michael Jary, apresentada em 1942 no filme *Die große Liebe* [O grande amor], na voz da cantora e atriz sueca Zarah Leander.

embaixo, a fim de investigar se as ucranianas realmente ficavam na edícula, onde deviam estar durante a noite? Ou porventura no Castelinho do Bosque, com a gentalha de lá? Isso interessava tanto àquele homem, embora não fosse, absolutamente, da sua alçada.

Para Drygalski, alguma coisa na Georgenhof era suspeita, embora tudo estivesse totalmente em ordem. A sua própria mulher vivia doente, deitada no sofá da copa-cozinha. E aqui viviam esbanjando? E que a correta sra. Von Globig uma única vez lhe tivesse perguntado: "Como vai a sua senhora?".

Eberhard já aconselhara a esposa, quando escutava a BBC, a voltar a sintonizar o rádio em estações da Alemanha. Melhor é melhor. Assim não precisariam provar nada.

Sentia-se o cheiro de café por toda a casa, era o sinal de que Katharina estava se dando algum luxo no andar de cima.

MITKAU

Num frio dia de inverno, Katharina pôs o chapéu de astracã russo, mandou atrelar os cavalos e foi de charrete até Mitkau. A charrete antiquada ainda estava no galpão, era a mesma que fora usada para buscar os recém-casados na estação ferroviária de Mitkau naquele quente verão de 1931, tendo sido conduzida pelo cocheiro Michels, que anos mais tarde seria um dos primeiros a "cair" na Polônia. A pequena grinalda matrimonial ainda estava pendurada lá atrás, na janela oval do veículo.

Mas agora fazia frio, e o vento soprava um fino véu de neve sobre a estrada congelada. Katharina puxou a coberta de lã para tapar os joelhos, e o cavalo capão, clip-clap, puxava com energia a leve carga. Para aquele animal pesado, a charrete era uma brincadeira. Um animal pesado, cheio de personalidade, que gostava de virar os olhos para trás quando alguém subia.

Katharina gostava muito de usar aquele velho veículo para as idas à cidade, e era ela própria quem conduzia a charrete — Michels lhe havia ensinado. Uma vez na semana ia à cidade, tornou-se um hábito para ela. "Preciso disso", dizia.

A cidadezinha de Mitkau, cercada por uma muralha larga e torta, ficava às margens do rio ladeado de pradarias, o Helge, que serpenteava entre relvados e campos. Uma ponte de ferro se estendia sobre o riozinho. A comunidade teve dificuldades para arcar com os custos dessa construção; desde 1927 continuavam pagando a conta, e ainda durante muitos anos isso perturbaria o orçamento municipal.

Katharina guiava a charrete no rumo da torre da igreja. Já de longe se via, à esquerda, o arco da ponte pintado de verde e, na linha reta, a torre da igreja com as mansardas da prefeitura e do mosteiro. Bem à direita se vislumbrava a chaminé da olaria.

Quando a cidadezinha estava para ser eternizada num selo — um campeão olímpico em lançamento de dardo era filho dali, e Hitler estivera aqui duas vezes —, o líder provincial nazista conseguiu impor que o selo estampasse a ponte numa perspectiva que a fizesse parecer muito grande; igreja, prefeitura e mosteiro apareciam como obras secundárias. Na parte inferior estava escrito: REICH DA GRANDE ALEMANHA. O projeto ampliado do selo pôde ser contemplado durante muito tempo dentro de uma redoma de vidro exposta no hall de entrada da prefeitura. Quem ia ao departamento de registro de moradores pegar vales-alimentação ou cupons para mercadorias escassas podia admirar essa imagem. Quem teria imaginado que a nossa cidadezinha um dia apareceria num selo! Só que agora, no inverno de 1945, a redoma foi desmontada. Já não se falava mais nisso.

O Helge era um pequeno rio, quase mais parecido com um riacho, e fluía sem muito drama. Outrora os irmãos do mosteiro puseram um moinho para funcionar com a força das águas desse riozinho, mas é óbvio que a pedra do moinho se quebrou já fazia muito tempo. Agora os garotos andavam de trenó por lá.

A certa distância, o Helge também passava em frente à Georgenhof. Os Globig sempre quiseram ir de barco a remo, rio acima, até Mitkau. Na direção contrária, teria sido mais fácil, era só se deixar levar rio abaixo, quem sabia até onde. Rio abaixo seria possível chegar, em algum momento, à laguna do Vístula... No verão, às vezes era possível atravessar de uma margem à outra sem molhar os pés. Os garotos saltavam nas pedras quando iam à escola do mosteiro, com isso economizavam o atalho pela ponte. Agora poderiam deslizar confortavelmente pelo gelo, mas não era necessário, pois a escola estava em recesso. No momento, havia, nas salas de aula, idosos de mãos postas. Aquelas pessoazinhas vieram de Tilsit num transporte fechado e agora estavam aqui esperando que alguma coisa lhes acontecesse. No Natal, uma grande árvore fora montada no refeitório, e um grupo da Liga das Moças Alemãs entoara canções e servira vinho quente com ervas e os típicos biscoitos marrons. Na ala norte do refeitório, havia uma estátua superdimensionada de são Cristóvão, que ainda era remanescente da rica decoração que existira outrora no mosteiro.

    A escola utilizava o espaço abobadado como auditório e sala de educação física, e neste instante, sentados àquelas mesas compridas, os idosos se encontravam tomando sopa.

Às vezes, os idosos eram vistos no claustro caminhando de um lado para o outro, ao longo das lápides ali instaladas. E, às vezes, os homens ficavam sentados nos nichos das janelas jogando *skat*. Isso cessara depois de o termômetro começar a indicar muito frio dia após dia.

Katharina, que contornava a estação de trem em ruínas, cujos destroços, ainda fumegantes desde o último ataque, eram retirados por presos da olaria, parou em frente à prefeitura. Arquitetura gótica em tijolo do século XIV! Ainda que bela, não constava em nenhum manual de arte. Uma mansarda gótica escalonada se inclinava na direção do mercado ostentando na parte superior uma barra de ferro que a impedia de desmoronar de forma definitiva. Diante da entrada havia uma coluna de granito, da qual ainda pendia a corrente de ferro à qual eram amarrados malfeitores na Idade Média.

Katharina cumprimentou duas pessoas idosas que saíam da prefeitura. Como estavam passando, perguntou. "Obrigado, a gente vai indo", disseram, dois filhos desaparecidos no leste e a filha, com ataques epilépticos, a gente nunca pode deixar desacompanhada.

Membros da Juventude Hitlerista retiravam a neve da rua. Um soldado da SA[50] lhes dizia como deviam fazer o serviço, ao passo que ele próprio se perguntava que sentido fazia os rapazes estarem ali jogando bolas de neve uns nos outros. Seria compatível com a seriedade da situação?

---

50. A SA, sigla de *Sturmabteilung* em alemão, era uma tropa de assalto constituída por uma milícia paramilitar do regime hitlerista.

Do mercado, vinha marchando uma unidade da *Volkssturm*,[51] homens velhos metidos nos mais diversos uniformes, com chapéu na cabeça e espingardas de cano longo nas costas. Nas faixas ao redor do braço estava escrito: *Volkssturm*.

Katharina colocou a coberta de pele sobre o capão e o animal soltou uma ruma de estrume na neve fresca. Seguia a mulher com os olhos: tomara que não demore muito.

Sob o braço levava um coelho morto enrolado em papel-jornal — queria entregar ao prefeito. No corredor foi cumprimentada por secretárias que iam e vinham, céleres, todos a conheciam e todos sabiam que se dava bem com o prefeito. Quando Eberhard von Globig ainda dirigia usinas de açúcar na Ucrânia, foi entregue uma remessa extraordinária de açúcar mascavo com a qual a cidade nem podia contar: além disso, por baixo dos panos, alguns bons amigos foram agraciados.

Pois, sem se anunciar no escritório de número 1, ela já foi batendo à porta do prefeito e entrando sem cerimônias.

O prefeito, Lothar Sarkander, um homem de postura ereta, com cicatriz no rosto, fruto de algum duelo de esgrima, e uma perna dura, limpava a pistola sentado à escrivaninha, abaixo de um retrato de Hitler. Tinha aspecto estafado e preocupado. Um homem calmo, sensato, jurista de formação de ponta a ponta. A cabeça comprida cobria-se de cabelos grisalhos cuidadosamente penteados com brilhantina e com muitas

---

51. No outono de 1944, foi constituída a milícia hitlerista denominada *Volkssturm* [Tormenta do povo], por meio da qual eram recrutados à luta armada homens com idade entre dezesseis e sessenta anos.

pequenas ondas dispostas uma atrás da outra. Muitos cabelos brancos apareceram nos últimos tempos. Empenhara-se pelo novo tempo desde o início, mas agora estava "curado", como se costumava dizer. Demasiado tarde!

Heil Hitler! não foi dito, em vez disso Katharina pôs o coelho em cima da escrivaninha — parecia um bebê morto. Sarkander fechou o tambor da pistola, enfiou-a na gaveta e aproximou-se por trás da escrivaninha. Sabia da caça de batida que fora organizada nas terras dos Globig, afinal de contas lhe fora solicitada uma autorização, e, como concedeu-a sem cerimônias, era de esperar que recebesse visita da Georgenhof e fosse agraciado com um óbolo.

E agora ela estava ali, a sra. Von Globig, Katharina, cabelos pretos e olhos azuis, um anel de sinete no dedo, o medalhão de ouro em volta do pescoço, o chapéu branco de astracã na cabeça. Sarkander lhe estendeu a mão e puxou-a para si, beijando-a na face ao mesmo tempo que lançava um olhar sobre o coelho morto. E em seguida foi abordada a questão de como vai o esposo na distante, cálida Itália?

"Fique alegre, Kathi, por ele estar na Itália! Está longe dos tiros!"

Sarkander devia sempre se perguntar por que não mantinha uma maior regularidade na amizade com essa mulher. Mas era um homem decente e tinha mulher e filhos.

Na sala de verão, haviam ficado em pé enquanto a família se sentou na grama, tio Josef com os seus. As portas do salão para o parque escancaradas. "Não é uma linda cena...", disse, apontando para o piquenique. E os dois na sala escura? Estranhos na familiaridade?

Eberhard não estivera ali naquele dia? Ou foi apenas um instante até o bosque para clarear as ideias?

E ambos haviam pensado nessa outra coisa, totalmente secreta, sobre a qual tantos acabavam tendo ciência.

*Se eu soubesse
quem eu beijara
à meia-noite no Lido...*

Naquele belo dia à beira-mar, ela usou um chapéu redondo apoiado na nuca, como um sol, e ele todo de branco? As ondas, como haviam batido serenas no quebra-mar; e à noite, as luzes dos barcos de pescadores?

Eberhard viajara para Berlim, para as Olimpíadas, e não a levara. "Você tem de entender?" Não, ela não tinha de entender. E por isso resolveu viajar com Sarkander até o mar.

Sentaram-se, e Katharina cruzou as pernas — usava botas de montar — e acendeu uma cigarrilha. As belas festas de verão na Georgenhof... A conexão com as autoridades, um esforço constante de Eberhard para que continuasse sempre funcionando e funcionando bem, apesar das interferências de pessoas da laia de Drygalski, aquele peão. "Ainda vou pegá-los!", disse ao prefeito.

"Ah, sabe, Drygalski...", dizia Sarkander, "trate de deixar esse povo em paz!"

Os dois trocaram notícias, mas sussurrando entre si, embora ninguém mais estivesse na sala. O comboio de tanques de guerra na última noite, a estação ferroviária destruída, os presos na olaria... Também falaram dos russos que estavam na fronteira e que ali se gestava algo ruim.

"Como que isso pôde ir tão longe?"

Lothar Sarkander, no seu elegante paletó, o distintivo do partido na lapela, intuía o que os aguardava.

"Será que seria inteligente deixar Peter aqui?", perguntou Sarkander, levantando-se e claudicando pela sala para cima e para baixo. Não teria sido muito melhor tê-lo confiado aos familiares de Berlim?

Agora já era demasiado tarde?

Talvez tivesse de ir para Berlim a trabalho na semana seguinte, aí poderia levá-lo sem dificuldades?

Mas: na Primeira Guerra os russos não se haviam comportado de maneira bem humana?

"Encontraremos meios e caminhos para colocar vocês em segurança a tempo", disse. "Pode confiar." Pôs a mão sobre o ombro dela, e ela apertou o corpo um pouco contra o dele.

Em seguida, ele apalpou o coelho ensanguentado e tornou a sentar-se à escrivaninha, e a jovem mulher saiu, consolada. A situação não vai ficar assim tão mal, pensava. O que não supunha: no outono, Sarkander já enviara a mulher e os filhos para Bamberg.

Katharina atravessou a rua para chegar à livraria Gessner & Haupt, junto ao mercado, onde o livreiro lhe enfiou um livro de arte na bolsa: *Catedrais alemãs da Idade Média.* Era um volume da Série Livros Azuis, o qual ela ainda não tinha. Os volumes *Esculturas gregas, O jardim tranquilo* e *Autorretratos de Rembrandt*, já os possuía. Se a gente sempre ficar atento, um dia vai conseguir completar a coleção.

O livreiro estava angustiado. Apesar dos problemas estomacais, fora convocado no último alistamento. Por precaução instaram-no a manter-se alerta, caso as sirenes berrassem três vezes, local de encontro aqui e ali, ou seja, não viajar, estar sempre fácil de ser encontrado! E, quando as sirenes berrassem três vezes, vestir a túnica militar e correr para o local combinado.

E em seguida?

Estava com sessenta e dois anos e tinha imaginado uma velhice bem diferente.

A sineta tocou quando ela saiu e o livreiro a acompanhou com os olhos. Essas pessoas têm uma vida boa, pensou e tomou uma pílula para o estômago. No quartinho traseiro havia uma caixa aberta na qual acomodava preciosidades bibliófilas. As primeiras edições de Lessing e Goethe já estavam em segurança havia muito tempo.

No Café Schlosser, com ambiente superaquecido, viam-se soldados sentados em frente a bebidas quentes. Alguns estavam acompanhados de moças que depois, quando eles precisassem sair, se sentariam à mesa de outros soldados.

Aqui Katharina encontrou Schünemann, o economista, que imediatamente se moveu de muletas até ela, chamando-a de "madame", com beija-mão e quejandos, causando grande admiração entre os soldados: tantas mesuras no sexto ano de guerra?

Nesse ínterim, Schünemann realmente estivera em Insterburg, visitara a pequena loja filatélica de lá e voltara com um rico acervo: selos da antiga Alemanha, uma grande quantidade! E abriu a bolsa e mostrou as novas aquisições, uma após a outra. O que ela diz a respeito disto?, perguntou a Katharina, gostaria de saber, e o seu hálito podre a cercou. Coisas horríveis, foi a impressão que Katharina teve dos selos, mas ele podia ter lá os seus motivos.

Ela se recostou e Schünemann lhe disse: "Quando chegar a desvalorização da moeda — quanto a senhora acha, madame, que vale esta guerra? —, aí essas coisinhas aqui terão uma subida de valor vertiginosa. Dessa forma salvo todo o meu patrimônio!", dizia, fazendo uma cara marota, que ele não era nada bobo, esse era o sentido dessa expressão facial.

Katharina logo se lembrou do selo do front que o homem secretamente arrancara da carta e do qual se apossara. Perguntava-se que valor alcançaria um dia. Talvez Schünemann neste momento também estivesse pensando a mesma coisa? Rápido, ele pagou o café e saiu dali com a ajuda das duas muletas. Partindo para Allenstein! Lá certamente ainda deveria haver muito o que adquirir!

Katharina ainda fez uma visita à alegre amiga Felicitas, sempre tão engraçada, sempre tão divertida, e sabia contar histórias tão bem! Queria lhe entregar um coelho. A amiga se achava em avançado estágio de gravidez e a carne lhe faria bem!

A casa ficava por trás da muralha da cidade; no final da rua tortuosa, detentos tiritando de frio ocupavam-se em impedir, empregando troncos de árvores, a passagem de tanques de guerra pelo Portão de Senthagen. Outros apanhavam paralelepípedos para preparar as chamadas trincheiras individuais destinadas a homens da *Volkssturm* armados com *Panzerfaust*.[52] O chão estava congelado. Não era fácil cavar buracos.

As amigas se cumprimentaram efusivamente em voz alta e até o canário cantarolou a plenos pulmões. O coelho foi enfiado numa fronha e dependurado na cozinha.

"O mais importante é que também há gás!", disse uma delas, senão seria impossível assá-lo. Que tal deixá-lo de molho no vinagre? Mas vinagre também não havia.

Quando Katharina chegou, Felicitas estava deitada no sofá ouvindo rádio.

> *Um* señor *e uma bela* señorita
> *Vão passear na praia do mar...*[53]

Uma tigelinha de vidro com crocante de flocos de aveia estava sobre a mesa. E numa tacinha cor-de-rosa Katharina recebeu um licor verde.

Felicitas com a água-marinha cintilante em volta do pescoço e Katharina com o medalhão de ouro.

Olhando através da janela podiam ver como os presos se extenuavam carregando os troncos de árvore, um guarda idoso ficava

---

52. Arma utilizada na Segunda Guerra para destruir carros blindados.
53. Trecho da canção "Ein señor und eine schöne señorita", de Peter Kreuder (melodia) e Hans Fritz Beckmann (letra), lançada em 1940.

ao lado com uma arma estrangeira que havia sido confiscada, as mãos nos bolsos. Em torno da cabeça amarrara um cachecol.

Havia duas categorias de presos que ali faziam esforços: franceses, trajando casacos grossos, e presos com uma roupa listrada, sob a vigilância especial de um homem da ss,[54] que se afastara até a entrada de uma casa.

O Portão de Senthagen, com as camadas de neve sobre as ameias, tinha aspecto bem aconchegante. Era uma recordação da época dos franceses, quando os sobreviventes do Grande Exército, padecendo de fome e frio, pediram permissão para entrar na cidade. Os cidadãos os receberam com sopa quente: homens de Württemberg e da Baviera que receberam a sopa, e não franceses; os franceses foram rejeitados, a ordem era que buscassem o caminho de volta. Na verdade, o inimigo vencido devia ter sido encarado com magnanimidade. Mas os franceses, enquanto se mantiveram vencedores, haviam elevado os valores dos impostos de guerra, usado a igreja como estábulo e incendiado o velho castelo de Georgenhof! Não se podia esquecer.

"O que acha?", disse Felicitas, "será que os russos realmente conseguirão chegar até aqui?", enquanto apalpava o ventre e suspirava.

Achava totalmente inacreditável que os russos pudessem se interessar por uma cidade tão pequena e insignificante quanto Mitkau. Se foi aqui que Judas perdeu as botas! E por que um lugarzinho assim precisava ser defendido, não dava

---

54. A *Schutzstaffel* [Tropa de proteção] era uma organização paramilitar do partido nazista.

para entender, o que era mesmo que havia para defender? As duas mulheres nada sabiam do depósito de munição às margens do rio Helge. Também ignoravam que no Castelinho do Bosque estavam estocadas peças sobressalentes que pertenciam à organização NSKK.[55]

Na parede, acima do rádio, havia uma foto de Franz, marido da amiga, um belo tenente, a boina com o cordão prateado de oficial na bela cabeça. O rádio era um aparelho francês, trouxe-o da França naquela época, no quente verão de 1940. Tinha curvas elegantes, aerodinâmicas, tão elegante como nenhum rádio alemão.

*Um dia você estará de novo comigo,
Um dia você me será fiel novamente...*[56]

O *slowfox* que acabou de tocar as fez suspirar repetidas vezes. Felicitas atirou uma pá de carvão na lareira, reavivando as brasas. Talvez o Franz um dia aparecesse aqui à porta? Quem podia sabê-lo? Ele estava em Graudenz, aquele lugarejo miserável. Lá no forte lidava com malandros e desertores alemães. "Claro que todos serão fuzilados", contara ele. Felicitas podia tê-lo visitado, mas naquele lugarejo miserável, onde sequer havia cinema?
 Eberhard na Itália... ali nada podia acontecer. "Sorte a sua", disse Felicitas, e Katharina soltou um suspiro. Sim, realmente tinha muita sorte.

---

55. O *Nationalsozialistische Kraftfahrkorps* [Corpo motorizado nacional-socialista] era uma organização paramilitar do NSDAP.
56. Trecho da canção "Einmal wirst du wieder bei mir sein" (1941), de Willi Kollo, gravada por Rudi Schüricke.

Agora soou a sineta, e uma simpática jovem da Liga das Moças Alemãs entrou, Heil Hitler, fez uma mesura e perguntou se podia ajudar em algo? Estava com as mãos roxas de frio. "Oh, mas aqui está bem quentinho..."

A moça era membro do Serviço de Ajuda às Futuras Mães, que fora criado pelo partido. Os rapazes eram incumbidos de remover a neve das ruas: sempre manter a rua principal bem desobstruída de neve, e as moças assumiam a tarefa de ajudar as futuras mães.

Sim, podia ajudar trazendo um balde de carvão, e aqui estão os vales: comprar pão, manteiga e presunto, mas ficar atenta para não tirarem vales a mais, e sempre contar o troco bem direitinho!

Katharina contou que havia acabado de estar com o prefeito, mas, quando queria contar detalhes, a amiga pôs o dedo sobre os lábios: psst! No cômodo contíguo, ela estava com uma família de refugiados da Lituânia, uma mulher e três crianças, eles costumavam ficar ouvindo à porta! Gentinha que agora já se aboletava na cozinha, usava a bela louça de Felicitas e a guardava de volta no armário sem a menor delicadeza.

"E o banheiro está com um aspecto!"

O fato de se acomodarem aqui, não terem cuidado com a louça e não manterem o banheiro limpo dizia respeito à "Comunidade Popular".[57] A gente tinha de tolerar, era óbvio, mas não dessa maneira! Felicitas supunha que essas pessoas jamais viram um banheiro normal. No leste? Será que lá costumavam ir à casinha?

---

57. A política nacional-socialista de Adolf Hitler visava à criação de uma *Volksgemeinschaft* [Comunidade Popular], que tinha como base a inclusão apenas de alemães ditos arianos e a exclusão dos povos de outras etnias, tendo como alvo principal cidadãos judeus.

Nesse momento berraram as sirenes. Felicitas abraçou o ventre, dizendo: "Oh! Entra fundo na alma da gente...". Será que era bom para o bebê?

As duas se levantaram imediatamente, desligaram o rádio, cobriram a gaiola do canário e deixaram apenas uma fresta da janela aberta. "A gente não pode sequer conversar uns minutos sossegada..."

No abrigo antiaéreo, havia cheiro de batata. Era um porão abobadado — em séculos anteriores a casa fizera parte do Portão de Senthagen. No passado haviam abrigado aqui detidos, vagabundos ou pessoas que não conseguiam apresentar passaporte, figuras suspeitas que tinham de ser deportadas para vadiar noutros lugares.

No porão, a comunidade do prédio já se reunira: a refugiada gorda com as crianças chorando, quase uma caricatura de Heinrich Zille,[58] um rapaz doente e uma mulher aflita.

Os detidos também acorreram ao porão, para eles era uma boa oportunidade de descansarem um pouco. O guarda resmungou um tanto, na verdade isso não está certo, mas também não tinha uma terrível vontade de ficar de pé lá fora; portanto, todos se sentaram e se descongelaram um pouco.

Os que trajavam roupas listradas foram obrigados a ficar lá fora.

---

58. Heinrich Zille (1858-1929) celebrizou-se na Alemanha como ilustrador, caricaturista, fotógrafo e litógrafo.

Os franceses fitaram as duas mulheres, tão elegantes? tão urbanas? E as mulheres tateavam buscando o seu vocabulário francês. Embora em francês soubessem dizer "bom dia" e "eu te amo", o conhecimento delas não passava disso.

As crianças refugiadas não largavam o olhar de cima dos presos e logo já estavam se acercando deles. Os botões de latão nos uniformes... E os homens as punham no colo, o que na verdade não era correto.

Será que esses franceses tinham uma ideia de que Napoleão extorquira impostos e usara a igreja de Santa Maria como estábulo?

O rapaz doente sentado num canto provavelmente também gostaria de ter acariciado os cabelos das crianças e ter conversado com os franceses. Mas devia dizer a eles que tempos melhores voltarão, que mantivessem a cabeça erguida? Mas eles mesmos deviam saber.

O guarda estava com o nariz escorrendo, escutava a sua voz interior.

Depois do fim do alerta houve um tumulto lá fora. O rapaz havia saído para ir aos homens de roupa listrada e lhes deu pão. Não podemos tolerar! Será que ele sabe que são todos criminosos perigosos?, perguntaram. Se os franceses não estivessem no meio do grupo, talvez aquilo houvesse acabado mal.

Antes de Katharina seguir para casa, ainda teve de entregar o terceiro coelho, o destinatário era o pastor. O próprio Eberhard lhe escrevera: "Não se esqueça do pastor, quem sabe em que ainda nos poderá ser útil...".

O pastor, que se chamava Brahms, era um homem de postura doutrinária, que, quando se tratava de benesses, às vezes revelava, inesperadamente, princípios muito retrógrados. Quando Elfriede morreu naquela época, no inverno da escarlatina, ele se pronunciara contra um túmulo erguido no bosque especialmente para ela. E foi muito difícil fazê-lo mudar de opinião. Uma cruz solitária? Um túmulo coberto de plantas e flores no meio do bosque?

"Isso logo cai no esquecimento...", disse. E: "Na morte somos todos iguais", e outras coisas desse mesmo tipo. Lothar Sarkander foi acionado, ele então tornou possível o desejo.

Quando os soldados alemães avançaram para a Polônia em 1939, pediram a Brahms que, por favor, lhes desse uma bênção numa pequena solenidade? pelo menos àqueles que fizeram esse pedido? O organista até já separara as partituras.

Não, não era da sua alçada, se recusou a fazê-lo. Um ato eclesiástico desse gênero não estava previsto naquela diocese e ele não era aberto a concessões especiais. Para isso teria sido necessário criar uma liturgia especial?

Foi uma atitude muito ousada afirmar tal coisa, até o partido fez a demanda! Mas realmente não levaram a mal que ele se recusasse. Igreja era igreja, e pastor Brahms era considerado "cabeça-dura", e isso não era mesmo uma característica muito alemã? "Aqui estou e não posso ser diferente?..."[59] Sarkander salientou que Martinho Lutero também fora cabeça-dura.

---

59. Célebre frase pronunciada por Martinho Lutero na Dieta de Worms em 1521.

Katharina tocou a sineta da casa pastoral e estendeu o coelho ao pastor, e fazendo uma mesura Brahms disse: "A gente então volta a ver a senhora?", apalpou o animal morto com o polegar e mal disse "obrigado!". Afirmou estar com uma imensa carga de coisas para fazer, por isso não a chamava para entrar. Nesta semana mais sete soldados tombados? Reunir-se com as esposas, e não há consolo nenhum? "Só ontem... Mas isso sequer faz sentido." E a pressão a mais com os idosos lá no mosteiro? Quanto tempo ainda deverá continuar? Essas situações insustentáveis?

Katharina atravessou a rua para ir à igreja.

Na igreja fazia — é preciso dizer com todas as letras — um frio glacial, e Katharina não se demorou. Do espaço reservado aos Globig, que na maioria das vezes ficava vazio, tinha diante dos olhos uma imagem de Jonas, a qual sobrevivera quase que por milagre aos ataques iconoclastas protestantes, Jonas e a baleia, uma escultura do século xv em parte banhada a ouro, que ela gostava tanto de admirar, o rosto alegre de Jonas, a maneira como ele acena à baleia uma última vez como despedida... Dezoito altares laterais sucumbiram à sanha iconoclasta protestante, foram despedaçados, queimados, e o altar principal ainda foi incendiado pelos franceses sem mais nem menos. Apenas o alegre Jonas e a sua baleia sobreviveram aos tempos. Nem mesmo os franceses fizeram nada contra ele.

Katharina jogou uma moeda dentro do chapéu da estátua representando um negro missionário a receber ofertas, o qual assentiu com a cabeça em tom de agradecimento. Selos antigos não teriam sido aceitos.

No Portão de Senthagen, mais uma vez deu de cara com o pastor. Ele a fez retroceder para a fria escuridão. O que ainda gostaria de dizer... e foi puxando-a ainda mais um pouco para a escuridão, ainda tinha um assunto a tratar... e foi-se aproximando dela com insistência, e em seguida deu algumas indicações por alto, e por fim acabou revelando que há um homem que precisa ser escondido por uma noite, um refugiado... Uma única noite? Era possível? Mas seria algo de cunho político e por isso não se podia dizer a ninguém uma palavra sequer sobre esse assunto. Podia refletir com calma e depois lhe dar uma resposta...

Um dia você estará de novo comigo,
Um dia você me será fiel novamente...

No caminho de volta Katharina pensou na *Mulher agachada*, e em Felicitas, e nas horas do lusco-fusco no seu aconchegante refúgio. Um estranho? Por uma noite? Possivelmente uma daquelas criaturas listradas?

Não podia aquiescer assim, sem mais nem menos. Talvez primeiro tivesse de perguntar a Eberhard? Mas — Itália? Não demoraria uma eternidade? Uma carta levava seis semanas? E ao telefonar todos escutavam a conversa? "A ninguém uma palavra sequer...", dissera o pastor Brahms. E que indicações a esse respeito deveria dar ao marido? Um estranho?

Por outro lado, não era preciso ajudar um homem nessa situação? Não era um dever cristão?

Na Horst-Wessel-Strasse, dr. Wagner já a esperava, Katharina deu carona a ele, inclusive desta vez estava levando duas bolsas.

O capão olhou com insistência para trás quando o homem subiu na charrete.

    Hoje ele apresentaria coisas bem diferentes ao menino. Levava consigo postais que estampavam efebos gregos: lançadores de dardos e arqueiros. Nada seria mais doce que *"pro patria mori..."*, hoje teriam de estudar essa frase.

O PINTOR

Peter estava sentado no quarto, à janela, observando o conjunto habitacional com o binóculo. Uma casa atrás da outra, dispostas em linha reta... Uma idosa com uma bolsa aparece na esquina: escorrega e ninguém percebe. Carros passam pela estrada, mulheres sacodem a roupa de cama. A senhora fica no chão, tentando levantar-se, como um cavalo tombado. Peter a observava ali caída. Ele aqui em cima — ela lá embaixo... Como deveria ajudá-la?

Num determinado momento, se fartou. E, quando olhou mais uma vez, a mulher, aquela mancha preta ali, havia desaparecido.

Fazia frio, pois a lareira não estava queimando bem a lenha, e Peter teria preferido arrastar-se até a cama, mas não podia, pois a tarefa da Titia era abrir a porta de repente e verificar se estava tudo em ordem, em especial quando tudo sossegava lá em cima, no quarto do garoto. Não teria dado certo deitar-se para ler em plena luz do dia. E por isso ficou sentado, olhando para fora e rabiscando figuras no gelo da janela.

Por volta do meio-dia, surgiu o sol, e imediatamente Peter deixou tudo de lado e desceu correndo até o quintal, onde bandos de pardais voavam alto. Ficou aborrecendo as ucranianas até elas o enxotarem, ameaçando-o com a vassoura, e ele ainda jogou uns grãos para as galinhas.

    O galo, um camarada vermelho-fogo de rabo roxo, chamava-se Richard, era amigo de Peter. Quando Peter aparecia, o bicho saía um pouco para o lado, de modo que as galinhas não o pudessem ver, e então Peter se abaixava e punha na palma da mão alguns grãos para ele. Estando farto ou não, o galo bicava todos os grãos e aconchegava a cabeça na mão de Peter. Era uma amizade em pé de igualdade.

    No galinheiro, Peter agarrou um ovo fresco e ingeriu o conteúdo, e isso também não teria tido a aprovação da tia. Ovos são para a gente cozinhar ou fritar — tomar ovos crus não passa mesmo de uma coisa nojenta... Ele também gostava de pegar para comer algumas das fatias de beterraba que eram dadas às vacas.

O pavão não dava o ar da sua graça, devido ao frio se escondera no canto mais recôndito do celeiro. Mesmo a ração que Peter jogava para as galinhas não servia para atraí-lo. Ficava empoleirado num ângulo bem alto e não se mexia.

O pombal estava desabitado, ali ainda se viam algumas penas esvoaçando na entrada, mas tudo imerso num silêncio sepulcral, no interior se aninhavam no máximo algumas andorinhas. O velho sr. Von Globig gostava de criar aves. O pavão com a cauda em leque e com a coroinha, um peru com a família.

Gansos. Quando o velho já não conseguia mais sair para caçar, os pombos passaram a ser os seus únicos amigos. Ficava sentado no terraço jogando alguns grãos para as aves e alegrava-se quando desciam arrulhando até pousarem em cima da manta e acenarem com a cabeça.

Pombos: o corpo pesado e o elegante voo. O velho também percebera que não são animais amáveis por natureza, mas sempre eram simpáticos com ele, embora entre si se bicassem até sangrar. "Assim como ocorre entre os humanos", dizia então, "um acaba virando o diabo do outro".

Sempre conversava com o primo Josef, de Albertsdorf, e perguntava se ele também não queria comprar uns pombos, assim poderiam enviar mensagens com a ajuda das aves, totalmente sem franquia e sem envelope!? Da Georgenhof para Albertsdorf ida e volta? Amarrar cartas na perna do pombo, o sentido de orientação dessas aves na verdade é enorme?

Mas que notícias enviariam um ao outro? Além disso: mas a gente já tem telefone!

Quando o velho morreu, imediatamente se livraram dos bichos. Mas, no conjunto habitacional, quem quisesse ter pombos podia adquiri-los, e eles voavam em bandos ora para a esquerda, ora para direita, para um lado e depois para o outro.

A edícula ficava ao lado do velho celeiro grande, que desde a venda das terras não era mais usado; na parte inferior da edícula havia a área de serviço e na parte superior moravam as ucranianas. Com uma escada, era possível subir até lá. Peter gostava de aborrecer as duas mulheres, divertia-se chamando-as de "empregada" até elas baterem nele com o pano de enxugar louças. Às vezes subia até o quarto delas, onde haviam acomodado, num armário vazio, as suas malas de madeira e os seus pertences. Na parede havia cartões-postais que ostentavam uma *prima ballerina* nas mais diversas poses. Peter sempre provocava Sonja, a magra, um pouco mais do que a corpulenta Vera, que exalava misteriosos odores. De Sonja também emanavam odores, mas que não deixavam de ser interessantes. Mas, quando conseguia agarrá-lo, não era nada engraçado, pois o açoitava com vontade.

As duas mulheres passavam a maior parte do tempo brigando. Sonja emitia sons estridentes e Vera retrucava com voz calma. Mas também acontecia de ambas entoarem juntas as canções melancólicas da terra natal. Sonja com a voz aguda, Vera fazendo a segunda voz grave e aveludada. Com certeza se lembravam dos girassóis da terra natal, como também recordavam que haviam vindo para a Alemanha de livre e espontânea vontade, o que tinha sido uma grande tolice. O próprio Eberhard as escolhera, logo lhes perguntando se não gostariam de ir para a Alemanha? Ele dava um jeito? — A aldeia toda tinha opinado: "Não sejam bobas! Aproveitem e vão! Alemanha! Uma coisa assim nunca mais será oferecida a vocês? Aqui vocês estão mesmo se embrutecendo!". E as mães deram corda e o avô tinha dito "hum-hum!". E, a bem da verdade, nem tinha sido uma tolice assim tão grande ir embora de livre e espontânea vontade, pois algumas semanas mais tarde teriam sido realocadas à força.

O torrão natal agora estava muito longe, o Exército Vermelho retornara para lá. O fato de as mães terem sido realocadas a leste, no escuro da noite e da neblina, sob a acusação de colaborarem com o inimigo, isso as duas sequer sabiam. Nenhuma carta, nenhuma lembrança — nem pombos-correios teriam ajudado. E agora as moças estavam no estrangeiro, e brigavam, e cantavam. E Sonja açoitava com força quando Peter a irritava.

Às vezes Peter ficava observando o polonês Wladimir dando ração aos bichos. As duas éguas castanhas e o cavalo capão: mas nada de espetar as pernas dos cavalos com o forcado na hora de limpar o esterco! — A apetitosa mistura da ração: aveia e palhiço. Bufando com força, o cavalo se livrava do palhiço antes de começar a comer.

    Quando Peter era menor, certa vez fora encontrado dormindo na cocheira ao lado do cavalo. O grande animal! Não abria espaço para visitas indesejadas.

No comprido galpão, agora se encontravam somente a carroça pesada e a velha charrete. Quando a família teve de se desfazer das terras, todos os outros aparelhos e carroças foram vendidos.
    A charrete parecia muito com um coche berlinense, era dotada de uma capota de couro, e à esquerda e à direita, ao lado da boleia, de lanternas de carbureto instaladas em suportes de bronze. As rodas estreitas tinham um revestimento branco de borracha, e na parte traseira, na janelinha oval, pendia a grinaldinha. A charrete era parte do antigo inventário, provavelmente sempre existira, mas a grinaldinha só estava ali desde 1931. Quando as primas de Albertsdorf vinham à fazenda e eles brincavam de pique-esconde, Peter se arrastava para dentro da charrete e elas então ficavam um tempão procurando-o. "Fique onde está e não se mexa!"

Certa feita, Peter atingira umas gralhas com sua pistola de pressão, uma caiu no chão, mas ainda estava viva, batia as asas e continuou viva até finalmente entregar os pontos. Nesse momento, Wladimir veio da cozinha e, com o semblante sério, ficou olhando o menino durante muito tempo.

Se é para matar, então mate de forma correta. De tempos em tempos, Wladimir aparecia com o machado e agarrava uma galinha, e um único golpe bastava para dar cabo dela. Nenhuma das galinhas tinha o direito — ao contrário do que se conta sobre o lendário pirata Störtebecker, que foi morto decapitado — de passar em frente às outras após a decapitação, aqui não havia vida a ser salva. Um dia chegaria a vez de cada uma delas, e a coisa era vapt-vupt. O gato, que normalmente não dava o ar da sua graça, logo vinha correndo, entendia que havia algo a herdar: a cabeça era para ele, era lei e direito.

Quando Peter estava observando se a casa no pé de carvalho ainda se mantinha e se seria bom subir e deixar lá um estoque de fatias de beterraba?, uma carroça parou na estrada e dela desceu um homem de baixa estatura. O homem se despediu do camponês que o trouxera, deu uma volta em torno do solar e entrou pela parte traseira, através da cozinha, onde as moças mais uma vez estavam brigando. Quando o viram, pararam de gritar e, caladas, o observaram.

O homem tinha um aspecto um tanto estranho devido ao casaco longo. Ao desenrolar o cachecol do pescoço, deu uma impressão de ser alguém bem normal, na verdade, jeitoso. Riu e disse às duas: "Por que é que estão nessa gritaria toda? Tomara que não seja nada de tão ruim!".

E em seguida as chamou de "minhas senhoras", perguntando se podia se aquecer um pouco.

Arrumaram um lugar para ele à mesa da cozinha e inclusive lhe serviram um copo de leite quente acompanhado de pão com mel.

De onde, para onde?, perguntaram as duas mulheres, e ele também perguntou: "De onde, para onde?", e quando então chegou a Titia, com o broche enfiado no pulôver e com punhos de lã para esquentar as juntas da mão — de onde? para onde? —, ele se pôs de pé e disse o seu nome, e que era pintor, e que era uma maravilha poder se aquecer aqui, neste lugar, nesta cozinha pitoresca, e uma hospitalidade assim não se encontra em lugar nenhum: ir logo sendo agradado com leite e mel, uma coisa assim nunca tinha vivenciado. E que aquilo assumia proporções quase bíblicas!

Contou que era de Düsseldorf e que desde alguns meses estava viajando pelo interior alemão desenhando "o que ficou de pé", conforme as suas próprias palavras. O prefeito de Mitkau o tinha recepcionado com simpatia, deixando-o "pintar e bordar" nesta cidade. E também tinha sido ele que lhe indicara a Georgenhof, a estrela-d'alva lá no topo da mansarda, e que aqui moravam pessoas simpáticas.

De onde, para onde: eis a questão.

Quando ouviu a Titia dizer que era da Silésia, afirmou conhecer a Silésia como a palma da mão. Havia dois anos que trabalhava na grande obra *Interior alemão*, na qual tudo o que "ficou de pé" seria ilustrado, era patrocinado pelo partido, três pastas completas de trabalhos já estavam em Düsseldorf. Começara a obra na Suábia, depois veio o rio Weser, a Turíngia. E, como tinha dito, também a Silésia. Tudo isso já havia acabado, agora era a vez da Prússia Oriental, justamente no inverno, mas ele já estava quase terminando. Nos próximos dias continuaria a obra em Allenstein e concluiria os trabalhos em Danzig.

Na Silésia estivera um ano e meio antes, no verão! Ali reinava a mais profunda paz. Todas as lindas igrejinhas! De onde, para onde?

Conforme o relato, Königsberg agora estava arrasada, mas ele ainda tinha se dedicado a essa cidade e aos seus bens remanescentes, e lá ainda havia muito o que se buscar. Algumas coisas ainda pôde salvar para as gerações posteriores. Sótãos incendiados, um corrimão de escada que despontava no meio dos destroços e obviamente as ruínas da catedral e do castelo. É que os ingleses tinham executado um trabalho decente, não se podia dizê-lo de outra forma. Bela cidade, mas tudo arrasado.

E agora acabava de chegar de Mitkau, da cidadezinha que entraria em estado de defesa.

Contou que lá foi detido! A polícia perguntou o que havia perdido por ali e ficou preso durante algumas horas numa cela imunda com outras seis pessoas, sequer um prato de sopa! E apenas porque tinha reproduzido a barreira antitanque em frente ao Portão de Senthagen! Como se fosse um espião! Quiseram confiscar os seus desenhos. Telefonema pra lá e pra cá. Segundo ele, o prefeito o salvou, pedindo desculpas mil vezes. Até teria colocado à sua disposição os préstimos de um policial.

Prendê-lo, como um espião! Com seis outras pessoas numa cela! E com que tipo de indivíduos!

Em Mitkau, gostou da torre da igreja de Santa Maria vista do sudeste, uma imagem que ainda não tinha sido estampada em nenhum cartão-postal. Pastor Brahms — um homem impressionante, uma espécie de Lutero, mas por que não o tinha deixado entrar? Colocar-se diante da casa pastoral como uma muralha?, e não o convidar para entrar? Ter dito "O que é mesmo que o senhor deseja?", em vez de ser simpático e deixá-lo entrar? Os próprios pastores são culpados quando as pessoas fogem deles.

Dentro da igreja — bastante sóbria e sombria — tinha feito esboços de alguns capitéis e florões... e em seguida do curioso Jonas com a curiosa baleia. Será que haveria uma foto daquela imagem? Não era possível copiar algo assim desenhando.

O pintor também tinha dedicado o seu tempo ao mosteiro, ao claustro exposto às correntes de ar e ao salão de reuniões inclinado pelo tempo. Ali idosos andavam arrastando os pés sem rumo, tossindo e cuspindo. O refeitório com o são Cristóvão e o claustro.

A Praça do Mercado, com o piso irregular, juntamente com a prefeitura e as pequenas casinhas aconchegantes ao redor, ele a tinha desenhado de todos os ângulos. A taverna Zur Schmiede com a sua mansarda em forma de arco. — Diz que acha a grande ponte menos interessante, a velha ponte de madeira, com a parte central levadiça de origem holandesa, era um motivo mais atraente. Mas ela na verdade precisou dar lugar aos novos tempos. Somente concluiu um esboço para fazer uma gentileza ao policial que o acompanhava.

Contou que fora pego junto ao feio Portão de Senthagen, quando estava desenhando os troncos de árvore que lá se encontravam dispostos em posição diagonal...

Mostrou o bloco de esboços à Titia como se fosse uma carteira de identidade e, sem maiores problemas, ela identificou as obras arquitetônicas de Mitkau. A muralha da cidade, o Portão de Senthagen — nunca o tinha visto assim antes — e o mosteiro com idosos decrépitos no claustro. Chegavam quase a parecer uma obra de Rembrandt..., disse ela.

Mas "salão de reuniões"? "são Cristóvão"? "capitéis"? "florões"? Ela não conhecia nada disso. Na sua terra natal, na Silésia, tudo era tão diferente. Muito mais agradável e alegre que aqui.

E o Portão? Que indivíduos eram aqueles ali ao redor?

Agora ele também tinha Mitkau na sua caixa, disse o pintor. Danzig seria a última grande tarefa que queria realizar. Mas primeiro Allenstein, depois Danzig e talvez Elbing, e em seguida arrumaria suas coisas e viajaria no rumo de casa, "para o Reich", como ele mesmo dizia, e depois tiraria o atraso do sono e veria o que fazer com todo esse material.

Afirmou estar curioso para ver tudo o que ainda vivenciaria por aqui. Tantas horas na prisão! Com seis sub-humanos numa cela! Durante horas! Gentalha preguiçosa, escumalha...

As moças também se interessaram pela arte dele, elas o olhavam por cima do ombro, mas a Titia dizia: "E aí, o que é?", e então eram obrigadas a continuar a labuta, descascar, e lavar batatas, e limpar o enorme fogão, atrás e na frente.

Foi o fogão que levou o pintor a pegar o lápis de desenho, pitoresco! — imenso, e essa chaminé! E imediatamente começou a esboçá-lo, e fez também um esboço das duas moças dando duro. Dedicou-se mais profundamente à rechonchuda Vera, desenhou-a de perfil, e então Sonja correu até a edícula para pegar o seu casaco quadriculado.

Num tom de certa forma oficial, o pintor perguntou em seguida sobre outras peculiaridades arquitetônicas da casa, o porão?, e será que havia outras coisas dignas de serem mencionadas, mostradas?...

Não seria preciso perder muito tempo com o porão, embora este fosse dotado de abóbadas antigas e tivesse um brasão com o ano de "1605" — mas lá dentro era escuro e úmido. Em toda a área do porão a água acumulada no piso chegava à altura dos pés. No máximo à escada em caracol... Quem era que levava as coisas lá para baixo, o criado? Talvez também incumbido de ir buscar vinho? Ou o meirinho com um candeeiro empurrando escada abaixo algum ladrão de madeira? Aqui havia um calabouço? Ladrões de caça e arrendatários inadimplentes tinham vegetado depois de trancafiados?

No momento, havia água gorgolejando no porão e mofo esverdeado se arrastando pelas paredes.

Agora ele sabia o que era estar preso, disse o pintor. Nunca esqueceria aquelas horas na prisão. Com seis tipos esquisitos numa cela! Durante horas! Gentalha preguiçosa, escumalha...

escumalha... Ofereceram-lhe pão duro como pedra. Os homens caíram em cima dessa ração — como animais! E deixando escapar sons esganiçados...

Em seguida, fizeram uma visita guiada pelo solar, que o pintor chamava de "castelo". A sala de bilhar, a sala gélida em branco e dourado com todos os caixotes encostados na parede. E a lareira no salão principal, onde já estava aceso o fogo.
"Isto, sim, é um fogo de verdade!", afirmou esfregando as mãos.
À beira do fogo, Katharina ocupava-se arrancando com uma machadinha lascas de madeira para a lareira. O perfil delineado contra as labaredas chamejantes. Hoje era um dos seus dias ruins. Em alguns dias, seu aspecto fazia todos dizerem: esplêndida! Hoje parecia estar em desvantagem, e tinha consciência disso, e de forma breve apenas assentia afirmativamente para o visitante, ela está ocupada, ele não é cego. Os longos cabelos negros só mesmo agarrados por um prendedor. E como ele já foi fazendo um desenho dela, ela se fechou ainda mais e ficou segurando a pazinha para encobrir o rosto.
O homem se postou diante dos quadros do solar. Formatos grandes e pequenos, todos com molduras douradas. Haviam sido adquiridos em 1905 juntamente com a fazenda — até o momento ninguém demonstrara interesse por eles, nunca ninguém os tirara da parede nem os examinara mais de perto.
Passou ao largo dos quadros de cavalos no salão de bilhar, entre todas as galhadas, aquelas de que Eberhard tanto gostava, mas uma paisagem com vacas em primeiro plano e, lá ao longe, as torres de Potsdam... Esse era um quadro bem especial. E uma

coisa dessas fica se estragando aqui, num longínquo lugar no interior da Prússia Oriental? O homem anotou que aqui tinha se deparado, contrariando as expectativas, com um impressionante quadro de Potsdam... É que não se pode admitir que ele fique pendurado aqui... Afirmou conhecer pessoalmente o responsável pelo patrimônio artístico do Reich em Potsdam, ele com certeza adquiriria esse quadro de imediato...

Tudo isso era muito interessante, mas Katharina se indagava: por que a gente deveria vender o quadro? Já estava pendurado aqui há toda uma eternidade.

De onde? Para onde?

Depois se dirigiu aos grandes quadros escuros: o que significam esses monstros? Retirou cada um deles da parede cuidadosamente, colocando-os um ao lado do outro. Eram pesados! Só não se pode deixá-los cair e quebrar as molduras! "Pelo amor de Deus!", disse a Titia. "Duvido que dê certo!" O que diria Eberhard?

O pintor passou um pano sobre os quadros para limpá-los, mas, mesmo assim, nada de novo se revelou. Eram pinturas que retratavam personagens, porém mal dava para reconhecê-los. E não era possível encontrar nenhuma inscrição, nenhum brasão, nenhuma assinatura. Na verdade, podia ser de qualquer um, só Deus sabe. Todos já morreram, bateram as botas, apodreceram. Devorados pelos vermes...

Com algodão e água quente, poderia examinar a coisa a fundo, disse. Ficaria feliz em poder ajudar um pouco e retribuir a encantadora acolhida e, portanto, o pão com mel e o leite quente?

Peter trouxe algodão e água quente para o pintor e o homem então pôs a mão na massa. Fazia-o com muita leveza, pressionava um pouco aqui e ali, tudo com muito cuidado.

"Mas isso é extremamente interessante", disse, mostrando as bolas de algodão sujas. "Mas essas pessoas são muito, muito feias. Os senhores nunca conseguirão vender esses quadros..."

Limpou os olhos dos personagens, se divertia com aquilo. Só fez a limpeza dos olhos, e eles saltaram brilhando do meio daquele molho marrom à la Rembrandt. E, assim como o cavalo capão conseguia mexer os olhos para trás quando achava algo esquisito, aqueles personagens agora também faziam o seu olhar circular entre os presentes. Onde é mesmo que se encontram?, deviam estar se perguntando. Despertaram do sono secular e olharam ao redor.

O pintor voltou a pendurar os quadros na parede, eles agora pendiam lá, os velhos. Breve ninguém mais se interessaria novamente por eles.

A Titia informou que, lá em cima, ainda tinha um quadro, se ele queria vê-lo. Ainda é da minha terra natal, a Silésia...

Sim, queria, sim, mas o seu tempo, obviamente, era restrito, não pode se demorar toda uma eternidade. Mas quer, sim, examinar o quadro. A Titia o conduziu até o andar superior, para o Reich dela, como costumava dizer, ele ficou plantado no quarto da mulher, admirando os móveis de mogno. Mas e o quadro? Aquele ali acima da cabeceira da cama? Um pavilhão numa moldura branca? Não, não devia ter nada de especial. Bem pintadinho, aquarela, mas devia se tratar muito mais de uma coisa de amador. Um belo pavilhão, diga-se de passagem — mas o quadro em si não.

Antes de sair, ainda apontou para o retrato de Hitler que a Titia mantinha pendurado ao lado da escrivaninha, discretamente feito a bico de pena, e disse: "Faça o favor de tirar da parede". E então se mostrou claramente aborrecido, será que ela não sabia que sujeito era aquele homem? Mantê-lo exposto na parede! Um ser pensante suportar uma coisa dessas, ter esse austríaco ali diante do próprio nariz. Dia após dia?

Será que ela já viu a olaria em Mitkau? Não? As pessoas que trabalham lá? "Não têm um quarto tão bonito como o seu..." Na cela, pôde conversar um pouco com dois dos pobres coitados, deixou o pão para eles, caíram em cima como animais.

E o que ela pensa que dirão os russos ao verem esse retrato?

Aproximou-se da janela e apontou para o conjunto habitacional. Segundo ele, era uma vista insuportável, as casas todas marchando no mesmo ritmo...

Aliás, a escrivaninha... um trabalho maravilhoso, mas ficar se estragando por aqui?

Quando reapareceram no corredor, puderam ouvir Katharina se esgueirando, do outro lado, rapidamente para dentro do quarto e trancando a porta, vapt-vupt! Só faltava ele agora querer ir ver se estava tudo em ordem nos aposentos dela!

Será que realmente achava que os russos ainda poderiam vir para Mitkau?, queria saber a Titia quando já haviam retornado ao salão.

"De jeito nenhum!", retrucou o pintor, rindo, não acreditava, todos aqueles tanques de guerra que estavam sendo enviados contra eles, claro que os nazistas não estavam fazendo aquilo em vão.

Mas soava como: "Pode ser, sim".

"Vão arremessá-los de volta aos Urais!"

O vento cedera e o sol brilhava com vigor, até caíam gotas dos galhos. Saiu ao ar livre. "Vou indo, pois preciso...", disse e, ato contínuo, começou a esboçar no papel a estrela-d'alva retorcida na parte superior da mansarda. O carvalho com a casa na árvore, o portão torto no muro quebradiço. O castelo, que não era castelo de jeito nenhum, desenhou-o de tal forma que ficou emoldurado pelo portão torto. E a estrela-d'alva no centro, bem lá em cima.

Em seguida, desenhou as duas ucranianas, que, com um xale em torno da cabeça e dos ombros, caminharam apressadas até o Castelinho do Bosque, a fim de contar tudo aos amigos. Tranquilo, Wladimir entretinha-se fazendo uma corda, havia amarrado uma ponta na porta do estábulo e agora a esticava. Do cinto, pendiam barbantes utilizados no trabalho.

Peter observava como o pintor registrava tudo para a eternidade. Pena que levaria os desenhos consigo.

"Quão bela nos brilha a estrela-d'alva..."[60] Será que conhece o coral?, perguntou o pintor ao menino. "Com amor, com amizade..." Vênus. O homem afirmou que às vezes a gente

---

60. Trecho do hino luterano "Wie schön leuchtet der Morgenstern", texto e melodia compostos em 1597 por Philipp Nicolai.

consegue ver esse planeta à luz do dia. E que à noite, todavia, ele se chama "estrela da noite". "Ó, minha doce estrela da noite..." Vênus, sim, sim, sim.

Quem, na Idade Média, levasse umas bordoadas com o chicote de armas[61] acabava vendo outras estrelas bem diferentes...

Por fim, disse: "Pois bem, meu amigo", e guardou o bloco. Deu sinal a um dos veículos que passavam lentamente e foi-se embora.

De onde? Para onde? Não fazia diferença. O que importa: havia ido embora.

O fato de não ter contado nada a esse artista sobre as ruínas do castelo no bosque aborreceu Peter: as colunas inclinadas para dentro certamente teriam interessado ao homem? Agora estavam perdidas para sempre.

Na verdade, talvez também tivesse se interessado pelo túmulo solitário da irmã? Mas agora Peter não pensava mais nisso. Nisso ninguém pensa.

A Titia estava de pé, indecisa, diante do telefone. Devia ou não devia? Era de tolerar que uma pessoa atravessasse o interior do país e incitasse todas as pessoas? Chamar Adolf Hitler de "sujeito"? Não era para a gente se manter unida para proteger o *Führer*? Justamente neste momento?

Para quem devia telefonar no caso de manter a união, quem era responsável: a Gestapo ou a polícia?

---

61. Em alemão, a palavra *Morgenstern* significa tanto "chicote de armas" quanto "estrela-d'alva".

Como era o número da Gestapo? O da polícia estava no catálogo telefônico. Um telefonema desse tipo seria tratado com discrição? Era preciso se apresentar no tribunal por causa de uma coisa assim? Agora aquele homem decerto já devia estar longe. Por via das dúvidas não seria possível pedir um conselho a Drygalski ou ao sr. Sarkander?

Katharina estava sentada no seu pequeno quarto. Por que motivo é que fui até o pastor, pensava. Foi como se o diabo me tivesse guiado até lá. Dar abrigo a um homem totalmente estranho? E por que motivo eu simplesmente não disse "NÃO"? Se Eberhard estivesse presente, se ela pudesse perguntar a ele...

Na cabeça os argumentos já circulavam hora após hora, de um lado para o outro. E a esses medos vinham-se juntar outros medos, a ousada viagem com Sarkander até o mar, a qual nunca viera à tona. Havia pessoas que suspeitavam de algo? Eberhard não ficou sabendo nada daquilo. Ou ficou? Alguém lhe teria contado? A frieza se havia instalado entre eles. Algo se perdera.

Ai, ai, agora toda a nossa felicidade está no fim?

Não conseguia imaginar muito bem o homem sobre quem falara o pastor e que ela possivelmente teria de abrigar, talvez jovem? talvez velho? De alguma forma "esfarrapado" ou com uma pistola na mão?

De fato, muito interessante. Quem conseguiria supor que a gente teria uma experiência dessa natureza? Que tempos eram estes?

Ele poderia dormir no cubículo da água-furtada. Ela empurrou a arca para o lado, abriu a portinha e enfiou ali uma porção de travesseiros e cobertas, e depois experimentou essa cama improvisada. Entrou de quatro pés. De fato, dentro cheirava a fumo e chocolate.

Quiçá a questão também malograsse. Brahms vai aparecer dizendo: a questão já se resolveu, querida senhora? O homem já está preso? Ou: encontramos uma outra solução.

Imaginava o estranho a quem devia dar abrigo um pouco como aquele pintor lá de baixo. Pequeno, despachado e um tanto maroto. Ou seria até um esqueleto com disenteria?

"Não", disse, "não me deixarei envolver nessa coisa."

Aguçou os ouvidos para escutar o movimento lá embaixo. Parece que agora o homem já se foi... Só havia faltado invadir os aposentos com o pretexto de emitir um laudo!... Será que teria gostado da *Mulher agachada*?

Folheou um álbum com as suas figuras recortadas. Que bom que não o mostrara ao homem, certamente teria feito comentários depreciativos. Aquelas pequenas imagens, ela as aprontava apenas para si mesma, ninguém tinha nada a ver com isso. Ou será que na verdade tinha?

O retrato que o homem desenhara dela, a pazinha encobrindo o rosto? Teria gostado muito de ver o desenho, só que agora já era demasiado tarde. "Talvez tenha sido a última vez...", pensou.

Pegou as aparas de madeira e colocou-as na lareira. O fogo se apagara, era preciso reacendê-lo do zero.

DRYGALSKI

Drygalski tinha sido dono de uma mercearia, a crise econômica mundial arruinou os seus negócios, o estabelecimento precisou ser leiloado e ele ficou na rua com mulher e filhos. Mudou-se, buscou trabalho e moradia, com o chapéu na mão! Sul da Alemanha, oeste da Alemanha, sempre sem sucesso — Colônia, Görlitz, Bremerhaven, e depois foi empurrado de volta à terra de origem, a bela Prússia Oriental, como dizia, onde fora estabelecido o seu berço.

E, uma vez lá, foi o partido nazista que o acolhera: lograra se abrigar no seio do Departamento Regional de Obras e Habitação, da Frente Alemã de Trabalho.[62] Tornou-se "inspetor-chefe", e era também como se designava.

"Agora sou inspetor-chefe", dissera à mulher. E ela deu um suspiro aliviada: Finalmente as coisas estavam melhorando.

Inspetor-chefe do Departamento Regional de Obras e Habitação, sucursal de Mitkau, muito tempo desempregado e agora com

---

62. Sob o regime nazista, a Frente Alemã de Trabalho era a associação unificada que representava patrões e empregados; criada em 1933, tomou o lugar dos sindicatos livres e aboliu o direito de greve.

emprego fixo. Usava coturnos marrons de cano longo e bigodinho de Hitler. Com a vitória da revolução nacional, teve fim a sua existência de fome. No sótão da casa no conjunto habitacional, ainda havia caixas cheias de cadernos e borrachas da antiga mercearia e caixotes com sabão em pó, escovas de limpeza e panos de chão, ainda remanescentes da bancarrota.

"Aquele ali tem uma cara!", diziam os Globig e riam por trás da cortina quando ele passava pelo caminho: "Olha lá, já está vindo de novo". Como se fosse obrigado a portar montanha acima uma bandeira rasgada pelas intempéries, enfrentando o vento e o mau tempo, afrontando os inimigos, continuava a marcha, enquanto os Globig ficavam sentados rindo por detrás da cortina, chamando-o de mandachuva.

A grande mágoa de Drygalski era que lhe faltava a partícula nobiliárquica "von" antes do sobrenome. "*Von* Drygalski." Por mais que pisasse com muita força pela neve, fazendo-se uma pesquisa genealógica, não se encontrava nenhuma ligação entre ele e o pesquisador polar alemão[63] que passara meses atravessando a Antártica, medindo a espessura do gelo e a direção dos ventos. Enviara cartas ao homem em Munique repetidas vezes — mas de "Drygalski" para "*von* Drygalski" era apenas um passo bem curto —, será que não poderia ser possível que?... Todas essas cartas ficaram sem resposta. Um pedido de ajuda oficial por meio do Departamento Regional de Obras e Habitação também não lograra êxito, e em batistérios não foi possível localizar nenhuma informação.

---

63. Erich Dagobert von Drygalski (Königsberg, 1865-Munique, 1949).

Drygalski começara a se interessar por ventos e meteorologia: adquirira um anemômetro, verificava a temperatura exterior pela manhã e à noite, conferia o barômetro. Além disso, apesar do frio, mantinha o casaco aberto quando caminhava pelo conjunto habitacional, deixando-o esvoaçar atrás de si como prova de que não se incomodava com o frio. Embora tivesse pés chatos, pensava: somos uma estirpe rija. E, quando esbarrava nos trabalhadores estrangeiros do Castelinho do Bosque, soltava o ar com força pelo nariz.

Na qualidade de inspetor-chefe, fora agraciado no conjunto habitacional Schlageter com um lote maior, de esquina, situado na Ehrenstrasse,[64] nº 1, e agora se sentia responsável pelas pessoas que se haviam mudado para cá, pela comunidade jovem que começava a se formar. "Conjunto Habitacional Albert Leo Schlageter", um nome assim significava assumir compromisso. Com regularidade ia de casa em casa, recolhia doações voluntárias para a Obra de Assistência ao Inverno — ninguém deveria passar fome nem frio —; no verão verificava se os jardins estavam sem ervas daninhas e, no inverno, se a neve havia sido retirada. Não deixar as portas abertas, mas sim sempre fechá-las muito bem à noite, não é? Como é que anda isso? E bonecos de neve podem até ser engraçados, mas um diante de cada casa? Qualquer hora a cabeça deles acaba pendendo e eles desmoronam...
    Assim, todos os dias cumpria a ronda, ainda que os cães ladrassem na sua direção de cerca a cerca.

---

64. Ehrenstrasse significa Rua da Honra.

O posto de inspetor-chefe e o lote de esquina — agora tudo poderia estar bem, mas, desde que o filho tivera de dar a sua jovem vida na Polônia, a casa vivia extremamente vazia. Na infância o menino sempre adorava ver os embutidos serem fatiados, subia e descia a escada engatinhando, mais tarde escorregava pelo corrimão... Na nova casa, aqui no conjunto habitacional, com frequência ficava horas sentado no quarto, pensativo, com o olhar perdido na distância. Os crepúsculos despertavam nele pensamentos arrebatados, que então punha no papel em forma de rimas. Certo dia acabaram descobrindo que escrevia poemas e lhe deram umas bofetadas. — Agora estava tudo bem silencioso lá em cima. Não entraram mais no quarto.

A sala de visitas dos Drygalski era um "cômodo burguês" pronto para qualquer situação, dotado de cadeiras imponentes e de uma mesa redonda para fumantes — nunca se podia saber quem de repente entraria na casa de nº 1. O chefe distrital já estivera lá! No escritório havia um gaveteiro, uma mesa com máquina de escrever e telefone; na pequena cozinha ficava o sofá estragado pelo uso. No dormitório, as camas com mantas bem estiradas. Acima da cabeceira, pendurou-se o retrato do jovem Egon Drygalski, tombado na Polônia após ser atingido por uma bala na cabeça durante um avanço das tropas, imediatamente morto. O retrato fora pintado por um colega, tendo como modelo a foto do passaporte, mas as linhas reticulares que o pintor esboçara para criar alguma semelhança com o morto ainda podiam ser vistas sobre o rosto, não se apagavam. Um galhinho de aspérula odorífera, velhíssimo, se agarrou à moldura de pinho, e uma vez por mês era espanado. Ao lado do quadro pendia um crucifixo, assim eram as coisas por aqui. A mulher fazia questão que fossem assim.

Drygalski verificava se tudo estava em ordem não apenas no conjunto habitacional, havia anos que também observava os Globig. Era verdade que os seculares carvalhos dos Globig, como dissera o prefeito ao lançar a pedra fundamental das habitações do Schlageter, davam um "apoio" seguro às casas com as bétulas novinhas em folha, mas aquela esquisita casa na árvore, em cima dos galhos do carvalho, de onde pendiam alguns sacos? Com meia motocicleta em cima dela? provavelmente até fixada com pregos ao tronco? Àquele menino franqueavam todo tipo de liberdade, e bem que era um "garoto louro", um verdadeiro menino alemão, mas não aparecia no serviço da Juventude Hitlerista, e a mãe, de algum modo, vivia fora da realidade, ela precisava urgentemente receber uma lição, mas não dava o ar da graça. Faltavam oportunidades para expressar a ela sua opinião.

Quando parava para pensar como instruiu o *próprio* filho! Era muito severo com ele, a ponto de a mulher às vezes perguntar: "Precisa ser desse jeito?". O menino subia a escada berrando e soluçava lá em cima, no quarto?

"A sra. Globig está-se lixando para tudo", dizia Drygalski à mulher. "Ela só pode ter acesso a informações com antecedência. E eu ainda vou ter uma conversa com o filho dela..."
    Acesso a informações? Desde que o sr. Drygalski havia melhorado de vida, a mulher dele piorou, primeiro mal andava,

se arrastando de um lado para o outro — "Recomponha-se, Lisa" —, depois passou a ficar mais tempo deitada e agora acamada! De vez em quando, vinha o médico com a valise, mas saía dando de ombros. Então não havia nada a fazer?

O filho tombado, a mulher vegetando e recentemente ratos no porão, se a gente interpretasse bem os indícios?

A Georgenhof ali do outro lado, tomada por hera, e a maltratada estrela-d'alva em cima da mansarda! O que as pessoas que passavam ali em frente deviam pensar. De um lado o conjunto habitacional, limpo, telhado com telhado, casas dispostas em linha reta, bonitas e organizadas, e do outro lado o solar, que outrora fora pintado de amarelo, e agora a hera crescendo paredes acima e o mato saindo pela calha do telhado?

Algum dia o muro da fazenda também precisava ser consertado. Romantismo é muito bom e bonito, mas muro é muro e quando aparecem rachaduras é preciso consertá-las. E, de uma vez por todas, tirar dali aquelas ferramentas que já estão jogadas por lá há uma eternidade, um cilindro e algumas grades de arado, tudo espatifado e em ruínas. Um arado! Cheio de ferrugem! Esse símbolo de um novo tempo: enferrujado? — E o portão da fazenda somente está pendurado numa das quinas? Se o portão fica aberto de dia e de noite, para que se precisa de um muro?

Haviam perguntado, Heil Hitler, se as ferramentas não poderiam ser doadas como sucata para fundir os metais e fabricar tanques de guerra e canhões, e então a Titia respondeu: "Ainda precisamos de tudo". Até acrescentou: "Que é que estão pensando?".

Quanto à própria casa, Drygalski mantinha tudo sob controle. Quando uma porta emperrava, a consertava sempre imediatamente. E, para o quintal detrás da casa, todo ano fazia um planejamento regular: à esquerda couve-rábano, à direita feijão-vagem. Na cerca os pés de frutas vermelhas, eles precisam ser podados novamente. — Somente os ratos. Como eliminá-los, por enquanto isso ainda permanecia um enigma.

Havia algo de errado com aqueles senhores ali do outro lado. Só mostravam a bandeira do movimento se realmente fosse necessário, e era uma coisinha bem pequena, parecia um trapo.

Drygalski sempre olhava para a Georgenhof do outro lado, o casarão por trás dos carvalhos, plantado ali como numa ilha. Quando rachava lenha atrás de casa, ficava olhando na direção da fazenda, ou quando alimentava os coelhos. Até mesmo enquanto dava a sopa à mulher olhava pela janela, fazia semanas que ela estava acamada, pálida e sofredora, dava-lhe mingau de aveia, e sempre era preciso estar preparado, pois ela acabava vomitando tudo. Havia meses que não saía mais da cama!

Sim, mesmo quando sacudia o travesseiro da mulher, Drygalski estava com o olhar voltado para a propriedade senhorial daquele outro lado, a casa amarela, onde a Titia ficava sentada à janela e olhava para este lado.

Da escrivaninha, podia olhar para lá, também enquanto telefonava, também do fogão, controlando quem entrava e saía dali. Olhava até mesmo do banheiro, enquanto fechava as calças: e a Titia olhava de volta, ela era muito generosa.

Quando precisava ir à cidade, Drygalski gostava de tomar o atalho do parque, embora não adiantasse muito, portanto saía pisando forte em volta do solar. "Passagem proibida!", estava escrito numa placa arrebentada. Mas essas pessoas já chegam ao ponto de separar as terras para poder perambular nelas, o que significava mesmo essa "passagem proibida"? Afinal de contas, o bosque alemão existia para todos! E então fungava e escarrava com bastante barulho nos pés de rododendros à esquerda e à direita. No verão já acontecera de observar todo o clã, ficara em pé lá na estrada com as mãos nos bolsos, enquanto eles bebiam ponche e faziam um piquenique em cima de uma manta estendida na relva, o tio de Albertsdorf, tias e filhos ao redor, trajando roupas brancas. Essas pessoas acenavam de lá como se o quisessem provocar...

Sempre encontrava um motivo para passar em volta da casa. E, agora no inverno, fizera uma vereda através da neve que formava um semicírculo na parte traseira da casa.

As "trabalhadoras do leste", o cocheiro polonês — volta e meia fiscalizava-os todos, não havia outro jeito! Usavam religiosamente o distintivo de operários estrangeiros, mas com frequência se deslocavam até o Castelinho do Bosque a fim de visitar a gentalha estrangeira, os tchecos, italianos e romenos? "Só podem estar maquinando alguma coisa!", dizia à mulher. "E têm também mão-leve..." E aí tirava a pistola da parede e a carregava. O padre de Mitkau, que nunca dava o ar da graça na casa dos Drygalski embora também fossem católicos, entrava e saía de lá, era o cúmulo!

No último verão, Eberhard von Globig, trajando a casaca branca do uniforme com a insígnia de mérito no peito — sem espada —, cavalgou em torno do conjunto habitacional, como se precisasse inspecioná-lo, cumprimentou de modo bastante simpático (cumprimentou com demasiada simpatia?), pôs o cavalo para beber água na fonte Schlageter, o manso Fellow, que depois ainda precisou ser entregue a um abrigo de animais, inclinou-se na direção de Drygalski e perguntou como a esposa dele estava passando. (Um convite para adentrar a casa foi recusado...)

Mas: seja como for, enviou a Drygalski até um saquinho de açúcar mascavo e um galão de óleo de girassol. "Prepare uma coisa boa para a sua esposa..."

"Precisamos manter uma boa relação com essa gente", disse Eberhard a Katharina. "Nunca se sabe o que ainda está por vir."

Agora os russos estavam na fronteira, as sirenas berravam todos os dias, e pelo conjunto habitacional soavam estridentes os gritos de porcos sendo abatidos. Abater todos os animais e, como uma prévia, embalar todos os pertences para viagem, embora fosse rigorosamente proibido pensar em fuga. Veículos ficavam na parte traseira das casas, grandes e pequenos, impermeabilizados com palha e papelão alcatroado. Cada fenda hermeticamente fechada...

Se os Globig agora também fizessem as malas? Seria uma oportunidade de os flagrar, pensava Drygalski. Seria então a hora de lhes perguntar se, por acaso, imaginavam que os russos chegariam até Mitkau? Não confiavam nas Forças Armadas alemãs? Eles não haviam sido repelidos no outono?

Não era possível perguntar aos compatriotas que no outono vieram do leste, de Tilsit, da Lituânia e da Letônia, se confiavam nas Forças Armadas alemãs. Teriam dado a resposta correta ou simplesmente nenhuma.

Drygalski perguntou à mulher se ela ainda precisava de algo, pôs a boina na cabeça e marchou até o outro lado. Na Georgenhof, um porco estava pendurado na escada, o polonês estripava o animal morto e as moças o ajudavam. Elas imediatamente deixaram de grasnar ao verem o homem do conjunto habitacional se aproximar. Coturnos de cano longo marrons e um bigodinho de Hitler?
"E aí, abatendo porcos?", perguntou Drygalski e, por puro capricho, quase dera um beliscão na bochecha da loura Sonja: propriedade nacional saudável, era o que parecia.
À Titia, que estava na cozinha derretendo gordura de porco, perguntou, Heil Hitler, será que ela também pesava tudo com precisão e comunicava os registros às autoridades?
"Mas é claro", disse, apresentando uma lista de controle, "comunicamos todos os dados."
Estenderam um pires com carne de barriga de porco cozida, será que queria provar? Sim, queria. E pediu um pouco de sal e ficou de pé ao lado do polonês, observando por alguns instantes como o homem jogava os pedaços de carne em diversas cubas e se também fazia de forma correta. E então pensou na sua mercearia, como fatiava bem o presunto usando a máquina de cortar, e as crianças ganhavam uma pontinha?...
Jago também observava o polonês, tinha os próprios interesses. O gato procurava, como sempre fazia, ficar longe. Sabia que não o esqueceriam.
Drygalski inspecionou a grande carroça que estava, larga e pesada, no quintal, e realmente! Nas laterais estava emperrada,

e também a tinham dotado de uma espécie de telhado! Aqui, portanto, também já aprontavam as bagagens? Mas, como segurava o pratinho com a carne de barriga de porco, se conteve antes de fazer averiguações mais profundas.

Desde que o Fellow precisara ser entregue a um abrigo de animais, os Globig passaram a ter apenas três cavalos, dois para a carroça grande e o cavalo capão para a charrete?

A Titia aproveitou a oportunidade para lhe contar que lá estivera um pintor de quadros muito esquisito que fizera discursos muito esquisitos?

Pintor de quadros? Por quê? Registrar antiguidades? Desenhar peculiaridades arquitetônicas?

Mas por que não enviaram o homem ao conjunto habitacional para ele pintar um quadro da fonte Schlageter? Agora Drygalski não conseguia mais entender. E então deu uma volta em torno da casa e depois foi até o conjunto habitacional examinar a fonte, que era uma verdadeira joia. A plaqueta de bronze já um tanto esverdeada pelo tempo... Graças a Deus que havia fotografias do monumento, no suplemento do jornal *Mitkauer Land* já fora estampado de todos os ângulos. O fotógrafo se esforçara muito.

Mas não terem dito ao pintor nada sobre a fonte — era realmente o cúmulo.

Dr. Wagner também chegara para a festa do abate, metido num casaco com forro e gola de pele, com luvas tricotadas e protetores de orelhas de cor preta. Trouxera uma jarrinha e pediu à Titia um pouco do caldo de linguiça. E, como ficou plantado no chão sem esboçar nenhum gesto de que iria embora, em nome de Deus recebeu caldo e ainda ganhou um pouco de carne de barriga de porco. Batia um sapato contra o outro, pois estava com frio nos pés. As coisas não eram tão simples assim.

    Nesse ínterim, Peter arrastara a árvore de Natal da sala e a jogara na frente da casa. A árvore com suas luzes sagradas não tinha mais serventia. Dr. Wagner mandou o menino jogar um pouco de banha líquida nos galhos, os pássaros ficariam muito felizes!

Subiram até o quarto de Peter, seguidos pelo cão e pelo gato, para dar seguimento aos estudos. Pedaços de lenha foram lançados na lareira e Katharina se juntou a eles.

    Catedrais alemãs: ela exibiu o livro e falou sobre o pintor que lá estivera para registrar tudo, cada canto e cada ângulo. Que inclusive se interessara pelos quadros da sala e pela decrépita estrela-d'alva... Que bom que havia pessoas que se preocupavam com coisas assim. Porém, fotos não teriam sido mais baratas? Desenhar tudo talvez acabasse sendo muito trabalhoso.

Wagner folheava o livro das catedrais alemãs. Aha, Speyer, já arruinada pelos franceses há tempos; Worms, estripada como um porco. E agora os ataques aéreos: Lübeck, Königsberg e Munique. Tudo o que foi destruído nos últimos tempos era enumerado pelo dr. Wagner. Cidades inteiras, pontes, museus com tudo o quanto continham. Pinturas! Bibliotecas preciosas na fogueira das cidades incendiadas!

Que bom que havia pessoas que se preocupavam em pelo menos salvar em pequena escala o que ainda se podia salvar!

Também o Belo precisa perecer!
O que subjuga homens e deuses,
Não abala o férreo coração do Zeus de Estige...[65]

Wagner disse que aqueles gângsteres do terror não podiam arrancar os poemas que trazia na mente... E com a lapiseira de prata marcou na coletânea de poesias publicada por Echtermeyer versos que deveriam ser salvos para a posteridade e que, portanto, deveriam ser memorizados agora mesmo.

Recitou alguns poemas imprimindo entonação cantada, como faziam os antigos gregos, e seus olhos marejaram, e pôs ambas as mãos diante do rosto para engolir os soluços iminentes: as manchas senis e as grandes veias. O destino da pátria tocava-o fundo na alma, era visível.

Katharina empurrou o prato com fatias de pão com linguiça na direção do dr. Wagner, ela estava com a cabeça nas nuvens, pensava em algo bem diferente. Era como se quisesse fazer uma pergunta. Mas o que a afligia não o podia expressar aqui e agora. Um hóspede incômodo deveria ser infiltrado na casa. Hoje? Amanhã? Depois de amanhã? Quando mesmo? No quarto dela, na verdade. Mas como deveria ser feito? Refletia de um lado para o outro.

---

65. Versos extraídos do poema "Nänie" [Nênia], de Friedrich von Schiller, cuja temática trata da morte do belo na realidade, mas que permanece idealizado na arte.

*... onde a escuridão por entre os arbustos
olhava com centenas de olhos?*[66]

Para ser escondido, de qualquer modo ele precisava passar pelo salão — e, claro, era totalmente impossível. Subir aquela escada rangendo? Passar em frente ao quarto da Titia? Ela, que sempre estava à espreita? E Jago, o cão?

Pela cozinha também não daria certo, de qualquer modo haveria o salão para atravessar com o cão desconfiado, além da escada rangendo. Quanto mais cuidado a pessoa tivesse ao se esgueirar até lá em cima, mais alto os degraus rangeriam; e, quanto mais agisse em segredo, mais selvagem o cachorro reagiria.

Somente restava uma única possibilidade: vindo pelo parque, ultrapassar o gradil das rosas trepadeiras, subir para o jardim de inverno e em seguida entrar no quarto dela.

Talvez até fosse um homem idoso? E então sequer conseguiria fazê-lo? Ela então lamentaria. Pois era motivo de força maior.

À noitinha, pôs na cabeça o chapéu branco de astracã e dirigiu-se a Mitkau, teria de falar com Brahms, será que aquela coisa não poderia ser cancelada de última hora?

Deu carona ao dr. Wagner, que segurava entre os joelhos a jarrinha com o caldo de linguiça. Ele a olhava de soslaio, alegre em ver com que energia essa mulher segurava as rédeas.

---

66. Versos extraídos do poema "Willkommen und Abschied" [Boas-vindas e adeus], de Johann Wolfgang von Goethe.

Sobre o céu negro a aurora boreal tateava como uma mão branca: vapt-vupt! E já se ouvia um incomum estrondar de trovões. Uma tempestade no inverno?

Pela cabeça do dr. Wagner pode ter passado um poema de Eichendorff enquanto estava ali sentado ao lado da bela senhora, as duas mãos agarradas à jarra de caldo de linguiça.

Junto ao Portão de Senthagen, Katharina precisou apresentar a carteira de identidade, também lhe perguntaram o que queria na cidade... "Ah, a sra. Von Globig. E quem é este senhor? Ah, o sr. dr. Wagner..."

Uma trave foi empurrada para o lado e ela pôde atravessar aquele portão reverberante.

Um vento glacial açoitava pelas ruas nuvens de neve. Katharina pensou: ainda dava para voltar! Simplesmente retornar e me jogar na cama, não ouvir nada, não ver nada... Simplesmente não ir até a casa do pastor, ele ficaria esperando e esperando, e depois desistiria dizendo a si mesmo: A mulher mudou de ideia...

O seu quarto quentinho, os livros, o rádio... Por que se deixar levar por atitudes afoitas que não lhe diziam respeito?

Deixou o professor na Horst-Wessel-Strasse, segurou a mão dele um pouco demais — ele poderia achar que fosse o despontar de uma afeição... E em seguida ela tocou a sineta do pastor Brahms, que já estava à espreita com o relógio na mão. Aquele bloco preto da igreja ao lado da casa paroquial, de cujo telhado escorregava uma torrente de neve.

Ele a cumprimentou, olhando ao mesmo tempo a rua para

cima e para baixo, uma visita tão tarde! Com cavalo e charrete! O que as pessoas da vizinhança achariam?

Convidou-a para entrar, ao passo que a cumprimentava com uma mão e com a outra a puxava para dentro, para o interior do seu gabinete escuro e não arejado.

Junto à parede havia um mimeógrafo com o qual acabara de trabalhar.

Logo se apressou em explicar a ela tudo mais uma vez. Tratava-se de quê? De enviar uma pessoa em fuga, açulado, um perseguido, de um esconderijo a outro, sem um lugar fixo, tratava-se disso. Era uma pessoa do sexo masculino, um homem totalmente desconhecido, cujo destino, na verdade, não dizia respeito a ninguém. Sabe Deus que acusação lhe haviam impingido!

Abrigar por apenas uma noite uma pessoa que não podia ser vista numa hospedaria. Por *uma* noite, portanto, na verdade por horas apenas, era disso que se tratava. E mais precisamente nesta noite.

O pastor Brahms não sabia se era alguém do 20 de julho[67] ou um desertor? Ou até mesmo um comunista que outrora quebrara as vidraças da classe proprietária e chamara o Salvador de "palhaço celestial"? Front vermelho? Ou um judeu? Todo o país estava tomado por existências em fuga, corriam pelas cidades, pelas florestas, abrigavam-se em velhas fábricas e em celeiros, ficavam escondidos agachados em porões e sótãos?

---

67. Referência ao atentado conta Adolf Hitler ocorrido no dia 20 de julho de 1944 na cidade de Rastenburg (atual Kętrzyn, Polônia), na Prússia Oriental.

Os informantes lhe haviam dito: "Pelo amor de Deus, ajude-o". Era tudo, não se sabia nada mais. Também veria o estranho pela primeira vez naquela noite. E já o enviaria na manhã seguinte a um outro lugar. Mas nada seria como antes!

Fosse como fosse, era possível perceber um certo ar de astúcia no pastor... Katharina lhe entregou uma pequena linguiça, da qual ele logo cortou com o canivete um pedaço, enfiando-o na boca como se fosse fumo de mascar. Estavam sentados no sombrio gabinete, o relógio de pêndulo, blong!, e na escrivaninha um comentário sobre o Apocalipse do apóstolo João: sou o Alfa e o Ômega, o início e o fim. O pastor Brahms preparava um ciclo escatológico para os idosos do mosteiro, toda noite escolhia um capítulo apocalíptico diferente. "E o céu foi se recolhendo como se enrola um pergaminho..." Os idosos, os doentes! Transportados de algum outro lugar, do leste! Praticamente sem conhecimentos de alemão, e agora no frio mosteiro, um ao lado do outro, e na verdade até tinham visto dias melhores? Ficavam deitados no refeitório, tendo acima de si uma abóbada extremamente suave, na qual foram pregadas estrelas azuis e douradas.

Sobre o Juízo Final, que, segundo ele, seria realizado quando tudo tivesse acabado, fazia pregações aos idosos dia após dia, à direita e à esquerda de Deus, afirmando que somente então se mostraria quem seria pesado na balança e achado em falta[68] e quem poderia existir. E que alguns seriam lançados no lago que arde com enxofre.[69]

---

68. Referência a Daniel 5:27.
69. Referência ao Apocalipse 21:8.

Ao ver Katharina tremer e hesitar, disse: "Tem de ser. E, para ser mais preciso, hoje mesmo".

Que tipo de pessoa seria?, perguntou, e será que não é perigoso, não há algumas leis sobre isso? E o marido, o que provavelmente dirá a respeito quando ficar sabendo que ela concedeu refúgio a uma pessoa, a um *homem*? No quarto dela. Ele pelo menos seria oficial? Além disso: já hoje?

"Escute", disse o pastor: "Tem de ser".

Após esclarecer tudo o que a abalava, de repente disse: "Sim". Algo a fez dizer "sim", ela quer fazer isso, quer abrigar o homem, e por alguns segundos se tornou uma outra pessoa. Talvez até tenha dito "sim" para afinal sair daquele cômodo escuro, com o pastor diante de si, ali, mastigando a linguiça?

O pastor puxou a cortina diante da janela obscurecida e, com o canivete na mão, espiou o pátio através de uma fresta. Pôs o indicador sobre os lábios. Uma visita da sra. Von Globig, que normalmente não dá o ar da graça, tarde da noite? O que diria a vizinhança? Essa gente já não vivia à espreita? Diversas vezes Brahms vira alguém acocorado no pátio junto ao barril de água da chuva tentando escutar o que ele tinha a conversar com os membros da comunidade. Mas se esconder no pátio com quinze graus negativos não passaria pela cabeça de ninguém a uma hora dessas.

"Pois bem." O pastor puxou o lenço e se assoou fazendo barulho. Assim, a mulher também agora fazia parte do grupo de mensageiros que deveriam ajudar a salvar uma vida humana. Essa vida seguiria de mão em mão. E, para ser mais preciso, ainda esta noite.

Como as pessoas conseguem se superar! Um dia faria um sermão sobre o tema. Não agora — mas chegaria a hora, e seria dentro em breve!, em que ele poderia apregoar isso. Libertar-se do próprio medo pela própria vida como Abraão libertara o carneiro do arbusto espinhento?

Depois era a vez do *"procedere"*, como dizia. Como e onde o homem deveria ficar escondido?

Embora Katharina apenas tivesse dito de fato "sim", escutando a própria voz, sem estar muito certa do que aquilo significava, concluiu-se que ela já sabia bastante bem como deveria fazer aquilo, infiltrar um homem na fazenda e escondê-lo lá, apesar da Titia, do menino e do cão Jago. O polonês e as duas ucranianas também não podiam perceber nada, e claro que o sr. Drygalski de forma nenhuma, aquele farejador que, afinal de contas, quase diariamente marchava em torno da casa e olhava para as janelas, será que elas também estão obscurecidas?

Descreveu ao pastor como o desconhecido poderia entrar no parque passando pela vereda e depois escalando o gradil.

Várias vezes Brahms confundiu o que ela estava lhe explicando: *em volta da casa*? Através do parque? *Escalar o gradil*?... A pergunta era se o pobre homem teria condições de escalar, será que seria forte o bastante? E: "Vereda?", perguntou o pastor. Como? Onde? É que era tudo muito vago.

Katharina pegou o lápis vermelho com o qual o pastor sublinhara trechos da Bíblia e um pedaço de papel, fez um desenho, e Brahms o colocou sobre a escrivaninha. E então agradeceu à mulher com as duas mãos. Pois agora deixemos as coisas seguirem seu curso.

Quando ela subiu na charrete, o pastor ainda ficou um momento na rua. Será que ele seria tomado de sobressalto e no último instante diria: "Ah, a senhora sabe, acho que vamos deixar isso de lado, já encontraremos outra solução!". Quem brinca com fogo acaba por se queimar?

Não, ele não disse.

O capão olhou para atrás, endireitando as rédeas, quanto tempo ainda deverá esperar? Também o animal, à sua maneira, nutria saudades da Georgenhof quentinha, pois estava com frio.

E, enquanto o pastor voltava a se dedicar ao mimeógrafo, Katharina partiu dali, clip, clap!, a mulher de preto com chapéu branco de astracã. Conduziu a charrete ao longo da muralha e tomou um caminho circundando a cidade escura. Dar um pulo até a casa de Felicitas e aconselhar-se com ela? Desabafar? O que provavelmente diria sobre aquilo? Realmente bacana o que pretendia? Felicitas sempre fora compreensiva com tudo. Talvez se admirasse com a coragem? Mas agora, no estado em que a amiga se encontrava, certamente teria outras preocupações. E o marido em Graudenz com os desertores que eram executados a tiros todos os dias?

Ou dr. Wagner? Examinar tudo com ele na calma? Realmente um homem bastante sensato? Sempre lhe dera pão com linguiça, será que poderia conversar com ele? Naquele horário o professor estava sentado em sua sala. Esquentara o caldo de linguiça, comera pão com ricota como acompanhamento. Lia uma obra de Tito Lívio. Talvez fosse bom ousar uma nova tradução?

Katharina atravessou o mercado, passou em frente à taverna Zur Schmiede. Neste instante chegava ao fim a sessão de cinema, as pessoas saíam do recinto e se davam os braços. *O sonho branco*...[70]

> Quem quer de novo cirandar!
> Um tostão, muito não vai custar!
> E o primeiro prêmio do saltimbanco
> É uma bonequinha toda de branco!

A cadeia. A prefeitura. Lothar Sarkander, talvez ainda estivesse sentado no escritório?

Mais uma vez passou defronte à igreja. A grinaldinha de flores secas balançava pra lá e pra cá. Ainda dava para voltar atrás? Sim, ainda teria sido possível cancelar tudo. Ainda havia tempo.

Entrar de supetão na casa de Brahms, chorar e gritar: "Não posso fazê-lo!". Com certeza aquele homem tinha compreensão para tanto? Talvez ele mesmo se sentisse aliviado?

O pastor se deteve, pondo-se à escuta: será que a mulher está retornando para cá? Não, pois já estava demasiado tarde.

No Portão de Senthagen, foi parada mais uma vez. Novamente teve de mostrar a carteira de identidade. "Ah, sim, a sra. Von Globig. Com o pé na estrada num frio desses?"

---

70. *Der weiße Traum*, comédia musical alemã de 1943.

Se havia alguém sentado na parte traseira da charrete, não quiseram saber.

O relógio da torre da igreja bateu seis horas. O pastor girou uma manivela: logo o desconhecido bateria à porta. Portanto, agora devia esperar. Ele o encaminharia tarde da noite, era o combinado, primeiramente precisava lhe dar de comer, acalmá-lo e depois mandá-lo seguir em frente. Ali estava o desenho da Georgenhof sobre a escrivaninha. Portanto, nada poderia dar errado.

Depois de amanhã à noite, com toda a escuridão, novamente alguém receberia aquele homem e depois o encaminharia para outra pessoa.

O que eram vinte e quatro horas?

E depois, no futuro, não meter mais o bedelho nessas questões?

Georgenhof jazia lúgubre e ameaçadora sob os carvalhos. Katharina desceu da charrete e envolveu o braço em torno do pescoço do capão.

"Ó, Deus...", disse em voz alta.

O animal virou as orelhas para trás: estava tudo em ordem.

O DESCONHECIDO

À noite, Katharina estava sentada na sala juntamente com Peter e a Titia. Em redor da casa, o vento soprava neve em grandes flocos, bufando lareira adentro.

Em seguida, o vento de súbito cedeu, e reinou o silêncio. Não se ouviam as moças. Haviam ido ao Castelinho do Bosque com pequenas prendas da festa do abate: tripas, intestinos, rins... À sua maneira, os rapazes de lá também deveriam participar da abundância da casa. Não era para lhes faltar nada! Provavelmente agora já estavam cozinhando por lá, e o romeno tocando melodias divertidas no acordeão.

Katharina pegou um pano e saiu de quadro em quadro limpando as molduras, depois, entre suspiros, se sentou, juntando-se aos outros. Olhou o relógio, quantas horas ainda podiam lhe restar? O que tinha para fazer com esse homem que invadiria a casa? E por quê? Provavelmente culpado da própria miséria?

Ela entende muito bem, disse a Titia, que Katharina esteja se sentindo assim com tão pouca disposição. O querido Eberhard tão longe daqui... E a confusão nos últimos dias, as muitas pessoas! As coisas aqui estavam movimentadas como num pombal. Já é tempo de voltar o sossego!

A Titia prosseguiu dizendo que se sentiria bem-disposta depois de tomar uma aguardente forte. E, quando disse "aguardente", riram. Pois é, a Titia e... aguardente! Após a movimentação dos últimos dias: o louco colecionador de selos? a violinista? e ontem o pintor? Finalmente se espreguiçar. Finalmente não se preocupar com nada.

Por outro lado, também não seria totalmente errado se agora batessem à porta e aparecesse um novo visitante e trouxesse vida à casa... É que assim ficamos sabendo o que está acontecendo pelo mundo.

A Titia refletiu se deveria contar que o pintor fizera insinuações esquisitas? Se ela sabia que na olaria aconteciam coisas que não tinham muito a ver com direito e justiça? Que ele tinha visto com os próprios olhos que as pessoas lá são espancadas? Pessoas muito sofridas em carne e osso?

E: ela deveria retirar o quadro do Hitler da parede?

O que ele tinha a ver com isso?

Será que não seria nossa obrigação denunciar? Cortar o mal pela raiz, senão vai tudo por água abaixo. O *Führer* — ele não era o último sustentáculo?

Katharina também ouvira falar da olaria. Da janela de Felicitas vira os homens, no meio do frio, construindo barricadas para proteger o Portão de Senthagen. E a amiga lhe contara sobre os que lhe haviam pedido comida, tendo sido repelidos pelo soldado da SS: o marido dela conhecia esses tipos de Graudenz.

Ele havia dito: "Não dê nada a essa gente, nunca mais vai se livrar deles, todos não passam de bandidos! São como sanguessugas, quando você os tira de um lado, já vêm atacando de outro! Além disso, é proibido se defender deles, se o fizer, acabará pagando o pato!".

Sim, Katharina ouvira falar da olaria, mas o que ela tinha a ver com aquilo?

Na verdade, numa ocasião triste, Eberhard contara que no leste nem tudo caminhava pela via correta. Durante uma viagem de trabalho, observara algo... Oh, oh! Se o vento mudasse, tudo cairia sobre nós...

E agora estava estacionado na Itália.

Katharina não tinha conhecimento de que havia um retrato de Hitler pendurado na parede da Titia. *Minha luta*, o livro estava na estante, nunca o leu... O tio Josef disse: "O homem não está tão errado assim...".

A Titia queria tomar uma dose de aguardente... "As coisas não são tão simples assim..." Katharina tirou do armário uma garrafinha e dois copos e serviu a si e à Titia uma dose. Talvez depois fosse sentir-se menos "indisposta". Peter recebeu uma "dose de água" no seu copinho e fizeram um brinde.

O garoto abanou o fogo com tanto vigor que já se poderia pensar que toda a casa sucumbiria.

E então a Titia pegou o alaúde e começou a dedilhar as canções de sua juventude e a cantar com a voz frágil, as fitinhas da memória do instrumento penderam para baixo, encontros de cantores em Breslau... A querida Silésia, nunca, nunca que esqueceria a terra natal. E a forma como foram expulsos e como aquele homem cúpido ficara de pé na soleira da porta, as mãos nos bolsos, rindo com desdém! Até o jardineiro fora demitido, ele bem que ainda poderia ter mantido o contrato do pobre homem, ainda tinha mulher e filho! Ela subira nos tamancos dele e dançara com ele.

> Junto à fonte em frente ao portão,
> ali se encontra uma tília
> sonhei embalado na sua sombra
> sonhos de doce maravilha.

"Saúde!", disse ela, e as duas mulheres se serviram de mais uma dose. Katharina soltou um longo suspiro, e a Titia achou estranho. E falou de inclinações, que *ela* sempre encarava tudo com calma. Além disso: trabalhar, isso é um bom remédio.

Katharina olhou na direção do relógio. Levantou-se, ficou andando na sala de um lado para o outro e em seguida abriu a porta que dava para o sala de verão. "Ui, está frio!", exclamaram os outros dois.
    A lua surgira e estava gigantesca por trás das árvores, e o seu brilho atravessava as altas e estreitas janelas até cair dentro da sala.

Ela olhou em torno de si e teve a impressão de que nunca vira antes as imagens do papel de parede da sala iluminadas pelo luar. Um casalzinho com flauta e bandolim, crianças dançando e um soldado com uma moça sobre um cavalo empinado.

Observou como se, por fim, ainda tivesse de registrá-los bem na mente.

O concerto para flauta de Sanssouci — concertos no círculo familiar...

Eberhard nunca foi muito afeito a festas, não se sentia muito atraído por bailes, e agora estava estacionado na Itália, onde queria realizar outras coisas. Talvez uma bela criança estivesse sentada a seu lado? Uma daquelas lindas meninas morenas que punham flores no cabelo? Quem era mesmo que podia saber o que estava acontecendo por lá nessa hora?

Via Eberhard sendo atendido numa taverna camponesa por uma moça que lhe servia vinho. Talvez ele lhe contasse histórias de Georgenhof, e talvez ela não acreditasse nele por nada.

Já fazia muito tempo desde que estivera ali com Lothar Sarkander, ocorrera de modo muito inesperado, havia sido no verão, as portas do salão para o parque ficaram abertas, eles tinham visto a família sentada na grama, e ele então dissera: "Não é uma linda cena?...".

A viagem secreta ao mar?

Foram vistos no pavilhão da praia, ela usando um chapéu de abas largas, e ele trajando calça branca.

Eberhard nunca ficara sabendo?

Ela esbarrou o pé no caixote com os pertences dos berlinenses e exclamou: "Pena! Poderíamos ter feito festas tão boas aqui! Dançar...".

Peter a acompanhou e acendeu a luz que caiu fortemente sobre a neve lá fora, acabando com a magia.

"Pelo amor de Deus, os aviões! Apagão! Se o Drygalski vir isso!", gritou a Titia.

Apagaram a luz, fecharam a porta do salão e voltaram a se sentar em frente à lareira.

Antes que a Titia pudesse voltar a tocar o instrumento, Katharina foi até o telefone e discou o número de Sarkander, nove horas, ainda não era demasiadamente tarde. Deixou chamar várias vezes, mas ninguém atendeu. Pois bem! O que ela deveria ter dito a ele?

Foi ao salão de bilhar do outro lado, tirou um jogo de tabuleiro do armário do canto colocando-o sobre a mesa da lareira: um tabuleiro de freixo, decorado com marchetaria de plátano, e numa caixinha anexa as peças torneadas correspondentes: pastores, pastoras, ovelhas. Faziam parte do mesmo jogo?

"Como é que a gente joga?", perguntou ela. E a Titia também não sabia. "Esse jogo já é muito antigo", afirmou ela. Com certeza as peças devem ser colocadas sobre o tabuleiro, de acordo com cada jogo... Num copo de couro havia três dados brancos e Katharina sacudiu os dados, fazendo-os cair do copo para cima da mesa. Um, três e cinco.

Dava um total de nove? O que queria dizer?

"Talvez *não*?", disse a Titia.

Quer dizer que os dados foram lançados, pensou Katharina e soltou um suspiro tão alto que a Titia não conteve o riso.

"Heinrich, a carroça está-se arrebentando!"[71] Não, o arco em torno do peito não cedia. Ela respirou fundo.
"Vai dar tudo certo", disse a Titia. "Acho que você fuma demais."

Katharina deu um beijo na ponta do nariz do garoto e lhe desejou boa-noite. Em seguida juntou todos os itens comestíveis na cozinha. Esta noite podia tornar-se longa.

Ao abrir sua porta lá em cima, por um momento foi como se ela se sentisse aliviada. As pequenas poltronas, a mesa com a fruteira. E os livros! Estava tudo como antes.
Mas só que não havia como escapar; nesta hora aqui ainda ocorreria uma aventura e não seria brincadeira.
Katharina entrou no jardim de inverno e olhou para fora. Estava tudo muito sossegado. A lua ficara tão pequena quanto uma lupa, a sua luz lançava as sombras reticulares dos carvalhos sobre a neve.

Katharina se deitou na cama, não tirara as botas, e folheou um álbum de fotografias: o Wanderer nas estradas sinuosas do desfiladeiro de são Gotardo, a vista do profundo vale rochoso? Sempre haviam esperado uma pane. Mas o carro facilmente dera conta da montanha, como se fosse brincadeira. Do outro lado, na Itália, chovera. *Aqui* o sol brilhando, *lá* chovendo. E haviam pensado que seria justamente o inverso. Eberhard, como piscava

---

71. Referência à história infantil "O rei-sapo ou Henrique de Ferro", compilada pelos irmãos Grimm.

olhando para o sol. "Não ficou boa!", escrevera ela com tinta branca sob a foto.

Aguçou os ouvidos na direção do interior da casa: agora os outros também estavam indo deitar-se. Peter ainda deixou o cão sair um pouco, depois bateu a porta, e então se ouviu também o barulho da porta da Titia.

    Katharina aguçou os ouvidos na direção do interior da casa e para fora também. E ela não sabia que a Titia também ficou de pé, à porta, lá do outro lado, também escutando e olhando pelo buraco da fechadura, mas tudo no escuro.

Katharina pôs o álbum de lado. Estava com medo. Estou com um medo de arrepiar!, pensava, olhando-se no espelho. Era uma sensação que tivera da última vez ainda na escola, Berlim, quando encontraram o seu diário de menina. Havia querido registrar um acontecimento e ele desaparecera.

O casamento na lúgubre igreja. Até que a morte os separe? Será que suportaria toda uma vida com Eberhard: "Suba alto, ó rubra águia?".
    Pastor Brahms não sorrira, ficara muito sério: "Até que a morte os separe".
    E o sonho na noite anterior? Sonhara com Eberhard. Ele estava usando longas luvas femininas e dissera: "Preciso ver as vacas".

Levantou-se mais uma vez e foi ao quarto de Peter do outro lado. Normalmente nunca o fazia, mas agora se sentou à cama dele e ficou olhando em volta do pequeno quarto. O ferrorama que dava voltas através do túnel, meias e calças pelo chão, botas jogadas em qualquer parte. Os aviões de papel pendurados no teto. Que vidinha pobre, pequena?

No meio do quarto ficava o castelo-forte de brinquedo com cavaleiros por trás das muralhas. A ponte levadiça estava erguida.

Antigamente ela rezava todas as noites com as crianças, era o que aprendera em casa, mas quando Elfie morreu as rezas acabaram. Agora teria gostado de fazê-lo, *abra as duas asas e abrace o pintinho*...[72] Mas já não era possível. Não conseguira ficar de mãos postas e nem abrira a boca.

Não dispunha de palavras mágicas e fórmulas de encantamento não teriam sido adequadas. E não fizera o sinal da cruz.

Levar o menino para o quarto dela? Como outrora fazia durante tempestades? Montar uma barricada? Imaginou-se de pé à janela com a espingarda de canhão triplo, o garoto do lado, também com uma arma, e eles se defenderiam até o fim.

Olhou para si mesma, e o menino a fitou.

Ele não disse "Está sentindo alguma coisa?" nem "O que é que há?". Ficou calado e olhou para a mãe. Quanto tempo isso demoraria?

Por fim ela disse "Boa noite", e essas palavras saltaram da garganta como se desfizessem um nó.

---

72. Trecho de "Abendlied", do poeta barroco e teólogo alemão Paul Gerhardt, publicada em 1647 e musicada diversas vezes, inclusive por Johann Sebastian Bach.

Katharina estava com medo, mas também sentia um pouco de orgulho por haver tomado a decisão e dito "sim" à aventura que agora estava fadada a acontecer. Jamais alguém teria suposto que ela fosse capaz de algo, e isso que estava para acontecer ninguém teria considerado possível. Ela própria também não! Nunca na vida. Sentia orgulho, mas logo ao lado havia o medo.

"É o medo frio, o medo de arrepiar", disse em alto e bom som.

E pensava também que se tratava de uma mentira agora prestes a tomar forma: a questão era salvar uma pessoa ou ela apenas queria provar a si mesma que era capaz de fazer algo? A vontade de cometer uma loucura, como antigamente com Lothar Sarkander. Contariam a Eberhard quando tudo tivesse terminado?

Mas quando tudo estaria terminado?

O álbum de fotografias continha tudo: o lago de Garda — com águas sem ondas e de cor verde, era como se apresentara; os barcos brancos. O cantor de rua e o pequeno café. No guardanapo, Eberhard escrevera números e fizera uns cálculos na frente dela: era uma maravilha como o dinheiro se multiplicava na conta, as ações inglesas, as porcentagens da Romênia? Que bom que se haviam livrado da agricultura... E haviam definido o que fazer com aquele dinheiro que parecia multiplicar-se por si só. No final iriam inclusive viajar no navio *Bremen* até a América?

Graças a Deus que a fazenda não os deixava mais com a corda no pescoço! Os quatro mil alqueires — cavalos, máquinas agrícolas, criadas, e todos os anos os ceifeiros vindos da Polônia?

O lago de Garda. Foram de barco até o outro lado, a parte que ficava na sombra. E lá do outro lado não havia movimento nenhum! Mas tiveram uma bela vista da outra margem, a ensolarada.

"Eberhard como capitão!", estava escrito sob a foto, ele de pé dentro do barco, as duas mãos tapando os olhos.

Então Eberhard tivera de vestir o uniforme, e, quando houve "o revide de balas", acabaram-se as ações inglesas e os romenos deixaram de pagar. Em vez disso, passou a contar com o salário de oficial, mês a mês, ele sozinho.

Da França enviara vinho e chocolate e da Grécia, cigarros. E da Rússia, açúcar mascavo e óleo de girassol.

O telefone sobre a escrivaninha: faltava alguém com quem ela pudesse falar agora. "Sim, você está louca?", teria dito Felicitas. Com relação àquilo lá não era possível esperar compreensão. Ou talvez sim? Felicitas talvez tivesse até rido! "Você faz cada coisa!"

Com o Wladimir, o polonês, ela talvez tivesse podido falar. Mas ele era contra o comunismo e contra judeus, e com certeza não tinha a mínima ideia do que fora o 20 de julho. E ficaria entregue a ele, dependendo de sua graça e misericórdia. Ele teria alguém nas mãos; então se sentaria à lareira e faria a festa.

E a Titia? Ir até lá e dizer: "Escute aqui, tenho algo a lhe dizer...".

E ela tinha um retrato de Hitler pendurado na parede.

Lembrou-se de Drygalski — por que não havia ninguém em quem confiar?

Não tinha medo nenhum de Drygalski. Agora, para ela, era quase como se estivesse lhe aprontando uma peça.

Talvez ele tivesse dito: "Já vamos dar um jeito", e talvez sobretudo a tivesse protegido.

Naquela hora, Drygalski estava sentado junto ao leito da mulher. Segurava a mão dela. E a mulher fitava o teto, a palidez estampada no rosto.

O alegre casamento, sempre tão alegre mesmo antes de ser realizado — assim o haviam imaginado, queriam remar até o vale numa canoa dobrável da marca Klepper, mas acabou não se concretizando. Em pouco tempo o menino já nascera, e então? Sempre ter apenas de ficar atrás do balcão, um oitavo de salsicha defumada, para vencer na vida? Nova máquina de cortar frios comprada, "mais algum desejo?", e em seguida a grande falta de dinheiro...

Ela nunca reclamara dele, ela sempre o observara, será que ele conseguirá encontrar uma nova ocupação?

E agora os refugiados do leste, da Letônia, Estônia, individualmente, em grupos, a pé, de trem ou de carroça. Até agora conseguira abrigá-los todos. No conjunto habitacional, até o presente momento, cada um lograra encontrar um lugar, abrigara uns aqui, outros ali. Cada família fora incumbida de abrigar alguém. Elaborara um esquema para não perder a visão do conjunto. Refugiados: havia entre eles alguns indivíduos suspeitos, que gostam de passar a mão nas coisas alheias. Uns não se lavavam ou resmungavam por toda parte. Mas também havia espécimes com mais idade, de boa estirpe, de bom feitio, de boa índole e sem medo da vida. Sangue alemão que precisava ser salvo. A pátria abria os braços para recebê-los.

Também a Georgenhof teria de ser convocada a participar. Não se poderia evitar. Seria feito com tato. Talvez um dia viessem algumas pessoas qualificadas. Há pouco tempo o juiz estadual aposentado com a esposa, ele bem que teria combinado com os Globig, mas não se demorara muito tempo, logo seguiu noutra direção. Fizera um teste inspirando fundo o ar local e resolveu seguir adiante. Ninguém se demorava muito. Era esperar uns dias e logo pôr o pé na estrada para longe.

Drygalski segurava a mão da esposa. Talvez, pensou, eu devesse ler alguma notícia do jornal para ela. Isso faria com que ela pensasse noutras coisas. Mas — "movimentos de recuo". Como deveria explicar a ela? Como deveria entender?

Que bom, também pensava, que nosso filho já tombou na Polônia, senão agora precisaríamos todos os dias temer por ele.

Soltou a mão da mulher — tinha de fazer uma ligação para Mitkau, será que amanhã chegarão alguns refugiados do leste, e depois inspecionar as listas para saber onde poderiam ser enfiados. Era um constante ir e vir.

Na escada, hesitou um instante. Foi até o andar de cima, sentou-se no quarto do filho e olhou pela janela. E viu, na sombra do luar, os riscos negros e compridos dos sulcos abertos na neve.

Do outro lado, na Georgenhof, Katharina se aproximou da porta e colou o ouvido na fechadura. O cachorro deu um breve latido de alerta: ouviu as moças que voltavam trocando ideias sobre momentos de alegria e diversão. Trazê-las aqui para cima? Ou me sentar com elas? Não teria dado certo. O que é que está querendo conosco?

Ela lá, nós aqui — não existia uma comunidade.

Entrou no jardim de inverno, apagou a luz, puxou a cortina para o lado e olhou para baixo na direção do escuro parque iluminado pela neve. O semicírculo da vereda sobre a grama podia-se vislumbrar claramente.

Jogou uma manta sobre os ombros. Os cactos murchos, as plantas secas.

As grandes e as diminutas estrelas, o céu centelhava e brilhava. A lua deslizava cada vez mais alto e mais alto. As galhas dos carvalhos se espalhavam diante daquele disco brilhante primevo. As linhas da mão, as linhas do destino, como as linhas da vida.

Um avião solitário roncava através do céu noturno. O piloto veria a propriedade lá embaixo, Georgenhof no meio da neve. Também o conjunto habitacional organizado, uma casa igual à outra, também Mitkau com as ruas tortas. Talvez entendesse o semicírculo da vereda como um sinal, uma mensagem, incompreensível e enigmática?

Talvez também visse aquele homem sozinho que agora se esgueirava ao lado da estrada, segurando um papel na mão. Uma pessoa que se amaldiçoava a si mesma.

Katharina estava de pé à janela, iluminada pela branca luz do luar. Quem seria ele?

Um senhor idoso e educado do 20 de julho, um oficial à paisana, cicatriz na bochecha resultante de duelo esgrimista? Um senhor da velha escola. Que em tempos de paz cavalgava pela floresta de Grunewald. Primeira Guerra Mundial. Segunda Guerra Mundial, ferido três vezes. Um homem assim não conseguiria subir os gradis. E será que ele, como oficial, se arrastaria de quatro pés até o cubículo da água-furtada?

Um jovem oficial seria bem-vindo. *Dois numa grande cidade*,[73] no filme havia um jovem tenente, apresentação pessoal impecável, condecorado com a Cruz de Ferro militar: está de passagem por Berlim... E tomando uma xícara de café com a namorada de três dias.

Dois numa grande cidade,
Um sonho dourado encanta a realidade...

Um jovem tenente, talvez ele tenha desertado por motivos de honra quaisquer? Que estava com a cabeça quente e que caiu na esparrela, como ocorre com gente jovem? Só jogou mesmo um casaco à paisana sobre o uniforme e meteu-se na escuridão da noite... Fugindo contra a própria vontade, pois, no fundo, ele era mesmo *a favor*? Tudo então fora mesmo em vão? As colunas de tanques de guerra, uma ao lado da outra, uma atrás da outra, atravessando os campos de trigo do leste em pleno front, ele ficara parado na torre? Tempos bons foram esses?

---

73. Comédia alemã do diretor Volker von Collande que estreou em 1942. Título original: *Zwei in einer Großstadt*.

Talvez também fosse um civil trajando um terno roto? Luvas remendadas. Talvez um artista que não tinha como manter a boca fechada, talvez um organista. Não conseguia mais suportar os crimes de morte e confiara em falsos amigos, e agora era obrigado a ver como devia salvar a própria pele. Mulher e filhos em casa.

Talvez, na verdade, fosse pedir guarida alguém que já concedera abrigo a outro? Outro caso bem diferente?

Sentou-se à escrivaninha. Pela primeira vez, sentia a necessidade de anotar algo que concernia somente a si. Mas nada lhe vinha à mente. O que ela tinha a ver com aquilo? — Primeiro era preciso resolver isto aqui, esta experiência na qual, mais tarde, talvez ninguém acreditasse! E depois anotar tudo. Cada detalhe. As sensações, atenção — na verdade, a decepção. Talvez fosse tudo bem diferente?

Pegou a tesoura e tentou recortar uma flor no papel preto, como sempre fazia quando queria acalmar-se. Mas apenas resultou num arremedo de flor, e acabou jogando fora.

Devia se arrumar de alguma maneira? "Ajeitar" o cabelo? Acender as velas do candelabro? — Katharina limpou a pia do banheiro — haveria problemas de higiene? Um *homem*? E de vez em quando ela se esgueirava até o cubículo da água-furtada, ocupando-se com algo por ali, tornando tudo mais habitável: empurrar bem para trás os cigarros, o chocolate em pó e o vinho tinto da Itália, as dezessete garrafas de Barolo Riserva. "É uma coisa muito especial", dissera Eberhard. "Tomaremos quando a guerra acabar."

Lá dentro, colocou uma mala na diagonal protegendo os tesouros secretos, ainda pôs um colchão: aqui, sem dúvidas, o homem dormiria sem maiores problemas! Uma única noite? Ao lado da chaminé era bem quentinho. E bem romântico. Aqui seria preciso procurá-lo bastante tempo.

O cubículo da água-furtada podia ser fechado à chave. Talvez fosse necessário deixar o homem trancado por fora? Tantas coisas a perguntar, tantas para refletir.

Katharina escutou as notícias pelo rádio, volume baixo, baixo... Falavam de lutas defensivas no oeste, de movimentos de recuo e de ataques terroristas. Sobre o leste, nenhuma palavra. Na BBC também não. Mas algo estava no ar, podia sentir. Os russos atacariam, uma horda aos berros: Vingança! Mas quando? Amanhã? Depois de amanhã? Em uma semana? Em duas semanas? Quando? Era preciso todos os dias contar com aquilo?

Unir-nos essa canção deverá,
No espaço e no tempo essa canção.
Para dizer-te essa canção servirá:
Ainda longe estarei no teu coração...

Por volta de meia-noite, o cão ladrou — Katharina andara de um lado para o outro e acabara de sentar-se novamente no jardim de inverno. E, quando já pensava aliviada: ele não vem, ele não encontrou a casa, graças a Deus, era tudo apenas uma assombração; eis que escutou o cão e viu um homem na vereda, e ele projetava a sua sombra na luz do luar como um ponteiro sobre a neve.

Katharina pôs para o lado os cactos que estavam no peitoril da janela e a abriu. E já escutou também alguém agarrando o gradil, que se curvou um pouco com o peso do homem. E o cão corria de um lado para o outro da sala e latia feito louco, como normalmente fazia quando uma ratazana passava correndo ou, no verão, um ouriço.

Com cuidado, mas também com habilidade, o homem subiu até o quarto de Katharina e em seguida saltou por cima do peitoril da janela. Levando para dentro um pouco de neve, rápido se pôs de pé sobre as duas pernas. Se tivesse caído lá embaixo, tudo teria acabado. "Era um ladrão", poderiam ter dito, "um ladrão no meio da noite." — "Não conheço essa pessoa."

Katharina fechou a janela — entrara vento frio —, e o homem já estava andando de um lado para o outro no quarto dela.

Um homem de baixa estatura, barba de pelos negros por fazer e uma expressão audaz. "Conseguimos", disse e jogou a boina sobre a *Mulher agachada*. Olhou Katharina de cima a baixo: botas pretas de cano longo? Sorriu: uma mulher de botas?

E então mostrou à mulher as mãos sangrando, pois as machucara nos espinhos das velhas roseiras.

Nada de senhor idoso, nada de belo tenente, nada de organista — um homem simples, resistente. Trajava um jaquetão e, sob o braço, trazia uma espécie de mochila, e carregava frio consigo. Ficou de pé no meio do quarto, escutando o cão que ladrava lá embaixo, e mostrou as mãos que sangravam. Katharina buscou esparadrapo e uma tesoura e fechou-lhe as feridas. E nesse instante sentiu a respiração do homem.

Quando finalmente o cão havia se acalmado, o desconhecido circulou pelo quarto, examinando as portas, as janelas, e por fim se postou ao lado da estufa.

Chamava-se Erwin Hirsch e era judeu, e vinha de Berlim, e estava com frio. Vinha de Berlim e pretendia fugir dos russos; quase fora descoberto, em Mitkau, as sentinelas junto ao Portão de Senthagen! O pastor Brahms não o advertira, não gastara sequer uma palavra sobre a vigilância de lá.

Por um fio tudo poderia ter acabado logo. Um homem claramente alienado, aquele pastor esquisito... teve de avançar dependurando-se na muralha! Como os mensageiros de Josué.

E depois o longo caminho de Mitkau até aqui! Mais de uma hora caminhando na beira da estrada. A cada veículo, precisava se jogar na vala para que ninguém o visse?

Colocou as palmas das mãos sobre os azulejos da estufa, e somente aos poucos foi ficando mais calmo.

Katharina também tremia, embora não estivesse com frio. De pé, diante dele, pensava: estamos em maus lençóis.

O homem não achava estranho que tivesse de compartilhar um quarto com uma jovem senhora. Já vivenciara coisas bem diferentes. Agachado em cubículos de porões, dormindo em baús de guardar roupa. Estava contando essas histórias agora. Fugia havia quatro anos! Mas não ria de todas essas aventuras. "Imagina você", cochichou ele, e Katharina lhe ofereceu um cigarro após o outro, sem se admirar por ele não tratá-la como "senhora".

Naquele instante soou o telefone. Assustaram-se os dois. Estava soando alto! Que coisa estranha! O homem se afastou e Katharina atendeu rápido para que a Titia não viesse logo correndo: "O que está havendo? Aconteceu alguma coisa?". O telefonema era do Comando Geral de Königsberg — uma voz desconhecida perguntou se a sra. Von Globig está? "Estou falando com ela? Um momento? Não desligue!" — Depois se ouviu claque!, e então Katharina ouviu a voz do marido dizendo longe: "É você, Kathi? Está me ouvindo? Dá para me entender?". — Contou que naquele instante estava sentado diante de uma taça de vinho no alojamento, lá acima do lago de Garda, contemplando o firmamento estrelado — "o lago de Garda, ainda se lembra?" —, era o aniversário do chefe do batalhão... "Está sozinha?" — E agora ela devia ouvir com bastante atenção: "Trata de arrumar as bagagens imediatamente e ir embora daí! Sim? Partir daí, deixar tudo para trás... Logo amanhã bem cedinho!... Os russos estão chegando! O melhor é ir para a casa da tia Wilhelmine em Hamburgo!".

E então a conexão já fora perdida.

"Era o meu marido...", disse Katharina. "Esquisito, era como se ele estivesse com algum presságio..." E depois buscou explicações, Eberhard sempre tão formal, sem tato, desajeitado, seco... Aquilo que somente ela sentira, mas que nunca manifestara, agora estava sendo exteriorizado.

O desconhecido ficara lívido e somente aos poucos se acalmou. "Era o meu marido", disse Katharina. "Ele está na Itália."

"Sim", retrucou, "assim são as coisas na vida de casado", e guardou para si o que teria podido dizer.

Em seguida, sentou-se à mesa e relatou, em cochichos, todas as suas histórias: de Berlim, que ali fora mantido num esconderijo já havia meses, e agora queria escapar dos russos... E Katharina lhe deu de comer e de beber. Batatas assadas frias, com morcela, de que o homem, na verdade, nem gostava. Katharina também lhe deu uma maçã, ele a girou algumas vezes, sorriu e mordeu a fruta.

Estava sentado na cadeira em que Eberhard sempre se sentava. Mas Eberhard sempre se sentava aqui por uns instantes, fumava um cigarro na piteira de espuma do mar, mas ficava mesmo somente enquanto durava aquele ritual.

O homem lhe contou longas histórias, as histórias da sua vida inteira, separava os relatos dizendo em primeiro lugar, em segundo, em terceiro, provavelmente já contara tudo diversas vezes. Por fim parou, e Katharina mostrou-lhe o cubículo da água-furtada, onde poderia esconder-se. A título de teste, examinou o abrigo, as cobertas lá dentro e o colchão. "Ah", disse ele, "é como o ventre materno!" E em seguida: "Cheira bem... Provavelmente há coisas boas aqui dentro", e ali já ficou deitado.

Agora no inverno, não fosse a lareira em cuja chaminé ele podia se recostar, certamente teria sentido frio. O estofamento com as cobertas e os travesseiros. Katharina também providenciara um abajur que proporcionava luz e calor. Somente era preciso prevenir-se para que não escapasse nenhum raio de luz lá para baixo através das telhas.

O homem se acomodou e se enrolou nas cobertas, e, quando Katharina fechou a porta, ouviu-o dizer: "Isso me recorda lá em casa, quando éramos crianças e construíamos também essas cavernas para nós".

Katharina se deitou na cama e aguçou os ouvidos, ouvia o sangue pulsar nas têmporas.

Agora o homem estava se mexendo na água-furtada e pigarreando.

Quando finalmente voltou a reinar o sossego, pensou em Eberhard. Deixar tudo para trás, dissera ele, e: logo amanhã bem cedinho? Como era que ele imaginava? Como era que a gente devia fazer?

"Está sozinha?", perguntara.

E o homem, enfurnado no esconderijo, pensava nos dias sombrios que estavam por vir. Na verdade, estava fora de cogitação que ele viesse a ter êxito.

Tomara que chegue logo o fim, pensou.

AQUELE DIA

Na manhã seguinte, o homem demorou a sair da sua caverna. Katharina estava sentada na poltrona, escutando, mas do cubículo não se ouvia um pio. De vez em quando tinha a impressão de que ele se mexia e se virava lá dentro, e às vezes o ouvia arfando.

Do roupeiro, tirou a caixa de joias e experimentou um anel. Será que devia pôr o colar de pérolas? Tirou o medalhão que sempre costumava usar.

Ligar o rádio? Melhor não, isso o despertaria. E, se já estivesse desperto, o atrairia para fora da caverna. E aí ficaria sentado ali, e o que ela deveria fazer com ele?

E depois o longo dia!

Folheou uma revista e ficou à escuta.

É verdade que já se haviam habituado à sua vida de eremita. "Ela sempre fica sentada lá por cima...", e ocasionalmente a Titia dizia: "Ela tem duas mãos canhotas", e: "Ela não vê o trabalho", e ocorria de ela ser ignorada quando havia algo para fazer. Mas agora pensava Katharina: eu bem que poderia dar uma mão lá embaixo. Pôs a revista de lado e se levantou.

Escreveu um bilhete: "Por favor, não faça barulho! Logo estarei de volta!", deixou-o em frente à portinha dele. E então saiu ligeiro e sem fazer barulho para que ele não se arrastasse da caverna gritando "Espere!". Talvez estivesse todo feliz por estar só?

Ainda retornou e trancou o roupeiro em que estavam as joias, depois desceu.

No salão, fazia frio. As janelas abertas, Sonja faxinando. Peter estava sentado à mesa olhando o microscópio. Colocara uma gota da infusão de feno sobre a objetiva, será que algo já se mexia? Mas ali tudo ainda estava quieto e mudo. O mundo ainda não fora criado, por mais que girasse o tubo do aparelho. Sonja, com a trança em torno da cabeça, foi autorizada a examinar, não, não há nada se mexendo.

"Na Ucrânia temos microscópios muito maiores", disse, ao sair.

Katharina ficou vagando de um cômodo para o outro.

Na sala de bilhar, fria, havia três bolas sobre a mesa. Impulsionou uma delas, que saiu rolando pela borda, voltou e correu para o vazio.

Arrumar a louça: os pratos — todos trincados! —, mas o que se podia fazer a respeito?

O faqueiro de prata — ela contou as colheres de chá e lhe chamou a atenção que faltavam três! Todas estavam finamente guardadas numa cama de veludo, uma ao lado da outra, mas não completas! Na loja da Tauentzienstrasse ela não fizera questão de comprar um jogo para vinte e quatro pessoas?

Agora apareceu a Titia, e, quando viu que Katharina estava ocupada com o faqueiro, exclamou: "O que é que *você* está fazendo aí? O que significa isso?". E puxou a caixa das mãos dela.

"Faltando colheres de chá?" Ela também não sabe, colheres de chá facilmente se perdem, acabam sendo jogadas na cesta de lixo junto com restos de chucrute... Talvez ainda estejam na cozinha?

Ou as moças? Mas elas provavelmente não, pois eram obrigadas a passar por inspeção...

E então ela se virou para Katharina dizendo: "Mas você está com uma cara de fé, amor, esperança! Como se tivesse dançado a noite inteira...".

Durante a noite morrera o pavão. Caíra do poleiro e jazia na eira. "Será que eu não devia arrancar algumas penas dele? Ficariam muito bem como decoração?", perguntou a Titia.

E ainda houve mais uma novidade: "Imagine — Drygalski agora já está à escuta ao pé das janelas!". Tinha descoberto pegadas vindas da vereda na direção da sala. Ele supostamente teria vindo do parque e subido até o terraço — era possível ver nitidamente as pegadas. "Claro que eu imediatamente fiz uma limpeza lá. É possível que um dia ele suba até o seu quarto!" Dizem lá na Baviera: "Namoricar subindo pela janela", informou a Titia.

Katharina pôs a mão na cabeça. As pegadas! Sequer havia pensado nisso!

Nesse meio-tempo, Peter estava examinando nas lentes o seu próprio olho que fora refletido em tamanho grande pelo espelho. "A pessoa vê o seu próprio olho", dizia o garoto. E, quando queria mostrar que era possível ver o próprio olho, enorme!, a mãe gritou: "Não!".

"O que está havendo com você?", perguntou a Titia. "Desde quando está assim tão irritadiça?", e deixou que Peter lhe mostrasse o próprio olho da maneira fixa e séria como ele fitava.

Katharina fechou as janelas e se sentou diante do armário, jogar tudo fora, as fotos penduradas e as xícaras? Quebrar tudo? Era aqui onde sempre ficava a piteirinha de espuma do mar chamuscada de Eberhard? Um dia ela acabaria reaparecendo... Retirou as cartas de Eberhard, pondo-as em ordem cronológica. Não as releu, na verdade conhecia cada linha, o olhar apenas deslizou sobre elas, mas algumas palavras isoladas bem que saltaram. E a sua vida conjugal passou rapidamente pela cabeça. Os anos iniciais e como ele tornara interessante para ela a vida no campo? "Você precisa ver!...", assim, nesse estilo. Como a letra mudara nos poucos anos decorridos. O lado infantil entrara na caligrafia de homem feito.

Lembrou-se do hábito que o marido tinha de ler as cartas, depois de escritas, mais uma vez e completar letras que houvessem faltado por motivo de distração. Aqui o pingo de um "i", ali um lacinho sob um "g", e sempre esticando bastante o dedo mínimo? Como se tivesse de aprovar o que escrevera? E observem: estava tudo bem?

Nada estava bem. As ações de siderúrgicas inglesas, a fábrica romena de farinha de arroz — o dinheiro todo escorrera pelo esgoto. E o país também. E agora um general seria levado no Wanderer deles de lá pra cá.

Ó, caro Augustin, tudo está no fim?[74]

Mas, de alguma maneira, também graças a Deus! Como era que a grande fazenda agora deveria ser dirigida — pois ela não fazia a menor ideia?

Aguçou os ouvidos para escutar se lá de cima vinha algum pio. Se o desconhecido, por completa ignorância da área, talvez abrisse a porta e aparecesse lá em cima na escada? Ele também não pensara nas pegadas.

Portanto, ter mais cuidado.

"Isso me fazia sentir arrepios", ela contaria mais tarde. "O homem sequer tinha apagado as pegadas!"

Mais tarde, quando tudo tiver passado.

Entre as cartas encontrou postais de Berlim, Jogos Olímpicos de 1936, Eberhard viajara sozinho, "por causa dos cavalos..." E ela ousara fazer a viagem até o mar na companhia de Lothar Sarkander. Hotel Isabelle. Ficaram bastante tempo no litoral indo de um lugar para outro, ele pegara na sua mão, o que não devia, e havia ficado tarde.

Juntou os postais às cartas. "Pena que você não possa estar junto!", escrevera Eberhard de Berlim.

Deveria escrever para ele logo agora? Tudo indo muito bem? Aqui está tudo muito bem? Imagina uma coisa: o pavão morreu? Ou deveria telefonar para Sarkander? Lembrá-lo daquele belo dia? Ele tinha sido tão diferente do Eberhard.

---

74. Verso de uma célebre canção vienense intitulada "O du lieber Augustin".

Não, era como um acordo entre eles, aquele dia não seria mencionado.

A Titia voltou a entrar trazendo um feixe de penas do pavão. Enfiou-as por trás dos retratos dos antepassados. É melhor assim? ou assim?

Ofereceu algumas também para o apartamento de Katharina lá em cima. "Esta é a mais bonita. Quer que eu a leve lá para cima para você?"

E de novo Katharina exclamou mais alto que o necessário: "Não!".

Penas de pavão não traziam infortúnio? Teve de pensar no velho Globig, que sempre tivera o animal como apenas seu, e pensou também como Eberhard a levara, ela recém-casada, até ele, "esta é minha esposa", ele, que então, à noitinha, sempre a abraçava de forma especial, e que, mais tarde, quando já vivia acamado, tentava agarrá-la...

Katharina embrulhou as cartas e as colocou no armário. Sentou-se junto às moças na cozinha fitando-as, e elas ficaram totalmente perplexas, não estavam habituadas a ver Katharina se juntar a elas e ficar a olhá-las. Sonja mexia a sopa e Vera estava engomando as roupas.

Três colheres de chá que escorreram pelo esgoto? Deviam mandar fazer um inquérito? Passar um pente fino na edícula? De qualquer modo, tudo não fazia a menor diferença?

Deviam chamar a polícia?

As moças estavam incomodadas com a presença de Katharina e tentavam despistá-la.

E Katharina também não sabia o que realmente queria na cozinha.

Ela pensou no homem lá em cima.
"Vou tomar o remédio num gole", pensou Katharina. Na verdade, só era por este único dia. Ainda durante a noite ele retornaria a Mitkau e o pastor Brahms o encaminharia para outro destino. Era preciso atravessar um dia e a metade de uma noite.
"O pior foi", assim contaria depois a Felicitas, "eu não poder contar aquilo para ninguém. Ninguém podia saber." De que forma o tio Josef arregalaria os olhos? E a prima de Berlim?
Toda aquela história era uma tremenda loucura.

Agora as ucranianas começaram a cantar com vozes estridentes. Só Deus sabia que canções eram aquelas. Talvez brados conclamando à luta pela liberdade? Não, elas cantavam com seu sotaque:

Não sei o que significa
Eu estar tão triste assim...[75]

Heinrich Heine: essa canção, elas a tinham aprendido na escola.
Eberhard arranjara as duas nas últimas férias para ajudarem a esposa, era o que ele lhes tinha dito. De qualquer modo, isso elas faziam, pois Katharina era branda no seu jeito de ser.

---

75. Versos iniciais do famoso poema "Loreley", de Heinrich Heine (1797-1856), com base numa balada de Clemens Brentano (1778-1842) e musicado por Friedrich Silcher (1789-1860).

Nunca tinha havido nenhuma briga, ela dava roupas usadas de presente às moças e, de vez em quando, fumo ao polonês.

Outra coisa eram as bofetadas que Eberhard aplicara no primeiro ano. "Desde o início é preciso tratar essa gente com mão forte", dissera. E elas certamente não esqueceram aquilo... Mas as moças não vieram voluntariamente para cá? E depois bofetadas? Àquela época ele ainda pensava que precisava tomar atitudes enérgicas. E assim acontecera aquilo.

Wladimir estava no quintal rachando lenha. Durante toda a semana cortara madeira e empilhara o produto de forma cuidadosa, formando uma parede.

Ainda usava o uniforme militar e a boina de quatro pontas. Levava uma letra bordada na casaca: P = polonês. Cor branca sobre fundo violeta.

Em 1939, vivenciara a invasão russa na Polônia, fora preso pelos soviéticos e expulso para longe. Uma vizinha o entregara, sem dizer uma palavra apontara o buraco do porão: ali havia um soldado polonês escondido. Mas no último instante ele lograra escapar. E então caiu nas mãos dos alemães. Vieram na direção deles numa motocicleta e o levaram até o campo de prisioneiros mais próximo.

Wladimir queria ter contado que os russos haviam empurrado para dentro de uma vala os camaradas dele e executado todos a tiros? Mas guardava consigo. Contara certa vez ao tcheco do Castelinho do Bosque, ficara muito malvisto. Desde então surgiu uma inimizade entre ele e o tcheco.
No campo de prisioneiros dos alemães, era responsável por servir a comida, e então chegou até a casa dos Globig, e logo

ganhou autonomia na fazenda. Eberhard não dera nenhuma bofetada nele.

Wladimir cumpria as tarefas e estava bem assim.

Possuía uns óculos remendados com esparadrapo: ele os punha quando queria ler passagens da Bíblia, pois era devoto. De vez em quando, aparecia o padre e falava com ele. Cochichava assim atrás da porta do estábulo... Certa feita, o padre lhe trouxera uma carta, era da terra natal. Sim, os familiares dele ainda estavam vivos. Logo ali depois da fronteira, não era nada longe. Mas inalcançáveis...

Já havia dias que Wladimir estava reforçando a carroça grande com tábuas. Percebeu que em breve teriam de partir. No outono passado, somente a muito custo conseguiram expulsar os russos de Gumbinnen, sessenta quilômetros em linha reta! As mais terríveis fotos do massacre que eles perpetraram puderam ser vistas em todos os jornais. E isso apenas foi o prelúdio, eles retornariam.

Wladimir rachava lenha, as moças cantavam. E a Titia estava mudando a posição das linguiças penduradas na despensa, arrumava-as por ordem de tamanho. "Cada vez estão diminuindo mais", disse em voz alta. "E é preciso inverter a posição das maçãs, senão elas ficam manchadas!"

O dr. Wagner chegou, bateu a neve dos sapatos, disse "Bom dia" e já foi arrebanhando Peter. "Meu menino, hoje é a vez dos verbos irregulares. Venha logo comigo lá para cima!" Ele também teria achado uma utilidade para as maçãs, mas agora não lhe haviam oferecido nenhuma. "O que significam essas penas de pavão?", perguntou. "Essas coisas trazem infortúnio!, madame...", e Katharina imediatamente as jogou fora.

Ela subiu a escada e escutou junto à porta: tudo em silêncio. E, quando quis abri-la, percebeu que não estava trancada. Tinha sido aberta!

O hóspede, de pé diante dela, junto à estufa, acabava de virar para fora os bolsos da casaca e estava batendo o pó que caía na caixa de carvão.

"E aí, está com medo?", cochichou ele.

Ele estava um tanto constrangido, um homem de baixa estatura, mas resistente, com barba de pelos grossos e negros por fazer. Pálido. Judeu? Katharina imaginara um judeu como alguém bem diferente. Esse homem não era uma caricatura fenotípica! Não, os cabelos negros e esse jeito simpático de franzir os olhos. — Era um piscar? Piscava para passar boa disposição para ela: vai dar tudo certo? Ou ele estava pensando noutra coisa? — Depois de limpar os bolsos da casaca, foi a vez dos bolsos da calça. E ele então disse: "Breve já terá acabado...", como se tivesse de consolá-la.

Não, medo ela não tinha — sentia profundo pavor! A porta aberta! Por quê? Para não o trancar por fora?

Ele contou não ter conseguido dormir, não pregara o olho, por causa do cheiro lá dentro, chocolate! fumo! Aquilo seria uma espécie de sala do tesouro? Lembrava-lhe a mercearia da tia, o sino na porta da loja...

E agora finalmente podia lavar-se. Naquela hora, o barulho da água não chamaria tanta atenção, pois também teria podido ser Katharina. Lavou-se sem hora para acabar e em seguida se barbeou com o aparelho de Eberhard.

Katharina procurou uma camisa de Eberhard, cuecas e meias de lã, entregando-as ao homem através da porta. "Ah!", disse ele, "roupas limpas." Ela também jogou na direção dele o pulôver com as iniciais EVG bordadas que Eberhard usava quando fazia trabalhos de jardinagem.
De banho recém-tomado e barba feita, por fim se sentou à mesa. Pão, ovos, manteiga e salsicha. "Estavam uma delícia!", disse, acrescentando que mal conseguia lembrar-se do nome dela... E enfiou tudo goela abaixo. Ora mastigava apenas do lado direito, ora apenas do lado esquerdo, mostrou os dentes a Katharina: "Aqui, atrás à esquerda!", afirmou que ele mesmo arrancara o molar!

O longo sono, a refeição e a cara raspada. Só os cabelos estavam muito crescidos na nuca. Katharina refletia se não devia apará-los...
Ele sempre voltava a agarrar as "delícias", como ele mesmo dizia. "Mas são realmente umas delícias!" Então eles aqui viviam que nem paxás? "Você não tem nenhuma comida quentinha para mim?"
Contou que pastor Brahms sequer tinha permitido que ele lavasse as mãos! Tinha ganhado um pedaço de pão e já foi sendo expulso! "Na Alemanha, cada um só pensa em si mesmo, egoísmo é o mais importante. Ele sequer me estendeu a mão."
Em seguida, fez um relato de todas as suas fugas, de um esconderijo para o outro, na Alemanha cada um só pensa em

si... Além disso: mais medo do que amor à pátria... e voltou a cochichar o que lhe vinha em primeiro lugar, em segundo, em terceiro.

Não demorou muito e o homem começou a contar sobre coisas terríveis lá longe no leste... E agora, pela primeira vez, Katharina ouviu o inacreditável em todos os pormenores. Ela não sabia nada a respeito de campanhas, remoções e realocações. Ou sabia? Felicitas não tinha feito insinuações, histórias enigmáticas que não captara muito bem na sua totalidade?

E Eberhard? Nas últimas férias? Aconselhando-a a ser sensata? Ele estivera em Libau e conhecia relatos de acontecimentos, os quais Katharina devia guardar, todos, para si, pelo amor de Deus.

Acontecimentos que a gente não podia imaginar.

"Estou alegre porque o posto de serviço foi extinto", contara ele, embora lá fosse uma terra onde manava o leite e o mel.

O desconhecido continuou a relatar sobre aqueles acontecimentos e, de vez em quando, olhava pela janela e escutava à porta.

Nas tábuas, marcara os pontos que não "rangiam" e assim ia de um lado para o outro com longos passos, como se tivesse de saltar sobre grandes poças, e ao mesmo tempo revisitava o infortúnio de sua vida. Da mesma forma como passava de uma tábua à outra, assim também eram os relatos: peça por peça, pequeno ou longo, sempre medidos e forjados com cuidado, e acompanhados de mímica e gestos, revisitava tudo o que lhe ocorrera.

Outrora vivera bem, fora encadernador, na Biblioteca Estatal restaurara livros danificados, mas da noite para o dia tiveram de pô-lo no olho da rua. Segundo ele, durante pouco tempo ainda o deixaram fazer algum trabalho num porão, sem vínculo formal, até isso também chegar a um fim...

A esposa! Os filhos! — O arquivista fora ter com ele e dissera: "Chegou a hora, não podemos mais manter o senhor". "Prezado sr. Hirsch, nada temos contra o senhor..." E depois o homem ainda lhe mandara trabalho durante alguns dias, lá para seu buraco de porão, e em seguida terminara tudo. Acabara da noite para o dia. Fora obrigado a devolver as ferramentas.

Depois voltava sempre e sempre a contar, de modo intermitente e rítmico, tudo o que lhe sucedera, e suas narrativas continham algo de anedótico, dramaticamente plasmadas, dotadas de ênfases e apoiadas por gestos impactantes. Disse a Katharina que já estava farto! E, olhando-a no rosto, disse estar totalmente farto!

Algumas coisas, contava duas ou três vezes. Uma ou outra Katharina logo assimilou.
Vivendo três anos em diversos esconderijos etc. e tal, às vezes semanas, às vezes apenas dias. Sótãos, porões. Também caminhando a pé durante dias, migrando de um bairro a outro. Ficando no cinema. Sempre voltava a contar, e como vivenciara coisas distintas de cada vez, ele reparara isso muito bem. Humanidade de coração duro, sem coração...
A esposa! Os filhos!
Sim, mas também havia pessoas que o ajudaram, caro amigo, pensou Katharina, e de vez em quando parava para

aguçar os ouvidos — psst! —, será que a Titia não estaria mexendo em alguma coisa lá em cima no sótão?
A esposa. "Por que é mesmo que fui me envolver com um judeu?", dissera ela. Esquecera os belos anos e passara apenas a queixar-se e a xingar! Falava até no *Führer*! E depois ela o largara, fora embora com as crianças. E consigo levara tudo. "Vou deixá-lo sem nada!", prometera a mulher. "Por que é mesmo que fui me envolver com um judeu?" E, quando queria acariciar as crianças, começava a gritar: "Não toque nas crianças!". Que acabam sendo meio judias. O que também não era fácil.

Contou que os filhos ficaram mortos de tristes por não poderem ingressar na Juventude Hitlerista.

Enquanto Katharina ainda refletia sobre o acaso de não ter trancado a porta, ele repetia e repetia que não pregara o olho um instante, a noite inteira. Os ratos o deixaram nervoso, eles se esgueiravam de um lado para o outro, guinchavam, arranhavam, ele sequer ousara bocejar, com medo de lhe entrarem na boca.

Havia um ponto no telhado através do qual o vento apitava. E essa fresta ficava justamente acima de sua cabeça! Katharina lhe entregou lã de tricô para ele tapar aquele buraco, mas "como é que eu devo fazer" — mostrava ser desajeitado. Era capaz de remendar in-fólios do século XVI, mas uma fresta no telhado? Um buraco? A própria Katharina se arrastou para dentro da caverna e tapou o buraco. Não teria faltado muito para ele seguir atrás dela.

Quando ela se arrastou de volta engatinhando, os dois acabaram tendo de rir. Pois era uma situação muito esquisita para eles.

E aí ele continuou a contar sobre cubículos dentro de porões, sótãos e sobre a sua mulher.

"A culpa é toda minha. O meu pai ainda me advertiu. Não se envolva com uma lambisgoia não judia!"

Num dado momento, levantou a cabeça e viu Katharina por inteiro. "Quando virão finalmente os russos? Quanto tempo será que ainda vai demorar?" O que demovia o Exército Vermelho de finalmente começar o ataque? E os dois se inclinaram sobre um mapa: a menos de cem quilômetros de distância estava estacionado o Exército Vermelho pronto para dar o bote.

Devia esperá-los ou escapar deles? Essa era a questão. Mas neste frio?

"Ah, se eu tivesse ficado em Berlim..."

Escapar dos russos? Pôr as mãos para o alto e dizer "sou judeu"? Mas talvez eles então fizessem um processo simplificado e dissessem: "Espião!", e depois o matassem? Ou: "Judeu? E daí? Qualquer um pode dizer isso? Já temos bastantes judeus por aqui".

Para o fazer pensar em outros assuntos, Katharina contou sobre as suas viagens, sobre o lago de Garda — e sobre a Itália.

Ele também já estivera uma vez na Itália, mais precisamente em Veneza. Como era peculiar! Eberhard e Katharina, claro, também! Tinham observado que Goebbels saíra da basílica de são Marcos, todo de branco, e o desconhecido também afirmou o mesmo. Portanto, eles devem ter estado muito próximos naquele lugar!

Por que não ficara na Itália?, perguntava-se, batendo a mão na cabeça. E Katharina também pensou: por que não ficamos lá fora, levando conosco as ações de siderúrgicas inglesas, ou por que não fomos para a Romênia quando ainda era tempo? Mas tudo bem, pois a fábrica de farinha de arroz fora um equívoco, totalmente, não ouviam e nem viam nada de lá. Então a gente teria ficado sem fazer nada na Romênia.

Em seguida tiveram de ficar calados, pois ouviram Wladimir conversando com as moças no quintal. Elas estavam buscando lenha e riam. E depois cochicharam uma com a outra. Olhavam lá para cima para a janela de Katharina? Certamente as ucranianas também se divertiam por Drygalski agora ficar escutando junto à porta do salão, como lhes contara a Titia. E elas supostamente também estavam conversando sobre se deviam esperar aqui ou se seria melhor escapar do Exército Vermelho.

Quando finalmente se fez silêncio lá fora, o homem disse: "Ah, se eu tivesse... ah, se eu houvesse..."
E Katharina pensava: ah, se ele tivesse...
Estudavam o mapa, lado a lado, qual a distância até a fronteira, onde devem estar os russos?

Nesse meio-tempo, o desconhecido agarrou o volume da Série Livros Azuis intitulado *Catedrais alemãs*, que estava sobre a mesa. Pois é, pois é, os alemães, disse. Acabou-se a suntuosidade.
Foi até as prateleiras de livros, suportes de bronze dourados?, e puxou alguns deles. Stefan Zweig? Aconselhou-a a não se deixar flagrar com aquele livro. Colocou o livro ao lado do

volume *Catedrais alemãs*. Também havia um livro de Jakob Wassermann, *O homenzinho dos gansos*. E Katharina não soubera antes que ambos os escritores eram judeus.

Que tal se ela mostrasse os recortes feitos à tesoura? Ou os álbuns de fotografias? Ela não tratava o hóspede por "você", sempre o chamava de "sr. Hirsch", e continuou: precisava ir lá embaixo, senão acabava chamando a atenção.

"Tudo bem, sra. Von Globig", respondeu ele. "Tudo bem." E disse assim como se fosse ridículo ela ter um "von" no sobrenome.

Deixou-o sozinho. Girou a chave *duas vezes*, vapt-vupt, desobrigando-se dele, que ficou zanzando de um quarto para o outro, relembrando suas vivências.

Ela pôs o chapéu branco de astracã e correu para o bosque.

Simplesmente matar o tempo, pensou, nada de voltar a escutar segredos terríveis nem histórias infindas de mulher e filhos.

A questão era saber se não tinha chamado a atenção da Titia ao acabar de fechar a porta, vapt-vupt, *duas vezes* tão rápido? Ela não perguntaria se seriam novos costumes?

Katharina correu até a margem do Helge. O gelo jazia liso e cinza diante dela. O vento assoviava em torno dos ouvidos. Gralhas cinzentas grasnavam voando sobre ela. Na margem, salgueiros retorcidos. E ao longe a grande ponte. O desconhecido teria de evitar essa ponte durante a fuga. Era provável que estivesse sendo vigiada. Andar sobre o gelo seria mais seguro, um pequeno ponto escuro no gelo cinza?

À beira do rio havia madeira empilhada em metros estéreos. Já deveria ter sido apanhada no outono. Agora diminuía cada vez mais. E ela ainda percebeu que o barco também não fora recolhido no outono e agora estava preso no gelo, estragando-se. Assim, quando não há um homem em casa, tudo fica desleixado, pensava.

Caminhou ao longo da margem, sobre o gelo. O vento apitava no rosto. Sempre seguir em frente, pensava, continuar e não retornar.

Na estrada de volta, passou diante do túmulo da pequena Elfriede. Lançou um olhar rápido sobre o local. Estava previsto um obelisco para o sepulcro e, num momento posterior, o parque deveria ser reformado tendo o jazigo como ponto fulcral. Mas isso acabou sendo deixado de lado. Pastor Brahms estava certo com suas ressalvas. Por que não deixar a menina ter seu descanso eterno no cemitério municipal? "A senhora está querendo alguma benesse?", perguntara ele. "O velho sr. Von Globig também não está enterrado lá?"

Ela ficou parada e os pensamentos voltaram ao passado. Eberhard rejeitava a menina quando esta o abraçava.
"Não é uma linda cena?", dissera Sarkander na sala de verão. Naquele instante, ela também se lembrou de que certa vez Sarkander ficara diante do túmulo sem se dar conta de que ela o estava vendo!

Tomou um pequeno atalho. Só não podia voltar tão cedo lá para cima, onde se encontrava o homem. As ruínas do velho castelo estavam cobertas de neve. Nas abóbadas entulhadas, nenhum fugitivo teria podido se esconder.

Agora gostaria de ter conversado com o pessoal do Castelinho do Bosque. Pois ali havia até mesmo um italiano... Nunca vira esse povo de perto. Talvez pessoas instruídas? Com certeza também não estavam aqui por livre e espontânea vontade e decerto também se sentiam sós — ali totalmente sem mulheres?

Nunca prestara muita atenção.

Agora, do nada, surge o tcheco, o homem da boina de couro, e ele se assustou ao ver Katharina: queria pegar madeira no bosque, ou seja, roubar. Katharina o cumprimentou com um aceno de mão, como se quisesse dizer: "Sirva-se".

O tcheco não era simpático. Já invadira uma vez o solar e Wladimir o enxotara.

Ele podia pegar madeira sem problemas, disse Katharina ao homem.

De qualquer maneira ele já faz isso, pegar madeira, respondeu. Ela sabe como é.

Katharina olhou o relógio, ainda gostaria de conversar um pouco com aquele homem, mas ele já se pusera ao trabalho, estava cortando alguns galhos. Ela o observava. Deveria ajudá-lo?

No trajeto de volta, encontrou Drygalski. Ele também queria ir ao bosque, vinha correndo na direção dela.

"E aí, dando um passeio?", disse. "Não está demasiado frio para a senhora?" E olhou se havia alguém atrás dela, Heil Hitler, se ela estava sozinha ou acompanhada. A sra. Von Globig nunca fora vista passeando por aqui. Estava querendo flagrar ladrões de madeira?

A questão era se Drygalski também viera para se servir? Afinal de contas, o bosque existe para todos? À beira do rio, metros de mercadoria muito bem empilhados, será que ele não estava de olho nisso?

Ela vinha do túmulo de Elfriede? Também disse que conseguia se lembrar ainda bem da menina. Um pequeno raio de sol.

"A sua filhinha querida, sra. Von Globig", disse, "e o nosso filho..."

Enquanto voltava na direção da fazenda com Drygalski, mantendo, sem nenhuma intenção, o mesmo ritmo dos passos, Katharina pôde ver claramente que lá em cima, na janela do jardim de inverno, apareceu um rosto pálido. E logo lhe vieram à mente as pegadas que a Titia havia apagado. Só que a Titia não se dera conta de que elas só existiam numa direção.

Mas fechar a porta? Ter esquecido isso?

O hóspede se arrastara para dentro do cubículo e agora estava dormindo. Katharina evitou fazer qualquer barulho, e o tempo foi passando.

Em cima da mesa estavam os livros de Stefan Zweig e Jakob Wassermann. O desconhecido ainda juntara a obra *O livro das canções*,[76] uma edição antiquada com capa de couro vermelho

---

76. *Das Buch der Lieder* [O livro das canções], obra publicada por Heinrich Heine contendo os poemas que escreveu entre 1817 e 1826.

e letras douradas. Ele o pusera na diagonal em cima dos outros livros, como se quisesse dizer: *este* é um poeta... Vocês deviam ter-se apegado a ele.

Quando escureceu, ele saiu da toca. Tinha dormido sobre provisões, como ele mesmo disse, e agora já era quase a hora de pensar em dizer adeus.
 Estavam sentados à mesa... Brilho de fogo no horizonte, o barulho que aumentava e diminuía lá longe.
 Katharina preparou um farnel para ele, meia linguiça, pão. Duas carteiras de cigarros e uma barra de chocolate, arrancou-os do coração também.

Antes de subir até o peitoril da janela, com a mão enfaixada fez um breve carinho na face de Katharina. Mas "obrigado", isso ele não disse. Tirou a boina de cima da *Mulher agachada* e sentou-se no peitoril. Será que a gente um dia vai se rever? Será que os nossos caminhos um dia voltarão a se cruzar?
 "Seja feliz, sr. Hirsch", disse Katharina, e o homem oscilou janela abaixo.
 Aliviada, ela o viu chegar lá embaixo. Mas também pensou: "Que pena".
 Ainda estava acenando? Da vereda, ele acenou. Aonde o destino agora o levaria? O pastor Brahms provavelmente daria um jeito.
Katharina limpou a pia, onde ainda havia alguns pelos de barba negros, e puxou a descarga do sanitário. Também aproveitou para jogar fora algumas unhas cortadas que estavam na beira da pia.

Experimentou passear pelo quarto como ele sempre fizera, pulando de um ponto seguro ao outro.

Bem que ele devia ter agradecido, pensou, o sr. Hirsch, não lhe teria arrancado pedaço. Eberhard não seria informado de nada dessa história. Talvez depois da guerra, quando tudo tiver terminado? "Imagina que um dia..."

Tocou com dois dedos o pincel de barbear que o homem usara, em seguida o jogou para longe. Então foi até a porta e deu mais uma volta na chave. Por medida de precaução.

E depois ligou o rádio, e transmitiam um programa com baladas de sucesso, arremessou longe as botas e pôs-se a dançar entre um cômodo e outro.

Conseguira passar no teste de bravura, e ninguém teria imaginado que ela conseguisse!

> *Por uma noite de felicidade,*
> *De tudo eu posso abrir mão,*
> *Mas o meu coração só darei*
> *Se sentir uma grande emoção!*[77]

Durante a noite, se arrastou até o interior do cubículo da água-furtada. O papel de uma barra de chocolate restou sobre o colchão, o homem, portanto, tinha-se servido.

---

77. "Für eine Nacht voller Seligkeit" foi um foxtrote da autoria de Rudi Schuricke que fez sucesso na voz de Marika Rökk no filme alemão *Kora Terry* (1940).

Acendeu a lâmpada e agasalhou-se. Ouvia-se barulho nas telhas, e um fino e frio jato de ar atingiu-lhe o rosto. Coisas desse tipo precisavam ser encaradas por pesquisadores no gelo eterno.

A OFENSIVA

Ainda durante a noite, a crise rebentou no leste. Um estrondar incessante por trás do horizonte, e o céu totalmente iluminado! Era diferente do bombardeio de Königsberg. Naquela ocasião, puderam ser ouvidos, de muito longe, diferentes ataques à bomba. Este agora era um estrondar incessante que também se podia ouvir tapando-se os ouvidos. — Não havia dúvidas, atiravam de mil canhões, não havia dúvidas: agora estava começando.

No rádio anunciaram que agora rebentara a tão longamente aguardada ofensiva do Exército Vermelho. Mas que nenhum dos sub-humanos animalizados jamais porá os pés em solo alemão, dizia o locutor com voz firme, e eles podiam logo tomar nota disso! E falava também no Senhor Deus. Mas, por cima dessas palavras consoladoras e apaziguadoras, também se ouvia um riso feio que se infiltrava vindo de algum lugar? "Protejam-se, mulheres e moças alemãs, agora vamos vingá-las de tudo que lhes fizeram!", gritava uma voz esganiçada, e mais uma vez se ouviu uma risada feia nos bastidores. "Vamos acabar com a arrogância de vocês." Só que, em seguida, como era habitual, o sinal de intervalo de forma séria e alemã: exerçam sempre a fidelidade e a honestidade...

E logo após: momento de alegria nesta hora da manhã, uma ciranda com melodias engraçadas.

Não olhe para lá,
Não olhe para cá,
Só em frente mirar
E sequer se preocupar
Só no rumo certo olhar![78]

Em *robe de chambre*, a Titia saiu do quarto. Bateu à porta de Katharina, será que ela está ouvindo esses estrondos e estouros?
"Claro que sim!", respondeu Katharina, ela também está ouvindo.
"Deixe tudo para trás, logo amanhã bem cedinho!", dissera Eberhard. E ela retrucou à Titia: "Talvez fosse melhor a gente se mandar daqui?".
Neste momento, a Titia a olhou de uma maneira como nunca a olhara. Katharina. Essa era a possibilidade de ela ter despertado do seu mundo onírico?

A Titia desceu até o salão e ficou andando de um lado para o outro. Abrir ou fechar ás portas?, essa era a questão. Descer as malas? Jago a acompanhava, para cima e para baixo, não saiu do lado dela. Ela foi até a frente da casa e ficou à escuta, será que ela não estava enganada?, e voltou a entrar. Foi buscar as malas lá em cima, todas bem etiquetadas e, como reforço, amarradas

---

78. A canção "Schau nicht hin, schau nicht her" foi gravada por Marika Rökk para o filme *Die Frau meiner Träume* [A mulher dos meus sonhos] em 1944.

com um cordel, colocou-as no meio do salão e sentou-se sobre elas. Desse modo, a gente agora estava armada, viesse o que tivesse de vir.

Sim, teriam de se mandar dali, mas como? e quando? — "As coisas não eram tão simples assim..."

Por fim, Katharina veio lá de cima, os cabelos por pentear e bocejando, e as duas ali ficaram sentadas juntas, e as xícaras da coleção tilintaram dentro do armário. Agora, portanto, a gente então precisava arrumar as malas. Ela, de sua parte, desde muito que já se tinha ocupado disso, disse a Titia.

Katharina retrucou: "Ainda não. Primeiro aguardamos?". As malas bem que já estavam feitas, a bagagem grande, isso o Wladimir já arrumara. Tudo na carruagem. A pergunta era se a gente não deveria tirar algumas dessas coisas da carruagem e acomodar outras?

Wladimir foi chamado: será que tudo já estava pronto? E será que a gente ainda devia levar isso e aquilo, o que é que ele achava?

Talvez já fazer um teste e pôr a carruagem em movimento por algumas centenas de metros, será que não cairia nada?

Sim, as malas estavam prontas e acomodadas e cobertas com lona e bem amarradas com correias e cordas, uma coisa ou outra ainda podia ser trocada: talvez os paletós de Eberhard não fossem tão necessários? Afinal, ele não tinha o uniforme? Mas roupa de cama e roupas...

As moças também vieram correndo até o salão escuro e frio, onde na verdade não tinha o que fazer, e fitavam a Titia com um ar interrogador. Se ela estava ouvindo aqueles estrondos e pipocos? Sim, ela ouviu, e a Katharina também ouviu. Agora a coisa começaria. Deviam ficar contentes? Puxaram uma cadeira e sentaram-se junto às duas mulheres da casa. Todas estavam com a boca entreaberta para ouvir melhor e ficaram sentadas, arrasadas, juntinhas. Ainda era cedo do dia, primeiro aguardamos, os prussianos não são de se precipitar!

Por fim, Peter também se juntou a elas, usava um cachecol em torno do pescoço pois continuava com as amídalas inflamadas. Sal mineral de Bad Ems ou Formamint, essa era a questão. A Titia ainda tinha uma reserva de balas de eucalipto, deu algumas ao menino.

Uma questão mexia com ele, será que devia pôr o ferrorama na bagagem? O castelo medieval? E o microscópio? A pistola de pressão, ele a tinha enfiado por trás do cinto.

O fogo na lareira não queria pegar por mais que Peter manuseasse o fole para soprar ar fresco e assim atiçar as chamas.

Sentadas juntas, as mulheres tremiam de frio e escutavam, Vera era quem estava rezando baixinho. Wladimir foi até lá fora. Talvez ainda pudesse amarrar melhor uma coisa ou outra?

"Só daremos um passo à frente", disse a Titia, "se alguém nos informar algo. E você, Peter, arrume seu quarto, e vocês, moças, voltem para a cozinha!" A gente não precisava de uma autorização?

"Está sentindo alguma coisa?", a Titia perguntou a Katharina, que tinha o olhar perdido. "Hoje você está tão diferente? Tão jovem?" Não, Katharina não estava sentindo nada. Coçou a cabeça. Estava chocada. Um homem desconhecido havia acampado nos aposentos dela. Tudo acontecera tão rápido, o teste de bravura, ele realmente já tinha passado? Ou ainda viria algo depois? Ela seria implicada em algo?

Que as coisas tivessem sido assim tão fáceis?

Era um espectro, pensou Katharina.

Pôs-se à janela, a manhã estava cinza, e lá fora ainda tudo a ser visto: no conjunto habitacional as pessoas ocupavam a rua e escutavam e contavam umas às outras que lá longe está trovejando e relampejando.

Na rua, o movimento aumentara, diferentes motocicletas matraqueavam ao passar em frente à Georgenhof — e bem ali! a gente já conseguia ver o que se aproximava: um Kübelwagen da Volkswagen, um jipe das Forças Armadas alemãs, vinha em desabalada carreira pela estrada cheia de neve. Acabou perdendo a curva e desceu encosta abaixo até o conjunto habitacional. Acomodado dentro do veículo, um general teve morte instantânea! Com o binóculo do pai, Peter observou a cena, um general, nunca havia visto um antes, os debruns vermelhos na calça... E agora estava vendo inclusive um general morto! Um que ainda acabara de gritar para o chofer: "Vamos, rápido, dirija mais rápido!" Justamente hoje não se juntou à tropa... Em seguida deu um salto mortal, esticou-se e — morto?

O chofer e o auxiliar deste levaram o corpo do general para uma casa do conjunto, um deles foi segurando firme a cabeça que teimava em pender. Cruz Germânica de ouro. Diante da casa, as mulheres do conjunto, acompanhadas das crianças e demais curiosos, e acudiram correndo também os homens do Castelinho do Bosque, eles também queriam ver o general morto.

Drygalski enxotou os trabalhadores estrangeiros dali: mas era mesmo o cúmulo quererem ficar apreciando a cena de um general alemão morto? E perguntou às mulheres do conjunto se elas não tinham o que fazer?

A questão que se punha: e agora? onde se enterrava um general? Talvez mandar para a terra onde nasceu?

Era uma morte heroica?

Ademais: o que faria agora a tropa lá na frente, assim, totalmente sem liderança? Mas decerto não havia apenas um general.

Através do aparelho oficial, telefonou para o partido, em Mitkau. Mas não era da alçada do partido, nem do comando local, nem da polícia. Um grupo de rapazes da Juventude Hitlerista acercou-se, mas não conseguiu ver o general morto, por mais que houvesse insistido diante da porta da casa. Drygalski proferiu um breve discurso para eles. Falou de um desafio que precisavam enfrentar e lhes deu instruções: deviam marchar até Mitkau e prestar informações. Nestes dias, mais uma vez havia muitas tarefas colocadas à juventude alemã. Primeiramente prestar as informações por lá, o restante já se resolveria. Finalmente veio um carro e levou o falecido. As mulheres puseram as mãos em forma de reza no instante em que ele foi posto no veículo e o inspetor-chefe Drygalski fez a saudação com o braço esticado no ar.

O estrondar por trás do horizonte, o estremecer do chão. Trepidava e sacudia, e era possível distinguir bem algumas explosões mais fortes. Quantos quilômetros podiam ser até o front? Cento e cinquenta? cem? ou cinquenta? Na verdade, ainda muito longe, mas também não *tão* longe assim.

Agora, de Mitkau, vinha uma série de veículos médicos, passavam lentamente, a cruz vermelha bastante grande e larga sobre o teto dos carros e nas portas, um atrás do outro: o hospital de campanha de Mitkau foi evacuado. Diferentes carroças tracionadas por cavalos também buscavam seu rumo. E, na direção oposta, vez ou outra, passavam voando as motos dos mensageiros.

Resistam! Resistam! E em meio à tempestade não desistam![79]

Do meio daquele longo comboio de veículos médicos, destacou-se um único soldado.

Na despedida, diga baixinho até logo...

Era o pianista maneta que junto à violinista tocara baladas de sucesso tão bonitas na Georgenhof não havia muitos dias, mas a sensação era de que já fazia muito tempo.

Chegou à fazenda correndo e bateu o salto de uma bota contra o calcanhar da outra. Era apenas para dar uma olhada rápida, se está tudo em ordem. E será que a srta. Strietzel ainda está aí? Se ainda estiver, então o melhor seria viajar logo junto com ele, a gente daria um jeito.

---

79. Verso de uma canção patriótica alemã do século XIX, intitulada "Deutschland hoch in Ehren", composta por Ludwig Bauer e musicada pelo inglês Henry Hugh Pierson, que foi incorporada pela República de Weimar e posteriormente pelos soldados de Hitler.

Não, a violinista não estava mais lá, havia muito tempo que partira para Allenstein. Ou ela se encontrava num outro lugar?

Agora o soldado usava uma braçadeira da Cruz Vermelha e, enquanto lá fora uma carroça atrás da outra transportava feridos, contava às mulheres como tudo obedecia a uma organização fabulosa: "Evacuar imediatamente!", haviam bradado, e num piscar de olhos os feridos graves e os recém-operados foram retirados do hospital distrital. A aparelhagem médica, é claro, tinha de ficar para trás, os novos aparelhos de radiografias, por exemplo, que havia pouco tempo foram instalados. As mulheres conseguiam imaginar qual o custo de uma coisa dessas?, perguntou.

As horas passadas aqui ele nunca esquecerá!, ainda acrescentou, aquelas horas passadas numa noite na Georgenhof. E em seguida inclinou-se em frente a Katharina, dizendo: "Trata de fugir daqui, ainda dá tempo!".

O rapaz saiu e ainda voltou. Tinha mais uma pergunta, aquela fantástica salsicha com patê de fígado, será que ainda haveria dela? Agora quando está tudo indo por água abaixo? — Sim, elas ainda tinham daquela salsicha, e logo um pedaço foi cortado rapidinho e entregue!

Lá da estrada, ainda fez um aceno em direção à casa com a única mão, saltou no veículo médico seguinte e mandou-se para longe dali. Que pessoa tão amável?
À tarde, ainda trovejava muito por trás do horizonte, mas não se podia ficar eternamente sentado no salão, ainda havia isso e aquilo para fazer. Talvez ainda lavar as cortinas antes de dar no pé? E limpar tudo minuciosamente?

Apesar da confusão, dr. Wagner ousara dar uma escapada da cidade. Lá fervilhava como num formigueiro, todos correndo, salvando-se, fugindo... Devagar com a louça, sempre agira conforme essa divisa, quem tem pressa come cru. Pegando o atalho, apesar da neve, conseguira abrir caminho até a Georgenhof. E agora, com os óculos por limpar, estava sentado à mesa com Peter, o lacinho da Cruz de Ferro na lapela dobrada, mastigando pão com linguiça. Tinha razão de estar sentado aqui, cumpria o seu dever, a escola fechada, ministrar aulas particulares a um garoto alemão? Ninguém podia impedi-lo.

Para a *Volkssturm*, já era velho demais. Embora ainda se sentisse extremamente jovem.

Acabava de demonstrar ao garoto o que significa fogo de barragem: com todos os dez dedos das mãos, tamborilava em cima da mesa e, de vez em quando, golpeava o tampo à guisa de artilharia pesada. Na qualidade de soldado, era preciso saltar de um lado para o outro como uma lebre! Dobrara as mangas da jaqueta e da camisa deixando visível o antebraço no qual se destacava uma cicatriz comprida: *Chemin des Dames 1916*. Mais valia saltar dentro da cratera aberta por uma granada: um raio não cai *duas* vezes no mesmo lugar. Explicava expressões como "aumentar o poder de fogo" e "cessar-fogo", e o termo "guerra de exaustão" também veio à tona. E que nem toda bala alcança o alvo.

Sobre a mesa, estava o atlas prático, procuraram Chemin des Dames, além disso ainda queriam ver de que região vinham os estrondos dos canhões. Devia ter sido aqui em cima.

De um golpe, a porta principal foi aberta. Drygalski entrou pisando com os coturnos marrons de cano longo, fazendo mais barulho do que necessário, passou em frente ao assustado Jago e já foi subindo as escadas. "Ó de casa, não há ninguém aqui?" Com o susto, o cão escorregou as patas traseiras nas lajotas do assoalho! Heil Hitler!

O que significam todas essas malas que estão pelo salão?, perguntou. "Vossas senhorias pretendem viajar?"

Tinha mandado fazer o transporte de um general morto, isso tinha sido possível graças a ele — tudo coisas em que ninguém pensa, horas telefonando, gritando de um lado para o outro e cuidando para que houvesse ordem.

Agora estava se preparando para subir a escada na direção dos aposentos de Katharina, a qual, com a chave na mão, inclinou-se sobre o corrimão e, Heil Hitler, perguntou: "Sim, o que é que está havendo?".

A Titia, que acabava de dedicar o seu tempo às revistas, as tinha arrumado com zelo e feito um pacote amarrado com barbante — dez anos de edições! também era coisa de valor! —, também abriu a porta. Queria saber o que estava acontecendo, Heil Hitler. E Peter também espiava lá do seu quarto.

Drygalski subiu a escada às pressas e, no escuro do corredor, tropeçou no ferrorama de precisão de Peter, soltando um berro: "Que bagunça é esta?", e chutou para longe os vagões do ferrorama de Peter. "Mas isto é uma verdadeira pocilga!" Trazia a notícia de que um casal do leste teria de ser abrigado, isso significava, para os Globig, portanto, fornecer alojamento "e, para ser mais preciso, imediatamente!", disse com seu sotaque característico. "Espaço é o que não falta aqui..."

O casal chegaria à tarde de mala e cuia, era preciso disponibilizar um quarto, "e, para ser mais preciso, imediatamente!", essas pessoas não podiam ser alojadas na cocheira das vacas.

Tirou uma ordem do bolso e apresentou-a. "Em caso de não obediência..." etc. e tal. E em seguida pediu que lhe mostrassem o quarto de Elfriede, que estava vazio havia dois anos.

A casinha de bonecas, finamente decorada com móveis, o teatro de marionetes, no qual os bonecos Kasper, a Morte e o Diabo estavam deitados no parapeito, além da bruxa de pano, de cuja barriga pendia um metro de cordão. Acima da porta, um quadro com moldura branca em que se viam duendes despidos erguendo uma grinalda de flores.

E na parede sobre a cama: "Vinde a mim as criancinhas", Marcos dez, versículo catorze, uma calcogravura do Salvador afagando a face das crianças enquanto os adultos estão de lado, pensativos. Era ainda dos avós.

No armário, guardavam-se as coisas da menina. Roupas brancas e pulôveres, lá também estavam pendurados os vestidinhos, o casaquinho de tricô preto com a pala verde e os botões de prata que ela tanto desejara. Do roupeiro, saíram mariposas zunindo.

A roupa de cama era branca. Sobre o travesseiro, repousava a foto da menina morta, tranças cacheadas e cabelos ondulados, e as mãos postas segurando um buquê de lírios do campo.

Pois é, uma maravilha, o quarto é suficientemente grande, disse Drygalski, puxando a cortina para o lado. Janela aberta: deixar entrar bastante ar puro. E sejam bem simpáticos com os compatriotas que deviam ser alojados aqui, eles tinham passado momentos ruins!

À janela, ele ficou parado alguns instantes escutando o estrondar. Atrás dele, a Titia e Katharina, elas também à escuta. Mas no conjunto habitacional, como sempre, subia fumaça de cada chaminé. Podia-se até ver as pessoas tirando a neve das ruas. Tudo seguia uma ordem.

Que pessoas seriam essas destinadas ao alojamento?, perguntou a Titia. E quanto de aluguel ela poderia exigir delas?

Isso exasperou Drygalski, que berrou perguntando que tipo de compatriotas eram aqueles! E o tom de voz que impôs foi totalmente inadequado.

"Aluguel? A senhora está pensando mesmo o quê? Essas pessoas perderam tudo!"

Uma lástima que a linha ferroviária estivesse interrompida, pois de outra forma os refugiados poderiam ter sido imediatamente encaminhados para mais adiante, para o Reich. Do ponto de vista organizacional, teria sido possível sem problemas!

Agora o professor dr. Wagner também saiu do quarto de Peter, Heil Hitler, juntando-se ao grupo.

Será que o front resistiria?, ele queria saber o que achava o servidor público ali presente. E nesse exato instante recrudesceu o barulho subjacente no leste, pode ter sido uma rajada de vento que ampliara o estampido das detonações.

"Mas o que é que *o senhor* anda fazendo por aqui?", gritou Drygalski. Ficar sentadinho aqui, bem tranquilo, no calor, enquanto lá fora o diabo anda à solta, isso simplesmente não era correto...

Dr. Wagner apontou na direção leste e arriscou solicitar uma opinião do inspetor-chefe: é verdade que ele adquirira algumas experiências da Primeira Guerra, Chemin des Dames, mas ainda gostaria de saber com mais precisão. Se não estivesse enganado, aquilo que se acabara de ouvir provavelmente era mesmo fogo de barragem? Se fora do lado alemão ou do lado do Exército Vermelho, essa era a questão.

Agora, todos puseram-se à escuta, assim como antigamente as pessoas ficavam à escuta dos discursos do *Führer*, mas a pergunta do professor não obteve resposta. Em todo caso, os aviões que naquele momento sobrevoavam a casa eram alemães. Eles já dariam uma lição aos russos. Por pouco Drygalski não acenou com a boina na direção dos bombardeiros.

Drygalski dispersou a assembleia. Deu meia-volta para continuar a inspeção da casa, precisava ver o quarto de Katharina...

"É propriedade privada", disse ela e apressou-se para passar à frente dele, trancando-se em seguida nos aposentos.

Drygalski já queria descer a escada, mas fez questão de dizer: não, ele precisava insistir... E bateu à porta, e Katharina se viu obrigada a deixá-lo entrar, a cama ainda estava por fazer...

"Aha!", exclamou Drygalski, balançando a cabeça, em casa ele não admitia camas por fazer.

"Mas isto é um verdadeiro apartamento! Um dormitório, uma sala de estar e mais um *cômodo*? Pois é, uma maravilha! Banheiro privativo?" Numa situação emergencial, daria para o menino mudar-se para lá e a tia também? Se forem precisar de mais alojamentos, seriam obrigados a se apertarem ali.

Os olhos dele caíram sobre os livros que estavam em cima da mesa. Heinrich Heine? Stefan Zweig? Heine era judeu, não era mesmo? Pois é, tudo era muito interessante.

"Por outro lado, *Catedrais alemãs*..." E, agarrando o volume ilustrado com uma das mãos, segurou-o na direção de dr. Wagner, que se postara por trás dele: "O senhor deveria ocupar-se era com algo assim!", vociferou.

Dr. Wagner também queria ver o quarto de Katharina, a ocasião era propícia. Pôs-se na ponta dos pés: sobre a mesa de cabeceira havia um tubinho de comprimidos? Pôde lançar um olhar sobre a *Mulher agachada*, uma representação feminina que na verdade estava desnuda? A pose era antinatural — mas o artista deve ter imaginado algo ao criá-la. A Medeia pendurada na parede era de uma categoria bem distinta daquela estatueta retorcida sobre o pedestal.

Essa senhora vivia aqui com muito conforto, era visível: poltroninhas, e sobre a mesa uma bandeja de frutas com maçãs? Prateleiras cheias de livros? Um belo jardim de inverno, agora iluminado por uma clara e fria luz do sol? Ele pensava em seu próprio apartamento escuro em Mitkau, situado na Horst-Wessel-Strasse, na qual não paravam de passar carroças na direção do abatedouro e de outros locais, e via como era boa a situação de Katharina. "O Senhor supre a seus amados enquanto dormem."

Com certeza, a vida dele também era confortável, um gabinete escuro, mas espaçoso, a sala de jantar com a pintura retratando o mar acima da cristaleira, a sala para fumantes e o dormitório — e até mesmo um quartinho com saída para o quintal, no qual morrera sua mãe: em cima do peitoril da janela ainda havia um vidro com um bulbo murcho de jacinto, a água ali dentro certamente cheia de plâncton morto. Tudo uma maravilha, mas: carroças circulavam ali em frente, com muita frequência! Muitas vezes não se podia aguentar!

E aqui? Aqui tudo tinha um outro estilo? Cortinas de cor vermelha alaranjada? Por que a gente não tinha comprado cortinas de cor vermelha alaranjada? E uma vista para o parque?

Drygalski voltou a descer e inspecionou a sala de verão — impossível de aquecer, mas se encontra cheia de caixas e caixotes? E: "Impossível deixar a sala toda escura!", como observou a Titia. Ele também deu uma olhada na sala de bilhar e arremessou uma das bolas, e ela logo atingiu uma outra, e esta esbarrou numa terceira. Drygalski era um homem que sempre acertava?

Ele inspecionou o salão principal como se tivesse de marcar os móveis com giz branco para enviá-los a leilão.

Aha, quadros. "Estes são os caros ancestrais?"

E os ancestrais olharam de volta com seus olhos arregalados. Ancestrais que devem ter-se mantido fiéis à germanidade por toda uma vida.

No salão, dava perfeitamente para pôr palha no chão para um contingente, disse ele, a meditar, ainda estava faltando alojamento para o pessoal do orfanato de Tilsit... Mas aqui a Titia rapidamente se intrometeu. "Mas os toaletes", disse, "para um grupo assim, eles provavelmente não seriam suficientes." De qualquer maneira, os já existentes vivem entupidos, e a culpa é das duas ucranianas.

Drygalski ficou de pé no salão, exatamente no meio, embaixo do lustre feito com chifres de veado, conjecturando se não seria possível, de alguma maneira, tornar úteis o salão e a sala de bilhar... e as mulheres estavam em torno dele, refletindo como conseguiriam evitar e observando-o ali em pé conjecturando. Ele, o inspetor-chefe, tinha pernas tortas, não se podia negar. Estranho era aquilo, disse Drygalski, o general lá embaixo, ele não ter tombado entre seus soldados, mas ter morrido num acidente de carro. Justamente agora quando a maré vermelha estava quebrando — um homem desse naipe com certeza é difícil de ser substituído. É verdade que não salvou a vida do homem, mas, de certo modo, a morte. Tinha sido *ele* quem conseguira fazer com que o corpo do general fosse carregado até uma casa. E quem tinha avisado à esposa do morto, em Hamburgo. Sete filhos!

Decerto o motorista teria de prestar contas. Talvez tivesse sido até melhor para o homem se tivesse morrido junto.

Ainda inspecionar o porão? — 1605? — O porão estava imprestável, a água alcançava a altura dos tornozelos. Mas havia muito tempo que já deviam ter esvaziado aquela água! "Cá entre nós."

Esta era uma casa realmente muito desleixada. Pois é, esses nobres.

Continuava de pé no salão, ao lado das malas prontas, enquanto os ruídos aumentavam e diminuíam. E queria pensar na própria mulher, o que aconteceria com ela quando a situação ficasse séria. No quintal, a carroça dos Globig — será que ainda seria possível incluir na carroça um leito para sua mulher? Aquela coisa não era enorme? Era só retirar alguns caixotes e caixas. Afinal de contas, as pessoas tinham prioridade?

Quando Drygalski finalmente estava indo embora — toda a casa respirou fundo —, ainda disse que Peter, quando estivesse novamente bem de saúde, com as amídalas desinchadas, deveria alistar-se na Juventude Hitlerista! E, para ser mais preciso, disse, com seu sotaque característico, o mais rápido possível!
    O cão Jago voltou a se enroscar, embora mantivesse as orelhas em sinal de alerta, e a Titia se inclinou sobre as malas — as coisas não eram tão simples assim — e acabou levando-as novamente para o seu quarto lá em cima.
    Katharina se trancou. E neste justo momento, ao fechar a porta às suas costas, sentiu pavor. "Estava tudo por um fio", disse em voz alta. Se Drygalski tivesse vindo um dia antes e tivesse descoberto o judeu! Aí teria sido o fim. Que coincidência o homem já ter seguido em frente durante a madrugada. Ainda antes de o front começar a rugir, ele escapara. Onde será que havia se metido agora? No final, possivelmente ainda voltasse por aqui? Assombrado com as labaredas como com uma cerca de espinhos?

Jogou-se sobre a cama.
    O ato de bravura tinha acabado. Ou ainda havia algo para vir? Isso a implicaria?
    Da mesinha de cabeceira, Katharina tirou o tubinho com os comprimidos. Pegou um deles, e logo já estava tudo bem.
    "Estava tudo por um fio."

Neste instante, tio Josef ligou de Albertsdorf. Mantinha o auscultador do telefone para fora da janela, será que ela estava ouvindo? E será que ela sabe o que isso significa?

E ele a aconselhou a ir embora imediatamente. Eles mesmos ficariam em Albertsdorf, as três filhas e Hanna com seu quadril... Não se esperava que ela conseguisse fugir com esse problema. "Os russos não arrancarão nossas cabeças."

E Katharina imediatamente tirou mais um comprimido do tubinho. Partir dali de mala e cuia? Não pareceria uma fuga?

O BARÃO

À tarde, o quarto de Elfriede foi ocupado por um barão báltico e sua esposa, rapazes da Juventude Hitlerista carregaram as malas, Heil Hitler. A casinha de bonecas e o teatro de marionetes podiam ficar ali sem problemas, nada disso incomodava. Será que a menina naquele dia tinha morrido nesta cama, isso, todavia, o barão gostaria de saber e retirou o retrato da defunta do travesseiro, colocando-o na mão da Titia. Agora essa foto provavelmente já tinha cumprido sua missão por aqui?

Entrementes, a sra. Baronesa, ajoelhada diante do teatrinho, abriu a cortina e colocou as marionetes dentro da caixa. "Sim, o Diabo!", afirmou. "Ele está sempre junto."

Na casa de bonecas, arrumou as cadeirinhas na posição correta. Uma mesa redonda, e na poltrona se refestelava um senhor, já estava refestelado ali fazia tempo.

O barão estava sentado na poltrona, contemplando a esposa, tão habilidosa! Tão jeitosa! "Dinamismo", essa era a palavra certa. Cheia de iniciativa, assim era ela, a mulher, e não baixava a crista facilmente. Ela empurrou o sofá para o lado da cama.

A cama seria para o marido, ela própria dormiria no sofá, de alguma maneira era o óbvio.

"Não me causa nenhum problema."

Só seria preciso mudar a roupa de cama, isso eles desejavam, e então ficaria tudo em ordem. É claro que a roupa de cama não é mais a daquela época? Provavelmente não devia ser lençol de defunto?

O barão, que não era latifundiário, mas contabilista de uma fábrica de produtos químicos, comportava-se nesta casa como se fosse um velho conhecido. "Isso a gente já vai conseguir!", disse ele e deixou a mulher continuar administrando. Ele somente precisava olhar o entorno, a fim de ver onde haviam aterrissado. Saiu de quarto em quarto e sugeriu que colocassem aquela antiga poltrona de espaldar alto noutro lugar e o armário do outro lado. E tratava Katharina por "madame", saudando-a, quando possível, com um beija-mão à moda antiga. Agarrou o bichano, e esse animal, que sempre fugia das pessoas, afeiçoou-se ao barão, que o segurava firme nos braços.

Uma grande atração para a casa era o papagaio negro trazido por aquelas pessoas. Não se podia confiar demasiadamente no bicho, pois acabava dando uma bicada. Às vezes, esticava as asas, primeiro a direita, depois a esquerda, e às vezes gritava "Lora!" pela casa, às vezes também "Velha safada!". Olhava o gato calmamente. Este também o olhava de volta, tinha enfiado as patas para baixo do corpo. Veremos como as coisas vão evoluir. Sempre manter a cabeça fria! O gato não achava certo darem avelãs à ave, embora ele próprio não gostasse delas. O barão deixava as avelãs no bolso da casaca e sempre as quebrava pegando duas e batendo uma contra outra.

Um papagaio? As moças sempre vinham da cozinha para perto: uma coisa dessas elas nunca tinham visto: um papagaio! Tentavam agarrá-lo, mas ele apenas as olhava de soslaio. — É claro que em sua terra natal elas teriam tido papagaios muito maiores... "Mas agora voltem ao trabalho", disse a Titia.

A esposa do barão cantarolava pela casa, grasnava com as moças na língua delas, corria até os cavalos: o enorme cavalo capão e os dois ágeis cavalos castanhos. Peter mostrou-lhe o pavão morto, que não podiam enterrar porque o chão estava congelado, por enquanto ficava no monturo; as galinhas e o galo, como o galo é manso, e entende cada palavra. E Wladimir teve uma longa conversa com ela, sabe lá Deus do que falaram.

Quando ela entrou em casa, ele tocou levemente a boina. Ele entendia bem de dominação.

O barão passeava um pouco em torno do parque, inspirava o ar, como se este fosse especialmente saudável aqui. Falta a esta área uma força criativa qualquer, disse a Peter, que o acompanhava. O rio! Teriam de incluí-lo ali de alguma maneira? E com a bengala desenhou uma planta na neve, mostrando como imaginava a reestruturação do parque.

Ali também haveria algumas ruínas. "Já repararam nelas? Estão simplesmente jogadas aí." Abrir aqui uma larga clareira, na direção das ruínas... E à beira do rio uma casa de chá, seria uma boa pedida? Havia pessoas que não tinham ideia nenhuma, ao passo que estava tudo tão claro?

O barão tinha trazido uma mala muito pesada, da qual não tirava os olhos. Continha material sobre sua cidade natal. Tinha colecionado tudo que servisse de testemunho sobre ela: postais, uns muito velhos, outros novinhos em folha, prospectos, livros, cardápios. Fotos (a igreja de são Nicolau de todos os ângulos e a Casa Schaffer, com as suas mansardas, em pleno mercado da cidade). E trazia tudo na tal mala. Também havia papéis de antepassados, conseguia fazer o retrospecto da família ao longo de séculos. Os ancestrais tinham vindo da Alemanha e pedido abrigo à czarina, que, por sua vez, apreciava o dinamismo de alemães de bem. O que era mais próximo do que agora voltar ao Reich?

Mostrou isso e aquilo a Peter, explicou-lhe bem a distinção entre árvore genealógica e linha de sucessão.

Também mostrou a Peter uma espécie de crônica histórica de sua cidade natal, que ele próprio tinha escrito em estilo narrativo, repleta da vida dos velhos tempos: "O que foi nosso outrora", lia-se no manuscrito, sobre o qual ele matutara em cada minuto livre nos últimos anos. Havia relatos sobre os costumes dos comerciantes, que antigamente também comiam cisnes em banquetes, e sobre a introdução de locomóveis nas grandes fazendas.

"Tudo acabado! Acabado!", exclamou na amplidão. A baronesa pediu a Peter que fizesse o favor de não pôr o ferrorama para funcionar no corredor, incomodava o marido, o melhor era guardar. E Peter obedeceu de imediato.

No quarto, estava sentado o barão, cujo prenome era Eduard, organizando, com os dedos enrijecidos pelo frio, todos os papéis que, graças a Deus, ainda tinha posto na mala no último instante. Ele os punha primeiro assim e depois o contrário, e anotava suas últimas impressões da cidade natal, pelo amor de Deus, simplesmente não esquecer nada, e dava uma lambida no lápis, mantendo esticado o dedo mínimo com o anel de sinete. Como as outras unhas, a desse dedo também tinha sido cuidada por manicure. O ir e vir das gerações... Quem sabe quando voltaremos à nossa cidade natal! Alguém, é claro, tinha de pôr no papel o que aconteceu ali de bom e de ruim, e os horrores que agora estava havendo, testemunhar para todos os tempos.

Além disso: registrar fielmente aquilo que lhes haviam feito, aos bálticos, sempre e agora mais uma vez! Convocados na época czarista e depois massacrados pelos bolchevistas! E os alemães, agora, também tinham causado muita destruição. Tudo deveria ser transmitido à posteridade, isso *tinha* de ser transmitido, impreterivelmente. Pessoalmente, sentia-se responsável por essa tarefa. Prestar testemunho a gerações vindouras de forma bastante divertida.

Numa prateleira, encontrava-se uma brochura da época que Eberhard vivenciou o *Wandervogel*:[80] *Caminhos e estradas no Báltico, um livro para caminhantes*. Ilustrações de alamedas e

---

80. Entre fins do século XIX e início do século XX, estudantes alemães da classe média de Berlim criaram um movimento chamado *Wandervogel* ("ave de arribação"), que tencionava libertar das restrições impostas pela urbanização e lutar por uma vida em harmonia com a natureza. Os membros cultuavam uma maneira simples de vestir, o apego às canções populares e a devoção à pátria. Em 1901, um dos membros do grupo, Karl Fischer, fundou uma associação com o nome *Wandervogel*, termo extraído de um poema do escritor alemão Otto Roquette.

trilhas sossegadas, algum charco encantado e grandes blocos erráticos sob bétulas. E no verso um grande mapa dobrável!

Era uma preciosidade! Sem mais nem menos, o barão esperava que Katharina lhe desse esse mapa de presente, já que ele tinha perdido seu torrão natal, e esse livrinho podia ser totalmente indiferente para ela! Mas Katharina voltou a dobrar o mapa e levou consigo a brochura até o quarto.

Ele posicionou a poltrona ao lado da lareira. E agora estava ali sentado, o gato do seu lado, e organizava a papelada. Na gaiola, o papagaio comportava-se em estado de espera. Observava tudo com precisão.

De vez em quando, o barão levantava-se e olhava através da janela, o gato nos braços, e seu olhar chegava até a rua, na qual o tráfego estava movimentado. Quando a gente sairia daqui? A gente se instalou bem dentro da armadilha.

O vento balançou a janela. Ou eram detonações?

Às vezes o barão chamava a esbelta Sonja e lhe mostrava também como era interessante a crônica histórica que estava escrevendo, e pedia à moça, no idioma dela, uma xícara de café, e será que ainda havia um pouco daquele mel? Um pão passado com mel agora não seria nada mal. Como báltico, falava russo, e falava essa língua com tanta elegância, como se fosse francês, e Sonja não fazia cara feia quando lhe pedia algo com tanta polidez e, sem mais nem menos, passava a mão nos joelhos dela, enquanto ria amavelmente com seus dentes de ouro. Era velho, não se podia negar, mas um coração alegre batia em seu peito.

Será que ela podia lhe trazer uma tina de "água quentinha"?, perguntou ele, e então sua mulher se ajoelhou diante dele e lhe cortou as unhas dos pés, uma após a outra.

Peter mostrou ao barão sua crônica histórica sobre a Georgenhof, aquela redação que o dr. Wagner o tinha incentivado a fazer. "Bom!", estava escrito com tinta vermelha sob o texto.
"Pois este trabalho está muito bonito!", disse o barão. Mas que o menino precisava dar uma olhada aqui: ele mesmo já tinha redigido cento e sessenta e quatro páginas, já tinha passado do século XVIII...
E ele provavelmente ainda teria dado mais detalhes se o dr. Wagner não tivesse vindo do cômodo ao lado e advertido o garoto: "Meu menino, agora venha, vamos continuar, está incomodando o sr. Barão".
Nesse meio-tempo, ele tinha refletido se a gente agora não poderia abordar, juntos, "Hermann e Doroteia".[81] Certamente seria bem apropriado para este momento.
Ele deveria tirar aquela fita azul que envolvia a redação, ainda tinha dito o barão. Não combina em nada com o seu texto! E ele também tinha pedido ao menino que lhe trouxesse mais uma vez, por pouco tempo, a pequena brochura *Caminhos e estradas no Báltico, um livro para caminhantes*. É que ele ainda gostaria de fazer uma consulta rápida.

---

81. "Hermann e Doroteia" (1797) é um poema de Johann Wolfgang von Goethe que tem como tema central o encontro de um jovem de família abastada com a fugitiva Doroteia, em meio a um grupo de alemães expulsos pelo exército revolucionário francês.

Em seguida, o barão trancou a porta, pôs no chão o gato, que estava de lombo arqueado, e foi contar dinheiro, o anel de sinete no dedo. Tinha sacado do banco todo o seu dinheiro quando ainda era possível, embora amigos lhe tivessem perguntado se achava que era correto? Agora o levava consigo dentro de um bolso interno do casaco. Neste momento nada mais lhe podia acontecer.

À noite, todos se encontraram no salão perto da lareira, juntamente com o cachorro Jago, o gato e o papagaio, as chamas ardiam em labaredas vivas! Dr. Wagner também foi convidado a juntar-se ao grupo. De onde? Para onde? O barão, que imediatamente se sentou na poltrona predileta de Eberhard, fazia um relato da sua crônica histórica, acrescentando também que tinha conseguido rastrear a fundo sua ancestralidade. Postada atrás dele, a esposa limpava as caspas do colarinho da jaqueta do barão.

Dr. Wagner também tinha ancestrais, mas, de certo modo, não faziam parte da discussão. É verdade que o professor ostentava um cavanhaque, mas o barão guardava um monóculo comum num dos bolsos do colete forrados com flanela. Sempre o usava quando queria fazer-se ouvir. O professor não estava à altura. A Silésia da Titia, bem bonita e agradável, mas no tocante à terra natal do barão, as coisas por lá eram bem diferentes.

A sua querida Königsberg!, disse dr. Wagner puxando para frente o cavanhaque. Tinha comido solhas assadas à beira do rio Pregel num pequeno restaurante... E depois os apitos dos grandes navios vindos lá do porto...

Aí o barão tirou o monóculo do bolso e encarou o professor, e então a coisa voltou aos trilhos normais: em relação às solhas, podiam dizer o que quisessem. Um boi na brasa! Segundo o barão, na sua cidade assavam boi na brasa! E, em épocas mais remotas, comiam cisnes; por falar nisso, também comiam pavões! Algo que hoje as pessoas sequer conseguem imaginar.

"Coisas do arco da velha", disse dr. Wagner em alto e bom som, e em seguida se fez silêncio por um momento.

Ele tinha visto o príncipe herdeiro alemão em Cranz, contou o barão, antes da guerra, esbeltíssimo e todo de branco... A banda do balneário tinha tocado valsas, e o príncipe herdeiro vestido de branco num iate branco e cercado de moças. "Um verdadeiro doidivanas!", arrematou. Katharina von Globig, que estava sentada com a baronesa no sofá, não tinha nenhuma relação específica com o príncipe herdeiro, mas, como berlinense, não lhe parecia bem que o báltico chamasse o príncipe herdeiro de doidivanas. Sobre Cranz, o balneário localizado no mar Báltico, ela tinha suas próprias ideias. Suba alto, ó rubra águia! No cardápio, tinha havido bacalhau fresco do Báltico, e debaixo da cama havia um penico cheio. A piteira de espuma do mar chamuscada: Eberhard tinha sido pão-duro com a gorjeta, torta de maçã com creme *chantilly*, aí ele, rápido, ainda deixou uma moedinha para o garçom, antes que ele voltasse.

Enquanto os homens estavam ocupados entre si, a baronesa admirava Katharina, os cabelos negros, os olhos azuis. Até pediu que mostrasse as mãos! Como tem mãos bonitas... Nesse momento, Katharina teve de pensar nas mãos do livreiro, nas quais ela tinha aplicado esparadrapo. Refletia se não devia convidar aquela mulher para subir um dia até os seus aposentos — aqui, diante da lareira, não se conseguia conversar bem. Mulheres são tão diferentes? Podia ser que a esposa do barão já tivesse ouvido tantas vezes as histórias narradas por ele. Mas era tolerante com o marido. Não deixava transparecer nada.

Durante a madrugada, houve outro incômodo na casa. Primeiramente, os Globig pensaram não estar ouvindo direito, mas, enquanto reflexos de luzes tremiam no céu, ouviu-se, em alto e bom som, o barão xingando: "Velha safada!", e era óbvio que o velho senhor feudal se referia à jovem esposa! O que a mulher deu como resposta foi mais que um uivo. E o homem, de forma clara e forte: "Velha safada!", e então se ouviu um ruído, e houve passos pra lá e pra cá, até que a Titia bateu na parede, primeiro com timidez, depois energicamente. E então reinou a paz na casa.

OS REFUGIADOS

O vento apitava vindo do oeste, uivava em torno da casa e sacudia o telhado decrépito. Com tanto barulho, mal se podia ouvir o fogo de barragem. Será que o cálice tinha sido afastado de nós?, perguntavam-se as pessoas. Mas não, ainda se ouviam estrondos.

Vigorosa e fria, uma chuva de granizo invadia os carvalhos. E depois veio o comboio de fugitivos! Primeiramente apenas umas poucas carroças, isoladas, silenciosas entre si, depois uma ao lado da outra, uma atrás da outra. De longe já se podia vê-las aproximando-se pela ponte, vinham numa fila infinita, com lonas sacolejantes, cruzando Mitkau, atravessando o Portão de Senthagen e passando em frente à Georgenhof. Fileiras de carroças que se mantinham ferrenhamente unidas, bens ancestrais, sob a liderança de um guia do comboio montado a cavalo. Nas carroças, via-se o nome de cada aldeia de origem para as pessoas não se perderem. E veículos isolados, alguns confortáveis, outros em péssimo estado. Carroças agrícolas, superlotadas de bagagens, e aqui e acolá até mesmo algum automóvel levando um galão de gasolina na traseira.

Em silêncio, percorriam seu caminho, apenas se ouviam o ranger das rodas e os gritos de "upa! eia!" dos cocheiros, na sua maioria mulheres. Os cavalos escorregando, exalando vapor pelas narinas, e atrás das carroças, dois, três cavalos de reserva. Na parte superior das carroças, havia pequenas cabanas, algumas resistentes ou mesmo feitas às pressas, cobertas com papelão alcatroado ou tapetes. Bolas de feno amarradas com cordas na parte inferior das carroças. Paralelamente, mocinhas a pé, puxando crianças pela mão. E cachorros acompanhavam o eixo das carroças. No meio do comboio, alguns pedestres isolados, carreando mochilas e trenós de crianças. Mantinham a cabeça baixa. A gola da roupa levantada. Bicicletas, carrinhos de bebê, carrinhos de mão.

Onde alguma vez já se tinha visto isso?

Era uma miragem ou o sr. Schünemann, o economista, voava com as muletas entre as carroças? Estava levantando uma muleta para fazer uma saudação? A bolsa atada a uma correia pelas costas. O selo Bayern 3 Kreuzer na cor azul opaco e o selo Mecklenburger Büffelkopf? 4/4 Schilling na cor vermelho-carne?

No dia seguinte, o sr. dr. Wagner e o báltico foram vistos jogando bilhar. Fumavam e conversavam exatamente *comme il faut*. O barão com seu paletó quadriculado e Wagner com sua terceira gravata, a pequena comenda na lapela. A estufa redonda, que ainda era do século XIX, produzia um calor razoável. Revezavam as tacadas no "bi-iar", como pronunciava o barão, apoiando-se, em seguida, nos tacos. Às vezes, também ficavam de pé junto à janela ornada de uma crosta de gelo, conseguiam encaçapar uma bola e olhavam para o "cortejo dos dez milhares", como o professor dr. Wagner chamava o comboio de refugiados. Xenofonte: traidores eram sepultados vivos. Alternadamente, de forma cruzada, os dois senhores sopravam no ar a fumaça do cigarro, também tragando pelo nariz. Parecia o vapor que os cavalos lá fora exalavam das narinas.

Às vezes, ficavam contando: um comboio com trezentas carroças! Como na França em 1940, os belgas fugindo dos alemães.

O barão já tinha estado em Paris, havia muito tempo, agora contava, percevejos nos hotéis, e os sanitários imundos? Indescritível! Segundo ele, os franceses eram verdadeiros porcos! Sem exceção. Um igual ao outro. Aliás, as moças não eram tão animadas como os estrangeiros supunham. Não se podia dizer que havia "caminho livre". Alguns já tinham dado com a cara num muro de pedra. Elas só queriam saber de casar-se. Todas aquelas histórias sensuais que as pessoas contam por aí, tudo conversa fiada. E, claro, afirmou o barão, ele se lembrava da primavera de 1932... "Portanto, posso lhe dizer..."

Wagner também estivera na França durante a Primeira Guerra, havia rastejado através de trincheiras enlameadas, não tinha nenhuma ideia das *cocottes* francesas. Mas no tempo da faculdade visitou cemitérios italianos com o amigo Fritjof — "*Gallia omnis est divisa in partes tres...*" E não tinha conseguido ler os epitáfios, apesar de x semestres de latim! Até hoje ainda lhe causava problemas, embora desde muito tempo que tinha decidido rir-se dessa situação. — Fritjof, aquele rapaz cheio de vida, bronzeado, vigoroso e elástico, que depois também tinha tombado no combate.

*Berço e jazigo,
Perene mar...*[82]

Ah, sim, Goethe... Em algum lugar, ele ainda deve ter o minúsculo exemplar do *Fausto* de Goethe, que o tinha acompanhado em 1914 até o campo de batalha em sua missão como voluntário de guerra. Onde é que estava? Ele o colocaria de novo na bagagem quando fizesse a grande mudança. Também teria de deixar a terra natal? Primeiramente foi dito "de jeito nenhum".
"Pois entre 1914 e 1918 também amansamos os russos..."

O inspetor Drygalski se encontrava na estrada, será que tudo estava em ordem? Trabalhava com listas de controle, pedindo que os guias dos comboios apresentassem os atestados necessários, sim, estavam autorizados a passar, lugar de origem, lugar de destino, número de animais de tração. Às vezes, subia nas carroças, será que um soldado não tinha se escondido entre os utensílios domésticos? Também encaminhava refugiados, cada casa tinha de abrigar alguns, pessoas sozinhas e famílias inteiras. Na verdade, era apenas por um, dois, no máximo três dias, ninguém ficava mais tempo que isso. Era preciso agir de forma justa, e para isso Drygalski era o homem certo.

Entre uma ação e outra, também ia à sua casa para ver como é que estava a mulher. Punha lenha no fogo da lareira, ajeitava as cobertas sobre ela e lhe servia um copo d'água.

Ele próprio não poderia abrigar nenhum refugiado, a esposa doente... O gabinete era necessário para toda a papelada

---

82. Verso de *Fausto* de Goethe.

e para fazer as ligações telefônicas. O armário de porta corrediça na parede, a escrivaninha com o telefone?

Somente uma moça apareceu por lá, ela não tinha mais ninguém no mundo inteiro. Chamava-se Käte? Ou se chamava Gerda? Tinha bochechas rechonchudas e vermelhas. Drygalski lhe mostrou o quarto do sótão e a bela vista que se tinha na direção norte, a Georgenhof e o campo amplo no oeste, agora coberto de gelo: o ventou soprava por cima. E também sobre a estrada, agora com carroça atrás de carroça... Neste quarto, tinha vivido o filho dele, agora já fazia alguns anos, e contou a história à moça. Tombou na Polônia. Junto à parede, ainda a mesa que o rapaz tinha usado para o curso técnico. Um colecionador com desenhos guardava-se dentro da gaveta, nunca mais tinha visto. Também esboços do conjunto habitacional Albert-Leo-Schlageter, mostrando como se poderia embelezá-lo. E o rascunho de uma peça sagrada, de cuja existência Drygalski não fazia a menor ideia.

A moça refugiada usava calças de esquiar dos rapazes da Juventude Hitlerista por baixo da saia florida e um casaco de pala plissada e acolchoada que era ainda de antes da guerra, talvez da sua mãe. Tinha perdido os familiares logo no início da fuga, entrou rapidinho numa fazenda para pegar um pouco de leite e a coisa já tinha acontecido. O comboio da aldeia prosseguiu viagem sem esperar por ela!

Acenou afirmativamente com a cabeça quando Drygalski lhe disse que de início ela poderia ficar aqui. Poderia ajudar um pouco nos afazeres, preparar a comida, lavar a louça, sempre manter um bom convívio etc.: agora seriam uma comunidade.

Sempre manter a porta da casa fechada! E tomar conta da esposa dele, dar banho nela, de vez em quando lhe dar a sopa em colheradas.

Nunca aquela moça tinha passado tão bem, um WC e um quarto só para ela? Em casa dividia a cama com a irmã pequena?

Peter subiu até a casa na árvore, o painel de controle e o volante, e ficou observando os comboios, a fila de carroças vinha de bem longe lá do leste, serpenteando como um grande S pela estrada afora, contra o sol escondido atrás de um véu.

Os trabalhadores estrangeiros também se espalhavam na rua e assistiam à cena. Uns chamavam a atenção dos outros, apontando, que raio de carroças são essas, e em que é que isso tudo vai dar, e olha aquele ali!

Nisso, claro, Drygalski precisou intervir. Regozijar-se com a desgraça alemã não se podia tolerar. Mas não era fácil expulsar esse povinho dali, em geral não davam um prego numa barra de sabão.

"Vocês não têm o que fazer?" "Não, aqui não temos o que fazer." Para esses estrangeiros, o comboio de refugiados era um sinal de esperança. E riam abertamente entre si: breve será o caminho de volta para casa. Drygalski não tinha nenhum poder sobre eles. Mas talvez tivesse? Talvez de alguma maneira a gente conseguisse dar um jeito neles? Fazer uma buscazinha na casa deles, tudo o que então poderá resultar disso? E ele fez uma ligação para a Agência Nacional do Trabalho, será que lá ficaram sabendo que essa cambada estava ali na rua sem ter com que se ocupar?

Ele também dava o ar da sua graça na Georgenhof. Às vezes passava até algumas vezes por dia para verificar se estava tudo em ordem por lá. Heil Hitler. Na sua função pública, era obrigado a fazê-lo, embora nada tivesse mudado nos últimos tempos. Falava com a Titia, e ela também não tinha nada a declarar. As coisas não eram tão simples assim! Mas *alguém* tinha de fazer alguma coisa. Contou à Titia como era grande a responsabilidade assumida por ele, e já estava quase sem saber como dar conta de tudo... Limpou o suor da testa, embora estivesse com frio. E assim, como quem não quer nada, acabou dando à Titia um belo atestado que possibilitasse ingressar num comboio. Porque a Titia sempre era tão compreensiva.

Ele também tomava nota do que ainda havia de espaço dentro da grande casa, pois quem é que podia saber como as coisas evoluiriam. O conjunto habitacional já se apinhava de refugiados, cada casa tinha seus hóspedes, mas a Georgenhof — na verdade a casa era imensa, tudo aqui estava andando nos trilhos? Aqui devia haver ainda muito espaço livre? O salão gélido, no qual se encontravam os caixotes de Berlim. Não, isso era uma coisa inadmissível. — "Quando é que vêm buscar esses troços?"

A Titia tinha sensibilidade para entender tudo, ela o convencia. Não acreditava que fosse possível abrigar um número grande de pessoas na Georgenhof. E, para demonstrar boa vontade, contou a Drygalski sobre o pintor, dizendo que ele havia falado pejorativamente do *Führer*.
    Também chamou a atenção de Drygalski para o Castelinho do Bosque — antigamente foi um hotel?! Lá certamente ainda

havia espaço para abrigar uma porção de gente? Somente a ala lateral fora destinada aos trabalhadores estrangeiros, ali na ala lateral não havia o que fazer. Mas o salão de danças e os muitos quartos?

É claro que Drygalski já tinha pensado nessa possibilidade. Mas o Setor de Registro do Reich no âmbito do NSKK já se apossara do Castelinho, não havia mais nada a fazer, lá já estocavam peças de reposição, campainhas para bicicletas e buzinas para automóveis. Na verdade, em algum lugar tinham de estocar as suas coisas, aros de pneus e capotas. Lá também armazenavam as flâmulas e partes da tribuna da última corrida automobilística realizada na região de Mitkau: as faixas de "Largada" e "Chegada" vinham sendo guardadas ali desde o verão de 1939. "Assim que acabar a guerra, vamos dar de novo a partida!", diziam. A gente ainda não tinha ganhado nenhum campeonato do Reich, mas depois da guerra? Não era muito improvável?

Drygalski ligou para a administração distrital, e eles também tinham o mesmo entendimento, mas por ora nada podia ser feito.

Quando se tratava de "espaço para moradia", Drygalski era implacável; afinal de contas, aqui se tratava de algo sublime! "E, para ser mais preciso, imediatamente!" Pessoas sem um teto sobre a cabeça, com fome e frio, era preciso conseguir moradia para elas. Aqui devia ser mantida a comunidade nacional.

Por precaução, Peter já devia tirar as coisas do quarto, seria enfiado no quarto da mãe lá do outro lado, era a solução mais simples, aquele pequeno quarto era bem convidativo. Claro que era a coisa mais natural do mundo empurrar o filho lá para o quarto da mãe?

Sim, os próximos refugiados seriam abrigados no quarto do menino. Ainda haveria algum estrado de cama em algum lugar? O sótão não poderia ser ocupado, entrava uma neblina de neve pelas frestas das telhas. A Titia dobrou o atestado que Drygalski havia emitido e guardou-o cuidadosamente.

Agora, sempre que Drygalski pensava no seu lar, ficava enternecido. A moça era jeitosa. Quem sabe, talvez um dia, ela o chamasse de "pai"? Ou mesmo de "vovô", não é? Tanto faz. A gente cuidava de qualquer criança que tivesse perdido os pais. Agora tudo seria mais fácil de tolerar. Sempre limpar bem a casa e dar a sopa à sua mulher e, se for necessário, também banhá-la etc. Como é que tinha conseguido fazer tudo durante todo aquele tempo, sempre sozinho?

Claro que era algo especial voltar para casa à noite e esticar as pernas sob a mesa, na cozinha quentinha, e a sopa servida sobre a mesa? Que bela cena ver aquela coisinha jovem, de bochechas rechonchudas, em pé junto ao fogão. Drygalski gostava de ficar mais tempo sentado com ela na cozinha, ouvindo-a contar todo tipo de história, mas logo se via mesmo obrigado a enfrentar o frio lá fora para fiscalizar os comboios.

Talvez ainda conseguisse arranjar algum doce para a menina?

Dr. Wagner vinha todos os dias. Não deixava de fazer exercícios de vocabulário com o garoto e de geografia: onde fica Heidelberg com o famoso castelo, "destruído pelos franceses! Guarde essa informação, meu menino...", e o lago de Constança, esse maravilhoso manancial que já chegou a ficar totalmente congelado, e uma pessoa cavalgou até a outra margem sem saber que estava cavalgando sobre o gelo? Depois acabou caindo e, bum!, morrendo?

Ou a outra história do mineiro que morreu asfixiado dentro da mina e só foi desenterrado décadas mais tarde, aparentando a mesma juventude e o mesmo frescor, ou seja, com as faces rosadas, enquanto a viúva já estava bem velha?

O pequeno grupo que se reunia à noite combinava muito bem: os bálticos e dr. Wagner, Katharina, a formosura silenciosa, pensativa, e a Titia, que não tinha nada de boba e, ao contrário, podia contribuir muito bem com isso ou aquilo durante as conversas? Ficavam sentados perto do fogo, contavam histórias, discutiam, murmuravam... era como se já se conhecessem desde muito tempo!, e como se fossem permanecer eternamente juntos!

Manter-se unidos!, esse era o apelo do dia. À noite, o barão, metido num paletó xadrez, fazia questão de usar um lenço no pescoço, e, mal aparecia, o gato já corria na sua direção. Na maioria das vezes, já chegava com o bichano debaixo do braço.

A Titia punha um vestido especial, corria até a cozinha e voltava com um vidro de conserva de ginja, e os convivas faziam o vidro passar de mão em mão e serviam-se entre risos. Sua querida Königsberg!, disse o professor, tinha comido solhas assadas num pequeno restaurante à beira do rio Pregel... E depois os apitos dos grandes navios vindo lá do porto...

Mais uma vez, o barão prendeu o monóculo no olho e pensou no verão de 1936, na casinha de Dünaburg e na jovem esposa saltando do embarcadouro para dentro d'água, o mar como prata brilhando?

Wagner, por seu turno, lembrou-se de um passeio de bicicleta com a mãe pela região montanhosa de Weserbergland. Já fazia tempo que ela tinha morrido. "O senhor nunca pensou em se casar?", perguntou o barão. "Ah, o senhor sabe", retrucou o dr. Wagner, "como são essas coisas. Primeiro a gente vai sempre protelando e depois, um dia, acaba ficando tarde demais." E também pensou num passeio com os seus garotos, eles saltando, bem rebeldes, por cima da fogueira...

Também era inevitável lembrar-se de 1914 a 1918, da trincheira. Lá, às vezes, também havia momentos bem românticos. Após o ferimento — no hospital de campanha, os maravilhosos corpos dos jovens soldados, com certeza muito desfigurados pelas cicatrizes espalhadas por todas as partes? —, e já se preparava para arregaçar a manga e mostrar os vestígios do seu ferimento.

No início da guerra, contou dr. Wagner, tinha recebido cartas maravilhosas dos alunos, vindas da Acrópole bem lá longe, da Dinamarca, do Cáucaso e da Borgonha... Agora a fonte secou. Desde a Batalha de Stalingrado, raramente os rapazes mandavam notícias. Mas, continuou, tinha posto todas as cartas numa pasta e de vez em quando as relia. A intenção era anexar fotos dos rapazes às cartas, seria como um atestado de óbito... E após a guerra publicaria tudo em homenagem ao sangue jovem derramado.

À parte, com a baronesa, estava sentada Katharina, com pulôver preto e calça preta, quase não se podia distingui-la. Às vezes, a brasa do cigarro brilhava. E a baronesa a olhava de soslaio, talvez aqui se pudesse ganhar uma amiga? Dar uma polida nas unhas ou pentear as tranças negras? Aproximou-se de Katharina, mas Katharina se afastou para o lado. Era uma pessoa que precisava da sua liberdade.

Estavam sentadas juntas sob os velhos quadros dos ancestrais, que na verdade nem ancestrais eram. E, lá de cima, os ancestrais olhavam, com olhos arregalados, o grupo ali reunido. Estavam surpresos?

Dr. Wagner ergueu o copo dizendo:

Felizes meus olhos,
O que heis percebido,
Lá seja o que for,
Tão belo tem sido!...[83]

"Sim", disse a Titia, "façamos esse juramento... De quem é isso?"
Todos estavam sentados junto à lareira, as mulheres, o barão com o papagaio e o gato, e Peter, calado. Ele ainda era demasiado jovem para ter permissão de participar das conversas. Mas tinha o direito de ficar presente e escutar tudo. Será que tinha orgulho de portar um sobrenome tão importante?, perguntaram-lhe.

O barão leu um trecho da crônica histórica da sua terra natal, quando a cidade foi fundada, e por quem, e depois, o que tornava o texto mais interessante, como eram as moradias dos russos quando ocuparam o Báltico em 1919, assassinando os

---

83. Verso extraído da segunda parte do *Fausto* de Goethe.

representantes municipais e jogando os corpos num poço! Nesse momento, pitava um cachimbo bem especial; Peter nunca tinha visto um cachimbo daqueles antes. Um paletó xadrez daqueles também não.

Professor Wagner, com sua terceira gravata, a cabeça apoiada na mão esquerda e os dedos ossudos acariciando o cavanhaque no sentido contrário aos pelos, escutava, não exatamente com arrebatamento, mas com interesse, os relatos do barão. A forma como o *Freikorps* alemão pôs as coisas em ordem, nunca tinha ouvido falar disso assim. Sem hesitar muito, venceram os vermelhos.

Será que o barão ainda revisará esses apontamentos?, perguntou dr. Wagner, aqui e acolá tem a impressão de ainda faltar o último retoque?

"Não", respondeu o barão, "o que escrevi é o que escrevi."

Dr. Wagner ainda guardava na escrivaninha seus poemas de juventude, por que não oferecer uma degustação de um ou outro numa noite daquelas? Por que não?

As chamas na lareira bruxuleavam iluminando o círculo de pessoas ali reunidas, fazendo com que seus olhos ficassem brilhantes. A garrafa de Barolo servida por Katharina também tinha parcela de participação nisso. Para tanto, até as taças antigas foram tiradas do armário.

O papagaio havia enfiado a cabeça sob a asa, e o gato estava deitado no colo do barão. Podia-se pensar em Boccaccio e Dante. Também não se sentavam perto do fogo e contavam histórias? Tarde da noite, abaixou-se o tom de voz até chegar a um sussurro: estavam falando de judeus.

"É a vingança..."

"Não tenho uma opinião bem formada sobre esses irmãos, mas..."

"Pois é, deixe pra lá..."

Ninguém tinha imaginado que de repente pudesse haver um ambiente tão aconchegante na Georgenhof. Isso também ficaria na memória para sempre! — Era realmente uma pena que Eberhard não estivesse aqui. Onde é que se encontrava agora? Será que pensava na Georgenhof? em Katharina e no filho, Peter?

Para terminar, dr. Wagner ainda tocou a "Sonata ao luar", primeiro movimento, de uma forma como nunca havia tocado antes, e depois uma pequena peça num tom totalmente diferente, e acabaram se esquecendo de perguntar: o que é isso aí?

Wagner, com as costas encurvadas e com a terceira gravata sob o cavanhaque. Essa peça, ele nunca a tinha tocado. Será que era fruto das últimas horas felizes? Dias de verão na região do Harz. Dias de inverno na companhia da mãe. O outono com as folhas coloridas. O passeio ao longo da muralha da cidade, uma ampla vista da região rural...

Devia tocá-la novamente, disse o barão, que deu umas tossidelas durante as apresentações do dr. Wagner. Mas Wagner já tinha fechado a tampa do piano.

UM PROFESSOR

No dia seguinte, os bálticos se despediram. À Titia, o barão expressou sua admiração por todos os cuidados e toda a correria e os afazeres, e dirigiu-se a ela usando o sobrenome: "sra. Harnisch", disse, portanto, "a senhora é uma mulher eficiente", e deu uma palmadinha na corcunda ossuda da Titia. Katharina recebeu muitos beijos pesados na mão, e a Peter, que estava de pé ao lado, fez uma leve carícia na bochecha: "Sempre ajudar bastante a sua mãe, certo?". Também fez uma aceno na direção dos ancestrais na parede, que assistiam àquela cena de olhos arregalados.

Em seguida, foi até a cozinha e fez um longo discurso para as duas moças. Apelou à consciência delas? Deviam sempre prestar muita atenção à estimada patroa? E sempre se manter unidas? Assim nesse sentido? Enfiou cinco marcos no bolso de cada uma, pelo que agradeceram com uma mesura.

A esbelta Sonja, ele até chegou a puxá-la um pouco para perto de si.

"Lora!", gritou o papagaio. E mais: "Velha safada!".

O professor Wagner já estava esperando diante da porta da casa. E, enquanto lá embaixo, na estrada, sob o estrondar do horizonte, carroças ao lado de carroças iam passando — "Boa noite, mãe, boa noite..."[84] —, lá em cima os dois homens trocavam um aperto de mão, de homem para homem. E agora é não deixar a peteca cair no último minuto! Manter-se alerta etc. E em Wuppertal existe um endereço que é preciso gravar na memória, através dele a gente pode estabelecer contato quando tudo tiver acabado.

O barão tinha determinados planos, sabia muito bem o que queria, e a mulher dele também. Eles se mudariam para uma cidade localizada na parte mais a oeste possível. Bremen? Por que não? Talvez lá em algum lugar na zona rural?
    Dr. Wagner ainda não tinha ideias concretas. "Encrespo como a onda, oscilando agitado."[85] Ele se deixaria levar, não faria nada com violência, trabalharia com calma e prudência na concretização dos planos. Fazendo um gesto com a mão, apontou para bem longe, na direção da Prússia Oriental, que ali se encontrava aos seus pés e na qual o verme dos refugiados agora estava cavando uma entrada. Não alterar o mecanismo da roda do destino. Graças a Deus, assim a gente precisava dizer, sua mãe já estava morta. Descansou na hora certa. Os velhos que amamos, uma geração mais feliz!

Mal o casal báltico se postou na estrada, as mochilas na corcunda, malas do lado e a gaiola do papagaio na mão, já foi chegando um

---

84. Referência à balada "Gute Nacht, Mutter", composta em 1938 por Werner Bochmann e popularizada na voz do cantor alemão Wilhelm Strienz.
85. Frase atribuída a Lao-Tsé.

automóvel, saiu do comboio e parou. Se queriam carona? Mas claro que queriam! "Pois podem entrar, a casa é sua!", disse o motorista. Só que a mala, essa coisa pesada — acabaria causando uma pane no eixo! —, a gente precisaria deixá-la fora. "Lamento muito!" E a gente também precisa se apressar um pouco, a gente não tem muito tempo para ficar parado aqui na pista?

O que se podia fazer com a mala pesada? Todas as crônicas e o manuscrito semipronto? Deveria deixá-la guardada na fazenda? Até que as coisas voltem a mudar? — O que havia acontecido? Na última noite já não tinham levado novamente tanques lá para frente? Assim, a baronesa arrastou a mala novamente caminho acima até entrar na casa. Wagner, que ainda estava na frente da casa, a recebeu. Sim, ele faria a sua parte, tomaria conta da mala como à menina dos seus olhos, podiam confiar.

O manuscrito sobre a terra natal ainda tinha sido pescado da mala a tempo? Não estava bem em cima? Mas o alegre motorista também já estava buzinando! O homem até deu uma volta em torno do carro para ajudar os dois a entrar. Ficou de pé à porta do carro até estar tudo em ordem.

Senhor de si, o barão acenou para os trabalhadores estrangeiros que estavam, uns ao lado dos outros, no terraço do Castelinho do Bosque assistindo com olhos atentos à cerimônia de despedida. Era uma forma de demonstrar respeito? E logo foi dada a partida.

A saída do báltico e a esposa deixou os Globig tristes. Foram momentos tão aconchegantes, aquelas reuniões à noite junto à lareira, pessoas tão cultas, a gente ganhou vida nova. A gente bem que queria ter ficado com essas pessoas para sempre! Mesmo a Titia suspirava profundamente, sim, era verdade, ela sempre trabalhou muito na sua vida, precisava dar razão ao barão. Ele acertou bem na mosca. E ela amarrou uma bata-avental em torno da cintura: lá na parte de cima dos armários, ainda era preciso limpar a poeira. Peter segurou a escada para ela. Deixar tudo limpo e arrumado, se a gente ainda realmente tivesse de sair pelo mundo afora...

No dia seguinte, diversos telefonemas foram dados. Tio Josef, de Albertsdorf, disse: "O quê? Alemães do Báltico? As pessoas inventam cada coisa". E mais: barão? Se isso realmente fosse verdade... "Vocês não arredem o pé de casa. Vamos ficar todos aqui. Ir embora agora é a coisa mais errada que se pode fazer." Além disso, afirmou que ele sequer *poderia* ir embora, uma vez que a casa está cheia de gente. Pessoas de outros lugares, que têm mão-leve... Graças a Deus que não há bálticos entre eles.

Também contou que, durante a noite, voltou a passar lá em frente uma fileira de tanques, do braço militar da ss, e, na opinião dele, eles vão pôr ordem. Pois o Hitler não seria assim tão bobo a ponto de deixar os russos entrarem no país. Talvez os deixe entrar um pouquinho, mas depois dará um fim nisso.

Mesmo assim, ir para Berlim? Os Globig sempre voltavam a discutir essa questão, para Wilmersdorf? E Katharina dava telefonemas longos e cheios de detalhes para a prima. Sempre tinha enviado pacotes tão bonitos para eles, justamente quando nem contavam com isso... Na confirmação da Anita e, um pouco antes do Natal, o ganso? E deixar a Elisabeth passar meses morando aqui, enquanto se preparava para o exame intermediário do curso de medicina? E, nas férias, sempre e eternamente, as crianças? Que cavalgavam feito uns loucos e desvairados por todos os lados? E sempre fazer três vezes o pelo-sinal quando partiam?

No mínimo a gente podia mandar o menino para Berlim, sempre voltavam a conjeturar. Mas, quando abordaram esse assunto, os parentes de lá disseram: "Sim, naturalmente, mas como é que pensam em viabilizar isso? Já que a Elisabeth continua com problemas nos pés? Duas operações sem ter obtido melhora? E onde é que ele vai dormir?... E depois ele também teria de frequentar a escola... e fazer o serviço militar..." Tudo era muito difícil. De alguma maneira, não foi possível fazê-lo.

A Titia perguntou o que seria das caixas, porcaria de caixas, que já ocupavam espaço na sala havia meses. E acrescentou que ninguém assumiria responsabilidade por elas, isso devia estar claro?

Os berlinenses retrucaram que eram caixas muito fornidas, e o que era mesmo que deveria ocorrer com elas, e uma lista de inventário se encontrava dentro delas na parte superior, e uma cópia da lista tinha sido entregue ao advogado deles para que não viessem a acontecer mal-entendidos.

E em seguida perguntaram se não seria possível mandar as caixas de volta a Berlim numa carruagem? Para tanto bastaria apenas uma viagem? De trem não se podia sair de Mitkau, mas de carruagem bem que daria certo? Todas as roupas de cama e mesa, as roupas de baixo, os ternos, os vestidos? A prataria!

Tinham embalado até a Bíblia da família! Mas quem é que poderia imaginar que as coisas chegariam a *esse* ponto? E era uma sagrada escritura do século XVII.

"Lista de inventário", disse a Titia. "É nas horas difíceis que se conhecem as pessoas", e pôs o fone para fora da janela para que as pessoas se convencessem do que as esperava: do leste, o vento soprava para perto todo tipo de estrépito.

"Ainda estão ao telefone?", perguntaram do outro lado.

Essa gente vivia fora da realidade! Entregar uma lista de inventário ao advogado! Na verdade, só nos restava rir de uma coisa assim! Toda a roupa de cama e mesa? A roupa de baixo? Ternos? Vestidos? A prataria! — Pensativa, a Titia ficou diante das caixas matutando o que era tudo o mais que ainda poderia haver ali dentro? Talvez conhaque? As coisas não eram simples assim? Não, de Mitkau até Berlim de carruagem eram centenas de quilômetros! Os cavalos iam acabar morrendo!

Além do mais, a carruagem já estava carregada com os próprios pertences da família Globig. Wladimir tinha acomodado tudo muito bem, caixas, caixotes e malas, tudo bem amarrado com corda de varal. Até mandou pôr ferraduras de inverno nos cavalos. Nem sabia que dava para confiar tanto nesse homem. À noite, ficava sentado na cozinha lendo a Bíblia? A gente acabou de cometer o erro de pôr todas as pessoas do leste num mesmo saco. "Organização polonesa." Ele tinha conseguido acomodar na bagagem até as leiteiras grandes. Por que isso, então? Ora, estavam cheias de banha de porco derretida e com farinha de trigo e açúcar.

Chegaram novos refugiados: um trêmulo professor de escola primária chamado Hesse, acompanhado da esposa, cujo nome era Helga, Heil Hitler, e de dois meninos, aos quais os pais batizaram como Eckbert e Ingomar.

Peter foi obrigado a sair do quarto, mudando-se para os aposentos da mãe, como Drygalski tinha ordenado. Antes de sair do quarto, abateu os dois aviões de papel com a pistola de pressão. O Wellington, o Spitfire e o Me 109. Um atrás do outro foi despencando até o chão. Em seguida abriu a janela, tocou fogo neles e deixou-os deslizar rumo à casa na árvore. De forma bem natural, caíram no chão do quintal. Guardou o ferrorama em caixas de papelão, o castelo medieval foi empurrado para o canto, e o microscópio, levou-o consigo para o outro quarto. Na infusão de feno, algo se mexia, rotíferos estavam chafurdando ali dentro. Será que ainda cresciam mais? E não caberiam mais na mesinha do microscópio?

Alheados, os refugiados estavam de pé no salão com a bagagem, sem sair do lugar. Mas caramba, como aqui é grande! Na verdade, é uma espécie de castelo?

"E quem é que dá conta de limpar tudo?", foi a pergunta feita à Titia. E eles já estavam viajando fazia uma eternidade! E tinham abandonado tudo! O homem abandonou a coleção de pedras da aldeia, com machadinhas de pedra, raspadores e lâminas! Tudo numerado com zelo. E a mulher deixou para trás o belo jardim, que todo ano produzia dálias, goivos, malvas, flox, tudo disposto de forma sistemática, respeitando até a rotação de culturas e o sombreamento da área plantada.

O homem parecia ter sofrido alguma lesão, e foi porque teve um acidente vascular cerebral três anos antes. Imediatamente foi contando que, um dia pela manhã, durante o café, quando não pensava em nada ruim, o corpo ficou virado todo para um lado, a boca torta!

"E eu pensei que ele estava fazendo gracinha!", disse a esposa.

Ele usava óculos de lentes grossas e um distintivo do partido, e parecia o avô dos dois filhos, que também usavam, ambos, óculos.

Já a mulher dava uma impressão de ser bem despachada. Cabelos brancos, penteados para trás, sustentados por uma tiara de casco de tartaruga.

Ela afastou os cabelos que caíam sobre a testa dele — ele estava com um cílio no olho? Está piscando o tempo todo? —, também limpou os ouvidos e ajustou-lhe a gravata. "Eu simplesmente capotei", e no início não pensava em nada ruim, disse o homem, chamando de apoplexia o ocorrido. A mulher tinha pensado que ele estava fazendo gracinha!

"Vamos acabar com as lamentações!", exclamou ela. Ainda antes de tirar o casaco, correu de vaso em vaso de plantas, arrancando uma coisinha aqui e ajeitando outra ali. E — ou seria engano? — era como se as plantas respirassem aliviadas após essa dedicação. Será que tinham esperado tanto tempo por uma mão carinhosa?

Tirou da bolsa vales-alimentação e quis dar alguns a Katharina, provavelmente eles teriam de fazer as refeições aqui, ela também estaria pronta, sem problemas, para descascar batatas! Ali por perto não havia nenhuma mercearia, por causa de qualquer coisinha a gente teria de dar um pulo até Mitkau, percorrer todos os dias aquela estrada gelada...

"Não, não precisam entregar os vales", disse Katharina, "podem mantê-los bem guardados." Mas a Titia veio correndo. "Vales? Mas é claro..." Aqui não era instituição de caridade. Dois adultos, duas crianças? O barão sempre tinha se servido de tudo muito bem e, ainda por cima, de vez em quando, gostava de pegar alguma coisa na cozinha. A gente não queria passar por isso mais uma vez. Ele sequer tinha mencionado os vales, nem sabia o que era isso.

"Pois, então, venha comigo até lá em cima", disse a Titia.

A Titia lhes mostrou o quarto de Peter. Eles se sentiriam bem lá! Do sótão, foram trazidos um estrado de cama e colchões, e as camas foram feitas com roupa limpa. "A senhora vai ver, vão se sentir muito bem aqui na nossa casa", adiantou a Titia.

Os dois meninos entraram no quarto de Elfie, onde já foram começando a brincar com o teatro de marionetes, batendo os bonecos uns nos outros, sem parar de puxar a cortina para cima e para baixo até os cordões se partirem. Peter perguntou se queriam ver os paramécios. Não, não queriam. Interessaram-se pela *Mulher agachada* e, embora usassem óculos de lentes grossas, não tiravam o olho dela, dando umas risadinhas maldosas!

A mulher correu até a cozinha e pediu uma compressa quente para o marido. "Oh! Mas que fogão maravilhoso a senhora tem aqui!" Já estava até com vontade de preparar *nockerl*. Todas aquelas panelas e frigideiras de cobre, arrumadas pelo tamanho? Dar uma limpada nelas com o polidor de metais da Sidol! Iria divertir-se muito... Maravilha! Um dia também gostaria de reinar numa cozinha assim. As moças ficaram contentes com o entusiasmo dessa mulher e um pouco orgulhosas também com a cozinha, que elas nunca tinham observado daquela maneira, era como se a cozinha fosse delas, deram essa impressão, mas quando a bondosa mulher quis abrir a porta da despensa, pois eis que, de repente, apareceu a Titia.

Portanto, voltar correndo lá para cima, para junto do esposo, que já estava impaciente querendo saber onde ela se metera. "Helga!" O homem recebeu a compressa quente e pediu à esposa que empurrasse sua cadeira até a parede. "Onde foi que você ficou tanto tempo?" Ele pôs as mãos por trás das orelhas, o que era isso que ela estava dando como desculpa.

Instalaram-se nos cômodos, os Hesse apenas tinham, cada um, uma mochila e umas poucas tralhas. Tudo aconteceu tão rápido! "As machadinhas de pedra!", exclamou o sr. Hesse, "os raspadores!" Tudo ele tinha sido obrigado a abandonar.

O fato de a Georgenhof ser uma fazenda de verdade, mesmo avariada, ocupava a mente da mulher. E ela sussurrou no ouvido de Katharina: *fazendeiros*? Será que não seria melhor darem logo no pé? É que os Vermelhos matariam logo os latifundiários. Com certeza eles não hesitariam muito nisso. Pois, segundo ela, fazendeiros eram uma pedra no sapato deles! Era melhor bater as asas enquanto ainda desse! Fazer as malas e sebo nas canelas! Logo amanhã!

Ela própria estava inquieta, por quanto tempo a gente teria de ficar sentado aqui de um lado para o outro? Receberiam uma notificação, lhes tinham dito. Lá fora, uma carruagem atrás da outra, e eles aqui sentados sem fazer nada?

Drygalski, Heil Hitler, ajudou os Hesse um pouco na instalação, no momento não tinha nenhuma tarefa especial. Independentemente dele, os comboios vinham do leste e seguiam lentos rumo ao oeste. Nisso não precisava intervir. Ficou à espreita de Katharina, como se quisesse lhe contar algo. Mas Katharina não achava aquilo correto. Os coturnos marrons de Drygalski, ela mal conseguia olhar para eles! Quem podia saber por que lugares já tinha andado com eles!

Drygalski encarregou-se de levar a caixa de livros de Peter para os aposentos de Katharina, assim como a caixa de papelão com os soldadinhos de chumbo e o ferrorama. As jaquetas e os casacos, levou cada peça nas próprias mãos, será que ainda precisam disso — querendo insinuar: será que ainda precisam disso lá. Não poderiam dar uma parte daquelas coisas aos refugiados?

Esquisito: a pequena arca no quarto de Katharina? Antes não ficava em outro lugar?

Não seria melhor talvez a gente tirar a *Mulher agachada* um pouco do campo de visão? Será que era bom o menino ficar olhando permanentemente para ela? Lá embaixo os quadros dos ancestrais, e aqui em cima a *Mulher agachada*? Pois essas duas coisas não tinham nada em comum. — Ele sequer sabia que o artista que tinha esculpido a *Mulher agachada* tão plena e tão alegre era membro do partido e frequentador de Hitler. Aquele homem não fazia a menor ideia desse fato.

Peter se pôs a pular, de um lado para o outro, na cama dos pais. Parado no umbral da porta, Drygalski o observava fazendo aquilo. Contemplava o menino, louro de cabeça comprida, um garoto alemão genuíno, que decerto um dia ainda defenderia a sua terra com o três-oitão na mão, quando as coisas ficarem feias, assim como o seu filho tinha feito na Polônia, batendo as botas em consequência disso!

"Está com quantos anos? Doze?" Pois é, talvez ainda fosse mesmo um pouco cedo demais para se jogar na batalha. Na verdade, no momento, com as amídalas inchadas, não dava para brincar com uma coisa assim. O seu filho também era louro, só que nunca tinha pulado em cima das camas.

Drygalski ligou o rádio de Katharina: estava na sintonia de Copenhague. Escutar rádios estrangeiras não era proibido? Notícias em dinamarquês? E não havia emissoras de rádio alemãs suficientes? Era obrigado mesmo ser Copenhague? Mas: em Copenhague, soldados alemães marchavam pelas ruas, ficavam sentados nos cafés e comiam *chantilly*, era simplesmente um fato. Pois havia até uma Waffen-ss dinamarquesa, ela combatia lado a lado com os companheiros alemães contra os bolchevistas? Dinamarqueses, holandeses, franceses, eslovacos, até mesmo russos! Ucranianos! Cossacos! — Homem a homem. Toda a Europa tinha se revoltado contra o Perigo Vermelho. Fez-se uma união ferrenha.

E da mesma maneira aqui: receber os refugiados do modo mais cordial possível, os Globig o faziam a olhos vistos, isso seria apontado como positivo para eles.

Mas: quem sintoniza o rádio numa emissora dinamarquesa será que também não seria suspeito de ficar ouvindo a BBC de vez em quando? Possivelmente por engano? Copenhague? Dali a BBC não fica muito longe. Drygalski não estava convicto. O melhor talvez fosse a gente se informar com o diretor regional e pedir diretrizes.

Ela seria mesmo honesta?, perguntou Drygalski. Às vezes certamente dava uma escutada rápida na BBC?

Katharina voltou a pôr a arca em frente à entrada do cubículo e aguçou o olfato: tabaco? chocolate? Não, não havia cheiro de nada.

O inspetor-chefe gostava do jardim de inverno. Que vista maravilhosa. Havemos de convir! No verão, com certeza uma maravilha! Agora, naturalmente, desolador. Também olhou lá para baixo na direção da vereda e admirou-se com o semicírculo, que era tão simétrico. Como se tivesse sido feito com um compasso! A sra. Hesse, que tinha aproveitado para também entrar no jardim de inverno de Katharina, reclamou dos cactos e das plantas. A tradescância, a hera! Que cena triste era vê-las! Empoeiradas e cheias de moscas mortas? Era preciso reenvasar todas elas.

Drygalski já queria começar a falar da bela cena que a família Globig tinha proporcionado, todos sentados na grama de verão e tomando café? Tanta harmonia e tanta alegria. Foi antes da guerra? — Ele não disse que era uma linda cena.

"É provável que a senhora nunca tenha usado o caramanchão?" Katharina o tangeu até a porta. Ainda haveria alguma pergunta?

Com a mocinha refugiada, infelizmente acabou dando azar, contou Drygalski na saída. Bonita e naturalmente elegante e disposta. Na verdade, uma moça simpática, poderia ter ganhado tudo dele. Até já tinha pensado, a gente poderia dar um lar a essa moça... para sempre! Mas: agiu no calor da emoção! Descaradamente. E de forma súbita. Ela o tinha espreitado quando ele desceu até o porão etc. e tal. Uma desavergonhada indo e voltando! Aí, claro, foi preciso tomar as medidas certas. Num piscar de olhos, a vadia foi posta no olho da rua, "imediatamente"! Num caso desses, explicou, ele é curto e grosso. Realmente uma pena, afora isso, uma moça muito simpática e bem direita. A gente gostaria de ter ficado com ela.

"De mim essa moça poderia ter ganhado tudo..." Uma tristeza que agora ficasse lá na rua, tão sozinha e solitária... A mulher dele, por mais doente que estivesse, tinha captado algo daquela situação. E então aquilo ficou insustentável.

No corredor, o enfermo e trêmulo sr. Hesse estava à espreita do inspetor-chefe, Heil Hitler, disse que seu sobrenome era Hesse e que desde 1939 era membro do partido, descreveu ao outro os sintomas de seu derrame cerebral e como aquilo acontecera e como se sentira. Disse que a boca dele tinha ficado totalmente torta, segundo a mulher! "Se eu não tivesse contado com a minha mulher!", exclamou, e em seguida perguntou a si mesmo e ao sr. Drygalski: "O que é mesmo que podemos fazer aqui agora? Temos uma guia de encaminhamento para Danzig, mas a linha ferroviária no momento não está interrompida?" O que era que o inspetor-chefe achava que agora deveriam fazer? E ele, que nem podia ficar de pé direito lá na beira da estrada?

Drygalski disse: "Já vamos achar uma solução". Acrescentou que havia alguns núcleos de acolhimento com assistência médica, lá cuidavam de tudo. E, ao dizer isso, ficou refletindo se esses núcleos realmente existiam e se também não seria algo para a sua própria mulher sempre enferma? Era de supor que houvesse algo desse tipo, com certeza o partido tinha mão-aberta para isso.

O sr. Hesse não deixou Drygalski escapar tão fácil, ele ainda tinha uma pergunta: sua coleção de artefatos germânicos antigos, será que não seria possível enviar rapidinho um veículo até lá e pegar a coleção na casa? Machadinhas de pedras e raspadores insubstituíveis? Talvez um pelotão de rapazes da Juventude Hitlerista dispostos a tudo?

"Como?", perguntou Drygalski.

Mas o inspetor acabou não dizendo nada, ficou remoendo os próprios pensamentos.

Os Hesse estavam sentados, os dois, à janela do quarto, acompanhando o cortejo de refugiados, e notaram que o chão tremia. E a mulher disse ao marido: "O melhor seria você se deitar um pouquinho...".

"Eu devia pelo menos ter trazido a machadinha de pedra", disse, ele nunca se perdoaria por causa disso, "a coisa com o buraco..." "Mas por quê?", disse a mulher, "é claro que tudo vai ser fechado e guardado pelo partido até podermos voltar."

Era impensável se postarem lá na estrada, como tinham feito o barão e a esposa, e logo conseguirem carona. Ninguém pararia para eles. Mas Drygalski já cuidaria de tudo.

Mas agora, antes de qualquer coisa, comer. À mesa! Os Hesse se colocaram num canto, será que também estavam incluídos? Sim, também estavam incluídos. "Mas é claro!", exclamou a Titia, e permitiu que os meninos fizessem soar o gongo de latão que ficava pendurado na parede sustentado na tromba de um elefante de latão. O sr. Hesse limpou o prato e a colher na toalha da mesa e em seguida tratou de tomar a sopa com sofreguidão. Na casa deles, a canja de galinha era misturada com *Eierstich*,[86] disse o professor de escola primária enquanto a sorvia. Ele se interessava pelas partes de gordura amarela na parte superior do líquido. Chegava até a contá-las?

Peter mostrou aos meninos as estampas nas colheres de prata. E, nos pratos, as árvores, o lago com os grous e o barco com um pescador que puxava a rede da água.

Hesse fitou a esposa: como aguentar que tagarelassem tanto ali à mesa! Será que alguém lhe poderia dizer? A juventude tem mesmo é de calar a boca; afinal de contas, era assim a tradição.

Se ele, quando criança, abrisse a boca à mesa, o pai imediatamente lhe teria dado umas palmadas.

E depois contou como se sentiu quando ficou todo retorcido para o lado. Disse que chegou a pensar: agora tudo, tudo acabou. Contou isso aos outros convivas e à esposa e aos filhos,

---

86. Nessa receita, mistura-se ovo com leite e em seguida põe-se o resultado em banho-maria para endurecer; por fim são cortados quadradinhos para serem adicionados à sopa.

que inclusive tinham vivenciado aquilo. A mulher foi quem imediatamente saiu de bicicleta até o médico da aldeia, o qual, na última hora, ainda conseguiu salvar o marido dela. Sobre isso, sabia contar uma porção de histórias, ela complementava o relato do marido. Que por sua vez confirmava tudo de cabo a rabo. Não conseguia imaginar se estivesse sozinho em casa! Será que teria conseguido?

Agora já fazia três anos desde que havia capotado. O dia estava marcado com um traço vermelho no calendário. Todos os anos mais um traço! A gente fica imaginando se ele tivesse perdido a fala ou ficado paralítico! O que teria sido das machadinhas de pedra?

Os dois meninos eram um pouco mais jovens que Peter, não deixavam escapar nada. Eckbert e Ingomar: era possível vê-los imitando o pai no corredor, o modo como andava arrastando os pés. Antigamente era provável que recebessem umas bofetadas, antes, quando ele ainda tinha força.

Peter corria com eles por toda a casa, realmente não deixavam escapar nadinha. Não se interessavam pelos paramécios dele, mas ficavam martelando as teclas do piano de um lado para o outro, batiam no gongo e punham o gramofone para funcionar. "*Si, si, si*, me dê uma moedinha..."[87] Fizeram uma inspeção no porão molhado, onde se ouvia o barulho dos pingos — talvez aqui, sob a abóbada, assassinos perigosos já tivessem sido presos a correntes e esperado a hora

---

87. Referência à balada "Penny Serenade/Das Pfennig-Serenade", gravada em 1939 pelo conjunto Metropol-Vokalisten e por Billy Bartholomew.

da execução? Após os dois passarem, Peter fechou a porta e balançou as chaves, deixando os meninos algum tempo no escuro...

No sótão havia avelãs espalhadas para secar. Os grandes armários antigos foram inspecionados: um *shako* de hussardo ainda da época do imperador? O vestido de noiva da mãe? Uma cartola tipo *claque*?

Brincaram de "fantasiar-se" e não conseguiram entender, de forma alguma, por que Katharina de repente chorou quando Peter desceu a escada metido no vestido de noiva dela, e Eckbert usando a cartola de Eberhard.

A charrete agora também estava no quintal, Wladimir a tinha puxado lá do galpão, depois entupiu as fendas com palha e vedou as vidraças das portas. Peter já foi se sentando para experimentar. Era bem confortável. Não via a hora de partir com a mãe nessa charrete rumo ao oeste, quando era mesmo que finalmente essa hora chegaria? Os dois garotos ficavam se arrastando ao lado dele e achavam também isso muito confortável.

"Fique onde você está e não se mova!"[88]

De trenó, desceram algumas vezes a pequena encosta situada detrás da casa. Depois de brincarem um pouco, seguiram para o lado da frente e desceram a mesma encosta até a estrada. Os cocheiros das carroças que passavam trotando em frente aos meninos estalavam o chicote na direção deles, e um automóvel também acabou parando: será que não têm nada na cabeça?

---

88. Referência ao refrão de uma canção infantil.

Andar de trenó num momento grave como este e descer até a estrada? E como é fácil ocorrer um acidente?
No galinheiro, Peter mostrou aos meninos como o velho galo era manso, e entraram e subiram no grande celeiro, onde havia feno velho, no meio do qual se esbaldaram. E por um triz um dos meninos não caiu pelo alçapão do depósito de feno em cima do chão de madeira!

"Só não vão contar ao meu pai! Porque aí ele vai logo ter outro derrame!"

Também subiram na parte alta da edícula, foram até as ucranianas. Só que elas fizeram os meninos sair da casinha delas puxando-os pelas orelhas. Peter logo viu que havia uma porção de coisas que antes não estavam ali. Cabia a pergunta se as caixas guardadas na sala continuavam intactas?

Os meninos estrangeiros gritaram na direção de Wladimir: "Seu polaco!". O homem os agarrou e ainda lhes deu umas boas palmadas no traseiro, com mais força do que o necessário. Só se podia esperar que Drygalski não tivesse visto. Garotos alemães levando uma sova de um sub-humano?

Foi uma coincidência que, à noite, o polonês tenha levado somente lenha úmida para os Hesse?

Eles corriam pelo bosque, passavam em frente às ruínas do castelo, desciam até o rio, onde se encontrava o pequeno barco. Dali saíram deslizando pelo rio até a outra margem e viram o longo comboio aproximando-se através da ponte.

Correram também aos trabalhadores estrangeiros e entraram no Castelinho do Bosque. Eles tinham beliches, e lá era bastante apertado. O tcheco já os queria pôr para correr, mas os outros foram amáveis com os três meninos. Perguntaram se eram fortes e apalparam os músculos deles. O romeno lhes ensinou a fumar e mostrou como desaparece o dinheiro que agorinha mesmo estava em cima da mesa. Marcello, o italiano, cantou para eles uma cançãozinha napolitana ao som do bandolim. Tinha pintado toda a parede com imagens de moças nuas, perante as quais a *Mulher agachada* não era nada.

O tcheco fez punhais de madeira. E também lhes mostrou como se corta a garganta de alguém com a faca.

Romênia? Nem ideia de onde fica isso.

O maior desejo dos meninos seria poder dormir uma noite na casa dessa gente, mas claro que não seria permitido.

O melhor era mesmo ficar lá com eles, essa teria sido a vontade dos meninos, poder ir embora dali com eles e viver uma aventura atrás da outra.

Levaram uma pena de pavão para os homens, e ela foi aceita de pronto. Ainda lhes faltava uma pena de pavão. Agora estava tudo bem aconchegante.

É claro que os meninos percorreram todo o Castelinho do Bosque, o refeitório com paredes revestidas de madeira e, no canto da parede, um piano de cauda com uma única perna, o terraço-café com tapumes afixados com pregos e, por fim, os compartimentos com as peças de reposição da NSKK. Peter se apropriou de um cano de metal brilhante, daria certo para usar no avião da árvore. A Titia estava admirada que de repente as galinhas não estivessem pondo mais nenhum ovo. Enquanto isso, o pessoal do Castelinho do Bosque engordava.

"Respirem aqui perto de mim para eu sentir o hálito de vocês?", disse a mulher do professor primário aos dois meninos. "Será que vocês andam fumando?"

Será que eles sabiam que faz mal à saúde?

O professor jogou a manta sob a qual se esquentava e começou a xingar! Por que motivo a mulher não vigiava melhor os meninos! Mas que droga de vida! Há anos vem impedindo que fumem e agora todas as barreiras caíram por terra! Só faltava chegarem com uma garrafa de aguardente!

Com os dois meninos, Peter subiu até a casa na árvore e instalou o cano de metal. Dava para pôr um espelho retrovisor, mas era melhor deixar de lado a buzina.

Daqui de cima ficaram olhando o comboio, pessoas sozinhas, a pé; carroças, lotadas de carga. Pessoas de bicicleta, outras em trenós. Contaram as carruagens, pararam no número duzentos.

Também viram um cortejo de presos, vinham da olaria, trajando casacos listrados e calçando tamancos de madeira, figuras tristes, arrastando-se. À esquerda e à direita, vigiados por soldados com arma pronta para atirar.

Lá em cima, à janela, surgiu o rosto pálido do debilitado sr. Hesse, ele também estava olhando essas pessoas. Limpou os dentes com um palito e em seguida bateu na vidraça. Era para descerem imediatamente daquela casa na árvore, o que era que estavam fazendo ali? Ainda vão acabar quebrando todos os ossos? E aí a gente fica com mais um belo presente? Será que já não bastava que ele próprio quase tivesse morrido? Assim, do nada? — Aqueles homens ali de roupas listradas com certeza eram grandes inimigos do povo, os céus deviam saber que crimes tinham cometido...

Lá fora, a mulher olhava as coisas em volta. Primeiro contornou a casa e depois se indagou: uma propriedade tão grande e nada de jardim? "A senhora então não tem jardim?"

"Temos um parque", respondeu a Titia.

"Sim, mas um terreno tão grande como esse e nada de jardim?" E então contou sobre todas as suas dálias, as begônias tuberosas, que agora estavam apodrecendo no porão, e sobre verduras. Favas! ervilhas frescas! alho-poró! No estábulo, havia ancinhos, foices e pás penduradas na parede. Como adoraria preparar um jardim na primavera! — Na primavera?

A sra. Hesse, que já tinha feito curso de primeiros socorros com as enfermeiras marrons,[89] notou que Peter estava com problemas de garganta. E disse: "Venha cá!", examinou a garganta, massageou a laringe do menino e lhe deu umas gotas. E vejam só: no dia seguinte ele já estava bonzinho de novo.

"Vai ver que essa mulher sabe fazer bruxaria", disse a Titia. Ter mudado de lugar os vasos de planta no salão, colocado os cactos na escuridão e uns galhos secos quaisquer num frasco, que depois começaram a brolhar... a Titia discordava. E pouco antes esteve prestes a mudar tudo, mas, na verdade, de algum modo estava melhor agora. O salão escuro tinha ganhado uma aparência mais simpática. Sobretudo quando os raios de sol entravam no recinto.

---

89. No regime hitlerista, as enfermeiras marrons, que traziam no nome a cor símbolo do nazismo, eram consideradas "soldadas" do *Führer*.

Com relação ao problema de garganta de Peter, que a mulher tinha curado com bruxaria — vai ver que não tinha sido bom? O que a gente agora poderia dizer a Drygalski quando voltasse a procurar novos membros da Juventude Hitlerista que pudessem ajudar?

Katharina e a mulher do professor gostavam uma da outra. Ficavam sentadas juntas. A sra. Hesse tirava da mochila a bela blusa e a saia de seriguilha, e Katharina punha o broche de prata que tinha trazido da Itália. Jogavam paciência. Primeiro embaixo, no salão, mas depois se mudavam lá para cima, para o *boudoir* de Katharina, e a porta era trancada. No salão, entrava e saía gente o tempo todo, e todos deixavam as portas abertas. Aqui ninguém perturbava. "Helga!", chamou o homem. "Onde você se enfiou?" Mas a chamava em vão, não vinha resposta nenhuma, por mais que pusesse as mãos por trás das orelhas: Helga estava sentada no quarto da sra. Von Globig com a porta fechada, e as duas jogavam cartas. E depois logo não jogavam mais nada, mas ficavam contando isso e aquilo uma para a outra, coisas que as mulheres contam quando se encontram. — Katharina abriu o guarda-roupas, e a sra. Hesse brincou de "desfile de moda", a saia plissada e todos os chapéus. Katharina teria adorado revelar o seu segredo, estava na ponta da língua para dizer: "Imagine a senhora, um homem dormiu nesta água-furtada! Subiu para cá escalando o gradil das roseiras", mas se conteve, guardou aquilo ferrenhamente apenas para si. O que tinha ocorrido aqui precisava permanecer um segredo. Se fosse o caso, levaria aquilo consigo para o túmulo. "Helga!, chamou o marido. "Onde você se enfiou?" Ele estava com frio! E com certeza isso não era nada bom...

Os dois meninos também não estavam à vista, mais uma vez aprontavam junto com os trabalhadores estrangeiros. Portanto, ele mesmo teve de se levantar e puxar a cadeira mais para perto da estufa. O motivo de aquela coisa não estar esquentando era um mistério. Se tivesse agora um segundo derrame, a mulher seria a culpada. Olhou-se no espelho e retorceu a boca, deixando-a como daquela vez, naquela inocente manhã de domingo! Com os alunos, certa vez tinha construído um tear da Idade da Pedra. A respeito disso, a Secretaria de Educação se manifestou reconhecendo o feito. Meu Deus, quantos anos se passaram desde então? Já fazia tempo que tudo tinha acontecido. No seminário de professores, quando certa vez, durante a noite, pulou o muro junto com os colegas... Era verão, e as moças estavam sentadas diante das casas. Tinham ficado jogando conversa fora com elas e depois, tarde da noite, pulado o muro. Naquela época gostava de pôr o chapeuzinho meio de lado.

Na cozinha, não estavam cantando. As moças estavam caladas, realizavam suas tarefas em silêncio. Quando a Titia chegou para perguntar se estava tudo em ordem, Vera se apressou em ir até ela e perguntou se poderia dar uma palavrinha com ela?

"Aqui? Agora mesmo?", perguntou a Titia. E então ela subiu até o seu quarto e sentou-se na poltrona à janela, seguida por aquela mulher jovem e tão madura, que tinha deixado voluntariamente a longínqua Ucrânia para vir à Alemanha a fim de ter algumas experiências bem longe dos campos de girassóis da sua terra.

"O que é que há?"

Primeiramente, Vera chorava sem parar e depois, torcendo as mãos, disse: estava esperando um filho... O que era que ela devia fazer?

"Um filho", retrucou a Titia. "E para quê? E agora?" O que é que ela pensava fazer? Mas era justamente isso que Vera queria saber da Titia. Mas é que também ela não sabia a resposta.

Não foi possível arrancar dela se um dos trabalhadores estrangeiros do Castelinho do Bosque era o autor do infortúnio, o tcheco ou Marcello, o italiano engraçado? Ou até mesmo Wladimir? Não, o íntegro polonês estava fora disso. O tcheco? ele olhava sempre com tanto veneno? e uma vez tinha chegado a entrar na casa... Com certeza carregava consigo uma faca. Dele se podia esperar qualquer coisa.

Tanto fazia, se tcheco, polonês ou italiano. De qualquer modo, não se tratava de um caso de vergonha racial.[90] E sobre esse assunto Vera não deu nenhuma informação. Ela chorava.

Recorreu-se à sra. Hesse, mas, embora ela tivesse podido ajudar Peter com rapidez, nesse caso os seus conhecimentos médicos não bastavam. Tinha conseguido curar, além de um corte no dedo, uma torção de pé aplicando uma bandagem em formato de cruz, mas não se misturava em assuntos de gravidez indesejada. Isso não tinha sido ensinado pelas enfermeiras marrons. Dar a vida a um ser humano só pode ser uma maravilha,

---

90. Na ideologia nazista, usava-se o termo *Blutschande* [vergonha de sangue] para designar as relações sexuais entre judeus e os chamados arianos.

não é? Por que a gente deveria impedir?

Não levantar coisas muito pesadas, esse foi o conselho, e nem pular de cima de um banco, pois pode causar um aborto.

Pela casa toda se ouvia dizer que Vera vivia pulando de um banco para o chão, onde e quando fosse possível.

Talvez erva-de-são-joão ajude?, perguntou a Titia. Mas onde conseguir hipericão? E essa erva ajudaria contra o quê?

Com Katharina, a sra. Hesse ficava jogando paciência, com as ucranianas cochichava e, para o marido, cozinhava *nockerl*, pelo que ele, apesar de estar sempre muito fraco, fazia um afago embaixo do queixo da esposa, embora, como dizia, os *nockerl* tinham gosto de Sidol.

Quando ouviu falar dos problemas na casa de Drygalski, a sra. Hesse pôs o chapéu na cabeça e foi até o outro lado para falar com a mulher. Heil Hitler. Uma mulher nos melhores anos e acamada? Durante uma longa e penetrante conversa, explicou à enferma que era preciso recompor-se! Senão o marido acaba pensando noutras coisas! Falou da maravilhosa casa dos Drygalski e de como a tinham decorado bem. E ela apontou para o retrato do filho tombado, que tinha certa semelhança com Peter, como ela mesma achava, e para o crucifixo, ela o tinha obtido onde?

E, que milagre, sangue novo corria nas veias da mulher. Ela se sentou e pediu um espelho. E na manhã seguinte estava de pé na cozinha e preparou dois ovos fritos com toucinho!

Uma esposa tinha de lutar pelo marido, foi o que a sra. Hesse cochichou no seu ouvido, e mais: que ela ainda estava com uma aparência muito boa? Disse que ela tinha um jeito meio maroto em torno da boca? Que devia pôr isso em evidência? Simplesmente se levantar e presentear o marido com um sorrisinho maroto! E foi exatamente o que a mulher fez. Drygalski quase que caiu de joelhos diante desse milagre. Mas, ao comer os ovos que ela tinha fritado, o homem também ficou furioso. Por que isso de uma hora para a outra? Será que o tempo todo ela não tinha estado tão mal? Teria podido, portanto, todos os dias fritar ovos para ele e, de vez em quando, lhe preparar linguiça de porco defumada com couve? Ele se esfalfa e fica preocupado? Mimando-a de cabo a rabo? Quase que entrava numa fria por causa daquela mocinha, como é mesmo o nome dela? O calor tomou conta dela e foi logo abraçando-o na soleira da porta do porão, roçando o corpo.

Drygalski deu uma volta em torno da casa e cuspiu em cima dos arbustos. Não. Tinha sido feito de bobo, e isso não admitia!

À noite, junto à lareira, em meio à aconchegante reunião para a qual se viram forçados a chamar os Hesse, o professor Hesse contava ao dr. Wagner como sempre tinha sido amável com as crianças da aldeia, sempre tentando fazer o melhor, embora o rigor também fizesse parte do ofício de educador, e que o derrame cerebral o tinha atingido justamente num domingo! Sem aviso prévio, pela manhã, durante o café!

"Primeiramente, não pensamos em nada ruim", disse a mulher do professor, "mas, quando a saliva começou a escorrer pela boca dele..." Então pensou: Espera aí, não!, e disse que imediatamente foi de bicicleta até o médico... Sim, e agora ele estava sentado aqui, com as mãos no colo — ela tinha enrolado uma coberta em torno das pernas do marido —, e assim agora ele estava sentado aqui, com as pernas moles. E, nos anos da juventude, ele executava o giro na barra fixa e o salto com as pernas estendidas sobre o cavalo com alças?

A sua querida Königsberg!, disse dr. Wagner. Tinha comido solhas assadas num pequeno restaurante às margens do Pregel... E depois os apitos dos grandes navios vindo do porto, fazendo assim: "Buuut-buuut-buuut...". Trouxe os seus poemas, por que não os deveria apresentar? Ficar sentado junto à lareira e declamar poemas, isso era convívio no estilo antigo. Cachorro, gato, aos pés do fogo que espalha o dom da vida? E as crianças de olhos arregalados?

    Tratou gentilmente o novo hóspede, pois era, no fundo, um colega de profissão... A esposa, na verdade, também bem simpática, trajando a sua saia de tecido artesanal cor de ferrugem. Mas, quando o homem voltou a falar mais e mais do derrame, o dr. Wagner olhou na direção do céu, e os seus olhos cruzaram com os de Katharina. Não notou que o professor primário também olhava na direção do céu, embora por outros motivos: era só o que lhe faltava!, pensava o sr. Hesse, um idiota concursado! E poemas!

    Wagner acabou deixando os poemas no bolso. No mais, tinha trazido o telescópio da escola. Fica jogado por lá e nunca ninguém o usa? Como agora não conseguia recitar os poemas, foi com os meninos até lá fora para observar as estrelas. Mas o céu estava encoberto.

    "Feche a porta!", gritou o professor.
Portanto, Wagner se despediu dizendo: nestes tempos, cada um deve ficar entre as suas quatro paredes. Fez a sua tentativa:

conduziu a mão de Katharina até os seus lábios, como o barão sempre e sempre fazia, mas ela se afastou dele com uma expressão de repulsa.

Acabou deixando o telescópio na Georgenhof. É que não dava para ficar o tempo todo arrastando-o de um lado para o outro.

No caminho de volta, pensava em Katharina — teria gostado de recitar os poemas para aquela mulher, lá em cima no *boudoir*, prostado aos pés dela, como faziam os antigos. Sobretudo aquele poema que tinha ficado tão bom. Dera-o de presente à mãe no Dia das Mães. "Caput Mortuum..." São as mulheres que carregam o sofrimento do mundo. Meu Deus, quanto tempo já havia se passado desde que a sua mãe se fora. A bondosa mulher!

Embora não estivesse vendo as estrelas, realmente estava convicto de que sobre si sempre havia a mão de um Pai bondoso. O estrondar lá longe combinava com o seu estado de espírito. — Crepúsculo dos deuses! — Ali havia algo de grandioso.

E, se também acabassem alojando pessoas quaisquer na sua casa... Esse pensamento o encheu de preocupação.

Durante a noite, Katharina estava deitada na cama, vestida, escutando os estrondos que vinham lá de longe. Sentia os tremores, e os vidros em cima do lavatório tilintavam levemente. Precisava falar com alguém, mas com quem? Com o pastor Brahms? Será que estava tudo em ordem? Logo amanhã cedo empreender a fuga? Escapar das consequências, caso se apresentassem... Difícil conseguir falar com Lothar Sarkander agora, nunca estava lá quando Katharina telefonava. Mas o que era mesmo que ele deveria dizer?

"A senhora pode muito bem imaginar que o prefeito agora anda ocupadíssimo...", era a resposta. Antigamente não lhe davam esse tipo de justificativa.

Katharina abriu o cubículo da água-furtada. Por que tinha se deixado envolver naquilo? E: por que não manteve o homem ali? Ajoelhou, tem que rezar? Ela tinha ficado alegre por ter se livrado dele, essa era a verdade.

POLÍCIA

No dia seguinte, ligaram de Mitkau, da polícia, Katharina ainda estava na cama quando tocou o telefone — no claustro do mosteiro tinham apreendido um homem, um judeu! e após muitas mentiras ele confessou ter sido escondido por ela na Georgenhof? se isso correspondia à verdade?

E pouco depois ligou também o prefeito, Lothar Sarkander, com quem não tinha conseguido falar durante todo o dia, pelo amor de Deus! E desta vez ele não queria recordar tempos passados, nenhuma palavra sobre a sala de verão, mas foi, isso sim, direto ao assunto: pelo amor de Deus... Disseram a ele, entraram em contato... "Como é que você pôde fazer isso, Kathi..."

A polícia já tinha estado na casa dele, sussurrou no microfone do aparelho, e já teriam também ido buscar o pastor!

"Como é que você pôde se deixar envolver numa coisa dessas... Você sabia muito bem que essa gente passa por cima dos outros para conseguir seus objetivos!"

Encontraram um papel junto com o homem! O rascunho de um mapa que deixava bem claro tratar-se da Georgenhof... "Em tais casos, fornecer provas escritas, isso é passível de pena! Como é que você foi tão ingênua..."

Apresentaram o mapa ao homem, e então ele teve de confessar tudo. Sim. Ainda tentou encontrar uma desculpa, mas o mapa!

Por volta de meio-dia, apareceu, sendo recebido com muitos latidos de Jago, um inspetor de polícia, um senhor calado, com ar preocupado, trajando um casaco de couro. Chegou dirigindo um DKW, estacionou bem em frente à porta principal da casa. Heil Hitler. O grupo inteiro estava sentado à mesa em torno de uma sopa fumegante. Os Hesse, a Titia e também o dr. Wagner. Sem nenhuma pressa, Katharina servia a sopa, o que normalmente ela nunca fazia?

Quando soube que se tratava de um inspetor de polícia, Wagner largou a colher e empurrou o prato para o lado. Achou melhor não causar mais nenhum incômodo por aqui e pegar o caminho de volta para Mitkau, embora tivesse acabado de chegar. Estavam acontecendo coisas que não lhe diziam respeito? Quanto aos poemas que desejava entregar a Katharina, enfiou-os novamente no bolso, e com agilidade tratou de sair. Não tomou o atalho, estava cheio de gelo, e não queria, na última hora, levar uma queda, sofrer uma fratura na bacia. Sem hesitar e sempre em frente, seguiu no rumo contrário ao turbilhão de carroças puxadas por cavalos.

"Ainda está muito longe?", perguntou-lhe uma menina. Para onde?, pensou, dando de ombros.

O grupo reunido à mesa havia se levantado, e as ucranianas acorreram até ali vindo da cozinha. O inspetor tinha uma foto que esfregou nas ventas de Katharina, perguntando se conhecia aquele homem? Disse que ela o escondeu num cubículo da água-furtada, lá em cima, no primeiro andar. "Nesta casa há um cubículo na água-furtada? Lá em cima no primeiro andar? E a senhora sabia que ele é judeu?"

A Titia também se levantou e examinou a foto, e assim igualmente fizeram as duas ucranianas, todas queriam saber se Katharina conhecia o homem. E que história de cubículo era aquela.

Os Hesse também se aproximaram. "Como? O quê?", perguntou o professor. "O que está acontecendo?" Finalmente tinha chegado a hora? O alvará de partida tinha chegado?

"Eckbert! Ingomar!"

Finalmente tinha chegado a hora de seguir viagem?

Drygalski também se apresentou, Heil Hitler, entrou deixando a porta da casa aberta, o vento frio invadiu o recinto. Também queria ver a foto, o inspetor da polícia já a havia guardado e voltou a exibi-la. Drygalski contemplou a foto, será que Katharina conhece aquele homem, perguntando a Katharina: "A senhora conhece este homem?". Ele próprio nunca o havia visto, embora conheça aquela região como a palma da mão. E a Titia também teve de dizer que não o conhecia.

Sim, Katharina havia visto o homem, disse de forma bem clara e nítida.

Está vendo, bem que imaginou que havia alguma coisa errada aqui!, disse Drygalski. Com os seus coturnos marrons, estava ali de pé, de pernas abertas, e adoraria ter um chicote na mão direita com o qual pudesse bater no cano da bota.

Durante um tempo, a gente se engana, mas depois tudo vem à tona. A gente precisava ter um sexto sentido, esse era o xis da questão. E disse ao inspetor: "Essa pedra aí eu já tinha cantado faz tempo", ele sempre teve a sensação de que alguma coisa estava errada.

Agora o local do crime precisava ser examinado. O grupo inteiro se pôs em movimento e subiu em cavalgada até o primeiro andar. Aliás, Drygalski à frente, mas logo ultrapassado pelo inspetor, a escada estreita, a escuridão. Vinham em seguida os Hesse e as moças da cozinha, o pano de prato ainda na mão.

A última a subir a escada foi Katharina, e subiu apoiando-se firmemente no corrimão. Não estava com tanta pressa.

Lá em cima estava toda a matilha olhando como ela subia lentamente degrau por degrau. Entregou a chave, e a porta foi aberta; a cama por fazer, um tubinho de comprimidos e uma garrafa de vinho aberta em cima da mesinha de cabeceira. Aqui tinha ocorrido fornicação perversa? A *Mulher agachada*, se a pessoa já expõe uma coisa dessa? Pelo amor de Deus?

O inspetor caminhou até o meio do quarto e olhou em torno. Sem dúvidas, era o dormitório da sra. Von Globig. Ao lado, a sala de estar, e lá na outra ponta o quarto dos livros com a cama do filho. Suportes de bronze dourado?

No jardim de inverno, ele abriu a janela e viu, abaixo, o gradil das roseiras. "E ele subiu até o seu quarto pelo gradil? Ainda tinha os arranhões nas mãos, estavam muito bem cuidadas com ataduras." Pois é, quando se trata de vida ou morte, a pessoa escala até mesmo um gradil de roseiras.

Drygalski avançou e olhou para baixo, na direção do parque, fitando o semicírculo formado na neve por passos de pessoas. E então disse que sabia tudo muito bem: ele logo tinha achado muito estranho, recentemente, ao fazer o inventário de cômodos vazios, a arca estava numa posição bastante diferente...

O inspetor inquiriu se era verdade essa história da água-furtada. Na verdade, aquilo não tinha como ser verdade? Mas, sim, claro que podia. Um cubículo na água-furtada?

Drygalski ajoelhou-se e ofegando se enfiou buraco adentro. Um colchão? Travesseiros? Mantas? E aqui: um abajur? Iluminação num cubículo na água-furtada? E, em seguida, embaixo da parte inclinada, começou a remexer como um porco trufeiro em busca de trufas, e: "Aqui!" Jogou tabletes de chocolate aos pés do inspetor. "E aqui!" Carteiras de cigarro, cigarros, também garrafas de vinho, que fez rolar lá de dentro! "Aqui, vinho italiano!"

"Vinho da Itália...", disse ao inspetor, em tom acusatório. E para ele estava tudo claro.

Katharina estava de pé ao lado da *Mulher agachada*, sob os galhos da palmeira do quarto. A Titia no umbral da porta, os Hesse e as duas moças da cozinha. O sr. Hesse disse, em alto e bom som, sim, para ele era estranho essa história de sempre trancar tudo à chave, e havia tido a impressão de que o aparelho de rádio ficava mais tempo ligado do que o normal e no meio da noite. Fez menção ao derrame cerebral, e como era pesada aquela deficiência para ele, e como estava precisando urgentemente de sossego. O lado esquerdo estava morto, e às vezes sente umas coisas tão estranhas. É grato à esposa por pelo menos ainda poder ficar de pé com as próprias pernas. "A saliva começou a escorrer pela boca", disse ela e logo entendeu tudo.

Drygalski se imiscuiu no interrogatório. O inspetor não estava sendo um pouco cortês demais, ficava sorrindo de forma tão cúmplice? A gente não devia dar uma prensa maior nessa mulher? Abrigar um sujeito judeu, não se sabe nem de onde. Pois é, ele era mesmo de onde? Será que havia ali todo um covil a ser desbaratado? Será que durante semanas judeus teriam entrado e saído por aqui? E teriam morrido de rir da luta pelo destino do povo alemão? e se refestelado com comidas e bebidas? Barolo Riserva, Giacomo Borgogno? "E a senhora estendeu a mão àquele homem? Sim? A senhora lhe deu a mão? Talvez no mesmo instante em que um soldado alemão estava perdendo a vida no front?"

Contemplou a cama de casal desfeita. "Que coisa nojenta!" Uma mulher alemã se envolvendo com um judeu! "Não é uma coisa nojenta, senhor delegado?"

O que o íntegro marido dela estava fazendo, isso ele gostaria de saber. Itália? Está se espreguiçando no sol enquanto o Reich alemão luta pela própria existência?

"Pois não é nenhum acaso ele estar na Itália justamente agora."

Pegou a foto de Eberhard e a jogou sobre a cama, e ali ela ficou, e a garrafa de vinho aberta em cima da mesinha de cabeceira, e no umbral da porta todas as pessoas indagando-se em que aquilo tudo daria.

Pelo visto, estava muito claro.

O inspetor não estava gostando nada daquele rebuliço; primeiramente tinha querido, na verdade, dar lembranças a Katharina da parte de Felicitas para só então, aos poucos, bem por alto, aproximar-se do caso, verificar a coisa. Tinha lá as suas próprias ideias.

Observou a etiqueta da garrafa de vinho e segurou o tubinho de comprimidos. Em seguida fechou a janela do jardim de inverno e pegou o livro *Catedrais alemãs*. Sim, era quase como se quisesse consolar Katharina, talvez tudo não seja assim tão ruim? "Não vamos arrancar a cabeça de ninguém..."? Em primeiro lugar, investigar tudo com calma. Talvez, quem sabe, o sujeito tenha inventado? Mas escalar o gradil das roseiras? Arrastar-se para dentro do cubículo? E o mapa feito bem direitinho com caneta vermelha? À própria mão de Katharina?

O que perdemos era o título da brochura que puxou da estante, na capa se via estampada a catedral de Estrasburgo. "Sempre se lembre disto", dizia a dedicatória. E: "Tudo em vão!".

Katharina ficou de pé ao lado da porta. Drygalski evitava o olhar dela, mirava a pilha de tabaco e os chocolates, tudo o que tinha retirado do esconderijo e que agora estava aqui no chão, guloseimas com as quais ela tinha alimentado o judeu... Ele teria de repassar esses artigos de luxo para velhos e enfermos, isso estava claro. Havia tempo que queria verificar se estava tudo em ordem no mosteiro.

Ligou o rádio — BBC? Não. Ali só se ouvia a indicação da hora certa informada pelo Instituto Alemão de Oceanografia, seguida do relatório das Forças Armadas, lido pausadamente para que as pessoas com dificuldade de compreensão conseguissem copiar.

Agora não havia mais nada a fazer aqui. Todos bateram em retirada e juntos desceram até o salão. O sr. Hesse se recolheu aos seus aposentos, precisava urgentemente tomar as suas gotas.

Enquanto descia, o inspetor segurava Katharina pelo cotovelo com apenas dois dedos. Mas não saía do lado dela. "Como é que a senhora pôde fazer uma coisa dessa, sra. Von Globig... acoitar um judeu?", cochichou para ela. "O seu marido sabia? Um judeu!" Será necessário interrogar o seu marido na Itália, já foi enviado um telegrama. Certamente também ele se interessaria em saber que aquele homem estava trajando um pulôver de tênis dele, foi possível constatar esse fato pelo monograma: "EvG". Com certeza ele imaginará algo mais. — Algo mais? Tinha mesmo acontecido *algo mais* por aqui?

Talvez ela fosse acareada com ele, que já teve de ser trancafiado.

"Ajudar um judeu... Mas que tipo de sujeito era esse, o que foi mesmo que a senhora pensou na hora? Se fosse um assassino..."

"Foi apenas uma noite", disse Katharina.

A sua porta no primeiro andar agora estava escancarada.

No salão, o inspetor ainda deu uma olhada em volta, ocupou-se um pouco com o armário, teriam de ler todas as cartas que estavam ali. As xícaras de coleção, a moldura de arame com o retrato do oficial czarista... Tudo muito esquisito. Pois é, esses fazendeiros — aquele era mesmo um mundo totalmente diferente. Peter não acompanhou o grupo até o primeiro andar, mesmo assim ficou sabendo de tudo, estava junto à mesa de bilhar e rolava as bolas contra a borda.

Os troféus de caça enfileirados, chifres, galhadas, um ao lado do outro, e a cabeça de porca empalhada, tudo ainda eram bens do velho Von Globig.

Katharina tirou o medalhão do pescoço e o colocou na tigela diante da lareira, vestiu o casaco e pôs na cabeça o gorro de pele. Abraçou o garoto, olhando-o com seriedade. Duraria muito tempo?

"Ela voltará logo?", perguntou a Titia ao inspetor, fazendo-o num tom de voz alto, como se Katharina já tivesse ido embora.

O cão Jago tentou abocanhar a mão do inspetor.

"Está procurando briga?", disse, limpando a mão.

No Castelinho do Bosque, os trabalhadores estrangeiros se apinhavam no terraço. O tcheco com a boina de couro, o italiano com o chapéu à la Badoglio e o romeno com dor de dente. Riam. Essa gente ficava alegre com a desgraça alheia? Olhavam para trás de si, chamando os colegas, aqui havia coisa para ver!

Quando Katharina já havia entrado no carro, a Titia ainda correu até ela dizendo: "A chave, Katharina! Agora não precisa mais dela."

No último instante, Vera ainda lhe entregou pão e linguiça. Ela sabia como era ser apanhada e não ter sequer um pedaço de pão para levar!

O carro deu a partida, e os ancestrais no salão arregalaram os olhos.

Os Hesse correram até Drygalski, se pelo menos já tivessem partido desde longa data! Será que amanhã poderiam continuar a viagem?, perguntaram ao inspetor-chefe.

"Por que não?", disse Drygalski. O que é mesmo que os senhores estão esperando?

"Sim, será que ainda precisamos ser interrogados?", perguntou o mestre. Como ele não tinha cometido nenhum crime, adoraria ser interrogado. "E o alvará? Será que o alvará já chegou?"

"Se pelo menos não tivéssemos vindo para essas bandas", disse a mulher. Mas tinha sido motivo de força maior. Drygalski era quem os tinha encaminhado.

"Queria lhes dizer uma coisinha", disse Drygalski, que ainda estava remexendo um pouco nos armários, "o melhor seria que os senhores fossem logo para a estrada e dessem um jeito de dar no pé. Imediatamente! Estão ouvindo? Imediatamente!"

E em seguida ele mesmo se foi para informar a esposa sobre o insólito acontecimento.

Naquele dia, a mulher dele estava usando uma blusa branca e tinha posto um broche que o marido lhe dera em Braunlage. Ela havia aquecido bem a casa, e sobre a mesa havia sopa de boa procedência. Agora podia presenteá-la com um pedaço de chocolate. Mas não o fez, ele mesmo o comeu. E ela ficou admirada e elogiou o marido.

A sra. Von Globig presa? E completou, em alto e bom som: "Essa mulher não merecia isso...". Neste instante Drygalski fechou a porta com força.

Nesse meio-tempo, carruagens puxadas por cavalos entraram na fazenda. O guia do comboio esfregou nas ventas da Titia uma autorização na qual se lia que podiam descansar aqui esta noite.

Mulheres e crianças saltaram da carruagem e acorreram apressadamente para dentro da casa, será que podiam se lavar em algum local? E homens sérios negociavam com Wladimir graxa para as rodas.

Respirando fundo, com alívio, os cavalos foram desatrelados e levados ao celeiro grande e antigo. E as vacas, que eram conduzidas amarradas em cordas às carruagens, receberam acomodação. Gado com pedigree da espécie mais nobre! Tinha ferraduras com manchas de sangue. A mulher do professor pegou um balde e preparou uma mistura de água, vinagre, sálvia e os mais diversos ingredientes e lavou os cascos dos bichos.

Peter estava no salão. O chapéu branco da mãe. — Um estranho se hospedou nos aposentos da mãe? Nunca pensou que a mãe fizesse uma coisa assim...

Estava um pouco orgulhoso por ela ter feito isso.

No estábulo, encontrou o polonês.

Este pôs a mão no seu ombro? Puxou-o para junto de si? Consolo?

Não, balançou a cabeça.

As duas ucranianas contavam às pessoas do comboio o que tinha ocorrido. E Sonja dizia que nunca pensou que a patroa fosse tão corajosa. Mas se jogar num perigo desses por causa de um judeu piolhento? As mulheres choravam e sempre e sempre recontavam o que tinham acabado de vivenciar. Também não comiam mais chocolate havia muito tempo.

"Durante a noite, partiremos", disse Wladimir, e ele disse isso a Vera.

Por trás do horizonte vermelho, havia estrondos e sons abafados, e entre um som e outro o tambor dava o sinal de música grandiosa.

ÊXODO

Ouçam, senhores, venham escutar,
Nosso sino doze vezes já fez soar!
Doze, do tempo é a finalidade,
Homem, pense na eternidade![91]

Por volta de meia-noite, a Titia disse: "Agora, vamos dar a partida!". Olhou o relógio de pulso, como é costume fazer na véspera do Ano-Novo.

Esperar por Katharina? Quem podia saber quanto tempo ainda seria preciso? Sarkander tinha dito: "Pode demorar muito, bem muito tempo. A senhora não precisa esperar por ela, é melhor partir logo. Já vamos cuidar dela quando ela sair dessa".

A sra. Hesse também aconselhou muito que partissem; se pudessem, iriam logo aproveitar a carona, mas quatro pessoas e ainda nada de alvará?

"Quando a sra. Von Globig vier, aí vamos cuidar dela."

---

91. Trecho de "Nachtwächterlied", cuja melodia remonta a um coral de 1608.

A Titia tinha telefonado para o tio Josef, e ele havia dito: "Sim, está bem, venham todos para cá... Temos bastante espaço. Não vamos sair, vamos todos ficar aqui. Estamos ansiosos pela chegada de vocês. Neste tempo, precisamos nos manter unidos".

Não entraram em mais detalhes sobre o destino de Katharina. Tio Josef já tinha ouvido falar, por intermédio de outra pessoa, que ela estava "detida" em Mitkau. Não era necessário discutir isso por telefone. Seja como for, "a pobre da Kathi", disse, embora sempre tivesse ressalvas em relação a ela. De alguma maneira, o pobre do Eberhard.

"Vocês vêm para Albertsdorf e descansam um pouco, e daqui poderão verificar com calma como está a situação dela."

O bom Josef!, pois agora a gente estava com um alvo diante dos olhos, a gente agora sabia como a coisa se desenrolaria. Tinham sido injustos com ele em relação a isso e àquilo. Pois não passava de um sujeito muito boa-praça.

"Como ela pôde fazer uma coisa destas com a gente", dizia a Titia à sra. Hesse. "Um judeu!... Lança todos nós na desgraça!" E a Peter ela dizia: "Não vamos deixar a sua mãe na mão, não fique pensando assim, a qualquer hora ela pode se juntar a nós quando a deixarem sair da prisão. É muito mais fácil uma pessoa sozinha superar um obstáculo".

"Se partirmos agora, será em função dela. — Abrigar um judeu, como ela pôde fazer uma coisa dessas... Lança todos nós na desgraça! É só partirmos rápido, senão vão também nos prender junto com ela."

Ela já ouvira falar de "cumplicidade". Entrava em vigor neste caso?

Peter vestiu duas calças, uma por cima da outra, camisas, pulôver, tudo duplicado e triplicado, poliu os sapatos, e Wladimir atrelou os dois cavalos castanhos à carroça e o capão à charrete. A Titia também vestiu várias peças de roupa uma por cima das outras. Nos bolsos, enfiou o dinheiro que, já durante semanas, vinha sacando do banco em Mitkau — sempre quinhentos marcos de cada vez. Era o capital de giro da propriedade. Por último, o funcionário da Caixa Econômica ainda tinha piscado o olho para ela. Esta mulher não nasceu ontem, deve ter pensado.

À meia-noite, partiram da Georgenhof: durante a madrugada seria mais fácil de avançar! Wladimir também tinha a mesma opinião. Acontecesse o que tivesse de acontecer, agora era preciso manterem-se unidos. Pois se tratava de gente sensata!

Ele estava com um dedo ruim. A sra. Hesse aplicou um unguento anti-inflamatório, cobrindo-o cuidadosamente com um curativo.

Mais uma vez foram de cômodo em cômodo — tudo limpo e arrumado —, e em seguida deixaram a casa.

Para bem longe indo estamos,
A flâmula ao vento voando.
Com inúmeros amigos contamos,
Que também se estão mudando...[92]

---

92. Trecho de uma canção entoada por soldados, intitulada "Wir traben in die Weite".

A Titia levava a charrete, ela conhecia bem o capão. E o capão quase não olhava para trás, ele conhecia bem a Titia. Para aquele grande animal, uma brincadeira: um veículo tão leve!

Por um instante, ainda tinham conjeturado se deixavam a charrete lá. Ainda haveria espaço na carroça? E: que imagem passavam? Uma charrete antiquada no meio de todas as carruagens? Talvez as pessoas rissem: sair em fuga numa charrete?

Mas então a Titia decidiu que ela própria assumiria as rédeas, subiria para a boleia e controlaria os freios. Sabia conduzir charrete desde a infância na Silésia. Naquela época, tinha uma charretinha puxada por um burro. A foto: ela e as três irmãs, todas vestidas de branco naquela charretinha com tração de burro. Muitas vezes, não passeavam com o animal para cima e para baixo no parque, o burro tinha vontade própria.

A Titia pôs uma boina de soldado na cabeça e enrolou um cachecol no pescoço. O capão ajustou as rédeas e revirou os olhos, sim, a charrete estava lotada com a carga: um animal extremamente dócil no qual se podia confiar. Aí, sem problemas, se podia gritar "upa!" e dar um estalo com a língua que ele dava a partida.

Conduzir a pesada carroça com dois cavalos, isso a Titia não teria encarado, não era coisa tão fácil, as rédeas se cruzavam! Não teria conseguido. Mas para isso a gente tinha o Wladimir, o polonês de bom caráter e comprovada experiência em tantas situações.

Wladimir usava a boina de quatro pontas, e Vera se sentou ao lado dele metida numa jaqueta de algodão e calçando botas de feltro, com a mala de madeira a tiracolo, a qual já trouxera da Ucrânia, muita coisa não se tinha acrescido naqueles anos. A partir de agora viveriam juntos, para sempre e todo o sempre, era possível perceber isso neles. Afinal de contas, no ventre dela alguém estava se formando.

Sonja ficou para trás, ela teve outra ideia. Naquele dia, fez as tranças e vestiu a jaqueta quadriculada. Preferia esperar com toda a calma que os russos chegassem, disse. Tomaria conta de tudo, do cão, do gato, e também poderia auxiliar os Hesse, e tudo o mais se arranjaria. Afinal de contas, também é preciso contar com Katharina, disse à Titia, como se esta não tivesse em momento nenhum pensado nisso.

"Talvez um dia ela acabe dando novamente o ar da sua graça?", disse a sra. Hesse. "Na maioria das vezes, as coisas saem bem diferentes do que a gente imagina. E se ela depois retorna para uma casa vazia? Não dava para imaginar uma coisa dessas?"

Ela andava um pouco impaciente, pois Drygalski ainda não tinha trazido nenhuma autorização de viagem.

A Titia deu a partida com a charrete à frente, e então seguiram viagem madrugada adentro.

Infelizmente, quando mal estavam saindo da fazenda, a vidraça esquerda da charrete se partiu, a culpa tinha sido do portão que vivia pendurado nas dobradiças! Por que motivo ainda não o tinha consertado? Mas agora não dava para mudar. No entanto, agora estava ventando muito. Peter colocou um feixe de palha tapando a janela e uma mala como apoio. Agora somente conseguia olhar para fora do lado direito, mas já era suficiente.

Arfando e rangendo, a pesada carroça seguia com todas as caixas e todos os caixotes, com as leiteiras bem cheias sob a lona: banha de porco, açúcar e farinha de trigo, os edredons forrados com penas e os uniformes de Eberhard. Apenas sempre seguir em frente — durante a madrugada conseguiram percorrer uma boa parte do trajeto, a estrada estava praticamente vazia! Wladimir tinha coberto tudo com uma lona firme e depois amarrado a carga. Ele sabia das coisas, controlava qualquer situação.

Wladimir despertava uma sensação boa na gente. Dava para confiar nele.

Sonja seguiu o pequeno comboio durante um trecho bem pequeno, depois retornou. Jago também o seguiu um pouco, mas também voltou para casa. Tinha mudado de ideia. Pegar carona na direção do incerto? A dona? Onde tinha se metido? A gente não podia deixá-la na mão.

O gato não deu o ar da graça. As gralhas também não sobrevoaram, ficaram postadas no carvalho dando de ombros, enquanto o cão entrava na casa.

A Titia não olhava para trás. A estrada prosseguia com uma leve inclinação para baixo, aí era preciso frear um pouco, não tão forte, senão o veículo deslizaria para o lado... E detrás deles desaparecia a Georgenhof: diante do horizonte avermelhado, uma silhueta escura.

A Titia não olhava ao redor e ninguém a seguia com os olhos. Tampouco os trabalhadores do Castelinho do Bosque levantaram a cortina para olhar, eles que normalmente se interessavam por tudo. Estavam garantindo um sono bem sossegado antes do novo dia.

A Titia, empacotada com várias camadas de roupas, com a boina de soldado na cabeça, as pernas metidas num saco para proteger os pés do frio, à esquerda e à direita feixes de palha. E o capão, um animal tão dócil. Ela tomou um gole da garrafa. Mas realmente assustou-se com o vento glacial e a escuridão da rua. Graças a Deus que havia o luar, e no chão havia neve, aí dava para se orientar um pouco.

Peter se cobriu com a palha, estava frio, mas era suportável. Tinha o binóculo pendurado no pescoço, a pistola de pressão no cinto, o microscópio junto a si e à mala e às bolsas da Titia. Em cima, o alaúde dela. As primas lá em Albertsdorf... "Esconde-esconde no escuro", tinham brincado juntos. Fique onde está e não saia daí! Estava louco para rever as primas em Albertsdorf.
    A Titia olhava para a frente, e o menino mirava, através da janela traseira oval, a grinalda de flores secas que ficava para trás. Via os dois castanhos que seguiam com a pesada carroça e divisava Wladimir e Vera na boleia, como espectros.
    O céu glacial, coberto de estrelas brilhantes, e eles prosseguiam viagem com os veículos rangendo sobre a neve congelada. Por trás, o horizonte vermelho. Havia já alguns dias, os estrondos lá longe tinham diminuído um pouco. Será que a mamãe vai acabar vindo?, era a questão. Correndo atrás dos veículos: para, para! Por que estão indo sem mim?
Os arbustos e as árvores ao lado, a pegada na neve. Devagar,

seguiam viagem. E então alcançaram, reconhecível na neve como um bloco negro, uma carroça estrangeira de transporte de bagagens, só precisavam prestar atenção a ela, que seguia sempre em frente, não podia dar errado.

Primeiro para a casa do tio Josef em Albertsdorf. Depois a gente continuava a viagem. Com Josef, a gente poderia discutir tudo. Um homem um pouco excêntrico, mas, como um todo, na verdade um homem de bom coração. Com a mulher doente da bacia, também não era nada fácil.

A Titia tinha um plano, primeiro iria na direção de Elbing e depois viraria ao norte até a Laguna do Vístula! Discutiria isso com o tio Josef. Sem falar que Hanni também sabia avaliar bem.

Os russos não estavam já instalados em Elbing?

Hora após hora, prosseguiram em viagem lenta, começou então a nevar, e caíam grandes flocos de neve, eles tremulavam ao vento formando uma cortina pra lá e pra cá, encrespando-se na estrada. A sarjeta já estava cheia de neve, era irreconhecível. Era um esforço não perder de vista a carroça de bagagens lá na frente. Peter subiu para perto da tia na boleia e, quando o capão deslizava, gritava: upa! upa! upa!

Às vezes vinha um automóvel na direção oposta — um caminhão com faróis ofuscantes, uma motocicleta e uma vez até mesmo um tanque militar. Para abrir espaço, a carroça de bagagens à frente deles foi um pouco para o lado e acabou escorregando para dentro da sarjeta!

Parar? Ajudar?

Peter queria pular para ver. Mas a Titia disse: "Não, sempre apenas seguir em frente e continuar seguindo em frente. Agora não temos tempo para isso".

Peter viu como as pessoas se arrastavam em volta da carroça, enormes as suas sombras sob a luz das lanternas portáteis, mas depois tudo voltou a ficar escuro.

Wladimir parou, queria ajudar as pessoas, ficou um para trás. A Titia continuou a viagem lentamente e por fim deu uma parada. Aqui devia ser a localização do velho moinho de Johannsen. Com tempo bom, dava para vê-lo da Georgenhof. E do moinho dava para ver a Georgenhof.

Não tardou e Wladimir já estava atrás deles, a coisa tinha sido resolvida.

Quando mais tempo se passava, mais veículos surgiam vindos da esquerda e da direita. Agora a Titia acompanhava um reboque dotado de pneus de borracha, ele tinha olhos de gato na parte traseira. Quando se acendia rapidinho a lanterna, emitiam um brilho vermelho na escuridão.

A manhã cinza estava chegando, por trás deles Wladimir dirigia colado, não deixava espaço para nenhum veículo desconhecido. Simplesmente não podiam se separar! Nunca mais se encontrariam!

Um avião solitário passou sobrevoando. Aquele homem lá em cima tinha luz na aeronave? Mantinha o dedo sobre o botão detonador de bombas? A metralhadora estava apontada para a estrada?

Nesse mesmo tempo, Katharina estava deitada sobre um saco de palha numa cela fria da carceragem policial. Não conseguia dormir, tinha se coberto com o casaco, além de dois cobertores. No pátio, um sentinela fazia a ronda. Fazia a inspeção lançando um feixe de luz, e, quando a luz alcançava a cela de Katharina, a sombra das grades surgia na parede. Logo lhe veio à mente um filme no qual isso também acontecia: uma mulher estava na prisão e a sombra das grades era projetada na parede.

Mas aquilo ali não era filme. A chave foi empurrada com força na fechadura, e ela foi obrigada a levantar-se e acompanhá-lo; escadas geladas, portas gradeadas. E em seguida estava numa sala de interrogatório aquecida, sentada numa cadeira dura. O investigador, sentado à escrivaninha, dava visto em processos.

Por fim se dirigiu a ela. Foi indagada se era verdade que tinha dado guarida a um judeu, e lhe foi mostrado o desenho com uma seta indicando "Georgenhof" e as orientações de que o homem deveria escalar o gradil. Ela já tinha confessado tudo, e tudo também já havia sido anotado.

O investigador disse que isso era muito, muito ruim, e ele gostaria de saber se houve alguma aproximação no quarto dela. Se ficou sabendo que o homem era judeu? E em seguida proferiu a Katharina uma longa palestra sobre o povo de Israel, descrevendo essas pessoas como moscas varejeiras imundas e um bando de criminosos.

Não havia nada a negar, não se via nenhuma escapatória. Ela disse que não tinha desconfiado de nada, que não soubera de nada em relação ao judeu. Que havia pensado em qualquer outra coisa. E refletiu se porventura teria dado guarida a um homem sabendo que se tratava de um judeu. E isso ela também disse e perguntou ao investigador se ele realmente achava que ela teria escondido um judeu se soubesse quem era a pessoa que lhe estavam enviando...

"Sim, e quem a senhora pensou que poderia ser? Talvez um desertor? Ou um inimigo da pátria?" Não quer dizer que isso teria sido ainda pior...

Ali ela pensou no pastor Brahms, no fato de ele tê-la persuadido a fazer aquilo. Ele a empurrou para aquilo, disse. Pois será que teria tido uma ideia daquela sozinha? Com o marido no front...

"No front?", indagou o investigador. "Na Itália, ele está sentado no calorzinho." E depois apertou o cerco, perguntando se lá em cima, no quarto dela, teria havido desdobramentos? Algum ato de vergonha racial? "A senhora tomou bebida alcoólica? É que a senhora tinha um belo estoque... Ele tocou na senhora? Ele a importunou? Queira ficar de pé!"

Finalmente um outro policial entrou na sala. Era o homem que tinha ido buscá-la. Ele a levou de volta à cela. E na cela havia café que já havia esfriado e também um pedaço de pão. Ela gostaria de ter dito: "Fique aqui, fique aqui mais um pouco comigo...". Mas ele já havia fechado a porta com força e passado a chave.

Os dois veículos da Georgenhof continuavam a viagem. Depois de algumas horas, passaram por um cruzamento. "Albertsdorf sete quilômetros", estava escrito na placa. Portanto, virar à direita. Na casa do tio Josef, a gente podia dar uma respirada, na casa do tio Josef a gente estava em casa. Talvez lá já haja alguma notícia de Katharina? Com Josef, a gente poderia discutir tudo.

Em seguida, a gente veria o que fazer. Vamos seguir viagem até a Laguna do Vístula, pensava a Titia, primeiro no rumo de Elbing, depois virar para seguir à Laguna.

Tio Josef sempre fora distanciado dela, pois é, sempre tinha sido assim. Quando vinha à Georgenhof, para negócios, sozinho ou num domingo com a família inteira. Coisa do tipo: como vai? Como vão as coisas?, dizia para ela, mas era tudo.

Amanhecia quando chegaram a Albertsdorf. O portão da propriedade estava fechado com uma corrente pesada. Embora tivessem avisado, estava tudo fechado! Estavam dormindo um sono pesado.

Wladimir se desenrolou das cobertas e abriu o portão, e logo foi atacado pelo cachorro da casa. Mas com o chicote rapidamente conseguiu impor respeito.

A propriedade inteira estava cheia de veículos. Alguns se aprontavam para seguir viagem.

"Aqui não há mais vaga", diziam os desconhecidos. Não sabiam que eram membros da família.

Por fim, os dois veículos foram colocados ao lado do silo, um à esquerda, o outro à direita. Os estábulos já estavam lotados de cavalos. Mas acabaram conseguindo um lugarzinho para o capão e os dois castanhos. Wladimir fez uma mistura de aveia com palhiço e deu de beber aos animais.

Depois foi pegar Vera, e os dois se sentaram com prisioneiros de guerra franceses em cima do feno. Era uma cena bem romântica, à luz do lampião do estábulo. Na carruagem, Wladimir pegou uma garrafa de vermute, que na verdade nem lhe pertencia, e voltou a puxar firmemente a lona que cobria a carruagem. Em seguida desataram a beber despreocupadamente. Até o vigilante participou da festança. Afinal de contas, não passa de um ser humano.

A Titia bateu à porta da casa. Peter contornou a casa, mas também estava tudo fechado. Demorou algum tempo até alguém vir e deixá-los entrar. Ninguém esboçou vontade de abraçar: "Meninos, ah, vocês chegaram...". Não havia fogo de lareira crepitando nem mesa posta à espera deles. Em vez disso, um dar de ombros da forma mais elementar.

A família inteira tinha batido asas, ficaram sabendo agora. Partiram, embora realmente tivessem querido ficar! Foi uma sorte que a sra. Schneidereit, que cuidava da casa, pelo menos reconheceu a Titia. Visita assim tão cedo do dia?

Após certa hesitação, foram convidados a entrar. Serviram-lhes uma xícara de chá quente e um pedaço de pão com requeijão e cebola. Só mesmo dar uma descansada, depois a viagem continuaria.

Sim, o tio foi rápido na partida! Pouco depois de ter falado com a família na Georgenhof, empurrou o telefone no gancho, gritando para a casa toda ouvir: "Os Globig estão vindo! Era só o que nos faltava!".

O telefonema tinha sido o estopim, imediatamente deu no pé com os seus, foi o que ficaram sabendo agora. Sete carruagens lotadas!

Ele tinha chamado: "Filhos, andem, andem, andem! Nós também vamos partir". Durante semanas hesitando e sempre dizendo "nem que a vaca tussa", e depois já não conseguia mais esperar. Ainda tocou fogo nuns papéis no monturo e xingou todos e superlotou as carruagens, a ponto de os cavalos quase não conseguirem puxá-las. Não conseguiam fazer as carruagens saírem da propriedade! E chicotearam os cavalos na saída...

O tio Josef não tinha deixado sobre a mesa uma carta para a Titia. A maioria das portas estavam fechadas, e as camas sem lençóis nem colchas.

Portanto, a Titia se espremeu para caber num sofá, e Peter deitou-se no quarto das primas. Elas também não tinham deixado carta.

Três casas de bonecas no canto, cada menina tinha ganhado uma, para não brigar. Acima das casinhas, estava pendurado um quadro das três, pintado pelo mesmo pintor do quadro de Elfie pendurado no quarto de Katharina.

Enquanto os dois descansavam, os outros refugiados atrelavam os cavalos e deixavam, um atrás do outro, a propriedade.

Por volta de meio-dia, mais uma vez a Titia insistiu na partida. Todas as carruagens desconhecidas deixaram a propriedade, havia muito tempo que tinham ido embora. Rastejando, Wladimir surgiu do meio do feno, e os presos também já tinham seguido viagem.

Imediatamente, Wladimir deu por falta da mala de madeira de Vera! Pelo que se podia ver, a lona estava intacta, mas a mala de madeira tinha desaparecido! Olhou várias vezes; tinha ficado na boleia e agora desapareceu? Não podia ser uma coisa dessas?

Vera também não conseguia entender, não era bem um lamento que entoava, estava, isso sim, chorando muito! Os retratos dos pais se foram! Tudo perdido!

Wladimir saiu xingando por todos os lados e ficou imaginando o que faria com o ladrão, se o pegasse, gritou na cara da tia em polonês. Rasgava a barriga dele com uma faca! Furava os olhos dele! Na madrugada tinha ajudado outras pessoas caídas na sarjeta, e agora alguém furtou a mala!

"Se eu pego esse cachorro!", dizia Wladimir na sua língua materna, rogando pragas terríveis, e Vera chorava em silêncio com o olhar perdido.

Um pouco mais tarde, partiram. Na estrada de Elbing, passava rangendo uma carruagem atrás da outra. Tentavam entrar naquela longa fileira, a Titia à frente.

Demorou até conseguirem abrir espaço para entrar no comboio. Primeiramente tiveram de deixar passar comunidades aldeãs inteiras, até que por fim um velho parou os seus cavalos. Sinalizou com o chicote: vamos! Vamos! A hora é esta. Vai ver que estava admirado com aquela charrete esquisita parada no cruzamento. O veículo talvez o fizesse recordar velhos tempos? Um brasão na porta? Isso o tinha enternecido?

Mas, quando Wladimir também aproveitou a brecha para entrar com a pesada carruagem, lá de trás já se ouviam os chicotes estalando. "O que está acontecendo aí na frente?" É que as pessoas queriam permanecer juntas, estavam rigidamente organizadas. Se alguém perdesse o outro de vista, era fim de festa.

Nesse ínterim, Sonja assumiu o controle de todas as chaves. Abriu a porta para o tcheco e perguntou aos Hesse quanto tempo na verdade ainda pretendiam ficar. Com relação à comida, ela não facilitava mais nada. Aí Drygalski teve de ser chamado, e então a coisa funcionou. Sabia que ele poderia rapidinho pô-la para marchar, foi o que perguntou a Sonja, pôr os dois, ela e o seu galã? Sim? E ela pode ir "imediatamente" para a edícula, senão algo vai acontecer. O tcheco já havia desaparecido.

DESCANSO

Era o início da noite quando chegaram à cidadezinha de Harkunen. Na rua principal, à esquerda e à direita, havia carruagens paradas lado a lado, uma atrás da outra, e das janelas, mulheres olhando para fora, usando travesseiros como apoio. Foi preciso fazer a memória voltar longe no tempo: quando Hitler passou por aqui no dia da festa do partido, houve uma aglomeração de gente como aquela. E o imperador Wilhelm certa vez também tinha sido recebido aqui, com jovens usando grinaldas e vestidas de branco.

A Titia conduziu a charrete até a praça de esportes totalmente repleta, bem em frente a uma trave de futebol. Aqui a Liga das Moças Alemãs distribuía sopa. Wladimir guiou a carruagem pesada até uma rua paralela.

"Amanhã cedo às cinco horas, continuamos a nossa viagem!", disse a Titia a Wladimir. "E preste atenção para que não furtem mais coisas!"

"Está bem, às cinco", retrucou e acrescentou que ela podia ficar despreocupada.

"Encontramos vocês aqui", disse a Titia, "aqui nesta quadra

de esportes, e às cinco horas vocês vêm para cá, e em seguida seguimos em frente. Às cinco horas, em ponto!"

Membros do partido, Heil Hitler, um atrás do outros, passavam entre as carruagens, com papéis que precisavam ser preenchidos. Perguntavam às muitas pessoas se precisavam de algo e se estava tudo bem. Reinava uma tremenda confusão naquela praça, mas conseguiriam, as coisas dariam certo. Em geral, as pessoas eram sensatas. Queixas eram bem moderadas.

Os fiscais vieram reclamar à Titia que a charrete dela de alguma forma estava impedindo a passagem, isso não estava certo! Se não tinha sido encaminhada oficialmente? Não, ela não tinha sido encaminhada, simplesmente estacionou ali. "Mas não pode, aqui nem todo mundo pode fazer o que quer!"

Também aqui, nesta situação, por mais insólita que fosse, a pessoa não podia fazer o que queria, e aqui também tudo tinha de estar conforme o correto, senão tudo acabaria desembocando num caos inimaginável.

"A senhora tem de entender isso!"

Portanto, sair novamente, e o fiscal do partido seguiu na frente e encaminhou-a a uma vaga bem na proteção de vento do ginásio de esportes. Provavelmente teve compaixão pela charrete — que veículo antiquado. Mas com um brasão na porta! Isso, afinal de contas, devia ter algum significado.

A Titia agradeceu o encaminhamento dizendo, também ela, "Heil Hitler!". E: "Na terceira rua à direita está estacionada uma carruagem com um polonês e uma ucraniana, eles são gente nossa, se acontecer algo", e disse mais uma vez "Heil Hitler", e o homem do partido bateu levemente no quepe, agora estava informado. A única questão era se Wladimir entenderia às cinco horas que ela tinha mudado de lugar? Peter ficou algum tempo em frente à trave de futebol, o binóculo sobre o peito e a pistola no cinto, mas também não podia ficar ali parado eternamente.

"Menino, por que você está aqui parado?", perguntaram-lhe.

"Não se preocupe, avisaremos ao seu conhecido Wladimir quando ele vier amanhã, pode confiar."

O acaso quis que uma jovem viúva de um combatente de Mitkau estivesse pegando sopa junto com a Titia. Não se conheciam, nunca se tinham visto, mas de Mitkau? Algo assim cria um elo entre as pessoas.

Numa decisão bem espontânea, a jovem simplesmente montou no cavalo e saiu cavalgando, tendo deixado tudo para trás; consigo não levava mais que uma pequena trouxa. Numa bolsa pendurada no pescoço, carregava a Cruz de Ferro do marido que tinha tombado em Demjansk. A todos mostrava a Cruz e contava que tinha partido a cavalo porque estava sentindo cheiro de russos!

E depois pulou logo para a sela do cavalo e começou a cavalgada. Já não aguentava mais aqui. "Talvez eu ainda consiga chegar lá..."

Entrementes, Peter foi à cidade: uma rua principal comprida, praça do mercado e igreja matriz. Na terceira rua à direita, a grande carruagem estava mesmo estacionada, e os dois castanhos abanaram a cauda quando ele apareceu lá. Peter informou a Wladimir que eles não estavam mais parados em frente à trave de futebol, mas sim próximos ao ginásio de esportes! E em seguida buscou uma drogaria, porque tinha esquecido a escova de dentes. Aqui devia haver uma drogaria em algum lugar?

Perguntou a pessoas da cidade se havia uma drogaria aqui? — Os locais não tinham a mesma aparência das pessoas do comboio, que agora eram chamadas de "refugiadas". Os locais iam para o escritório carregando uma pasta, e num café havia senhoras de chapéu sentadas. De forma simpática, alguém prestou informações a Peter. Uma senhora até o pegou pela mão, acompanhando-o para que pudesse encontrar a drogaria, e perguntou ao menino se ele realmente achava que os russos ainda viriam até aqui? Ela estava tão preocupada, o que poderia fazer?

"Mas você está totalmente só?"

Peter teria adorado falar sobre a mãe, que tinham ido buscá-la, mas que talvez viesse juntar-se a eles...

Na calçada da drogaria, as pessoas faziam fila, Heil Hitler, demorou até que Peter finalmente conseguisse comprar a escova. Aproveitou também para comprar logo pó dentifrício e um sabonete, para os quais era necessário estar registrado na lista de clientes, mas, no caso dele, como refugiado, foi aberta uma exceção. Também ainda comprou um saquinho de alcaçuz italiano, custou cinco *pfennig* e tinha um gosto agradável que lembrava alcaçuz.

Agora nada mais podia lhe acontecer.

"Feche a porta", gritou o atendente.

Teria de esconder da Titia o alcaçuz, tinha sido desperdício de dinheiro.

Ao lado da igrejinha caiada de branco, havia cruzes de túmulos muito antigos, enfiadas no chão meio tortas, e outras de madeira nova. Um homem trazia algo embrulhado, era uma criança morta. Veio o pastor dizendo: "Deixe-o deitado aí, eu me ocuparei disso". Voltou-se a ele com a pergunta: "Como se chama a criança?". Anotou a resposta e enfiou o papel no embrulho.

Este ficou debaixo do portal, onde soprava muito vento, e o papel acabou voando para longe.

Na igreja, um homem mexia no órgão desafinado:

Ó eternidade, palavra trovejante,
Ó espada que trespassa a alma,
Ó início sem fim...[93]

Peter contemplava as cruzes tortas. Os mortos ali enterrados tinham esqueleto torto? Como o Cristo na igreja de Mitkau? Os pés tortos um em cima do outro? Elfie também tinha pés tortos no seu túmulo, ou jaziam retos um ao lado do outro?

Suor de cadáver. Tinham lavado os pés dela com água quente? O corpo inteiro com uma esponja quente? Escovado os cabelos uma última vez e feito tranças?

Ó eternidade, tempo sem tempo!
Com tanta tristeza eu não sei
A que lugar me dirigir...

---

93. Versos de uma cantata de igreja composta por Johann Sebastian Bach em 1724.

Já não conseguia lembrar como eram as feições da irmãzinha.
No túmulo dela, ainda não haviam colocado nenhuma lápide. Ainda poderia ser feito, segundo diziam. Nenhuma lápide no túmulo? Nem nome, nada?
Tinham enfiado um buquê de lírio-do-vale nas mãos dela.
Quem um dia a procuraria?

Ao lado da igreja, havia uma taverna e, em frente, duas tílias aparadas até o caule. Na taverna, bebia-se cerveja com baixo teor alcoólico. Dois homens cambaleavam pela rua, tinham puxado uma outra pessoa trambecando para o meio deles. Eram também refugiados. "*He hätt runde Fäut!*", disse um deles para Peter, e este não entendeu nadinha do que o homem tinha dito.

A mulher que o tinha levado à drogaria voltou a se deparar com ele, e então não conseguiu se conter e disse: "Pobre garoto, está zanzando por aqui sozinho? Não tem ninguém no mundo?". E ela o convidou para ir ao seu apartamento, ainda tinha um pedaço de bolo, com certeza ele acharia gostoso.
Eram dois lances de escada para chegar ao apartamento com vista para um pátio traseiro, o relógio de pêndulo marcando quatro horas e fazendo bing-bang-bung-beng!, e depois Peter ficou sentado no sofá felpudo verde, refestelando-se com bolo e contando longas histórias de tudo o que já havia vivenciado. A aldeia dele — "A senhora não conhece" — tinha sido ocupada por russos durante a noite, contava o menino, e ele se acocorou no depósito de lenha, os russos lá fora, tipos morenos cor de terra com a cabeça abaixada, passaram voando, e ele se

apertando ali num cantinho e sem se mexer, sentia o coração batendo na garganta!

A mulher o escutava, curiosa. E ele sempre continuava falando de "tipos morenos cor de terra" que teriam passado voando com a cabeça abaixada e da gritaria das mulheres, enquanto tinha rastejado pela neve durante a noite com vinte e cinco graus negativos, até finalmente alcançar as linhas alemãs, onde um oficial lhe teria parabenizado pessoalmente.

Então, do compartimento contíguo, apareceu o avô da família, que ficou fazendo "hum, hum" para as histórias dele; quando o menino o ouviu, aí já estava na hora — "Ai, que dor! É que eu tenho de partir!" — de se escafeder. "A sua unidade" já o aguardava, disse, ajeitando a pistola de pressão. A mulher ainda lhe deu de presente um livro sobre a Primeira Guerra que certamente interessaria a ele. Havia imagens muito antiquadas de soldados antiquados. E o livro tinha sido do filho dela, que agora estava estacionado na Carélia...

"Hum, hum", fez o homem. "Tipos morenos?"

Talvez até fosse verdade o que o menino estava contando.

Nessa mesma hora, o telefone tocou na Georgenhof. Os Hesse tinham acendido a lareira, sentaram-se bem aconchegados entre si. Foi o professor que finalmente atendeu e gritou "O quê?" no fone. "Como? O Comando-Geral?" Um chiado distante, uma voz distante: ele não conseguia entender nada! A sra. Hesse tomou o telefone das mãos do marido, mas também não conseguia entender nada, estava perplexa. Era Eberhard von Globig que, do lago de Garda, tentava estabelecer contato com a esposa. "Ah... sr. Von Globig...", disse a sra. Hesse — por um breve momento se ergueu a cortina. "A sua esposa não está mais aqui... Não sabemos de nada..." Mas aí já tinha acabado a conversa. O que ainda podia ter dito? "No porão...", ainda se ouviu um chiado e depois terminou.

O que ele quis dizer com "porão"? A sra. Hesse pegou uma lanterna e desceu a escada do porão. Estava alagado, além disso não se via nada.

Por volta de meio-dia, chegou Lothar Sarkander, Heil Hitler. Não, não queria se sentar. Era coisa breve, coisa breve... Andou pelos cômodos e examinou tudo. Algumas tantas vezes tinha se sentado aqui, a sala de bilhar, a lareira. Também abriu a sala de verão, onde reluzia o frio. Permaneceu de pé um instante, olhando para o silencioso e sério parque, e em seguida subiu lentamente até o primeiro andar; foi aqui, portanto, onde viveu Katharina. E a filha no quarto em frente? Elfie? Ainda existia a foto que ficava em cima do travesseiro? Abriu o guarda-roupa no qual ainda estavam penduradas as coisas dela...

Os meninos dos Hesse ficaram atrás dele no umbral da porta. E, quando o sr. Sarkander tomou para si a *Strickliesel*,[94] os dois se entreolharam. Será que tinha o direito de simplesmente enfiar no bolso algo daqui? A gente teria de avisar o sr. Drygalski?

Sobre Katharina, ele não tinha conseguido obter mais detalhes. Tanto quanto se sabia, ela estava presa na carceragem da polícia situada na Königsberger Strasse. Talvez junto com gentalha,

---

94. Figura de madeira com um buraco no centro e agulhas na margem superior, através do qual se enrola um fio de lã para, com a ajuda de uma agulha de tricô, fazer uma trança.

putas, megeras e mendigas. Graças a Deus que lhe tinham dado pão no último instante! Pão e banha de porco e linguiça.

"Está ótimo!", disse ele, e a cicatriz na bochecha se contraiu.

De qualquer modo, o pastor Brahms já tinha sido realocado. Ao que parece, disse, pertencia a uma organização clandestina; e ainda murmurou: uma coisa em grande estilo. Com certeza vão cortar a cabeça dele.

"Ah! O sr. só me diga uma coisa...", disse a sra. Hesse, pondo a mão sob o queixo. "Mas a sra. Von Globig? Ela só pode ser totalmente inocente? Com certeza, ali ela só pode ter caído numa tramoia?". "Claro que agora vão pressioná-la muito para ela falar."

Wagner deveria tentar ainda levar umas coisas para ela, disse Sarkander, e em seguida deixou a casa, com a sua perna dura.

Drygalski também apareceu por lá, Heil Hitler. Para ele não era nenhuma novidade que os Globig tivessem dado o fora. Já deveriam ter feito isso muito tempo antes, aí não teria acontecido toda aquela história com o judeu.

Fazia alguns dias que havia emitido para eles uma autorização-padrão, e a Titia se recusava a aceitá-la!

O que seria das caixas acomodadas na sala de verão, isso era do seu interesse. Afinal, esconder um judeu implicava expropriação de bens? Talvez pô-las agora mesmo num lugar seguro? O que podiam conter?

Será que Sonja continuaria com o seu comportamento atrevido, ou ele deveria tirá-la do caminho?

Uma inspeção nos aposentos de Katharina, por mais silencioso que agisse, não rendeu novos frutos. Rastejou para dentro da água-furtada, mas não havia mais nenhum chocolate, e o tabaco também tinha desaparecido.

Levou consigo as armas de caça, seriam repassadas à *Volkssturm*. Todavia, não encontrou munição.

Por volta das três horas, "no horário de costume", como dizia, chegou o dr. Wagner.

"O quê? Todos bateram asas?", perguntou. "Sem dizer uma palavra? Nem sequer deixar uma carta, nadinha? Mas não tínhamos uma amizade?"

Sentou-se junto aos Hesse no andar superior, no antigo quarto de Peter. Quantas vezes tinha sentado aqui e conversado com o menino. "Voltas a sentir bosque e vale..."[95] Não, o tempo não foi perdido, fizeram o melhor possível.

Gostaria de ter partido com ele, mas provavelmente não havia mais vaga na carruagem? Não tinham feito uma promessa? Agora teria de ver onde ficar.

Mas ele, da sua parte, não tinha dado no pé. *Ele* não teria deixado os Globig na mão. Tinha esse consolo.

A sra. Hesse disse: "Também partiremos, assim que o alvará chegar. De alguma forma vamos sair daqui". Segundo ela, embora Drygalski lhes tivesse dito: "Saiam logo, deem o fora!", ele não teria entregado a ela nenhum papel, esse era o problema. E, se fossem parados e inspecionados, entrariam em apuros.

---

95. Verso extraído da elegia "An den Mond" [À lua] (1777), de Johann Wolfgang von Goethe.

Ela tinha levado o aparelho de rádio de Katharina para o seu quarto, a qualquer momento podiam levá-lo de volta para o quarto da dona da casa.

Hoje à noite eu apito
didel-dudel-dadel-di
em frente à tua janela,
e eu entro sem agito
didel-dudel-dadel-di
aí no teu quartinho...[96]

"O que estão dizendo as notícias?", perguntou Wagner. Mas, quando o sr. Hesse tentou informá-lo, fez um sinal negativo. O que podia haver de novidade?

Não tinha mais nada a fazer aqui. O telescópio, onde é que estava? Não o tinha confiado a mãos fidedignas? Desapareceu, procuraram-no em vão.

Os meninos dos Hesse se apoderaram do ferrorama de Peter. Faziam os trens voarem nas curvas.

Sonja estava na cozinha, o tcheco com a boina de couro se encontrava no quintal. Quanto ao pão com linguiça que o dr. Wagner tinha pedido para Katharina, ela não podia servir. Não, não tem nada a ver com isso. O pessoal da casa tinha levado tudo. Ela fechou a cozinha. Não estava mais a serviço de Katharina.

---

96. Versos da canção "Ich pfeif' heut' Nacht vor deinem Fenster".

O porão não dava sossego ao sr. Hesse. "Não há nada lá", tinha dito à mulher. Mas não podia ser. Juntou forças para ir a fundo naquele assunto. Afinal de contas, quando era jovem, conseguia executar o giro na barra fixa e os saltos com as pernas estendidas sobre o cavalo com alças? Portanto, juntou forças e foi até lá com a lanterna na mão, tirou os sapatos e arregaçou a bainha da calça. Descer a escada caracol, pisar na água, percorrer o corredor — o porão tinha uma estrutura arqueada e era mais comprido do que se pensava. 1605. Haveria vinho estocado aqui?

"É melhor você sair daí!", apelou a mulher, e a voz dela ecoou. "Com certeza não é bom o que você está fazendo! A água gelada?" Afastou os meninos, que também queriam ver o que havia de especial no porão. "Vai acabar atraindo a morte?"

O sr. Hesse examinou tudo detalhadamente, mas não encontrou nada. Nada de vinho, nada de nada, nadinha de nada. Exatamente como tinha dito à mulher. No final do corredor, o porão era emparedado. Um túnel para fugas de tempos antigos? Ia até o castelo do outro lado?

A água já estava empoçada aqui desde muito tempo, o fundo era liso e escorregadio, e de repente! Hesse escorregou e caiu na água. Ainda quis chamar os filhos e a mulher: "Helga!", mas já tinha acontecido. Pensava em goivos, malvas e flox nesse último momento da vida? Ou em todas as machadinhas de pedra e raspadores? A boca ficou retorcida, ainda se ouviu um pouco de gorgolejo e algumas bolhas subiram, e em seguida se fez silêncio, e a lanterna se apagou na água.

WLADIMIR

Na manhã seguinte, em vão a Titia ficou esperando o polonês. "Às cinco horas", tinha sido combinado, mas nenhum Wladimir deu o ar da graça. Peter corria pra lá e pra cá, de carruagem em carruagem, pelos veículos que já estavam deixando a praça, um atrás do outro... Procurava o polonês. De cima da charrete, fazia uma revista em busca do homem; na boleia fazia uma revista militar por aquele formigueiro murmurante, atravessado por luzes brilhantes de lanternas e lâmpadas dos estábulos.

Em algum instante o polonês tinha de virar na esquina?, era o que também a Titia se perguntava. Estava fazendo tudo sem correria? Se não der para vir hoje, venho amanhã? Ia levar uma tremenda bronca, isso era certo, aquele homem que sempre tinha passado tão bem lá na casa dos Globig e que agora nos deixa aqui esperando? Repetidas vezes mandou Peter fazer novas buscas, mas Peter não encontrou Wladimir. A carruagem, não a encontrou, e Wladimir, também não o encontrou. Vera também não foi encontrada.

Talvez Wladimir tivesse ido ao médico devido ao dedo machucado? Panarício? Não era brincadeira. Mas de manhã, ainda bem cedinho?

Perguntou às mulheres da cozinha de campanha, Heil Hitler!, se aqui tinha aparecido um homem com uma boina de quatro pontas; também ao funcionário do partido, que era encarregado de manter a ordem.

Crianças que estavam brincando de jogar bolas de neve perguntaram: será que ele não quer brincar com a gente? Não, eles também não tinham visto o polonês com a boina de quatro pontas.

Talvez não tivessem deixado o polonês ficar naquele lugar porque não tinha sangue ariano?

"Sim, vocês deixam esses moleques correndo soltos por aqui?", perguntou o funcionário do partido. "Não dá mesmo para a gente confiar nessas pessoas."

Achava estranho que as pessoas depositassem tanta confiança nesse povo do leste. De fato, ele teria mesmo de se informar se isso estava correto. E mais tarde voltaria para registrar aquele caso, tudo em pormenores.

Peter voltou para a tia. "Ele simplesmente não está em lugar nenhum..."

"Mas não pode ser", retrucou a Titia, "eu mesma vou dar uma espiada..." E então lhe ocorreu: "Mas, é claro, ele nem tem relógio! Não consegue sequer saber quando são cinco horas!".

Mas também isso não resolvia a questão; afinal, de toda parte dava para se ouvir o relógio da torre da igreja. Por fim, a própria Titia se pôs a caminho com galochas de borracha e logo encontrou a terceira rua à direita, na qual Wladimir tinha parado a carruagem. Naquele lugar, havia uma ruma de esterco de cavalo. Era tudo. Nenhum vestígio da carroça da fazenda!

Toda a correria pelos becos da cidadezinha foi em vão, a Titia não deixou de fora nenhum cantinho. E, quando retornou à praça de esportes, na qual se despedia carroça por carroça — o capão já olhava para ela —, ali também não estava nenhum Wladimir. Podia ser mesmo.

Nenhuma dúvida, Wladimir tinha dado no pé.

Estava claro: o polonês tinha partido por conta própria, quem sabe para onde? Aquele homem a tinha deixado na mão! Queria se arranjar com a amante, talvez tentar a sorte seguindo para o seu país? Garantir um lugar ao sol? Começar uma nova vida por lá? Mas como daria para ele tentar a sorte no seu país, os russos estavam lá por toda parte!

A Titia correu até o prefeito, Heil Hitler, mas o gabinete estava fechado! De lá até a polícia, Heil Hitler, mas lá também não puderam fazer nada. Os policiais se ocupavam dos bêbados que cambaleavam pelas ruas com "pés de pinguço". Teria de esperar até amanhã, aí poderiam tomar conta do caso dela. Agora realmente não dava. No caminho de volta, olhou mais uma vez para a terceira rua à direita. Não se via nada. Já havia uma outra carroça, desconhecidos tinham se aboletado naquela vaga.

Ela foi até o funcionário do partido que mandava na praça de esportes, e ele a aconselhou a registrar um boletim de ocorrência na manhã seguinte, não deixar de fazê-lo. De qualquer maneira, registrar um boletim de ocorrência! "Com certeza vão encontrar o polaco!"

Realmente uma irresponsabilidade deixar esses estrangeiros transitando livremente por aí... O fato de isso em geral ser permitido?

Agora o capão precisava comer algo, e a ração estava na carroça de Wladimir! O que se podia oferecer ao pobre animal? Tudo estava na carroça de Wladimir: os ternos, a roupa de cama, a banha de porco e as roupas!

A aveia!

Nesse instante a Titia percebeu que na parte traseira da charrete estava pendurada uma bola de feno, que antes não havia ali. Seja como for, Wladimir ainda tinha feito aquilo, pensado no capão. Inclusive amarrou ali um saco de aveia! Tinha pensado no animal antes de fugir com o produto do furto. Ninguém é, em essência, totalmente ruim...

Era provável que já tivesse transferido aquela carga em Albertsdorf, na casa do tio Josef. Quando a gente ainda não pensava em nenhuma maldade! Portanto, lá ele já tinha planejado tudo cuidadosamente!

"É a ocasião!", exclamou a Titia, e suas mãos tremiam. "Simplesmente a gente não está à altura dessa gente!"

E agora lhe ocorriam coisas e mais coisas acomodadas na carroça grande e agora perdidas para sempre! Os vestidos! A roupa de mesa! A prataria! Toda a prataria! As camas e as leiteiras cheias de banha de porco e açúcar. As fotos! E toda a papelada da Georgenhof. Mas não as ações da siderúrgica inglesa e os contratos com a fábrica de farinha de arroz da Romênia. A Titia os tinha posto na bolsa de mão.

Muito esquisito que no saco de aveia houvesse o carimbo

de Albertsdorf. Albertsdorf? Então Wladimir tinha organizado tudo lá? "Roubado", para dizer a palavra certa? — As coisas não eram tão simples assim.

Ela também perguntou ao capão o que achava de Wladimir tê-la deixado na mão. Teria adorado chorar para desabafar agarrada ao pescoço do animal. Mas o capão sacudiu o rabo e ergueu os olhos para o céu: o que é que ainda está por vir?, deve ter pensado. No final a velha ainda vai ser impertinente?

Peter estava sentado no feixe de palha. Nevava dentro da charrete, através do vidro quebrado. Ele tentava pegar alguns flocos de neve com a lâmina do microscópio, brincando de pega-pega com os cristais de gelo, mas em vão. Os flocos que tocava se desfaziam num piscar de olhos.

No ginásio de esportes, puderam se lavar, Heil Hitler, lá havia até água quente, era servida com a concha da cozinha de campanha. No local onde antigamente os ginastas das barras paralelas executavam exercícios com pernas esticadas num afastamento lateral e rotação, agora estava instalada a NSV, cuidando da ordem. Também havia enfermeiras disponíveis. Heil Hitler. Aqui Wladimir teria mandado fazer, sem problemas, um curativo no dedo machucado, provavelmente até sem pagar. Mas tivera as próprias ideias.
 Em mesas compridas, serviam café aos refugiados. Não eram mais tantos quanto no dia anterior. Muito cedo da manhã, alguns tantos já tinham rumado para longe. E logo a praça estava novamente ocupada.

Algumas carroças vinham até de Elbing, mandadas de volta pela polícia militar, pois não havia mais como passar na direção do Reich.

Um homem do partido ia de mesa em mesa, Heil Hitler, encorajando as pessoas. Da mesma forma que o pastor Brahms na festa missionária saía de um em um, o homem do partido punha a mão no ombro de todos. Heil Hitler. Encorajava bastante. Breve vai se dissipar o caos, meios e caminhos serão encontrados. Fazia isso como o pastor Brahms, que agora estava isolado numa solitária de Königsberg, com *duas* trancas na porta, o olho direito com uma mancha roxa.

Quando finalmente deu oito horas, a Titia foi à polícia, Heil Hitler. Lá, naturalmente, teve a princípio de esperar, longa era a fila dos patriotas à espera de ajuda. Quando por fim chegou a sua vez, foi tratada com muita simpatia. Um policial de certa idade lhe ofereceu até uma cadeira! E em seguida — "Von Globig? Von Globig, da Georgenhof?" — ficaram sabendo que o policial conhecia Eberhard! Já tinha se deparado certa vez com o sr. Von Globig numa situação delicada, sobre a qual não gostaria de falar. Aquele senhor tinha posto a mão no fogo por ele, e isso precisava ser reconhecido aqui...

A Titia apresentou todos os papéis. Na parte inferior da certidão de refugiada, Drygalski tinha escrito: "A esta senhora deve ser concedida toda e qualquer ajuda". Isso causava uma ótima impressão, e o policial disse: "Vamos agarrar esse polonês, esteja certa disso". E naturalmente dariam prioridade a essa questão. Afirmou que por telefone avisaria às localidades mais próximas: está vindo um polonês com boina de quatro pontas numa carroça verde, acompanhado de uma mulher corpulenta, uma trabalhadora do leste. É preciso impreterivelmente detê-lo, imediatamente prendê-lo e pôr a carroça em lugar seguro! Heil Hitler!

A Titia assinou o boletim de ocorrência e depois contou ao policial que na verdade ainda tinha outra coisa para fazer, tudo o que estava empilhado na carruagem: os vestidos! A roupa de cama! A prataria! *Toda* a prataria! Por fim, ouviram-se vozes alteradas vindas da multidão lá atrás: "Isso está demorando uma eternidade".

Ela ainda acrescentou que seria possível reconhecer o polonês pelo dedo, "o dedo indicador da mão direita está com um curativo", e o policial ainda incluiu isso nas entrelinhas.

Nesse meio-tempo, Peter saiu e estava flanando ao longo da rua principal, passando em frente às carroças aqui enfileiradas, grandes e pequenas, leves e pesadas. Algumas se desviavam da linha, queriam continuar a viagem, outras estavam acabando de chegar e ficavam felizes em encontrar uma vaga. Ali reinava muita vida e agitação. Mulheres refugiadas batiam de casa em casa, será que podiam lavar umas roupas, e rapazes da Juventude Hitlerista limpavam a neve das ruas com pás.

Talvez conseguisse encontrar Wladimir?, pensava Peter. Possivelmente teria, por acaso, apenas mudado de lugar? Mas era provável que a pistola de pressão não causasse nenhuma impressão nele.

Ou tio Josef? Claro que ele tinha de estar enfiado por aqui em algum lugar? Talvez de repente as suas primas passassem diante dele? Vocês estão vindo de onde?

E fantasiava em pensamentos tudo o que perguntaria a elas. Por que motivo não esperaram por ele etc. e tal, e que elas o tinham decepcionado muito!

Ouviu música de piano vindo do café da cidade. Nunca tinha estado num café, agora entrou lá, afastou para o lado a pesada cortina quebra-vento, Heil Hitler, e naquele calor sufocante também viu, no meio da fumaça dos cigarros, soldados de todas as categorias de armas e mulheres de chapéu, e, ao piano, o homem de um braço só!

Na despedida, diga baixinho "até logo",
Não diga "passe bem" nem "adeus",
Essas palavras só causam dor...

Não havia dúvida, era o primeiro-cabo Hofer, de Munique.
Peter pôs a mão no ombro do soldado, e ele imediatamente parou de tocar e foi sentar-se com o menino a uma mesa. "Peter!" Mas que coincidência!
Pelo hospital de campanha, que desde muito tempo tinha mudado de lugar, foi encarregado de arrumar ataduras de gaze e água destilada, e agora já havia conseguido tudo; na verdade, deveria estar de novo com o pé na estrada e retomar o serviço, ai, ai!, as pessoazinhas estavam esperando por ele. Mas: "Quando vejo um piano, não consigo resistir".
"E você está viajando com a doida da Titia?", perguntou. Peter não gostou de ele ter dito "doida da Titia". Pois na verdade ela era muito boa-praça?

Logo em seguida veio a pergunta se Peter tinha voltado a ouvir falar na violinista? "O que pode ter acontecido com ela?", perguntou o soldado. "Ela pretendia ir para Allenstein, e os russos já estão lá faz tempo... Com certeza já bateu as botas. Os russos não hesitam muito, aí o violino não deve ter lhe ajudado muito."

E depois ele falou de "trepar", dizendo a Peter que, quando era bem novo, não tinha noção nenhuma daquilo, que aquela mulher não era uma pessoa frágil, era incrivelmente meiga etc. e tal, e chegou inclusive a mencionar que ela, sem mais nem menos, foi "para a cama" com o médico-chefe de Mitkau.

"Uma coisinha selvagem!"

Depois deu todos os conselhos possíveis sobre como conseguir mulheres, dizendo que *ele* conseguia todas! Não reclamaria da jovem esposa em Munique, se um dia ela "arranjar outro pinto".

"De que serve uma vida ruim?"

Depois disse a Peter como tinha se sentido bem na Georgenhof, a lareira, a sala de verão... E descreveu a Peter toda coisa possível de que o menino não tinha nenhuma noção. Falou de um órgão residencial, de lustres de cristal, de apartamentos sem fim... Tudo parecia muito bom, mas Peter achou estranho: aquele homem estava falando de quê? Um órgão residencial na Georgenhof?

O primeiro-cabo Hofer também chegou a falar nas ucranianas. Chamou Vera de bruxa gorda e Sonja de "vadiazinha atrevida". Sonja, com uma tiara em torno da cabeça e o nariz vermelho, mas bem que ele teria adorado fazer um rala e rola com ela...

"No fundo, todas são iguais." E Wladimir fugiu com a carroça? Não seria novidade. "Esse pessoal do leste tem mesmo a mão muito leve."

E em seguida tirou uma piteira de espuma do mar chamuscada do bolso, nela se podia ver esculpido um casal, homem e mulher, e acendeu um cigarro... E aí contou sobre a sua temporada na Polônia, Varsóvia, as ruas laterais escuras. E sobre piolhos e pulgas.

Peter não apresentou a história dos tipos morenos cor de terra, nem que tinha rastejado pela neve. Enquanto falava de "meter ferro", de dizer que estava precisando dar uma "rapidinha", o primeiro-cabo Hofer olhava para fora pela janela. E se o dr. Wagner passasse agora aqui em frente? Sem entender nada, mas interessado por tudo? Voltas a sentir bosque e vale? Todos lá fora estão indo embora? Um atrás do outro? O homem dos selos se movimentando com as muletas; Drygalski com passos pesados — "Fique orgulhoso, eu carrego a bandeira" —; o pai trajando uniforme branco e um bando de presos com a mãe no meio? E todos carregando pesadamente uma grande corrente?

E pensou no desenho colorido que ficava pendurado acima da porta no quarto de Elfie, pensou nos duendezinhos nus que erguiam uma grinalda de flores. Não era uma corrente, eram flores.

Nesse meio-tempo, Hofer tinha guardado a piteira no bolso, voltou a sentar-se ao piano e ritmava com o braço esquerdo um jazz qualquer. Demorou até um homem dizer Heil Hitler! para ele e perguntar se isso era certo neste tempo difícil? Quando lá fora havia todas aquelas carroças de refugiados, e ele aqui tocado "*nigger* jazz"?

O homem tinha um olho de vidro, estava sentado na parte mais traseira do estabelecimento e já fazia algum tempo que balançava a cabeça com desaprovação.

E Peter foi indagado sobre o que tinha perdido ali, e que ele só tem doze anos e está sentado aqui no café? Pois vai dizer à Juventude Hitlerista, ela vai se ocupar disso.

Será que esta é a juventude alemã?, perguntou às pessoas que estavam sentadas fazendo tinir xícaras de café, enquanto a pátria lutava pela sobrevivência?

Neste momento, Hofer se levantou, Heil Hitler, e então o homem viu que ele só tinha um braço. E Hofer fechou o piano e perguntou ao homem o que *ele* andava fazendo aqui, num recinto quentinho, atrás da estufa, longe dos tiros? Que ele devia ir ao front etc. e tal. E, para se livrar dele, gritou: "A conta!", e tirou a carteira do bolso, abrindo-a da maneira como o fazem pessoas com um único braço, com o polegar e o indicador. E que ele se espantava com o fato de um ferido não poder desfrutar de um pequeno prazer, disse dirigindo-se às senhoras de chapéu que estavam sentadas ao redor.

Peter quis ajudá-lo a abrir a carteira, mas Hofer recusou a ajuda e pagou dois marcos e cinquenta pela cerveja e pela musse de Peter. "Como eu sou feliz por não ter levado um *tiro na barriga*!", disse e escreveu no porta-copo de papelão seu número de registro no front, se precisar de algo, e para isso usou uma lapiseira de prata — esta também pareceu familiar a Peter.

Em seguida, gritou "hurra" e desapareceu através da cortina quebra-vento, indo para fora. Uma pena, também lhe tinham estragado esse pequeno prazer.

O menino foi ao barbeiro logo ao lado e mandou cortar o cabelo. "Heil Hitler", disse, mas o barbeiro era holandês e não respondeu.

"Vai também fazer a barba?", perguntou o homem. Era uma brincadeira, pois nas faces de Peter havia umas poucas penugens. Ele assoviou uma melodia patriótica que parecia muito uma canção popular.

Cinquenta *pfennig* custou o corte de cabelo, e teria sido muito rápido se Peter não tivesse contado a história dos tipos morenos cor de terra, que do seu esconderijo teriam passado correndo com a cabeça abaixada, e aí o holandês acabou ficando um pouco pensativo. Estalava nas mãos a tesoura e o pente olhando Peter no espelho. Que uma pessoa tão jovem já tenha passado por tantas coisas? E a pergunta que ele se fazia era como é que seria quando voltasse para casa? Não tinha ido voluntariamente para a Alemanha para cortar os cabelos dos "chucrutes"?

Escovou o colarinho de Peter dizendo: "*So long!*".

Diante da porta, o homem do olho de vidro estava à espera. "Eu tive um filho exatamente como você", disse. "Não vá ficar desleixado, ouviu?"

Desta vez foi a Titia que chegou tarde demais. Nas lojas, muitas mercadorias tinham sido liberadas para a venda, e ela então comprou sabão em pó, sem vales-compras!

Ali ficou conhecendo um simpático senhor, como ela agora estava contando, que a tinha ajudado e com quem ainda ficou jogando conversa fora. O senhor também era da Silésia, era, portanto, um compatriota — o mundo é uma aldeia.

"Graças a Deus, menino, que você já está aqui! Não vá me deixar também perder você!"

Segundo o relato, o homem tinha uma certa deficiência física, puxava a perna esquerda um pouquinho, mas nada de mais. Há mesmo gente boa por toda parte do mundo.

E então a Titia se sentou junto de Peter na charrete, os dois se acomodaram bem e fecharam as janelas. Havia algumas tantas almas boas observando-os com atenção, essas boas almas podiam ser vistas, pálidas, coladas nos vidros das janelas, e a Titia fechou a cortina.

Depois escreveu um postal para o pessoal da Georgenhof. Que ela não tinha encontrado mais o tio Josef e agora já estava a caminho da Laguna do Vístula. "Imaginem, Wladimir fugiu! — Lembranças também para Katharina!", ainda acrescentou e, ao fazê-lo, se achou muito corajosa: tomara que não venha a ter problemas por causa dessas lembranças.

Os berlinenses também receberam um postal, estou me lixando para as caixas na Georgenhof, agora ninguém poderia garantir mais nada. Por que não foram pegá-las bem antes?

Também queria escrever a Eberhard, de qualquer modo estava com o número de registro no front. Começou várias vezes. Como podia contar a ele que tinham largado a Georgenhof? E a questão da Katharina? Primeiro guardar o postal, primeiro aguardar o desenrolar das coisas?

Katharina estava numa cela apenas para ela, como uma sala de espera. Trajava casaco pesado e na cabeça trazia o chapéu branco de pele. Tinha posto os pés em cima do banquinho e ficava olhando para as paredes. Conseguia ver o vapor saindo da respiração pela boca, pois estava frio.

Por trás dos vidros cinzentos das janelas da cela, podia-se ver um pedaço de céu cinza. Também já tinha subido no banquinho e olhado para fora da janela, a praça do mercado, a igreja lá atrás e a antiga prefeitura. Se tivesse visto Sarkander, teria acenado, mas não tinha visto Sarkander. Será que ele sabia que ela estava presa aqui?

Será que outros presos também não olhavam pela janela, será que cada um não tinha esperança numa coisa qualquer?

Sobre a sua questão, não foi dito muito. O policial sempre voltava a esfregar nas ventas dela aquele papel com o mapa, e ela assentia.

"Pois é", tinha dito o policial, "sra. Von Globig, a coisa está feia." E: "O que era mesmo que a senhora estava pensando ao cometer isso? E ainda ficava ouvindo emissoras estrangeiras?".

Se tinha havido algum ato de vergonha racial, isso ele não perguntava mais. Para ele, aquela questão toda era desagradável, ele ficava pensando na própria pele.

Na longínqua Itália, Eberhard já fora interrogado repetidas vezes. O comandante tinha conversado longa e seriamente com ele; primeiro a sós, depois o oficial do setor de inteligência se juntou a eles. Heil Hitler.

"A sua esposa deu guarida a um judeu? É verdade?" E: "Com ações de siderúrgica inglesa o senhor apoiava o inimigo?" — Isso tinha um peso grande. Poderia contar com um provável rebaixamento na carreira. O salário de oficial estaria então perdido.

Um judeu escondido no quarto dela?

Eberhard fez os cálculos e descobriu que tinha sido justamente naquela noite que tomou uma taça de vinho com a italianinha.

Depois da guerra, quando finalmente tudo tiver passado, dar um pulinho novamente na Itália. E a Georgenhof? Dar vida nova à fazenda e virar a página. Essa questão do judeu? Também quanto a isso, um dia a poeira baixaria.

Ainda havia outro tema que ocupava a mente de Eberhard. Katharina?

O fato de ela ter se esquivado do beijo dele quando se despediam, e ali ele também tinha se esquivado e olhado para ela: que mulher é mesmo aquela que sequer se permite receber um beijo de despedida na face?

Consertar o portão da fazenda, ajeitar a estrela-d'alva. Pôr ordem na vida, essa seria a prioridade.

OS VELHOS

Na manhã seguinte, a Titia voltou à polícia, Heil Hitler. Já está ficando de saco cheio!, disse a Peter, e o policial simpático também estava por aqui com ela.

"As coisas não são tão simples assim."

Talvez Wladimir ainda acabasse voltando? Essa era a questão. Talvez houvesse um engano qualquer? Talvez ele apenas tivesse tido uma boa intenção?

"Neste caso, eu esqueceria o assunto e ficaria calada", retrucou a Titia. Toda pessoa acaba cometendo alguma tolice na vida.

"Está ouvindo, meu menino? Vamos agir como se nada tivesse acontecido."

Na verdade, as imprecações lançadas ali não poderiam mais voltar atrás.

O novo conhecido da tia, o deficiente físico silesiano, abrigou o capão, que sempre olhava bem para trás quando o homem chegava, no posto dos bombeiros; era possível até fechar o local à chave! Ele disse ao pessoal de lá: "Está perfeito assim!", e até saiu para pegar palha.

O homem tinha todo tipo de relações. Talvez pudesse até mesmo conseguir um quarto para os novos amigos. Mas não era necessário, se assim fosse, a gente teria podido ficar mesmo na Georgenhof. A gente não queria criar raízes aqui, a gente queria mesmo era seguir em frente, sempre em frente?

Pela manhã, apareceu na hora do café, fazer companhia nessa hora, afinal, era uma coisa óbvia! Ouviu com calma tudo o que tinha sido perdido junto com a carroça grande e ajudou a rearrumar na charrete as malas remanescentes. Separar todo tipo de troços supérfluos, todas as roupas de verão! Jogar fora! Ridículo sair arrastando tantas coisas no meio do inverno.

"E no verão? O que vamos fazer? Só Deus no céu sabe onde estaremos no verão!"

"Com certeza a senhora já estará há muito tempo novamente em casa", disse o senhor. Mas a Titia não punha muita fé nisso. Nunca mais voltaria a ver a Georgenhof. Também não *queria* voltar a ver a Georgenhof. Bem mais de vinte anos mais ou menos sacrificados? Para nada e mais uma vez nada? Sequer tinha recebido um salário digno. E tinham providenciado vales para ela? Seguro social? Pecúlio funerário? Não tinha nenhum tostão na poupança.

Sempre tinha sido excluída, a vida inteira. Àquela época, quando fora expulsa da casa dos pais por aquele homem cúpido, a maneira pérfida como ele estava lá na rua! Àquela época, talvez tivesse se tornado professora. Sempre adorou brincar no caramanchão. Nunca ninguém a pegou pela mão, a não ser o velho Globig: você vem aqui para a nossa casa, tinha dito ele — sim, assim se deu. E foi como uma libertação! Mas nunca pagaram salário, no máximo lhe davam algum dinheirinho ocasionalmente, que ela tinha o direito de aceitar, e no Natal um regalo para esquentar as mãos, ou mesmo luvas de tricô.

Mais tarde, quando Eberhard comprou o maravilhoso Wanderer azul-escuro, com para-brisas dividido... Ele bem que poderia tê-la levado para dar uma voltinha?

"Olha aqui, Titia, que automóvel maravilhoso nós temos", dizia e saía buzinando quando passavam pelo portão. Para o sul da Europa! Para o mar! Para as montanhas! Teria adorado ir junto à Itália...

O silesiano disse, ah, como adoraria voltar a comer *Plusterschinken*![97] Trazia consigo um vidro de *cornichons*, pelo menos era uma novidade. Os minipepinos preparados à moda silesiana! E Peter ganhou uma vasilha de mel artificial para passar no pão. A gororoba tinha um gosto extremamente doce, com certeza não era a melhor coisa para os dentes. Não dava para comer muito disso.

Se não gostaria de vender o microscópio? Ou trocar?, perguntou o silesiano. E presenteou Peter com umas balas de espingarda brilhando de limpas, polonesas, belgas e também alemãs. Eram de cobre ou latão, uma delas até tinha um ilhó, seria possível pendurá-la no pescoço.

Peter adoraria ter feito uma coleção desse tipo de balas, e o silesiano prometeu que ainda poderia arrumar mais. "Conheço um homem que pode conseguir algumas se a gente der a ele um

---

97. Assado de carne de porco envolta em massa de pão, polvilhada com açúcar e canela, formando uma crosta caramelizada.

pedaço de toucinho?" Em casa, ele tem um armário cheinho delas. — Se Peter talvez queira ter um punhal finlandês?, até isso ele perguntou. Serviria?

"Você gostaria de ter um punhal finlandês?"

Para comprar pão, os vales-férias que a Titia tinha recebido do economista na Georgenhof se mostraram indispensáveis, cinco, seis folhas de vales!

Naquele dia, a Titia até quis recusar, mas por fim teve a coragem de agarrá-los quando ele os segurou sorrindo na frente dela. Onde os tinha arranjado, o homem não disse. Tinham cara de novos, aqueles trecos, e também pareciam um pouco fora do comum.

Agora estavam sendo úteis.

O padeiro primeiro examinou com atenção os vales — foi aí que a Titia percebeu que alguma coisa estava errada. A partir daí, ficou mais cuidadosa, mandava Peter ou o senhor silesiano, e sempre a um padeiro diferente. O padeiro perto dos correios era o que tinha parecido menos desconfiado, era um homem bonachão, gordo, com a cara vermelha. O nome dele era Bartels, mas o chamavam de "padeiro dos correios". O diploma de mestre-padeiro estava pendurado numa moldura dourada acima da porta. Com o polegar gordo, arrancava tantos vales quantos fossem necessários e com toda a calma empurrava o pão quente e cheiroso em cima do balcão. Até se informou — de onde? para onde? —, e Peter pôde contar a ele sobre os tipos morenos cor de terra que teriam avançado na sua frente com a cabeça abaixada.

Peter andava pela rua principal para cima e para baixo, passando em frente às fileiras de carroças. Quem sabe Wladimir não teria ainda retornado e estava estacionado aqui, como se nada tivesse havido? Lamento muito, a situação foi assim e assado?...

Um agricultor estava mijando debaixo da sua carroça, onde mais deveria fazê-lo? As pessoas abriam caminho.

Do café da cidade, não vinha nenhum som de piano. Estavam arejando o recinto neste momento. Um oficial com Cruz de Cavaleiro entrou, Heil Hitler. Logo veio para fora, vai ver que tinha achado que aqui poderia ficar sentado no quentinho e tomar café? E agora todas as janelas estão escancaradas, e estão arejando a área?

Cruz de Cavaleiro: com a tática da cunha blindada, tendo avançado de forma decidida, ele tinha logrado aniquilar todo um destacamento russo, e agora não serviam café à gente aqui?

Tinha virado uma parte da frente do casaco para que pudessem ver a condecoração.

Peter teve a sorte de ser interpelado por ele.

"Menino, esta aldeia tem *mais* um café?"

Peter gostaria de acompanhá-lo até o restaurante da estação ferroviária, mas o oficial condecorado não quis. Queria ficar sentado num café ao som de música de piano e fumar o seu cigarro, e talvez ser abordado por uma jovem dama que lhe perguntasse como recebeu a Cruz? E em seguida bancar para ela uma fatia de torta de farinha de centeio e lhe perguntar se conhece bem este lugar aqui e o que ela faz durante todo o bendito dia?

Tinha ouvido falar que neste café havia música. E agora estavam arejando aqui?

O barbeiro holandês parou à janela do seu estabelecimento estalando nas mãos a tesoura e o pente. Talvez pensasse nos tipos morenos cor de terra sobre quem Peter contou que tinham passado correndo em frente a ele com a cabeça abaixada? E mulheres tinham gritado? Quem sabe também estivesse pensando na aldeia natal, onde tinham olhado meio de lado para ele nas últimas férias?
O amigo Jan teve a sorte de ficar detido alguns dias por rir com sarcasmo quando alguém lhe dirigiu a saudação Heil Hitler. E foi por escrito! Um dia teria impacto. Um dia! Ficavam loucos para rever a terra natal, mas ao mesmo tempo tinham medo dela.

Na papelaria, Heil Hitler, havia revistas de palavras cruzadas formatadas para o correio militar. Destinadas aos soldados no front, quando estivessem enfiados nas trincheiras aguardando o inimigo. Os títulos eram *Cabecinhas inteligentes* e *Massagem nos miolos*. Também era possível comprar cadernos de selos. Os selos eram exibidos dentro de envelopes plásticos: muito bem arrumados como uma folha de *skat*. Cento e cinquenta selos por um *Reichsmark*. "República da Áustria" e "Estado Livre de Danzig", usados e não usados. Selos do "Governo-Geral",[98] que se compunham praticamente apenas da aposição de carimbo.

---

98. Após a ocupação da Polônia pela Alemanha em 1939, foi criado o Governo-Geral, que tinha um governador alemão no comando.

Peter já queria comprar um desses cadernos, ficou bastante tempo segurando-o, a ponto de a vendedora se impacientar. Bem que o sr. Schünemann tinha aconselhado! Investir dinheiro, comprar selos!

Por fim, Peter deixou pra lá, afinal o retrato do Führer também podia ser visto na coleção.

O alcaçuz tinha acabado na drogaria. Heil Hitler! "Você não esteve já uma vez por aqui?", perguntou o droguista. Achou esquisito que um menino desconhecido quisesse comprar alcaçuz duas vezes seguidas quando a coisa já estava esgotada?

"Sou refugiado...", disse Peter. Sentiu-se abandonado e sozinho ao pronunciar essas palavras e disse-as aqui pela primeira vez. E o droguista também fazia as suas reflexões. Abriu o armário, será que ainda não encontraria um saquinho de alcaçuz da Itália lá dentro?

Através da vitrine, Peter viu passar a Titia no outro lado da rua com o senhor silesiano. A Titia com um chapéu preto, regalo para proteger as mãos e galochas de borracha. O senhor mancando um pouco. Quem se apoiava em quem? O homem tinha se apoiado no braço dela?

De Mitkau, estavam chegando os primeiros transportes de pessoas idosas. Lá o mosteiro tinha sido evacuado. As pessoazinhas eram transportadas em carroças abertas puxadas por cavalos: empacotadas com muita roupa vinham sentadas em cima de palha. No compasso da carroça, a cabeça deles oscilava como se alguém estivesse tocando melodias engraçadas no acordeão. Certamente não tinham imaginado que, na velhice, ainda precisariam sair mundo afora, com cânulas para todos os lados como espinhos de ouriço? Com bolsa de colostomia e pneumotórax? Com problemas para andar e dificuldades para verter água?

Em Mitkau, a situação não tinha sido tão ruim assim, afinal de contas, a gente bem que tinha se habituado? "Por que é que não nos deixam em paz?"

Com certeza também pensavam saudosos na bela Tilsit. No verão, era sempre tão bom ficar sentado em frente à casa e olhar os cavalos quando eram cavalgados até a beira do rio.

Quem sabe tudo isso estava errado?

Em Tilsit sempre fazia sol. Em Tilsit sempre havia girassóis junto à cerca.

Quando as carroças com os velhos chegaram uma após a outra, os moradores locais formaram um corredor humano. "Heil!" não foi exclamado. — Deus do céu! Que carregamento era aquele, os pobres coitados! Tossindo e cuspindo! Com certeza tinham imaginado ter um fim de vida diferente. Como será conosco quando estivermos velhos e fracos?, perguntavam-se os espectadores. E os velhos do lar mantido pela igreja local, os quais haviam ouvido falar que receberiam novos moradores, se perguntavam quando vão dar fim em *nós*? Mostra-me, Senhor, o fim da minha vida...[99]

Alguns transeuntes provavelmente também pensavam: assustador! Não deveriam libertar essas pessoas? Comensais

---

[99]. Versículo extraído do salmo 39:4, da Bíblia de Lutero.

desnecessários, vidas sem valor? — "Pé na cova", essas palavras circulavam de boca em boca.

Logo vieram médicos trajando batas bancas, Heil Hitler. Nada estava preparado, nada organizado... Arrancar as cadeiras do cinema? — Não, foi feita a objeção de que ainda se precisa do cinema, é que as pessoas também desejam pensar noutras coisas. De vez em quando ver algo engraçado e dar uma risada bem gostosa?

> *Querida, agora o que vai ser de nós dois,*
> *Seremos felizes ou teremos a grande dor,*
> *Os caminhos se separam agora ou depois*
> *Ou vamos entrar no país do grande amor?*[100]

Mais uma vez podiam fazer uso da escola, lá havia espaço suficiente. O diretor torcia as mãos, e as crianças corriam pelas ruas, festejando.

O pastor local deu o ar da graça, assim como o padeiro dos correios; ele estava no portal da igreja, e de fato: aqui também já estavam tirando mortos das carroças, a ração de pão sem se soltar da mão crispada, e os estendendo aos pés do pastor. A questão era como os colocar debaixo da terra? Primeiro deixar os corpos deitados lá fora, um ao lado do outro; quando descongelassem, certamente federiam.

---

100. Referência à canção "Liebling, was wird nun aus uns beiden" (1941), composta por Friedrich Schröder, musicada por Hans Fritz Beckmann e interpretada por Johannes Heesters.

"Blem-blem-blem", soou o sino. "Às dezoito horas nos encontraremos todos para orar em silêncio", disse ele a pessoas apressadas que não conseguiam acreditar que mortos jaziam em frente à igreja. Isso circulou de boca em boca.

Também Peter viu os velhos que estavam nas carroças e agora eram retirados dali. E essas carroças foram novamente utilizadas para buscar as pessoas restantes em Mitkau. Não se podia deixar os velhos caírem nas mãos dos russos? Ocorreu a Peter que ele poderia seguir com as carroças vazias até Mitkau, entrar na Georgenhof para dar uma olhada e imediatamente retornar? Surpreender as pessoazinhas de lá? Os Hesse e Sonja. E Jago, o cão?

Rever a casa paterna, com olhos totalmente diferentes? E, no dia seguinte, voltar com o último grupo de velhos?

Quem sabe ainda daria para trazer consigo algo de casa. Peter pensava na nova locomotiva que tinha ganhado de presente no Natal — adoraria muito tê-la.

Também pensava nos trabalhos que a mãe fazia com papelão e tesoura. Lembrou que nunca os tinha visto direito.

"Fique aqui", disse a Titia, embora o senhor silesiano a tenha aconselhado muito: Peter bem que ainda podia ir pegar linguiça e presunto. Estava louco para comer presunto de novo?

"A senhora ainda lembra? *Plusterschinken* à moda silesiana?"

Peter se alegrou por finalmente ter alguém do seu lado, mas a Titia rebateu: "Fique aqui!".

Não, nada de ir até Mitkau, este capítulo estava concluído. Como consolo, foi aberta uma exceção para ele ir ao cinema.

A Titia lhe deu os cinquenta *pfennig* da entrada para o assento no gargarejo e depois perguntou: "E aí, como é que foi?". Ela ainda era uma grande fã de Beniamino Gigli, tinha-o ouvido quando era jovem, e o senhor silesiano se lembrou de que também tinha sido fã do artista.

"Não me esqueça!",[101] cantarolou o homem, e ele de fato tinha uma bela voz.

Gigli! Eram outros tempos! — O silesiano convidou a Titia para jantar no restaurante localizado no subsolo da prefeitura. Lá havia *Hackbraten*, um rolo de carne moída preparada no forno, servido com batatas cozidas, no valor de vales equivalentes a cinquenta gramas de carne e dez gramas de gordura, que a Titia bancou sem problemas. Heil Hitler. Fez questão de pôr uma jaqueta por cima do vestido, não ficava bem se mostrar vestindo aquilo, o vestido precisava urgentemente ser engomado. As roupas boas ficaram na carroça de Wladimir. Pôs o broche de ouro com as setas douradas apontando para todos os lados. Fazia tempo que não era convidada por um senhor para jantar. Para ser mais exata, nunca tinha ocorrido.

Tarde da noite, a Titia voltou, perturbada. "Deixe-me em paz!", disse a Peter quando este lhe perguntou: "E aí, como é que foi?".

As coisas não eram mesmo nada fáceis.

---

101. Referência à canção "Vergiss mein nicht", cantada pelo tenor Beniamino Gigli no filme homônimo de 1935.

Em Mitkau, dr. Wagner estava sentado em silêncio no seu gabinete quando recebeu a notícia da evacuação do mosteiro. Uma grande parte dos velhos já tinha sido transportada. Agora o restante deveria ser levado embora.

Estava sentado à escrivaninha, o tinteiro à frente. Tinta sempre teve bastante, mas os poemas que prometera continuavam sem ser concluídos, Rilke e Stefan George ficavam perturbando-o. E aí ele disse: "Deixemos isso de lado".

Infelizmente, a mãe, na verdade, não o tinha incentivado de jeito nenhum. As páginas escritas que ele de tempos em tempos deixava na cestinha de remendos dela: só eram lidas superficialmente. E nunca tinha dito nada a esse respeito.

Olhou o álbum no qual tinha colado fotos dos alunos, marcando com uma cruz os retratos dos tombados na guerra.

Calculou o número total dos alunos que tinham passado pelas suas mãos. À frente, viu um longo comboio cinzento, eles mantinham a cabeça baixa... E então pensou em algumas mentes brilhantes, mas também em mentes embotadas, que não se deixavam entusiasmar pelo garbo e pela dignidade.

Também era inevitável pensar na série interminável de horas que tinha despejado sobre eles. Como se fosse um rosário, desfiou os seus conhecimentos dia após dia e hora após hora. Ano após ano, sempre a mesma coisa? Não lhe tinha sido concedido descanso.

Evadindo-se daquela contemplação, calçou botinas resistentes, vestiu uma calça própria para caminhadas e meteu perneiras por cima; em seguida, enfiado no casaco com forro e gola de pele, seguiu o por demais conhecido caminho até o mosteiro: descer até a Horst-Wessel-Strasse, passar pelo mercado e em frente à igreja. No mercado, a organista vinha na sua direção. Rápido, ele levantou a gola do casaco! Só lhe faltava aparecer aquela mulher! Ela lhe negou o acesso ao órgão na época em que a mãe dele tinha acabado de morrer, ele queria desafogar as dores no instrumento, em suas variações: Mi bemol menor, passando então por sol bemol maior para si bemol maior?

Isso ela lhe tinha negado, ele acabou dependendo do som oscilante do piano, e no quarto ao lado estava a mãe morta em cima da cama.

Passou em frente à prefeitura e à pequena cadeia. Segundo andar, segunda janela do lado esquerdo? Ali se vislumbrava um rosto pálido. Um aceno foi dado. Mas, justamente naquele instante, o dr. Wagner não estava olhando para lá. Atravessou a grande ponte nova, que ainda não tinha sido paga, junto à qual uma tropa de pioneiros dispunha uma carga de explosivos em frente ao cortejo de refugiados que não parecia ter fim. Não fugiam com cabelos voando ao vento, nem se arrastando durante a noite e a neblina por fronteiras quaisquer, não, passavam ali em frente com mala e cuia, sempre mantendo a distância obrigatória. Policiais rurais lhes mostravam o caminho. Sob eles, bem fundo, jazia o rio cinzento, coberto de gelo liso, com pequenos molhes congelados, sobre os quais as mulheres lavariam roupas na primavera.

Em frente ao mosteiro estavam as carroças preparadas com palha fresca. Os velhos eram arranjados em cima dos veículos.

Senhorzinhos e senhorinhas separados, todos de preto; eram empurrados, acomodavam-se sentados ou de pé. Cada um com alguns pertences, e alguns com uma maçã, doação da Cruz Vermelha, à guisa de orbe, e as muletas como cetro. E, quando todos se sentaram ou se ajeitaram de pé, trouxeram mais palha para cobri-los. Assim podiam começar.

O responsável pelo transporte dirigiu-se ao dr. Wagner dizendo: "E aí, o que é que há? Vai querer carona? O senhor podia ficar na segunda carroça...". E ele então se decidiu: dar no pé imediatamente! aconteça o que acontecer. Ter de assistir a cidade ser incendiada, casas desmoronando, milícia truculenta fora de controle invadindo cada casa e exibindo joias penduradas entre os dedos? e possivelmente ser revistado por um russo?

Precisamos evitar.

Portanto, subiu na carroça, e, como os veículos tinham de esperar perto da Horst-Wessel-Strasse até abrirem o portão, entrou rápido em casa e jogou um pincel de barbear na bolsa estilo militar que levava a tiracolo, na qual guardava tudo o que tinha valor afetivo e financeiro para ele: dinheiro, documentos e o retrato antigo da mãe, tirado em Goslar na Kaiserplatz — o jeito dela sentada em cima do muro, a saia bem larga estendida ao seu redor.

E também o retrato do pai, um homem que nunca viu e sobre quem não sabia muita coisa.

Partir! Partir para longe, país afora! Uma última olhada, agarrou a coberta acolchoada da cama, jogou as chaves na caixa do correio e vamos embora!

Sim, preferia ter ido embora com os Globig. Mas não aconteceu assim. Não tinha sido convocado, não dava para mudar isso e pronto. Não tinha sido criada uma relação familiar? Não havia ali uma relação de pertença? "Talvez seja melhor assim", disse em voz alta. "Talvez realmente seja melhor assim."

Quando passou em frente à Georgenhof, esticou bastante o pescoço. Disse ao soldado sentado ao lado: "Ali fica a Georgenhof".

Não foi possível ver Drygalski nem os trabalhadores estrangeiros no Castelinho do Bosque, que em tempos de paz a gente devia ter visitado com calma, em tempo bom, para um café com bolo. Carroças de comboios estavam na fazenda, e pessoas desconhecidas entravam e saíam. "Passei muitos momentos bons na Georgenhof", disse baixinho para si mesmo, enquanto se revelavam os primeiros pingentes de gelo amarelos embaixo da carroça. A mala do cidadão báltico!, lhe ocorreu agora, a crônica da terra natal do homem... Ainda tinha dado tempo de pegar a mala. Seria salva! Pelo amor de Deus, se ele a tivesse esquecido! Não tinha sido uma promessa?

Peter vagava de um lado para o outro. Pela rua principal, batizada com o nome de Adolf Hitler, passavam tanques de guerra pintados de branco com membros da ss usando roupa de camuflagem branca. "Afastar para a direita!": foi o grito de comando, e os cavalos à frente das carroças do comboio ergueram as pastas dianteiras.

Estavam indo de encontro aos russos, os bravos soldados alemães. Será que as reservas eram inesgotáveis? Nos arredores da cidade, ficavam acampados em espaço aberto, onde ainda havia restos de uma quermesse, e simpáticos homens da ss distribuíam bombons entre as crianças. Um menino teve sorte, pôde inclusive subir até a torre.

Depois zarparam, aqueles troços pesados, disformes. Era pequena a região onde os alemães se viam espremidos, e ia ficando cada vez menor! Cada vez mais fácil de defender!, dizia o jornal. Nada de medo!

Na rua principal, a fumaça de diesel expelida pelas máquinas de combate ainda permaneceu durante muito tempo.

Agora os comércios restantes também estavam liberando mercadorias para venda.

Talvez este fosse o momento certo para seguir em frente. A Titia se apresentou ao policial, que lhe desejou tudo de bom. Tão logo receba alguma notícia desse Wladimir, entrará em contato. Neste instante, estava com muito trabalho: registrava-se todo tipo de furtos — havia pessoas que saíam de casa em casa saqueando! —, e até um homicídio tinha ocorrido!

Na manhã seguinte, prisioneiros franceses foram conduzidos por aquela localidade, com cachecóis enrolados no pescoço, as mãos nos bolsos, na densa tempestade de neve — lembrava um pouco 1812.[102] Marchavam num passo ritmado, em silêncio, no meio da rua, e o sentinela com a espingarda comprida seguia atrás, no mesmo passo e compasso. Um deles, no lado esquerdo da fila dianteira, levava um lampião, a fim de que os automóveis

---

102. Referência à grande derrota sofrida por Napoleão no inverno de 1812 em campanha travada na Rússia, quando o militar francês pretendia liderar o sistema de domínio militar e territorial na Europa.

vissem: lá vem uma tropa de franceses, favor não passar por cima dessas pessoas. São sujeitos corretos, nada temos contra eles.

As mulheres com sacolas de tarrafa os examinavam. Um velho tentava acompanhar o passo, queria contar a eles que tinha sido prisioneiro na França na guerra anterior e tirou cigarros do bolso, estendendo-lhes.

Cigarros, não, cigarros tinham bastantes, incluíam até o sentinela. Podia guardar os cigarros. "*Bonjour!*", gritava enquanto iam se afastando. Tinha trabalhado na agricultura em 1917, aos pés dos Pirineus, e no café da manhã havia vinho tinto. Na verdade, tinha sido uma boa temporada.

Peter já tinha visto os franceses em Albertsdorf quando tomavam vermute com Wladimir. A gente devia perguntar onde se meteu o Wladimir? Roubar a carroça a sangue-frio? A gente não tinha sequer se despedido dos dois castanhos.

Antes de Peter pensar em interrogar os franceses, eles já tinham desaparecido no lusco-fusco da neve.

A Titia disse: "Até que enfim você apareceu. Nossa estância por aqui não vai mais demorar tanto".

O senhor silesiano não deu mais o ar da graça, e não foi nada fácil conseguir o capão de volta! Ele já foi vendido!, disseram a ela. O sr. Fulano de Tal o vendeu ontem, acrescentaram. E a chave do posto de bombeiros não estava disponível no momento.

A Titia já queria prestar queixa na polícia, aí lhe disseram que ela podia comprar o animal de volta, que seria dado um preço bom para ela?

Portanto, a Titia entregou o dinheiro e saiu com o grato animal. Ele abanava a cauda, olhando apenas para frente!

Aquele homem tinha sido um verdadeiro porco, disse a Titia a Peter. Mas também ele sequer era da sua querida Baixa Silésia, mas sim da *Alta* Silésia, onde fervilhava de polacos.

"As coisas não são tão simples assim."

Despediram-se dos colegas de estacionamento da praça de esportes, Heil Hitler, e do homem do partido, que tinha se impressionado tanto com o brasão na porta da charrete, sem que desse nenhum sinal disso. Heil Hitler. E em seguida era hora de upa!, e o capão pôs as orelhas em alerta.

Nunca! nunca mais cairia num engodo daqueles, disse a Titia em voz alta. "Aquele sujeito imprestável!"

A mesma coisa tinha dito ao pessoal no posto de bombeiros, mas eles responderam: "Se a senhora repetir outra vez, haverá desdobramentos".

Na rua principal, os primeiros comboios procedentes do oeste vinham na direção oposta. Volte! Volte!, era o que tinham ouvido antes de Elbing. Daqui não dá para prosseguir. Se as pessoas tivessem sabido antes, teriam logo permanecido aqui mesmo. De cima das boleias, as mulheres se inclinavam na direção da Titia, que continuava sempre seguindo teimosamente para o oeste. "Volte! Aqui não tem como seguir em frente."

Mas a Titia não queria ir para Elbing, seus planos eram bem diferentes. E alguns faziam como ela, não seguiam nem para o leste nem para o oeste, queriam buscar salvação na Laguna do Vístula e de lá seguir por cima do gelo até o istmo do Vístula.

Quem sabe na Laguna do Vístula a gente consiga negociar os vales-férias restantes?

Não tinha a mínima ideia de que, por estas horas, tio Josef, acompanhados dos seus, também estava atravessando a cidadezinha — na direção leste, para casa! para casa! Albertsdorf, tinha vivido tantos belos anos ali... Com a esposa e três filhas. Nunca mais saberiam nada dele.

NA ESTRADA

Sob o cinzento véu de neve, seguiam muito lentamente. O capão tinha saciado a fome com aveia, quase não dava para pará-lo, mas não era possível ultrapassar a fila de carroças, uma atrás da outra. Por que motivo iam tão devagar, isso era um enigma. Na beira da estrada, havia pessoas mortas, algumas congeladas, encostadas numa árvore da estrada; idosos que não tinham logrado continuar, e crianças pequenas.

Peter estava muito cansado. "Isso é devido ao ar fresco", dizia a Titia, "deite-se um pouco lá atrás", ela daria conta sozinha. "Se viemos até aqui, também ainda vamos chegar à laguna!"

Abriu uma garrafa, levou-a aos lábios e tomou uns goles, e o fazia como se alguém fosse fotografá-la. "Titia em ação." Que ela também tinha esse lado, ninguém teria imaginado.

Peter deitou-se na palha, envolto em cobertores e casacos. Estava cansado, quase tinha desmaiado devido ao cansaço, sentindo muito frio e suando. E, quando se mexia, por sentir um incômodo qualquer, isso ainda o deixava mais cansado e voltava a cair no sono, esquecendo onde estava.

De vez em quando, era preciso parar, estavam passando caminhões militares na direção oposta. Depois a viagem continuava. A toda hora eram obrigados a parar. Ouviam-se as pessoas xingando, gritando... A Titia também xingava, sim, inclusive amaldiçoava, e de vez em quando tomava um gole da garrafa. Passar pela laguna e depois seguir ao longo do istmo, esse caminho para o oeste ainda estava aberto.

A Titia na boleia. Imaginava que pegariam Wladimir e que ele seria entregue amarrado — em Estrasburgo na guarnição—,[103] e o que ela então diria... "Embora tenha preparado toda a viagem com cuidado, ele nos deixou na mão."

E então começou a enumerar para si mesma tudo o que estava na carroça. Mas por mais que refletisse, apenas lhe vinha à mente que, no último instante, na Georgenhof, Wladimir tinha descarregado uma cômoda pesada. Georgenhof, as gralhas no carvalho e a estrela-d'alva torta.

O que Katharina provavelmente um dia diria: "A Titia conseguiu tudo sozinha... Ela se superou". Havia um regozijo dentro dela. "Como a Titia foi esperta!", diria Eberhard. E: "Salvou a vida do nosso Peter". E a pasta com as papeladas e as fotos...

O álbum de fotos da Ucrânia: passeio a cavalo de uniforme branco. A foto de um grupo e, ao fundo, quase impossível de reconhecer, uma seta feita à tinta na foto de bordas irregulares apontando: "Nosso general".

---

103. Referência à canção "Zu Strassburg auf der Schanz", uma canção popular alemã sobre um soldado desertor.

Se eu tivesse sido obrigada a sair na carroça da fazenda, não teria conseguido, pensou a Titia, conduzir a carroça pesada e *dois* cavalos — atrelar, por si só, e as diferentes rédeas de alguma forma se cruzando?

Sentia-se feliz por ainda poder fazê-lo na velhice, sair andando de charrete pelo mundo e nestas circunstâncias.

Enquanto ia refreando o capão, sempre atrás da carroça logo à frente, passeava o olhar pela paisagem, as árvores cobertas de geada e gralhas isoladas.

Quando tudo tiver passado, volto para a Silésia, pensava. Um dia qualquer ainda vou comer bolo com sementes de papoula. Aqui a gente estava nas mãos de Satanás.

Agora se aproximavam de uma aldeia com uma igrejinha. Uma igreja neogótica, construída com tijolos prussianos, e acima do portal um Cristo de cimento dando a bênção.

Então foi passando um avião solitário, lentamente ao longo da estrada, atravessando o percurso do comboio. Deu uma sacudidela e lançou bombas sobre a longa fila de carroças, podia-se ver como vinham voando céu abaixo. Uma delas caiu ao lado da charretinha que levava a Titia e Peter caído em sono profundo. Com um bramido, o capão ergueu as patas dianteiras e caiu sobre a barra de tração da carroça, e aquilo que restou do animal se esticou. A charrete virou, e Peter foi jogado em pleno ar.

O avião retornou, vai ver que o piloto queria saber se havia acertado o alvo. Será que ia marcando no seu bloco de anotações? Uma, duas, três, quatro, cinco carroças dos incendiários fascistas destruídas?

Para se assegurar, ainda acionou mais uma vez a metralhadora, mirando o percurso do comboio. Depois ainda executou uma acrobacia sobre o campo e foi pegar novas bombas.

A Titia tinha sido atingida, Helene Harnisch estava morta. Nascida em 1885, morta em janeiro de 1945, solteira. Dois meses antes do seu sexagésimo aniversário. Um buraco tinha sido aberto no peito dela.

Atrás da charrete, ficou interrompido o trânsito, outras carroças estavam paradas do lado, e se ouviam lamentos. Por fim, vieram alguns homens e empurraram os destroços da charrete para o lado, abrindo espaço ao grande comboio que queria passar.

Mulheres deitavam os mortos na sarjeta, inclusive a Titia morta. Agora, em nome de Deus, era possível seguir em frente.

Peter se sentou ao lado da Titia. Dois anéis de ouro na mão do braço que fora arrancado. O sangue vermelho na neve. Devia rezar um pai-nosso? "As coisas não são tão simples assim?..."

As carroças passavam por ele, uma atrás da outra, via todas, e todas o viam, o menino com o binóculo no peito e a pistola de pressão no cinto. Estava sentado ali, todo salpicado de sabão em pó espalhado no vento.

Passado certo tempo, veio um homem da aldeia, era o pastor, ele queria tirar de lá os mortos. Ajudou Peter a enrolar a Titia num cobertor, juntou ao corpo o braço esquerdo. Tinha sido quebrado e ainda extirpado na articulação do ombro.

Levaram a velha até a igreja, deitaram-na no vestíbulo, ao lado da caixa de donativos e do armário contendo os folhetos de cânticos. Na parede, a placa com os nomes dos tombados em 1870-71 e 1914-18.

Já havia vários corpos na igreja — alguns ainda sangrando —, separados por tamanho, entre eles também crianças, uma menina de longas meias marrons. A barra da saia levantada pelo vento, acima das meias a cinta-liga, além de um palmo de pele desnuda. Pessoas chorando ao lado, mas não permaneceram muito tempo, tinham de seguir em frente, em frente!
"Quando é mesmo que vocês vêm?", alguém perguntou. "Precisamos seguir em frente."
Enquanto o pastor cobria a Titia com uma manta, Peter entrou na igreja fria e depois saiu por uma outra porta, contornando a igreja e voltando a entrar no templo. E em seguida se sentou na primeira fila, sob o púlpito. Mais tarde poderia contar: "Quando a Titia morreu, eu me sentei na igreja e fiquei muito tempo lá...".
A Titia estava morta, extinta, como se uma manta tivesse sido bem estirada sobre ela.
A manta foi estirada até ficar tesa, pensou Peter. Virar a página? Nesse instante teve de se lembrar do costume natalino de jogar chumbo derretido na água fria para ler a sorte, quando a moeda de chumbo colocada sobre o fogo aos poucos vai perdendo sua forma. Ssssss!, joga n'água.
Quando ele, fora de hora, jogava alguns grãos para o galo, ela sempre batia na vidraça da janela lá em cima, com o anel no dedo. Não precisava dar de comer ao galo, os bichos já recebiam bastante ração, era o que queria dizer. Todos os dias ele recebe a parte dele.

Depois de ter essas recordações e voltar para a estrada, já haviam saqueado a charrete, as pessoas foram se afastando como fazem os abutres quando veem um coiote chegando por perto. Ficou de pé, indeciso, ao lado dos destroços, a mão agarrada no binóculo. Uma senhora simpática parou um instante ao vê-lo ali tão só, ele podia subir rapidinho na carroça dela, e dali já se viam braços abertos para ele.

Mas, não, ele não pode sair. Não pode deixar tudo isso jogado assim?

Então chegaram os presos franceses marchando. Esquerda, esquerda, esquerda... Não se detiveram. Passando em marcha diante da cena, olharam aquela desgraça. Esquerda, esquerda, esquerda, dois, três, quatro!

Coisas assim eles conheciam, cavalos mortos, uma charrete virada? Como a Guarda Imperial em 1812, sempre se manterem todos unidos, no mesmo passo e compasso. — O sentinela parou um momento. "Está sozinho?", perguntou com ar bondoso. E foi difícil para Peter esconder as lágrimas que, ao ouvir essas palavras, encheram os seus olhos. Será que devia ir com os franceses?

Ainda procurou umas coisas, a mala grande da tia, a mochila e o microscópio.

O alaúde? Uma carroça havia passado por cima, esmagando-o. Quando buscava as coisas, foi interpelado por um membro da *Volkssturm*, Heil Hitler, se ele estava saqueando por aqui ou o que era mesmo aquilo? E que ele devia entender que tinha de dar no pé dali, senão ele prestará queixa! O brasão dos Globig na porta caída ao chão não dizia nada ao homem.

Peter enfiou pão e linguiça na mochila, pôs o microscópio debaixo do braço e saiu dali, arrastando a mala.

"Quiçá assim sejam algumas coisas de que rimos sem pensar...",[104] passou-lhe pela mente. Esquisito, não tinha ouvido nada do estrondo da bomba.

"Dê um jeito de tirar esse cavalo morto daqui, ele não pode ficar aí estendido", ainda disse o homem da *Volkssturm* e saiu, rangendo os dentes.

A casa do pastor ficava atrás da igreja. O pastor se chamava Schowalker, um homem de cabelos curtos, mas que se alastravam encrespados pela nuca.

Ele tinha levado os mortos para dentro da igreja, agora levava Peter para a cozinha.

Aqui estava tudo arrumado e limpo, não havia um farelo, nada no chão. No fogão, ardia um fogo brando, panelas penduradas na parede, uma ao lado da outra. Vindo da estrada próxima, ouvia-se o ranger das carroças, os gritos dos condutores; aqui dentro, tudo sossegado e suave.

O pastor foi pegar escova e sabão, e em seguida lavaram das suas mãos o sangue da tia. Peter tinha levado a mão à boca, e um pouco de sangue coagulado tinha ficado nos lábios. Também estou ferido?, pensava ele.

---

104. Verso do poema "Abendlied" [Canção noturna] (1779), de Matthias Claudius. Célebre na literatura germanófona, o poema também é conhecido como canção cristã, tendo sido musicado em 1790 por Johann Abraham Peter Schulz.

No casaco, Peter também tinha uma mancha de sangue. Mas no momento certo ainda dava para tirá-la com uma boa lavagem.

O pastor pediu os dados da tia. Helene Harnisch, nascida em 1885...
Anotou num pedaço de papelão e enfiou um fio na plaquinha improvisada. Seria amarrada no pulso da mulher, no pulso ainda existente.

Ficaram sentados na mesa da cozinha. Ele serviu a Peter um copo de suco de baga de sabugueiro, e em seguida comeram das linguiças que Peter levava na mochila. "Não há mais ninguém na aldeia", disse o pastor. "Ontem todas as carruagens se foram." Esfregava as mãos roxas de frio. A mulher e a filha, ele já as tinha mandado para a região do Ruhr no outono, quando da invasão russa nas cercanias de Gumbinnen. Agora, fazia tempo que não recebia notícias. Os bombardeios por lá? Será que ainda estavam vivas?
Sempre pensou, tenho de ficar, mas o que era que ainda podia fazer aqui e agora?
Pediu conselho a Peter: o que era que ele achava, será que também devia ir embora?
Mostrou um retrato da esposa e da filha, o qual estava afixado com uma tacha na parede, acima da mesa da cozinha. Uma mulher bem normal e uma filha bem normal. Abriu um mapa rodoviário e turístico de uma firma automobilística e mostrou a Peter onde a gente realmente se encontrava. "Estamos aqui, ali está Danzig." A laguna ficava a apenas uns poucos quilômetros de distância. E também lhe mostrou como os russos

penetraram com tanques de guerra vindos do sul, passando por Allenstein, até a costa.

No mapa, havia fotos de atrações turísticas estampadas: a Grua Portuária de Danzig, o Castelo de Maria às margens do rio Nogat, as localidades de Frauenburg e Braunsberg. Acima da costa do mar Báltico, a foto de um *Strandkorb*, cadeirão de praia comum naquele litoral, uma jovem entrando na água com um bicho de borracha sob o braço.

Após comerem, pegaram a mala da tia para ver o que havia dentro. Em cima de tudo estava o medalhão de ouro da mãe! Lenços de assoar, calçolas, corpetes, blusas... Cartas, fotos, a foto da charretinha puxada por um burro. E três colheres de chá de prata! Ao ver as três colheres de chá, o pastor exclamou: "Em casa tínhamos colherinhas de chá iguaizinhas a estas... quando eu era criança, heranças dos bisavós, prata leve, porque os tempos eram difíceis". *Três* colheres? E segurou uma dessas coisinhas delicadas e finas, um pouco amassadas. Será que podia ficar com uma?, perguntou. Ficaria tão contente? Em casa, tinha colherinhas iguaizinhas a estas. Sempre comia ameixas rainha-cláudia com elas, sempre depois do almoço. Rainha-cláudia. Mingau de sêmola com ameixas rainha-cláudia.

Peter tirou o microscópio da caixa e o montou. O sangue da tia. Como era o aspecto? Raspou um pouco de sangue do casaco e o examinou. Uma coisa áspera que não escondia nenhum segredo.

Ao ouvir que Peter vinha da Georgenhof e que o seu sobrenome era Von Globig, o pastor ficou estupefato. Fazia dois dias que uma moça tinha estado aqui, uma violinista. Mencionou a Georgenhof, que não teriam lhe dado nada para comer e depois a teriam expulsado de lá. Nobres antipáticos, um tanto imbecis. Avarentos.

Será que isso não o deixava pensativo, perguntou o pastor, ele o recebia aqui com suco de bagas de sabugueiro quentinho, até um local para dormir estava à disposição, e dias antes, na Georgenhof, tinham batido a porta na cara de uma moça sozinha!

Não, retrucou Peter, foi muito diferente! Ela foi recebida com batatas assadas e morcela, e depois compota de groselha espinhosa!

O pastor não acreditou nele, sorriu discretamente, como quem dissesse: entendo, meu menino, você não quer cuspir no prato em que comeu... E ele se ateve à própria versão. Poderia fazer um belo sermão com base nessa história.

Agora Peter estava contando sobre a Georgenhof, como a gente tinha sido hospitaleira também ao receber outros refugiados. Contou sobre a estrela-d'alva, que havia acima da mansarda, o pavilhão de chá na beira do rio Helge, as festas realizadas no parque à luz de lampiões, além do mausoléu branco da irmã. "Sete degraus sobem até ela, e uma trilha conduz até ela." Contou sobre aposentos da Georgenhof e lustres de cristal. E sobre o órgão residencial instalado na biblioteca, o qual ninguém mais teria tocado desde a morte do avô...

"O órgão tinha um ou dois manuais?", inquiriu o pastor entrementes, e Peter ficou a lhe dever uma resposta.

Peter disse: esquisito — às vezes tinha a impressão de que no meio da noite alguém estava tocando o instrumento. E, ao dizer aquilo, emprestou ao olhar um ar sonhador. E contou que, à noite, quando lia sob a lâmpada do quarto ou usava o microscópio, tinha a impressão de que se ouvia claramente, vindo lá de baixo, o som do órgão.

Usava os verbos no tempo passado. Mas, neste momento, dizia ouvir o instrumento que na verdade nunca tinha existido.

Sobre os tipos morenos cor de terra, que teriam passado correndo na sua frente com a cabeça abaixada, não deu nenhum detalhe, guardando-os, desta vez, para si.

O pastor conhecia Mitkau, já tinha pregado lá. "O meu colega de lá, pastor Brahms, era cristão alemão,[105] sabe o que isso quer dizer?" Cristão alemão? Era preciso ter cuidado com ele. Disse ser cristão alemão, jurou fidelidade a Hitler e depois, de repente, deu uma guinada. Desperta, desperta, ó terra alemã...[106] Tinha proferido a saudação Heil Hitler! na entrega da restauração da igreja de Santa Maria, estendido o braço etc. e tal...

---

105. Os cristãos alemães eram uma corrente racista e antissemita do protestantismo alemão, que existiu entre os anos de 1932 e 1945, guiada pelos princípios da ideologia nazista.

106. Referência ao título da canção cristã "Wach auf, wach auf, du deutsches Land", texto e melodia compostos pelo poeta e compositor luterano Johann Walter em 1561.

Segundo o pastor, havia pessoas com uma consciência muito espaçosa.

Agora estava preso por causa de uma história muito suspeita, sobre a qual não se sabia muito. Talvez fosse algo ligado à moral?

A violinista — ele disse ainda estar muito feliz por ter encontrado aquela mulher. Contou que ela tirou o instrumento da caixa e tocou na igreja. E que todas as pessoas que iriam embora no dia seguinte afluíram para lá e, de pé, a ouviram tocar maravilhosamente o instrumento. Sons como se viessem do outro mundo! Era de uma beleza sobrenatural. Música que jamais tinha sido ouvida nesta igreja.

As pessoas pareciam ter criado raízes no chão. Deviam ter entendido naquele momento: isso aqui vale como uma despedida da nossa terra, "agora, adeus, minha pátria querida...".[107] E pôr para correr, da soleira da porta, uma criatura tão amável? Era preciso uma certa natureza para fazer uma maldade dessas!

"Vocês refletiram bem sobre isso?"

"Sim", respondeu Peter, "ela também tocou músicas de sucesso, e foi acompanhada por um soldado de um braço só, e a morcela, ela comeu e repetiu!"

"De um braço só?", perguntou o pastor. "Meu menino, não precisa exagerar. É claro que um homem de um braço só não consegue tocar piano..."

---

107. Referência ao poema escrito por August Disselhoff, em 1853, para uma melodia que já era entoada por soldados na segunda metade do século XVIII.

Ainda estava pensando na violinista. O modo como ela tinha sacudido os cabelos louros para trás e em seguida tocado com tanto vigor; e com o primeiro tom a eternidade da música alemã — como quer que seja — se espalhou por dentro da igreja.

"Algumas lavradoras depois vieram ter comigo", contou ele, "e disseram: 'Nunca tínhamos ouvido uma coisa linda como aquela'."

No gabinete de estudos, havia um harmônio. O pastor pisou nos foles, extraindo do instrumento uma melodia coral. "Assim pegue as minhas mãos e me conduza..."[108] Também isso tinha a ver com a eternidade da música alemã. O fole esquerdo do harmônio estava rasgado, ele somente podia pisar no fole direito, e com isso a melodia adquiria um tom um tanto irregular. Porém era possível identificá-la sem problemas.

"Vamos orar, meu menino?"

Ora, isso agora era algo muito estranho. Sentado à mesa da cozinha, tomando suco de bagas de sabugueiro e de alguma maneira orar?

Peter imediatamente pensou no medalhão da mãe que estava sobre o conteúdo da mala da Titia. Ele o tinha enfiado no bolso da mala, e agora estava na sua mão como um terço.

À noite, Peter foi mais uma vez à igreja, do outro lado, ver os mortos, que nesse ínterim já haviam aumentado. Também

---

108. Verso da canção protestante alemã "So nimm denn meine Hände", escrita por Julie Hausmann e impressa a primeira vez em 1862; a melodia foi composta por Friedrich Silcher em 1843.

tinham chegado dois bebês. Queria olhar com mais vagar a menina da cinta-liga.

A tia já não pertencia mais a ele. Com as pernas retorcidas, jazia sob o cobertor, forrada de neve. A neve tinha entrado pela porta, formando uma capa sobre os corpos. Do lado dela, o braço arrancado, os anéis nos dedos e as pernas retorcidas.

No escuro, tornou a buscar os destroços da charrete com a ajuda de uma lanterna. A guirlandinha de flores pendurada na janela oval lhe chamou a atenção, e ele a levou consigo.

O capão jazia sobre as costas, as pernas esticadas. Agora também já totalmente coberto de neve.

Neste momento, Katharina estava sentada na sala quente, superaquecida do policial, Heil Hitler, com chapéu de astracã na cabeça e calça preta enfiada nas botas pretas de montaria. No colo, um pacotinho de sanduíches que alguém lhe enviara. Quem, isso o policial não podia dizer.

O policial examinou o processo que estava diante de si. Era de pouca espessura, havia apenas duas, três folhas: *A sra. Von Globig admitiu ter escondido um judeu*, constava no processo. E ela tinha assinado.

"E então a senhora escutava emissoras estrangeiras? Sra. Von Globig? O inspetor-chefe Drygalski prestou esse depoimento?"

Não, não ouvia, e também não tinha assinado isso. Copenhague, sim, mas BBC não.

Perguntas pra lá e pra cá. "O que será dela?", isso ela não indagava. Era muito mais como se quisesse dizer: agora tenho o meu sossego.

Talvez o policial pensasse: o que será de *mim*? Como posso sair dessa situação? Os russos às portas? Como vou me colocar em segurança? A estrebaria inteira repleta de criminosos — pois eles vão acabar ficando por cima da carne-seca se as coisas se inverterem. Com certeza vou ser degolado por eles!

A cidade toda estava dando o fora, e ele ainda enfiado aqui com vinte e sete presos? Com pessoas que não teriam muitos escrúpulos. — Viu que as fatias de pão da sra. Von Globig estavam muito bem recheadas.

Amanhã mandar servir logo sopa para todos e depois, quem sabe, fazer uma viagem oficial?

Será que a gente conseguiria de algum modo ter esse jogo de cintura?

Katharina não pensava em Peter — ele vai acabar conseguindo —, e na Titia também não. E muito menos no sr. Hirsch, que tinha subido até o quarto escalando o gradil das roseiras. Devia se informar como ele está passando? Quem sabe não estava numa cela a poucos metros dali? Viu, na sua frente, as mãos dele arranhadas, das quais ela tinha cuidado com o curativo. E os pedaços de unhas cortadas no lavatório.

Ela gostaria de ter falado com o policial sobre uma coisa bem diferente, sobre antigamente, sobre o dia de verão no litoral, sobre aquele único dia. O homem ao lado trajava um terno branco. Mas isso não dizia respeito ao assunto, o policial nada tinha a ver com aquilo. Gostaria de ter contado a ele. A quem mais deveria relatar essa história? O fato de o prefeito de Mitkau ter ficado sentado junto com a sra. Von Globig num

Strandkorb e o que dali tinha resultado — a quem mesmo isso ainda poderia interessar no dia de hoje?

Muitos pensamentos passavam pela cabeça. Pensou na água acumulada no porão, nos trabalhadores estrangeiros do Castelinho no Bosque.
    Como Eberhard assimilaria isso? A própria mulher na prisão? Ficaria puxando fios do casaco dizendo: mas não pode ser?

Pegando a chave, o policial se levantou. "Venha comigo!", disse. E em seguida saiu para o pátio. Ficou com ela à porta, observando os flocos de neve que pairavam, caindo de modo suave e uniforme em frente à muralha. Ouviam-se vozes vindas das celas. Alguém estava rindo?
    Ele ainda abriu mais uma porta, e logo os dois estavam na praça do mercado. Pessoas iam passando, elas sequer levantavam a vista. Do nordeste vinha a longa fila de comboios que, atravessando a área do mercado, voltava a desaparecer pelo Portão de Senthagen.
    Algumas carroças começaram a se aglomerar na praça do mercado, como se formassem uma barricada. Acomodaram-se para passar a noite.
    O policial concedeu a ela o direito de respirar um pouco de ar puro. E também dar uns poucos passos pra lá e pra cá. "Será que ninguém me conhece?", pensava Katharina. Mas ela também não conhecia nenhum dos transeuntes. Ali do outro lado, na prefeitura, estava sentado alguém que a conhecia muito bem, um amigo?, mas ele não deu o ar da graça, não se moveu.

O policial apontou para a igreja: "Ali!", disse. "Tudo isso que a senhora está passando, agradeça ao pastor Brahms. É um senhor muito fino..." E ficou em pé com ela durante poucos e longos minutos, deixando-a inspirar e expirar. E pensou no judeu de cabelos pretos que executaram a tiros no porão: o homem tinha dobrado os joelhos, despencando em seguida para o lado.

Entrarei no céu dançando contigo,
No sétimo céu do amor...[109]

Katharina pensou em Felicitas. Uns quinze minutos a pé, passando em frente ao cinema e ao correio, e já estaria na casa de Felicitas.

Não conseguiria sensibilizar o policial para tal passeio. As conversas animadas da amiga, e as suas risadas, e uma notícia atrás da outra? Por essa hora, Felicitas já escapara havia muito tempo, Katharina não ficou sabendo — ela tinha se juntado aos seus refugiados, que se revelaram muito espertos. Comeram juntos o coelho presenteado por Katharina, e valeu a pena. "Nós nos manteremos juntos", tinha dito Felicitas à refugiada. E ela concordou. "Sim", disse o policial. "Não se pode confiar em ninguém. O pastor tinha uma ficha longa. A senhora não tem ideia de tudo o que encontraram na casa dele!" Envolver-se com um homem desse tipo, só podia ser brincar com fogo?

O que ele queria de você?, pensou quando se sentou novamente na cela. Queria deixá-la fugir? Ou era para eu consolá-lo?

---

109. Versos da canção "Ich tanze mit dir in den Himmeln hinein", que em 1937 foi interpretada pelo ator e cantor Willy Fritsch num dueto com a atriz e cantora anglo-alemã Lilian Harvey, acompanhados pela Odeon-Tanzorchester.

Peter passou a noite na cama de casal do pastor. Tinha colocado sobre uma mesinha de cabeceira as duas colherinhas de chá, a grinaldinha de flores secas e o medalhão de ouro com a corrente e logo caiu no sono.

Várias vezes durante a noite, o pastor se levantou e ficou olhando para fora, através da janela. Estava pensando na sua violinista?

Estava ocupado na cozinha?

O pastor pensava no que tinha dito a respeito dos cristãos alemães, que havia contado a Peter. Que falara sobre isso de forma tão pejorativa... Esse menino só podia ser um membro dos Aspirantes da Juventude Hitlerista?[110] Não havia casos de meninos que tinham denunciado os próprios pais por causa de uma palavra impensada?

Mas "Von Globig"? É claro que esses aristocratas eram todos contra Hitler? Dia 20 de julho etc. e tal?[111]

Só lhe faltava isto, ser trucidado na última hora! Tinha sobrevivido ao líder agrícola local,[112] ele sempre ficava sentado abaixo do púlpito e escutava atentamente, até fazia anotações, e agora ser entregue ao carrasco pela mão de uma criança?

---

110. Tratava-se, em alemão, da chamada *Jungvolk*, seção da Juventude Hitlerista que congregava meninos com idade entre dez e catorze anos.

111. Referência ao atentado sofrido por Hitler no dia 20 de julho de 1944. Um dos responsáveis foi o coronel Claus Schenk Graf von Stauffenberg, conde de Stauffenberg.

112. No regime nazista, o "líder agrícola local" era o chefe da unidade situada no nível mais baixo da estrutura do Departamento Nutricional do Reich.

O melhor que tinha a fazer era escafeder-se. Devia ter ido logo embora com os agricultores, bem que lhe ofereceram. Na verdade, o superintendente até já lhe havia concedido uma dispensa.

De fato, o colega católico, na localidade vizinha, não estava se movimentando.

Seria necessário pegar um martelo e despregar o Cristo afixado acima do portal para levar consigo? Deixar essa imagem tão cara, que já o acompanhava desde tanto tempo, cair nas mãos das hordas bolcheviques para ser então destruída?

Ele abriu a mala da tia. Pelo amor dos céus, o que é que aquele menino ia fazer com todas aquelas calçolas e corpetes? Lenços de assoar com lacinhos vermelhos? — Peter já tinha guardado as colherinhas de prata. Mas uma delas, uma estava segura em seu poder! "Esta aqui eu consegui surrupiar dele!", pensou o pastor. Ele a preservaria como um talismã. Mas sem marca de origem. De qualquer modo, provavelmente prata genuína.

Segurou uma mão-cheia de lenços. Um a mais ou um a menos? Chamaria a atenção?

Por que se deixou arrebatar e foi falar dos cristãos alemães? "Você é tão ingênuo", a esposa sempre dizia, "ainda vai acabar morrendo pela boca..."

O próprio menino não tinha dito alguma coisa que pudesse ser usada, se necessário, contra si mesmo? "Nazista." Tinha falado de Drygalski, "o nazista". Sim, pronto. Com isso seria possível pegá-lo. Afinal de contas, o tal Drygalski tinha um cargo de liderança no partido.

Nazista? Quem empregava uma palavra dessas também não estava se incriminando? Não estava se desmascarando?

Sentou-se em frente ao harmônico e dedilhou uma melodia nas teclas. Mas não pisou nos foles.

Eu queria muito em casa estar
E o consolo do mundo dispensar
Estar em casa, no reino do céu,
E ali ver Deus para todo o sempre.[113]

Ele estava farto de tudo!

---

113. Versos do poema "Ich wollt, dass ich daheim wär" [Queria estar em casa], publicado em 1430 por Heinrich Laufenberg e popularizado como canção ecumênica. Desconhece-se o autor da melodia.

SOZINHO

Na manhã seguinte, o pastor olhou pela janela e disse a Peter, que estava se lavando na cozinha: "Neve, neve, neve...". Bateu com o dedo no barômetro dizendo: "Subindo!", e viu, no barômetro que ficava fora da casa, quinze graus negativos. "Neve, neve, neve! Aquelas pobres pessoas, como é mesmo que sobreviverão? Com certeza há bancos de neve com altura de um metro." Foi lá fora e jogou uns grãos para os pássaros. Mas em seguida sacudiu bem o saco de grãos, como um semeador, e os pássaros vieram de todas as direções. Por que a gente deveria guardar a ração agora, quando tudo estava perdido?

Peter foi até a beira da estrada, aqui voltavam ou continuavam a passar carroças fazendo barulho e rangendo, uma atrás da outra. "Está indo para onde?", gritou alguém — ninguém deu resposta. O capão morto já estava debaixo da neve, o focinho aberto mostrando os dentes, aqui tinha o seu banco de neve particular. Claro que a gente não podia simplesmente deixar o animal jazer ali? Carroças viradas na estrada. Entre elas cadáveres. E nas sarjetas outros cadáveres: crianças.

Peter pensava no capão: ele sempre soprava fora o palhiço, separando-o da aveia, animal esperto. Quando Wladimir o levantava para sentá-lo naquele cavalo grande, o capão sempre lhe dava uma leve mordidela, carinhosamente. E certa vez ele próprio não tinha dormido na cocheira do cavalo?

Como podia retirar o animal morto dali? Em frente, as gralhas voavam, saindo de cima de outros cavalos que também tinham esticado as patas.

Peter caminhou pela aldeia vazia. Não se via vivalma.

Um monumento ao combatente. Lago da aldeia, tília e taverna. No verão, aqui chapinhavam patos e gansos. Agora, havia gralhas empoleiradas na tília. Também teria dado para patinar sobre o lago. As portas das casas e os portões dos celeiros estavam abertos. Papéis voavam de lá para fora, e as cortinas esvoaçavam.

Numa casa, havia uma cadeira no meio do cômodo, nela estava sentado um velho balbuciando. Ao ver Peter, ergueu a mão... Peter saiu de costas daquele quarto. O que era que ele queria com um homem velho balbuciando? Os familiares dele o haviam largado, e agora ficou sentado aqui balbuciando.

Diante da taverna da aldeia, estava parado um jipe, e de dentro da taverna ouviam-se vozes. Eram três homens da ss que estavam sentados aqui. Os soldados — ostentando broche de combate corpo a corpo[114] e Cruz de Ferro — apenas queriam descansar um pouco; estavam ali montando um conselho de

---

114. O broche de combate corpo a corpo era a mais alta distinção alemã da infantaria militar da Segunda Guerra Mundial, instituída por Hitler através de decreto de 25 de novembro de 1942.

guerra, o que deverá vir agora? Dois mais velhos e um mais jovem, que parecia um colegial.

Quando o menino entrou, Heil Hitler, o jovem membro da SS agarrou a mão de Peter perguntando: "Pão branco? ou pão preto?", e apertou-lhe a mão, segurando-a firmemente e torcendo-a até Peter soltar um grito.
"Portanto, pão branco", disse o homem com desprezo e torceu a mão do menino com cada vez maior intensidade. Peter pisou com toda a força no pé do homem. Os outros riram, é isso aí, "não permita que lhe façam nada, garoto!".
Como é que ele, um menino alemão, não aguenta um aperto de mão forte?, o homem se perguntava. "Será que você é feito de algodão?" A gente lhe apertar bem forte a barbatana? e ele não aguentar? Ficava espantado. Pois só podia ser um filhinho de papai? Que ficava acocorado detrás do fogão ou coisa assim?
Então não seria um novato da Juventude Hitlerista?
Queira mostrar a sua identidade. Doze anos completos.
Convidaram Peter a sentar-se e lhe empurraram um pedaço de toucinho. Se é desta aldeia? Não, ele não é daqui, disse Peter. Contou que a sua aldeia já estava ocupada pelos russos, todos os seus familiares tinham morrido... E depois acrescentou que era o único que tinha restado, que teria ficado escondido e que uma noite eles então tinham aparecido, os tipos morenos cor de terra, que passaram voando, de cabeça abaixada, em frente ao esconderijo... E nesse instante a pistola de pressão se pôs à mostra saindo do cós da calça, como se quisesse dizer: eu teria vendido muito caro a minha vida...

Os homens ouviram bem pouco e logo entenderam que Peter estava contando histórias inventadas, não tinham vontade de escutá-las.

"Cala essa boca", disseram. E que poderiam contar coisas diferentes, já que todos eram condecorados.

Quando o dourado sol da tardinha
Enviava seus raios finais, seus raios finais,
Um regimento de Hitler avançava
Numa aldeia pequena até demais...[115]

Esses versos eram entoados por um dos homens, como se zombasse da canção enquanto dava o compasso batendo na garrafa de cerveja.

Pois é, aqueles tinham sido bons tempos. Áustria, os Sudetos... As guerras das flores![116] Após a Áustria, ainda a região dos Sudetos e depois pôr um fim, isso teria sido o certo. E agora a gente estava na merda e sem noção de como sair daqui.

Enquanto entretinham-se com um jogo de azar feito com palitos de fósforo queimado, chegaram uns tipos tiritando de frio e

---

115. Referência a uma canção de combate entoada pelos membros da SA cujo texto foi composto por Karl Heinz Muschalla.

116. Quando em 12 de março de 1938 o Exército alemão marchou na Áustria para anexá-la ao Reich — o mesmo aconteceu na ocupação da região dos Sudetos, na Tchecoslováquia —, os homens de Hitler foram recebidos por moradores que os saudavam com bandeirinhas e flores. Vem daí a denominação *Blumenkriege* [guerras das flores].

mancando, e um deles, após hesitar um pouco, entrou no estabelecimento, era um prisioneiro de guerra, um russo, e disse: "Camarada", dirigindo-se aos soldados, alegando que teriam sido esquecidos, o que deveriam fazer, onde precisavam se apresentar?

Se poderiam ajudá-los, perguntou o homem na sua língua, mal se podia entendê-lo — e foi aí que viu a suástica da SS estampada nas golas dos soldados, empalidecendo subitamente.

"Mas claro que podemos ajudá-los", disse o jovem da SS, rindo. "Venham comigo!"

Por trás da taverna, havia uma pista de boliche, e foram obrigados a se postar ali; e depois, sem mais nem menos, o homem os fuzilou.

Ele voltou para o recinto e guardou a pistola.

Os outros não riram, apenas assentiram com a cabeça. Assim são as coisas. "Como é que você acha que eles se comportariam se a gente os deixasse cair em cima das mulheres alemãs!", disseram a Peter.

"Como é que você imagina que vão morar os seus tipos cor de terra!", e retomaram o seu joguinho de azar com os palitos de fósforo.

Mas logo estavam fartos de ficar sentados. Agora, seguir em frente. Terminar os negócios por aqui.

"E o que vai fazer agora?", perguntaram a Peter. Ele deu de ombros.

"Pois é, vamos lhe dar uma carona", disseram. Vai que estão pensando em torná-lo uma espécie de tocador de tambor da unidade deles?

Pegaram o jipe e foram até a casa do pastor, Heil Hitler, que estava totalmente arrodeado de pássaros esvoaçantes, chapins, pica-paus e bicos-grossudos — acabava de esvaziar o último saco. Os joelhos tremeram, Heil Hitler, quando viu os homens da SS. "Então o menino realmente me dedurou", pensou ele, "agora serei preso...", mas Peter apenas queria se despedir. Pegou a mochila e pôs o microscópio debaixo do braço dizendo: "Adeus!". Largou a mala lá. De todas aquelas camisas e calças ele não precisava.

"O quê?", retrucou o pastor. "Vai querer me deixar na mão? Acabei de preparar sopa para nós...", e estendeu a mão ao menino. "Também podíamos ter ido embora juntos...", puxou-o para junto de si e cochichou no ouvido dele: "E você vai embora com a SS?".

Sim, Peter ia embora com os homens da SS. Antes ainda deu uma olhada no interior da igreja. Muitos cadáveres tinham chegado. Onde jazia a Titia? Puxou o cobertor para o lado: o braço extirpado, não viu mais os dois anéis no dedo dela...

Em seguida, subiu no carro, e logo entraram na estrada dos comboios; o motorista buzinou feito louco, e os agricultores pararam as carroças, e então o jipe seguiu acelerado por entre eles. As rodas traseiras ainda deram uma derrapada, mas depois seguiram em frente. Uma vez foram parados por uma mulher que se tinha postado no meio da estrada. Será que não podiam levar a mãe idosa e encaminhá-la a um hospital?

"Claro que podemos!", exclamaram os soldados, e aí a velha senhora, Heil Hitler, foi posta dentro do jipe e coberta com uma manta, e a viagem prosseguiu.

Mas era a direção errada! Demorou um pouco até perceberem que Peter queria ir na direção oposta. Então pararam e deixaram o menino do tambor descer. "A gente não pode forçar ninguém a ser feliz!", disseram. Heil Hitler. Gostariam de ter ficado com ele, um menino tão simpático, louro, alemão? Mas também estava importunando um pouco.

A velha senhora, sob todas as cobertas, estirou a mão para ele. Será que devia ficar com ela?

Peter não sabia para onde ir. À esquerda ou à direita? Queria ir para a laguna, como a Titia planejava fazer. "Qualquer outra coisa, tudo tolice!" Para a laguna? Sim, mas para onde? Em que direção? Precisou de algum tempo até descobrir: preciso voltar; para o lugar de onde eu vim.

Mas simplesmente voltar e fazer toda aquela caminhada que os homens da SS tinham percorrido, com o vento e a neve batendo na cara, talvez ainda esbarrar novamente no capão morto, tudo isso o fazia relutar.

Durante algum tempo, ficou observando as carroças que passavam. Seria preciso tomar um atalho, pensou e saiu da área dos comboios, pegou uma vereda estreita e subiu uma encosta, passando por dentro de um campo coberto de neve.

Por trás dele, os comboios avançavam ao longo da estrada sinuosa, uma carroça atrás da outra lentamente, ninguém se dava conta de que ele estava indo embora daqui.

Não demorou muito, e acabou alcançando um bosque de poucos abetos. Aqui reinava o silêncio. Ainda ouvia cavalos resfolegando, correntes tilintando, o barulho das rodas das pesadas carroças. Mas logo estava marchando pelo pequeno bosque, e tudo ficou sossegado.

Por fim, chegou a uma casa, era a escola da aldeia; a porta estava encostada, e no corredor havia um homem morto com vômito em torno da cabeça. Possivelmente era o professor. A neve tinha entrado pela fresta da porta, salpicando o homem com seus flocos. A mesa e as cadeiras na cozinha estavam derrubadas. Louça estilhaçada no chão. Panelas, frigideiras. No fogão, ainda havia um pouco de brasa viva, que Peter apagou com cuidado. Parecia que a casinha tinha sido abandonada bem pouco tempo antes.

Dos destroços que cobriam o chão, recolheu uns pepinos e na despensa também encontrou uma tigela com ovos cozidos marinados.

Arrumou as cadeiras da cozinha e comeu os pepinos. Faltava pão, de onde tirar pão?

Deu uma vasculhada ao redor da cozinha, uma porta levava a uma sala de aula. As autoridades tinham construído a escolinha entre duas aldeias. Consideraram isso prático. Quiseram matar dois coelhos com uma só cajadada.

Na sala de aula, as carteiras tinham sido empurradas para a parede, no chão havia palha. Pessoas tinham pernoitado aqui. Também ele poderia pernoitar, mas o homem morto lá no corredor? A palha estava suja, fedia a urina e fezes.

Subiu a escada. No dormitório, jazia uma mulher morta, bem junto a ela uma menininha, também morta. A menina se agarrara à mulher, e a morta tinha colocado o braço em volta do pescoço da criança. O vento soprava pela vidraça quebrada.

"Não olhe para lá", disse Peter, mas acabou ficando parado no meio da porta. Na parede, acima da cama desarrumada, um quadro do anjo da guarda numa moldura dourada. O anjo conduzia um garotinho pela mão através de uma ponte estreita.

Um quadro assim também pendia na parede da casa dos Drygalski.

A sala dos professores, uma credência com peças de cristal e, acima dela, um quadro com motivo pagão. No gabinete, uma prateleira com livros, a obra *A fortuna literária do professor*. As gavetas da escrivaninha abertas, o conteúdo remexido. Os professores tinham acreditado na bondade das pessoas, "nada de mal acontecerá conosco", mas acabaram tomando veneno para ratos. E agora jaziam em cima do próprio vômito.

É possível que o professor ainda tenha ouvido os gritos da esposa e os gemidos da menina, e então tudo acabou para ele.

Durante toda a vida, explicou os pontos cardeais às crianças e o que significava "horizonte". O leste e o oeste. Fazer cálculos de cabeça, caligrafia... Um velho com a corrente do relógio de bolso sobre a barriga. Na Primeira Guerra, os russos também estiveram ali e tinham se comportado com decência...

Peter se sentou à escrivaninha. "Que tal arrumar um pouco?", pensou. Faltava o carimbo oficial. A almofada do carimbo estava aberta em cima da mesa. Vai ver que o alvo dos malfeitores tinha sido o carimbo da escola — a estampa da águia nacional? Bem necessária para algumas declarações oficiais.

"Você não pode ficar aqui", disse Peter a si mesmo.

Mas ficou sentado à escrivaninha do mestre da escola, não conseguia tirar a vista dali.

O cheiro de cigarro o sobressaltou. Eram dois homens, podia-se ouvi-los falando na cozinha. Soldados? Da mesma forma silenciosa como entraram, também se foram. Aqui não havia nada a pegar. Peter gostaria de ter ido com eles, mas já haviam desaparecido.

Leu as listas de chamada e o plano de aulas do professor, cadernos de redações... A lista de castigos: "Três golpes com a bengala por causa de mentira".

Depois se ergueu. Agora você precisa arranjar um jeito de dar no pé, pensou, e seguiu as pegadas dos dois soldados, já saberiam o caminho certo a seguir? Outras pessoas daqui também tinham partido, e também se podiam distinguir até marcas de carroças: todas indo numa única direção.

Depois de caminhar duas horas, chegou num descampado, onde voltou a vê-lo, o comboio, uma carroça atrás da outra. Já podia ouvir o murmúrio e os gritos das pessoas. Não tinha ganhado muito com este passeio.

Pouco tempo depois, chegou à estrada, ninguém se admirava que um garoto sozinho estivesse descendo aquela colina. Praticamente não levantavam a vista, olhavam noutra direção.

Nos dois lados da estrada, jaziam carroças viradas, animais mortos com o corpo inchado e pessoas mortas, velhos, crianças. Muitas crianças. Estavam meio encobertos por bancos de neve.

Um grande carvalho residia solitário na beira da estrada. E, num galho mais espalhado, havia várias pessoas enforcadas, soldados com casacos abertos e sem boina. Eram os dois soldados da casa? Tinham uma placa na barriga: "Éramos muito covardes para o combate...". Ao lado deles, foram enforcados um homem e uma mulher. O homem com uma boina de quatro pontas na cabeça, no dedo um curativo. E a mulher era Vera.

NÓS SAQUEAMOS

Certa vez, Peter tinha visto alguém fazer o sinal da cruz, também queria ter feito isso agora, ficar debaixo da árvore, fazer o sinal da cruz. Mas não era católico. Tirou a sua boina, como se a cabeça estivesse coçando, era preciso ficar muito atento, pois na beira da estrada estava parado um carro da polícia. Heil Hitler. Os mortos balançavam pra lá e pra cá.

Os "cães de coleira"[117] abordavam alguns feridos que caminhavam sem rumo entre as carroças, em seguida os inspecionavam, Heil Hitler, para ver se realmente era algo tão ruim, um tiro no braço? Será que apesar disso não podem atirar um pouco ou pelo menos servir como sentinelas? As pessoas tinham curativos feitos de papel empapado de sangue. Traziam etiquetas nos casacos nas quais se via que tinham sido devidamente feridos. Nível tal. Como indicativo, mantinham os membros sangrentos para cima. Heil Hitler, tudo em ordem.

    Nenhum covarde, nenhum malandro? Dar um jeito de retirar o curativo? Não, tudo precisa ser feito corretamente.

---

117. Termo usado para designar os membros da polícia de Hitler.

Um pouco mais abaixo, ficava um albergue da juventude, era no estilo típico da Baixa Saxônia, uma casa grandona. Chamava-se Albergue Johann Gottfried Herder, a placa ficava do lado de fora. Peter atravessou para ir ao prédio grande, diante do qual tremulavam duas bandeiras com a suástica. Provavelmente aqui antes tinha sido a praça das assembleias, aqui a juventude alemã tinha levantado os olhos iluminados para admirar a bandeira, aqui tinham saltado por cima da fogueira.

Nada logrará nos roubar
O amor e a fé a reinar
Pelo nosso país[118]

A praça era cercada por um amplo muro de altura mediana, como se fossem dois braços. Na mansarda do prédio principal, os pedreiros tinham feito, com tijolos, a representação de um feixe de cereais prontos para secar e, mais abaixo, o numeral 1936. Isso tudo lembrava a fonte Albert Leo Schlageter na Georgenhof, só que ela era muito menor que este esplêndido prédio.

Os policiais foram na frente e agora desceram do carro, Heil Hitler, para fazer um registro aos superiores: dois covardes enforcados, e dois russos saqueadores idem.

"Muito bem", disseram os superiores, Heil Hitler. Tinham reclamado para si o escritório do patriarca do albergue, daqui conseguiam ver a rua, se a coluna de carroças fluía, desimpedida.

---

118. Versos da canção "Nichts kann uns rauben"; texto escrito por Karl Bröger em 1923, durante a ocupação da região do Ruhr pelos franceses.

Ao sinal do menor incômodo, poderiam intervir a qualquer instante e tratar de impor a ordem. No entanto, não logravam desfrutar da bela vista oferecida pelo albergue — inteligentemente inserido no todo por Witterkind, arquiteto do Reich. A perspectiva era da parte traseira. Fazendo uma ampla curva, aqui a estrada conduzia ao vale, o comboio seguia sinuosamente o seu curso. E, ao longe, uma cidadezinha com duas igrejas e um castelo.

No albergue da juventude, reinavam ordem e disciplina. Os banheiros eram de primeira linha, e cada grupo de refugiados acabou recebendo um lugarzinho numa grande sala de reuniões. Ficavam sentados bem juntos, os grupos familiares, com malas e mochilas, e os cavalos eram devidamente assistidos no ginásio de esportes. Enfermeiras da NSV passavam pra lá e pra cá distribuindo pacotinhos com comida. Peter teve de apresentar a carteira de identidade, Heil Hitler, e recebeu também um pacotinho com comida. Às doze e trinta, haveria até sopa quente. Provavelmente era esse evento que ainda mantinha as pessoas aqui.

Só houve um cabo que também queria pegar um desses pacotinhos de comida, Heil Hitler, ele foi imediatamente enviado ao escritório para falar com os homens da polícia, demorou muito até voltar a sair de lá.

"Chegam a esse ponto! Abandonar a tropa e ainda vir afanar comida?"

Onde era mesmo que o homem tinha deixado a arma? Foi enviado, Heil Hitler, para fazer o registro de três russos mortos a tiros que ele tinha descoberto numa aldeia.

Ah, tá, claro que isso era uma coisa diferente.

Aqui, cerca de duzentas pessoas, adultos e crianças, sob os quadros mostrando a vida e os esforços de Herder, aguardavam a sopa, e: queriam saber como as coisas vão se desenrolar. Aqui se escutavam as últimas notícias, pelo rádio e no boca a boca também. A que distância ainda estão os russos. Se a estrada até a laguna ainda está livre, isso as pessoas esperam saber, e, em meio aos murmúrios, cada novidade era discutida. Entre os adultos, as crianças jogavam bola.

Na galeria, um membro da marinha levou a sanfona ao peito, queria contribuir com um ambiente descontraído:

Terra natal, as tuas estrelas,
reluzem no firmamento...

Pequenos e grandes o cercavam, as mãos postas, e alguns estavam com os olhos marejados. Era um marinheiro que atuava em combates terrestres. Provavelmente imaginou a vida de marinheiro de forma totalmente diferente. Para ele, terra natal era um dos maiores navios que desde muito tempo se encontrava no fundo do mar.

E aqui, nesta casa, que o partido tinha erguido para dar vazão ao desejo da juventude alemã de viajar, foi neste albergue da juventude do Reich da Grande Alemanha, sob o quadro estampando a travessia marítima de Herder para o ocidente a bordo de um navio à vela, que então aconteceu — o mundo é uma aldeia — de Peter reencontrar o seu mestre, o senhor professor dr. Wagner, que trajava calça apropriada para caminhadas, casaco com forro e gola de pele, além de perneiras.

Quem viu primeiro quem?

Com alegria, o sr. Wagner abraçou o garoto, e logo teve início um longo relato.

"Mitkau está em chamas, meu caro menino", disse Wagner, "e na Georgenhof já devem estar os russos..."

E Peter contou sobre a Titia e sobre Wladimir e Vera...

"Não me diga", retrucou Wagner, "enforcado? A mulher também? Pois eles não mereciam uma coisa dessas." De início, o professor ainda tinha dito: é mesmo? é mesmo?, porque pensava que o menino estivesse novamente contando uma das suas histórias da carochinha. Mas por fim: "Enforcado?".

"Tudo se acabou", afirmou Peter, "a charrete também! Conduzi aquela coisa sozinho", contou, "a Titia ia sentada dentro." E que teria deixado tudo bem confortável para ela. E exatamente essa teria sido a ruína dela. Cavalo e charrete acabados, e ele, em cima da boleia, no meio de tudo, sem uma escoriação sequer. Embora tivesse caído, não sofreu um arranhão. E mostrou as mãos, nelas não se via nenhum arranhão. Um milagre! "Um milagre", sussurrou Wagner. "Mas teres conseguido conduzir uma charrete...", e nesse instante se lembrou de que a Titia nunca fora muito simpática, sempre enfiava alguma conversa desdenhosa quando ele — *fero*, *tuli*, *latum* — se sentava ao lado de Peter para praticar os verbos irregulares.

"E sabe quem mais está aqui?", perguntou o mestre. "Venha comigo..." E ele seguiu na frente, metido na calça antiquada e nas perneiras de 1914-18, e conduziu Peter até um espaço na parte traseira, porta aberta, Heil Hitler, mas foram imediatamente expulsos de lá, pois uma mulher estava dando à luz uma criança. Era Felicitas, e uma meia hora mais tarde mãe e bebê estavam mortos.

"Mas ela era sempre tão engraçada", lembrou Peter.

"Sim", respondeu o professor, "a morte leva todos como eles são."

Peter ficou algum tempo calado. "Agora com certeza você está pensando na sua mãe, meu caro menino", disse Wagner. Mas Peter não estava pensando de jeito nenhum nela, pensava na Georgenhof, no canivete com as quatro lâminas que o pai lhe tinha trazido no ano anterior. Ficava irritado de não o ter levado. E, além disso, refletia sobre qual devia ser o significado da palavra "opaco". A situação estava "opaca", disse o professor.

Seu único desconforto, afirmou Wagner, era ter de arrastar consigo, para todo lado, essa maldita mala, a do barão, essa coisa pesada que nem chumbo, com todas as crônicas. Já tinha sido tentado várias vezes a largá-la... E sobre isso também ele tinha histórias para contar, como fora difícil pegar a mala! Tudo o que precisou ouvir das pessoas lá.

E Drygalski ainda xingando, o senhor está querendo o quê... E Sonja perguntando: o que há aí dentro.

Aliás, Drygalski deu no pé também, simplesmente deixou a mulher lá sozinha!

A situação de Katharina tinha mudado muito. O policial não voltou a aparecer. Ela foi deixada sozinha na cela fria, com o chapéu branco na cabeça. Será que ainda havia carcereiros por lá? Por mais que o som de portas batendo e chaves tinindo metesse medo, esse silêncio agora era terrível para ela.

Mas, de repente, no raiar do dia, escancararam as portas das celas, todos para fora, "nada de conversas!", e em seguida foram empurrados para o pátio, cada um recebeu meio pão e: "Peguem uma manta para levar!".

Não demorou e um homem com a barba por fazer, de muletas, se achegou para o lado de Katharina. Tinha uma cicatriz muito comprida na testa, como que feita por um golpe de sabre. "Madame...", sussurrou.

Era Schünemann, o economista, fora detido com uma bolsa cheia de identidades e vales-alimentação falsificados.

"Madame...", disse. Queria desabafar? Ou aliviar a consciência? E o selo do correio do front, por que também o pegou?

Mas agora nada mais adianta. "Calem a boca!", alguém gritou, e depois o portão foi aberto, e eles tiveram de sair marchando.

Marcharam pela cidade, trinta presos, e junto ao Portão de Senthagen ainda se juntaram outros trinta presos de um campo de concentração.

"Para onde?"

"Calem a boca! Senão mandamos bala imediatamente!"

Foram levados para a direção oeste. E, justo quando estavam passando em frente à Georgenhof, explodiu a grande ponte verde, o orgulho de Mitkau. O comboio parou, e em seguida as carroças foram conduzidas por cima do rio Helge congelado, cada vez mais carroças eram guiadas em cima do gelo, aqui se criou uma aglomeração, porque era difícil para os cavalos puxarem as pesadas carroças subindo a ribanceira. E eis que o gelo se rompeu, e as carroças afundaram, e os gritos das pessoas soavam, na distância, como um grande suspiro.

Katharina mantinha a cabeça baixa. Como os outros, não olhava nem para a esquerda nem para a direita. Schünemann, ao lado, ia-se movimentando entre as muletas.

"Madame...", sempre voltava a dizer. Queria lhe dizer como a vida antes tinha sido bela? Afinal, ele também tinha visto melhores dias?

"Calados!", gritaram as sentinelas, e depois o puxaram pelo casaco para fora da fileira e lhe deram uma sova. Esse homem tinha contribuído para a desestabilização da vontade de resistência no seio do povo alemão e agora ainda fica com conversa mole por tudo o que é lado. Ele perdeu as muletas, e quando tentou se levantar é que realmente o açoitaram.

Katharina tinha pensado que talvez Lothar Sarkander a tirasse dali? No último momento, chegaria dirigindo o carro, acenando pela janela com um lenço branco — Misericórdia! Misericórdia! —, e dizendo: "Com essa mulher, está havendo um engano!", e depois a mandaria entrar, como antigamente fazia, seguraria a porta do carro e a deixaria entrar, e depois, acelerando, partiria dali com ela?

"Essa mulher é uma pessoa muito especial..."

O mar! Eles tinham ficado no cais, gaivotas!, e as ondas batiam, chuá-chuá, nas pilastras de madeira, o chapéu dela como um sol por trás da cabeça. E ele no restaurante, à noite, soprando a fumaça do cigarro sobre a vela. Um violinista húngaro, apresentando-se de pé, tocava "*Avant de mourir*"? Ainda ririam muito disso. O músico veio com o violino bem na direção dela... E depois a vista do mar, da janela do quarto. Nessa noite o mar brilhou? Bilhões de pequenos peixes-lanternas fizeram o mar brilhar? E, quando chegou a hora, ela então acabou dando à luz a menina.

Katharina pensava que ele talvez viesse e a salvasse? No último instante?
Pois não aconteceu, e ela tinha de ficar atenta para que ninguém lhe pisasse os calcanhares. Os presos da olaria destinados ao campo de concentração se aproximavam dela: "Senhora... pão...", diziam, e Katharina dava tudo. Esses homens formavam uma falange contra os outros que também queriam o pão dela, não deixavam ninguém encostar em Katharina, essa mulher ainda tinha pão... E, somente quando não tinha mais nada, se afastaram.
"*Votre cœur...*", disse um deles. Era um homem culto?

No albergue da juventude Johann Gottfried Herder, tocavam o sino às seis da manhã, "levantar-se para receber o café!". No banheiro, havia pessoas escovando os dentes, e dr. Wagner raspava a barba. Aí a gente se sentia logo uma outra pessoa...
E depois as pessoas pegavam café na Cruz Vermelha, e cada um recebia quatro fatias de pão com margarina. Os cães de coleira ficavam no balcão, Heil Hitler, queriam ver se alguém que não tinha documentos tentaria entrar na fila. E todos os homens entre quinze e setenta anos apresentavam carteira. Era

dever deles defender a pátria. Raios! Uma mulher deu um grito e se agarrou ao marido, mas ele foi tirado da fila, não adiantava ficar olhando em volta, perplexo.

Wagner e Peter puderam passar. "Meu menino", disse Wagner, "acho que vamos ficar juntos. O destino está sendo bastante bem-intencionado conosco."
 Peter com a mochila leve, o microscópio debaixo do braço, e Wagner com a mala pesada do barão.
 Na saída do albergue, um vento forte soprava na esquina. Veio na direção do rosto deles. O sol brilhava, mas o vento soprava forte.
 Diante da porta, estava um trenó com tração manual. A corda como uma serpente na neve.
 Dr. Wagner pôs a mala em cima do trenó, olhou ao redor, dizendo: "Vamos, menino, rápido, antes que tomem de volta este troço!". E então saíram correndo dali o mais rápido possível — com eficiência, se consegue agilidade —, e Wagner achou até engraçado. "Nós os fizemos de trouxas!", exclamou. E logo já compunham a multidão de pessoas que, entre destroços de carroças e cadáveres, faziam um cortejo a passos largos pela neve pisoteada, dirigindo-se à próxima cidade.

Peter puxava o trenó, e dr. Wagner empurrava. "Olhe ao redor, menino", disse Wagner. Lá em cima se encontrava ele, o albergue da juventude Johann Gottfried Herder, com as bandeiras tremulantes, do qual saíam grandes levas de gente por cima de gente. Impressionante a localização dele na paisagem. Mas já se ouvia o grito de "seguir em frente!".

Dr. Wagner segurava firme a mala em cima do trenó, tal qual um músico de rua cuida do seu realejo à manivela. Incomodava-se por não saber de memória nenhum trecho de Herder. Ele estava "triturando o cérebro", como ele mesmo dizia. Parecia uma maldição. Weimar, tudo muito bem, Goethe e Schiller... Mas nenhum poema de Herder, nadinha, nada de nada. "O Cid", pensou. Mas o que era mesmo isso, "O Cid"? O que era mesmo que isso significava? Antigamente sempre guardava tudo tão bem na cabeça, lia poemas duas, três vezes e já os retinha na memória. "Tornais, vós, trêmulas visões...",[119] metade do Fausto na memória, e agora lhe dava um branco. Durante alguns passeios com a mãe, fazendo apostas para recitar poemas! "Quando eu era menino, um deus sempre me salvava..."[120] Agora a memória lhe pregava algumas peças. Agora ela simplesmente não estava mais ajudando.

Herder — ele não teve um tumor no olho? Ficou com a impressão de que Herder teve um tumor no olho.

Acima de um lago — os galhos que pendiam dos salgueiros tinham congelado no gelo — ficava uma casa, ampla e aconchegante. Em frente, um cervo de bronze, coberto pela neve.

Cuidado, cão feroz!

A porta do terraço da casa estava aberta, as folhas da porta batiam ao vento. E ao lado dela jaziam três cães mortos a tiros.

---

119. Verso de abertura do *Fausto* de Johann Wolfgang von Goethe.
120. Verso de abertura do poema "Da ich ein Knabe war" [Quando eu era menino], de Friedrich Hölderlin.

Ninguém lá embaixo se dava conta dessa casa, por que se devia fazer o esforço de subir a colina?, pensavam as pessoas. Sempre em frente, em frente, em frente era a divisa, movida por boatos. "Os russos estão vindo!"

Mas os dois saíam dessa linha, afinal de contas, estavam bem curiosos. Uma casa na beira de um lago? Com um cervo de bronze em frente? O sol brilhava com vigor, e Peter puxava o trenó colina acima; a gente podia aproveitar facilmente um instante de pausa, os dois estavam de acordo.

Na estrada lá embaixo, na paisagem branca, deslizava o cortejo. Era possível ouvir as rodas se arrastando, as pessoas tossindo e gritando. Mas aqui em cima reinava o sossego. Uma criança chorava em meio àquilo tudo — vai ver que tinha perdido a mãe. Uma casa de artista na cor branca. Também aqui a gente encontraria cadáveres?

Era a casa de um pintor? Um escultor? — Não, aqui tinha morado um escritor. A máquina de escrever ainda estava sobre a mesa, uma xícara de café vazia ao lado. Da escrivaninha, era possível ver uma alameda que conduzia a um pavilhão, exatamente à beira do lago. Realmente um belo lugar para escrever poesia!

No lago, um ancoradouro, um balcão para barcos. E por trás as torres da cidade, na direção da qual o cortejo de pessoas estava se dirigindo. Que pores do sol foram observados daqui! E com que força ele brilhava agora!

Os dois olharam em volta. O sol brilhava sobre a neve cristalina do terraço, cintilando nas cores do espectro. Que vista!

Em cima da escrivaninha, havia dois retratos da família: o próprio escritor com óculos de lentes grossas, a esposa e os dois filhos pequenos, um com o ursinho de pelúcia e outra com a boneca debaixo do braço. O retrato da mulher trazia um laço de luto.

Na parede, acima da escrivaninha, pendia um retrato de Hitler, iluminado pelo sol. Sob o retrato, podia-se identificar uma dedicatória:

Ao ilustríssimo escritor
Barão Gotthardt von Erztum-Lohmeyer
pela passagem do seu quinquagésimo aniversário.
Adolf Hitler, Führer e Chanceler do Reich

Melhor virá-lo? Vai acabar desbotando?

Ao lado do gabinete de trabalho, a biblioteca, as portas estavam abertas. Quando o escritor precisava de um livro para consultar, deixava de lado a pena e fazia um passeio até o cômodo contíguo. Lá também ficava um divã para se estirar. Tudo muito bonito.

Tudo com muito bom gosto. As paredes repletas de quadros claros e luminosos, um ao lado do outro. Jovens em toda posição, voltados para o futuro. Pareciam Peter aqueles jovens.

Era lamentável que o escritor tivesse ido embora. Que não mais estivesse morando aqui. Da janela, poderia ter olhado para o orgulhoso albergue da juventude lá em cima e para a longa fila de pessoas, na neve reluzente, e como elas brotavam do albergue e, seguindo a estrada, se movimentavam de um lado para o outro. Que visão era aquela! Desse quadro, um escritor teria extraído força para uma grande epopeia da humanidade! Quando a humanidade já está sofrendo, isso também deve ter impactos. As grandes narrativas da Guerra dos Trinta Anos. Verdun. E os filhos de Israel ainda continuam a atravessar o mar Vermelho!

Wagner cobriu os olhos com a mão, de alguma maneira estava comovido.

Até o momento, ninguém havia se servido dos livros. Apenas as vidraças das estantes tinham sido quebradas. Por quê? Quem sabe o próprio escritor o tivesse feito? Um ato de desespero?

Chupando com a língua algo enfiado entre os dentes, dr. Wagner buscava Herder. Claro que o dono desta casa era obrigado a ter algo das obras de Herder na biblioteca? Os clássicos sempre à mão? Goethe, Schiller, Körner organizavam-se um ao lado do outro — mas nada de Herder!

"Eu mesmo" — isso agora ocorreu a Wagner — "também não possuía nada de Herder. Vergonha eterna!" Teve de rir, comprometendo-se a providenciar Herder para si tão logo tudo passasse. Meu Deus! isso já seria motivo suficiente para se desejar sobreviver a tudo isto aqui.

Sair com vida, isso tinha de ser, claro, uma coisa possível de conseguir? Sucumbir sem nunca ter lido algo de Herder? A educação também não fazia parte do acabamento do ser humano?

Nesse meio-tempo, Peter buscava algo para comer, andava pelos compartimentos da casa, quadros em todas as paredes.

Na cozinha, que parecia ter acabado de ser abandonada, realmente havia meio pão em cima da mesa. Mas era duro

como pedra! Peter o pôs dentro da bolsa, e também um vidro de geleia. "Verão de 1944", estava escrito na etiqueta. "Groselhas da Hertha."
    Sacudiu uns flocos de aveia numa tigela e salpicou açúcar por cima. E chamou o dr. Wagner, e os dois comeram até se fartar. O menino teve a ideia de dar de presente ao professor uma das colheres de prata que ele ainda tinha no bolso. Era, afinal, algo que criava um vínculo?

Peter abriu a mala do barão, bem em cima estava o livro especializado em trilhas *Caminhos e estradas no Báltico*, e na primeira página se lia: "Eberhard von Globig". Veja só, pensou Peter, o barão também andou metendo a mão.
    Na casa do escritor, não havia um órgão residencial, mas um piano de cauda. Wagner sentou-se ao piano e tentou recuperar variações em mi bemol menor. Mas o piano estava muito desafinado. De qualquer modo: "Escute", disse o professor a Peter, "mi bemol menor — sol bemol maior — enarmonicamente transformados em fá sustenido maior... Está ouvindo?" Peter colocou o microscópio em cima do piano.
    Então o professor deu uma risada. "Com um microscópio, você não vai captar a coisa..." Já não seria tão longe do fá sustenido maior para o si bemol maior. E a partir dali o mundo todo estaria aberto para a pessoa! — Mas como era que ele conseguia fazer isso antigamente? Como era mesmo que tinha funcionado? Além disso, como que ainda tinha logrado incutir melancolia no todo? E estava tocando uma fanfarra num tom tão alto que Peter fez "pssst!". Pelo amor de Deus, talvez alguém nos ouça.

Nesse mesmo instante, Katharina era conduzida estrada abaixo. Era fácil de divisá-la com o chapéu de astracã branco no meio dos prisioneiros. Talvez ela olhasse para a casa lá do outro lado? Uma casa à beira do lago? E um cervo de bronze no terraço? E agora música de piano? Já lhe tinham subtraído as botas pretas, agora estava usando umas chinelas masculinas que a faziam escorregar. E, sempre que escorregava, o sentinela ao lado dizia: "Que é isso? Que é isso? Preste atenção!".

De todos os lados, olhares hostis para os presos. "Eles são culpados!", pensavam as pessoas. Incitaram o mundo todo contra nós, espalharam a conflagração.

Um agricultor se aproximou inclusive com um chicote. Na tira de couro, havia uns nós trançados para que o efeito fosse melhor. E atingiu a face de Katharina.

Wagner viu o "garotinho" como nunca o tinha visto: o piano de cauda negro, os quadros claros na parede, e esse menino louro, ainda uma criança, a cabeça comprida, o rosto sério e contente? Por que não cuidara melhor dele quando era tempo?

Gostaria de ter feito uma caminhada com Peter, bem como com os seus meninos, tempos atrás, através do vale do Helge.

Agora era tarde demais.

Mas bem que estava fazendo caminhada com ele. Afinal, tinha-o agora todinho para si.

"Sabe de uma coisa?", disse fechando a tampa do piano. "Vamos seguir em frente."

Deixaram a mala por lá. Todas aquelas crônicas estavam bem guardadas aqui, pensou Wagner. Se o dono da casa um dia retornar, a primeira coisa a ver será a mala, e dirá: "Ei, o que é isto? Papéis velhos? Ou até mesmo crônicas?". Um escritor certamente saberia o que fazer. E então pensou em Stifter,[121] "A pasta do meu bisavô", ou em Keller,[122] ou onde era mesmo que aparecia alguém que encontrava no sótão uma mala com anotações? Havia uma coisa assim na obra de Herder?

Peter pensou: uma casa como esta, clara e iluminada, um dia vou construir para mim, é bem diferente da Georgenhof, sombria; e ele então se sentou no trenó e desceu encosta abaixo, e o velho homem segurou o chapéu e desceu correndo e rindo. O pai nunca tinha corrido atrás dele. Metido no uniforme branco com a insígnia de mérito e sem espada, ficava parado na porta. Uma vez tinha ido até o quarto do menino, dobrando entre as mãos, em forma de meio arco, o pingalim usado nas cavalgadas, dizendo: "Você tem o seu próprio reino...". Tinha olhado pela janela e afirmado: "Mas precisa dar uma arrumada de vez em quando, pois como é que está esta bagunça?".

---

121. Adalbert Stifter (1805-68), escritor, poeta, pintor e pedagogo austríaco.
122. Gottfried Keller (1819-90), escritor e político suíço.

UM MUSEU

A cidadezinha se encheu de carroças de agricultores. Estavam em todas as ruas, e sempre chegavam outras tantas forçando a entrada. As mulheres iam às casas para mendigar algo. Quando as pessoas tinham ido embora, elas mesmas se serviam. Uma casa pegando fogo, as chamas se espalhavam, estalando, para fora das janelas, ninguém se preocupava.

Na praça do mercado — em seu entorno belas casinhas com mansardas e a prefeitura no lado norte — estavam as carroças, umas coladas nas outras, mas as pessoas tinham sido levadas, a ordem era que fossem devidamente "realocadas". Os cavalos estavam sendo desatrelados, Heil Hitler, seriam conduzidos aos militares. Membros do partido passavam pra lá e pra cá entre as carroças com as barras de tração levantadas. Todas essas carroças foram devidamente registradas e numeradas com giz para o retorno dos refugiados.

Por ora, as pessoas ainda estavam na sala de um cinema deitadas em cima de palha e refletindo. — A ordem seria mandá-los de volta por navio? Se a situação era essa, então a gente não teria precisado percorrer esse longo caminho da terra natal com os nossos pertences. Dá para pegar rapidinho a pasta de documentos na carroça? Não, isso não podia ser autorizado.

"Preciso ver como estão os meus cavalos..."

Diante do cinema ficou a *Volkssturm*, e ela não deixava mais ninguém sair. Na galeria acima do portal da prefeitura, apareceu um senhor chamado Lothar Sarkander, por trás dele o relógio com marcas de tiros. Apoiou-se na balaustrada e proferiu um discurso, suas palavras atravessando as carroças vazias. Com grandes gestos e voz rouca, gritava palavras de ordem que ninguém ouvia. "Façam penitência", palavras desse tipo. "Arrependam-se!"

Se eu soubesse
quem eu beijara
à meia-noite no Lido...

Nessas alturas, já o puxaram pela manga, fazendo-o entrar novamente no prédio, esse homem parecia ter perdido o juízo. Esse homem precisava ser tirado dali.

Numa ruazinha paralela, estava parado um caminhão das Forças Armadas. Aqui acabam de evacuar o antigo prédio da Justiça, uma construção muito antiga que, com uma estrutura abaulada e janelas góticas, servia como museu municipal. A porta traseira tinha sido aberta, e soldados transportavam arcas antigas e pinturas para fora do prédio — já quiseram demolir aquele edifício no século XIX. Mas então disseram, ainda podemos utilizá-lo como museu.

Enquanto dr. Wagner procurava uma farmácia a fim de providenciar pomada para hemorroidas, Peter entrou no velho edifício. "Espere por mim, logo estarei de volta!" No vestíbulo, uma grande cruz de pregos da Primeira Guerra Mundial: a terra natal estende a mão ao front — pregos pretos tinham custado cinco marcos; e pregos dourados, dez. A questão aqui tinha sido angariar dinheiro para empregar na compra de munição e na construção de canhões, não tinha a ver com os mortos. Um testemunho de uma grande época.

Na parede, numa moldura, uma carta comemorativa do escritor barão Gotthardt von Erztum-Lohmeyer, na qual expressava agradecimento pelo título de cidadão honorário, e que por isso tencionava deixar, após a morte, a sua biblioteca e todos os seus manuscritos para a cidade.

O diretor do museu, Heil Hitler, um velho senhor de *pince-nez* e distintivo do partido, assistia à evacuação do prédio, ia passando de um em um, torcendo as mãos. "Pelo amor de Deus, cuidado!", gritava. Mas não houve acessos de ira, eles facilmente teriam sido mal interpretados.

Num salão — onde outrora deve ter sido a sala do tribunal, gargalheiras pendendo na parede —, havia armários envidraçados que já tinham sido esvaziados. Continham livros raros que ficavam abertos, moedas, carimbos e certidões. Pedras de moinhos do período pré-germânico estavam enfileiradas nos corredores, pesando algumas dezenas de quilos — elas não davam informações sobre a vida dura dos ancestrais? —, cereais esmagados para fazer farinha ou misturar pólvora para atirar? Por causa do peso, deixaram-nas ali, por mais valiosas que pudessem ser, mas as mãos redondas dos pilões foram embaladas. Quem quer que viesse a obter as mós sem as mãos não conseguiria fazer nada.

Também largaram pendurado no teto o lustre feito de chifres de alces, século XVII? Tinha muito tempo de existência.

Mas é para levar as peças de maiólica, não podem ser esquecidas.

"Vamos com muito cuidado!"

Quadros foram levados para fora, um após o outro, minúsculos motivos de flores, pequenas cenas da terra natal e *A batalha de Tannenberg*, um quadro grande, que noutro lugar certamente teria sido chamado de *quadreco*. Emissários ensandecidos estavam estampados em cima de cavalos pinoteando. Soldados usando capacete de ponteira e atirando na direção do inimigo, impactos de granadas distribuídos uniformemente. Russos mortos e alemães feridos. Em primeiro plano, dois comandantes, claramente reconhecíveis. Um apontava para um mapa à sua frente sobre a mesa, o outro concordava. No céu salpicado de estilhaços, voavam monoplanos do tipo Rumpler Taube, eles intervinham no combate sempre que desse. Reconheciam-se os aviões inimigos porque estavam caindo. Esse quadro apresentava um rasgo: "Não fomos nós!", disseram os soldados que levavam a pintura para fora. "Já estava assim."

À esquerda da porta, pendia o quadro de uma princesa gordinha com um colarinho de pele num vestido azul celeste e uma medalha no peito. Era a futura czarina Catarina, a Grande, insaciável na sua sede amorosa, mas uma amiga dos prussianos. Passou por aqui viajando a caminho de Petersburgo, e sobre ela o povo ainda contava histórias pesadas.

Esse quadro também foi tirado da parede e enrolado numa manta. Também foi levado. Embora talvez realmente tivesse sido aconselhável levá-lo em procissão ao encontro dos furibundos russos: "Pensem na grande amiga do povo alemão!".

Mas o problema é que, na verdade, ela própria era alemã.

A efusão do Espírito Santo: os soldados deixaram pendurado um painel imenso ainda da antiga igreja paroquial, que já sofrera danos na Idade Média. Os apóstolos não tinham chamas sobre a cabeça, e uma pomba voava sobre eles. "Vamos deixar esta coisa dependurada", disseram os soldados, e o diretor do museu, que estava se sacrificando aqui, também não ficou sabendo. Um ou outro talvez a gente ainda pudesse vir recolher mais tarde.

Também deixaram as janelas de vidraças coloridas, de qualquer modo elas se quebrariam durante o transporte.

Peter ajudou a levar as coisas para fora. Os processos do arquivo municipal também deviam ser salvos, uma série de colecionadores e muitas caixas com achados de escavações. Numa dessas caixas não estava escrito "Hesse"? Esses professores rurais com seus achados arqueológicos não eram tão sem importância assim! Seria possível comprovar que a Prússia Oriental era uma terra protogermânica?

O diretor com o distintivo do partido estava ao lado da saída e dizia a cada vez que um soldado passava arrastando algo: "Cuidado, cuidado! Isso tudo é insubstituível...". Segurava

uma caixinha com o sinete da cidade. "Isso é especialmente importante, por favor não o percam de vista."
Não se dava conta de que estava passando frio. Como se explica estar tremendo assim?, perguntava-se.

"Acho que agora já temos tudo", disse, por fim. "Agora podemos pegar a estrada." Ainda buscaria a mulher e a filha... Ali rapidinho buscar a minha mulher e a minha filha?...
"Quantos anos tem a filha? Dezesseis?"
"É claro, aqui ainda há lugar para ela."
Perguntaram a Peter, ora raios, o que estava fazendo por aqui e que caixinha era essa que levava debaixo do braço. Um microscópio escolar? Que fizesse o favor de dizer logo. Raios!

Quando finalmente terminaram, o diretor do museu entrou no veículo com a mulher e a filha. "Precisamos dar uma espremida aqui dentro", disse o motorista.
Os soldados subiram na carroceria, e Peter não perdeu tempo com perguntas, já foi subindo também, e aí deram partida. A caixinha com o sinete da cidade tinha ficado esquecida nos degraus. Mas o microscópio, Peter o segurava ferrenhamente sob o braço.
Buzinando, passavam em frente a carroças paradas. Por cima da carroceria, Peter olhou para a longa fila de carroças.
"Será que alguém vai pintar um quadro *desta* cena", pensou.

Na porta da cidade, a polícia fiscalizava as pessoas que queriam passar, se todos tinham mesmo um documento de identificação. E também se não haveria homens querendo se evadir. Heil

Hitler. No cinturão, carregavam pesadíssimas pistolas, além de uma plaqueta numa corrente pendurada no pescoço. Iam deixando passar as carroças, uma por uma. E, quando finalmente acabaram esse procedimento e quando finalmente se podia seguir em frente, justamente quando o motorista do caminhão engatou a primeira marcha e pisou no acelerador, dr. Wagner veio correndo e gesticulando já de longe: "Pare! Pare!" Peter bateu na vidraça da cabine do motorista, era para darem carona àquele senhor, mas foi em vão: não dá tempo, não dá tempo! Com as últimas forças, dr. Wagner pulou para agarrar a tampa da carroceria, mas escorregou e caiu na estrada, sendo atropelado por uma pesada carroça.

"Aaai!" gritou Peter, mostrando o seu abatimento.

Era isso o que Wagner entendia por "acabamento"?

Antes da cidade, na estrada ladeada por carroças viradas, passando em frente a cadáveres e malas saqueadas, voltaram a se deparar com comboios ao longo da via. Quando aparecia uma curva, Peter fazia força para que os quadros não virassem. As mãos dos pilões rolavam em semicírculos pela carroceria, às vezes uma se chocava com a outra, provocando faíscas.

Em alguns momentos, Peter contava as carroças pelas quais passavam, eram milhares? Há quanto tempo deviam estar viajando? Sempre o mesmo quadro. Todos pensavam em escapar, atravessando o gelo da laguna até alcançar o istmo, e daí seguir para casa, para o Reich.

É a Pomerânia, é a Suábia?
Não, não, não,
A Alemanha inteira deve ser a nação.[123]

Lá teriam uma recepção cordial.

Após alguns quilômetros, uma fila desorganizada de prisioneiros, vindo de uma estrada lateral, enfiou-se na estrada principal, sob a vigilância de soldados à esquerda e à direita: os prisioneiros se arrastavam cambaleando, com as últimas forças. Tinham se enrolado em mantas contra o frio.
"Mas o que é isso?", perguntou um dos soldados.
"São os filhos de Israel!", respondeu um outro.
"Pois deviam era logo cortar a cabeça deles..."
Se houvesse pedras ali, ele as teria jogado. Para fazer a mão do pilão rolar até os pés deles, o soldado era demasiadamente preguiçoso.
Demorou um pouco até Peter compreender que tipo de prisioneiros eram esses, e de repente lhe ocorreu que a mãe podia estar entre eles, e passou a examinar as mulheres detidamente. O chapéu de astracã branco? Ele o via?
Via o chapéu de astracã branco?
Pegou o pão pensando que precisava arrancar um pedaço e jogar para eles, como os pais fizeram para as crianças da historinha infantil. Mas o pão era um bloco de gelo.

---

123. Versos da canção política e nacionalista alemã "Des Deutschen Vaterland". Em 1813, Ernst Moritz Arndt escreveu o poema em Königsberg.

Foi a última vez que Peter viu a mãe. Mas, na verdade, ele sequer a viu.

Na laguna, o caminhão parou, a viagem tinha acabado. Não continuou. A vasta laguna congelada. Aqui havia centenas de veículos esperando; um por um iam sendo conduzidos pela superfície de gelo, primeiro deixar entrar os feridos, Heil Hitler, em seguida partir! Era obrigatório manter distância, sempre cinquenta metros, senão o gelo acaba se rompendo! Pinheiros e arbustos mostravam os caminhos a serem seguidos. Só não perder o caminho de vista! À esquerda e à direita, cavalos olhavam de dentro do gelo, carroças haviam afundado ali. Aqui agricultores quiseram ultrapassar o comboio e acabaram afogados.

O diretor do museu procurava o comandante local. Queria informá-lo de que na carroceria há toda uma gama de bens culturais preciosos. Heil Hitler — bens culturais? O que ele queria dizer?

Chamaram o oficial responsável pelo acompanhamento, os bens podiam ser necessários noutro lugar.

O velho senhor com a esposa e a jovem filha em casacos esvoaçando estavam de pé ao lado do veículo. Pinturas! Certidões! In-fólios! O veículo foi levado embora. Tratariam cuidadosamente dos bens culturais, era óbvio. Pois é. E foi a filha quem assumiu o comando, puxando os pais para saírem daquele gelo: agora seria necessário ir a pé! Talvez tivessem sorte.

A vasta laguna congelada. Peter tirou da bolsa o pequeno medalhão da mãe. Ficou o tempo todo com ele na mão. Agora o abriu. Talvez haja uma foto dele ali dentro? Ou de Elfriede? Ou do pai de jaqueta branca?

Não, no medalhão, Katharina guardava uma foto de si mesma. Peter o fechou. E nesse mesmo instante, o pai pegou a pistola, na longínqua Itália, e suicidou-se.

Na fuga, Peter caminhava atrás de uma carroça. Uma agricultora sentada na boleia já tinha percorrido um longo caminho. Devido ao frio, colocou os filhos entre edredons forrados com penas.

Peter se pendurou na traseira da carroça e deixou-se levar. No gelo, havia água parada, que salpicava.

A BARCAÇA

Existem muitas calamidades
Aqui e em todas as cidades,
E um coração poderá vacilar
Se o medo dos flagelos chegar...[124]

Algumas semanas mais tarde, era início de maio, Peter estava num cais examinando o horizonte com o binóculo, a pistola de pressão enfiada no cós da calça.

O mar! As gaivotas! E as ondas batiam, chuá-chuá, nas pilastras de madeira. "*Avant de mourir*"?

No ancoradouro, havia grandes navios que pouco a pouco se enchiam com refugiados e zarpavam. Barcos a motor, cheios de pessoas, saíam do cais e se dirigiam para lá. Sempre indo e voltando. E um navio atrás do outro dava partida. Será que em algum lugar havia um pintor registrando para sempre essa imagem grandiosa?

---

124. Versos da canção "Es ist viel Not vorhanden" (1574), da autoria de Johannes Eccard (1553-1611), maestro e autor de diversos cantos corais luteranos.

Peter não tinha pressa. Dormia em casas abandonadas, ia ao cinema, conseguia tomar sopa de ervilhas ofertada por uma cozinha de campanha, brincava com um gato desgarrado. E às vezes também ouvia num quintal um violino tocando, solitário. Essa melodia, na verdade, ele conhecia bem? Queria entrar na casa, mas estava fechada.

Em frente à casa, uma macieira em flor, e por trás da casa o violino ecoando.

Vagava pelas ruas — os jardins floridos —, e, quando soava o alarme aéreo, se enfiava num porão junto às outras pessoas que ali estavam com malas e sacos. Ficava escutando os tiros da artilharia antiaérea e os impactos abafados das bombas, e, quando isso acabava, voltava a vagar pelas ruas. Viu marinheiros com granadas no cinturão, Kiel 1918,[125] e veteranos da *Volkssturm* — "Ai de ti! Ai!/ Aniquilaste-o,/ O lindo mundo"[126] — e da SS também, com coturnos brilhando de tão polidos, como na hora da contagem dos presos. "Se todos forem infiéis, nós permaneceremos, ao contrário, fiéis..."[127] Prontos para o combate. Não entregariam os pontos.

---

125. Referência ao motim dos marinheiros ocorrido na cidade portuária de Kiel, Alemanha, em 3 de novembro de 1918. Essa revolta desencadeou a Revolução de Novembro, que levou à queda da monarquia e à Proclamação da República na Alemanha.
126. Versos do *Fausto* de Johann Wolfgang von Goethe.
127. Referência aos versos iniciais da canção popular entre os estudantes alemães, composta por Max von Schenkendorf em 1814.

Um grupo de diaconisas com toucas brancas levando pela mão crianças de um lar: "Por onde é o caminho? Por onde é?" Para cá, para lá? Em frente ou voltando?
No meio de todo esse vaivém, Peter viu um chapéu, uma mulher usando um chapéu que ele conhecia. Era um dos chapéus da mãe, preto com pena vermelha, e a mulher era a sra. Hesse, e atrás dela vinham troteando Eckbert e Ingomar. Ela tinha na mão passagens de navio, sacudindo-as ao vento por onde passava. Uma vez na vida a pessoa também precisa ter sorte?...

Peter se enfiou no vão de um portão. Não queria encontrar essas pessoas.

Entre as carroças dos comboios estacionadas, viu uma menina de meias brancas que vinham até o joelho. Estava sentada na barra de tração da carroça, balançando-se e olhando para ele. Depois, quando a procurou, ela tinha ido embora.

Era Elfie?, perguntou-se e contou nos dedos: ela devia estar com oito anos? A mãe, ele a viu correndo atrás da irmã que chorava. Gritaria! Fazia muito tempo. Foi assim? Escada acima! E um certo dia a irmã estava deitada na cama e não se mexeu mais. E a mãe não chorou.

Gostaria de ter contado à menina das meias até os joelhos sobre os tipos cor de terra e sobre o órgão da propriedade e os lustres de cristal. Também gostaria de tê-la presenteado com a última colherinha de prata. Será que tinha perdido a colherinha? E onde ficou a menina? No bolso da calça se encontrava a grinalda de flores secas retirada da charrete. Ele a esmigalhou. E, somente após tê-la destruído, lhe ocorreu: na verdade eram as flores da charrete.

*Se eu soubesse
quem eu beijara
à meia-noite no Lido...*

Isabelle, um hotel branco no passeio à beira-mar, pintado com uma cor de camuflagem. No terraço ainda havia uma última espreguiçadeira, Peter se sentou e ficou vendo os barcos rápidos e as barcaças levando as pessoas até os grandes navios visíveis lá longe. Mas ainda não estavam lotados?

Na baía, muitos navios a vapor tinham afundado, os mastros ficavam acima do nível da água, como as cabeças dos cavalos no gelo da laguna.

Peter também parou para assistir aos trabalhadores estrangeiros que tocavam bandolim e dançavam. Estavam abrigados num ginásio de esportes, aqui fritavam alguma coisa para comer e esperavam a hora de voltar para casa.

Marcello, o italiano do Castelinho do Bosque, também estava ali?

E o romeno que sabia fazer desaparecer dinheiro sem que a pessoa notasse? E o tcheco com a boina de couro? Também chegou uma tropa de franceses marchando, e foram todos embarcados numa balsa. "Venha conosco!", gritou um deles para Peter. Não. Não queria. Ainda ficaria aguardando.

Feridos também foram conduzidos à balsa. Peter não tinha percebido que já havia um grupo de prisioneiros de campos de concentração ali dentro. Eram obrigados a se espremer na proa uns contra os outros, e os soldados com ataduras ensanguentadas cuspiam na frente deles.

Peter assistia a um musical quando voltou a soar o alarme, e logo em seguida caíram bombas. A balsa foi atingida dentro do mar, afundando imediatamente.
 No dia seguinte, os corpos apareceram boiando. Os feridos estavam envolvidos pelas ataduras de papel dos ferimentos, as quais se tinham desfeito e agora pareciam guirlandas esvoaçantes. Um chapéu branco jazia na praia? Branco, feito com a pele de um cordeiro?

Até então, Peter não tinha tido pressa. Mas agora já eram muitas pessoas que se encontravam no cais para serem levadas, e não se viam mais navios! A cidade se esvaziou, mas eles estavam na praia esperando. Um barco torpedeiro passou, será que ainda havia gente ali à espera, e até mesmo um submarino deu o ar da graça.

Uma última vez, Peter andou pelas ruas vazias e depois desceu até o porto. Passou em frente ao campo de futebol, onde havia utensílios domésticos, móveis, máquinas de costura, relógios de pedestal, tudo organizado por tamanho, além de uma cabra amarrada a um carrinho de bebê.
 Membros do partido anotavam, agitados, o que aqui se encontrava, quantos pianos e quantas poltronas, e fiscalizavam individualmente os transeuntes para saber o que estavam fazendo aqui, Heil Hitler.
 Soldados recebiam ordens por todos os lados. Entregavam-lhes armas. "Acertar o passo, marchar!", diziam, e eram enviados

para combater os russos. Rapazes da Juventude Hitlerista também estavam lá com expressão de valentia no rosto.

Os olhos de Peter cruzaram com alguns olhares. Aquele menino louro do outro lado não pode também estar levando uma *Panzerfaust*? Ei, venha cá? À vida e à morte?
Agora, povo, levante-se; agora, tempestade, irrompa? Revigore-se, meu povo, os sinais de incêndio fumegam?[128]

Não, para Peter só sobravam gestos desdenhosos, e, embora louro, na verdade ainda era demasiado jovem.

No porto, havia uma muralha de pessoas silenciosas, todas esperando que acontecesse um milagre e que um barco ainda viesse e os levasse até o último navio que se encontrava ancorado, silhueta cinza, como que recortada de um papelão cinzento. Cada um desejava para si, sozinho, esse milagre, e todos juntos se espremiam à beira d'água para tornar esse milagre realidade para si. Embarcar! Cruzar o mar! Para a Dinamarca... Quem sabe acabamos tendo sorte? Morangos com creme de *chantilly*, por que não?

---

128. Referência às palavras do ministro da Propaganda de Hitler, Joseph Goebbels, no discurso pronunciado em 18 de fevereiro de 1943, no Palácio de Esportes de Berlim, que entrou para a história como amostra da retórica cruel do regime nazista. Naquela data, a situação militar da Alemanha já enfrentava sérios problemas. Na ocasião, Goebbels defendeu, a título de exemplo, a tese da "guerra total" e alertava o povo alemão para o "perigo bolchevique", recebendo o apoio frenético do público ali presente.

Eles se enfileiravam como no Juízo Final e aguardavam o veredito

Peter se enfiou no meio das pessoas, o microscópio bem firme debaixo do braço, o binóculo e a pistola de pressão, e conseguiu aos poucos ir chegando até a frente.
"Não adianta, meu menino", disse uma mulher que segurava a mão de uma criança à direita e a mão de outra à esquerda, "aqui você não consegue passar". Mas Peter não entregou os pontos e finalmente já se encontrava bem à beira d'água.

Uma última barcaça passou ao longo do cais, havia pessoas de pé dentro da embarcação, coladas umas nas outras, algumas postadas nas pontas dos pés na beirada mais externa.
A barcaça ia passando, a onda formada na popa descrevia um semicírculo. E então Peter viu no barco o sr. Drygalski com os coturnos marrons de cano longo; na frente, ao lado do marujo que conduzia a barcaça, ali estava ele. No mesmo instante, Drygalski também viu Peter e apontou para o menino, dizendo algo ao marujo, e realmente este manobrou para a borda do cais. Drygalski saltou fora, entrando no meio da multidão — as pessoas se afastavam gritando "não!". Tudo aconteceu muito rápido, ele então empurrou Peter para dentro da barcaça, ficando, ele próprio, para trás.
Ainda acenou ao menino?
Agora estava tudo bem?

FONTES
Fakt e Heldane Text

PAPEL
Pólen Natural

IMPRESSÃO
Lis Gráfica